Née en 1938, Joyce Carol Oates est une femme de lettres américaine, à la fois poétesse, romancière, nouvelliste, dramaturge et essayiste. Professeur de littérature à l'université de Princeton jusqu'en 2014, membre de l'Académie américaine des Arts et des Lettres, elle est l'auteure d'une œuvre considérable qui l'a placée au tout premier rang des écrivains contemporains. Elle a reçu de nombreuses et prestigieuses récompenses littéraires parmi lesquelles, le National Book Award pour *Eux*, le prix Femina étranger pour *Les Chutes*, et le prix Jérusalem 2019.

Joyce Carol Oates a également publié plusieurs romans policiers sous les pseudonymes de Rosamond Smith et Lauren Kelly.

Joyce Carol Oates

LE PETIT PARADIS

ROMAN

Traduit de l'anglais (États-Unis)
par Christine Auché

Éditions Philippe Rey

TEXTE INTÉGRAL

TITRE ORIGINAL
Hazards of Time Travel
ÉDITEUR ORIGINAL

ISBN 978-2-7578-8132-3
(ISBN 978-2-84876-727-7, 1re publication)

Pour Stig Björkman
& Charlie Gross

« Le soi émerge comme représentant d'un système fonctionnel de réponses. »

B. F. Skinner,
Science et Comportement humain[1]

1. Paris, In Press, 2005, traduction d'André et Rose-Marie G. Gonthier-Werren. (*Toutes les notes sont de la traductrice.*)

Ils ne seraient pas venus me chercher si je n'avais pas naïvement attiré l'attention sur moi. Si je n'avais pas osé de mon plein gré ce que je n'aurais pas dû oser. En commettant de mon propre chef une erreur de jugement. Ou, plutôt, en m'abstenant de tout jugement – de toute pensée. Par vanité et par stupidité, et maintenant je suis perdue.

Parfois, à genoux comme si je priais, je parviens à franchir la « barrière de la censure » – pour me souvenir…

Mais mon cerveau me fait si mal ! Cela me demande un effort terrible, comme lutter contre l'attraction de Jupiter.

Ici, mon statut d'Exilée m'interdit de parler à quiconque de ma condamnation ou de ma vie d'avant l'Exil, et je me sens doublement isolée.

Même si je suis rarement seule dans cet endroit étrange, je souffre terriblement de la solitude et je ne suis pas sûre de pouvoir continuer.

Ma peine est « seulement » de quatre ans. J'aurais pu être condamnée à « Perpétuité ».

Ou à la Suppression.

À genoux tous les soirs, tentant péniblement de me souvenir, d'invoquer mon ancien moi perdu, j'essaie de me réjouir de ne pas avoir été condamnée à la Suppression.

Et que personne de ma famille n'ait été arrêté comme collaborateur/facilitateur de Trahison en même temps que moi.

I

Major des terminales

Les Instructions

1. Dans la Zone Réglementée, l'Individu Exilé (IE) est autorisé à se déplacer dans un rayon de quinze kilomètres dont l'épicentre est la résidence officielle dudit IE. Cette résidence ne peut être modifiée qu'en faisant appel auprès du Bureau Disciplinaire de la Sécurité Intérieure pour les Exilés (BDSIE).

2. L'IE a interdiction de remettre en question, de contredire toutes les autorités locales de la Zone Réglementée ou de leur désobéir d'aucune manière. L'IE a interdiction de s'identifier sauf dans les cas prévus par le BDSIE. L'IE a interdiction de dévoiler une quelconque « connaissance du futur » dans la Zone Réglementée et de chercher à localiser des « parents » ou à rentrer en contact avec eux d'une quelconque manière.

3. L'IE se verra attribuer un nouveau nom non négociable ainsi qu'un « acte de naissance » approprié.

4. L'IE a interdiction de s'engager dans une relation « intime » ou « confidentielle » avec tout autre individu. L'IE a interdiction de procréer.

5. L'IE sera identifié(e) comme étant « adopté(e) » par des « parents adoptifs » qui sont « décédés ». L'IE sera identifié(e) comme n'ayant aucune autre famille. Cette information constituera le dossier officiel de l'IE dans sa Zone Réglementée.

6. L'IE sera surveillé(e) à tout moment durant son Exil. Il est entendu que le BDSIE peut révoquer les termes de l'Exil et de la peine à tout moment.

7. Toute violation d'une ou plusieurs de ces Instructions aboutira à la Suppression immédiate de l'IE.

Suppression

IS – « Individu Supprimé ».

Si vous êtes Supprimé, vous cessez d'exister. Vous êtes « vaporisé ».

Si vous êtes Supprimé, tous les souvenirs de vous sont également Supprimés.

Vos biens personnels/votre patrimoine deviennent la propriété des États d'Amérique du Nord (EAN).

Votre famille et même vos enfants, si vous en avez, auront interdiction de parler de vous ou de se souvenir de vous d'une quelconque manière une fois que vous aurez cessé d'exister.

Parce qu'elle est taboue, la Suppression est un sujet dont on ne parle pas. Et pourtant, il est entendu que la Suppression, qui constitue le plus cruel des châtiments, est toujours imminente.

Être Supprimé n'équivaut pas à être Exécuté.

L'Exécution est une façon de donner une leçon en public : l'Exécution n'est pas un secret d'État.

Un certain pourcentage des exécutions qui se déroulent sous l'égide du Programme Fédéral d'Éducation relatif à l'Exécution (PFEE) sont diffusées à la populace via la télévision, dans un but d'éducation morale.

(Dans la chambre d'exécution d'une prison à laquelle on a donné l'apparence d'une salle de consultation d'hôpital, l'IC [Individu Condamné] est attaché à un brancard par les gardes de la prison ; après quoi, vêtus d'un uniforme blanc clinique de « personnel soignant », des employés du service pénitentiaire injectent une dose mortelle de poison dans les veines de l'IC tandis que des dizaines de millions de téléspectateurs regardent la scène de chez eux.)

(Sauf nous. Même si Papa avait déjà le statut d'IM [Individu Marqué], et un Rang de Caste [RC] vulnérable, ni lui ni Maman n'ont jamais permis que la télévision soit allumée aux Heures d'Exécution qui revenaient souvent plusieurs fois par semaine. Quand il était encore scolarisé, Roderick, mon frère aîné, protestait contre cette « censure » sous prétexte que, si les professeurs abordaient en classe l'aspect éducatif d'une Exécution, il ne pourrait pas participer et apparaîtrait comme « suspect » – mais ces récriminations n'ont jamais persuadé nos parents d'allumer la télévision en ces occasions-là.)

La Suppression est un statut totalement différent, parce que, alors que l'Exécution est conçue pour être abordée ouvertement, faire la moindre allusion à une Suppression est un crime fédéral qui peut être puni en tant que Propos Traîtres.

Eric Strohl, mon père, est IM depuis avant ma naissance. Jeune interne en médecine au centre médical de Pennsboro, il était sous observation en tant qu'individu à l'esprit scientifique, sous prétexte que ces individus-là sont censés « penser par eux-mêmes » – réputation que personne ne souhaite avoir. En outre, Papa avait été accusé d'association avec un IT (Individu Transgressif) notoire, par la suite arrêté et jugé pour Trahison ; alors qu'il n'avait rien fait de plus qu'*écouter avec bienveillance* cet homme s'adresser à un petit groupe de gens dans un parc public au moment où lui et les autres avaient été pris dans une « rafle » de la Sécurité Intérieure – et ensuite, sa vie avait changé à jamais.

On lui avait retiré son statut d'interne au centre médical. Malgré son diplôme de médecin spécialisé en oncologie pédiatrique, il n'avait pu trouver que des postes mal payés d'aide-soignant au centre, où tout le monde admettait qu'il ne serait peut-être jamais autorisé à « pratiquer » de nouveau la médecine. Pourtant, Papa ne se plaignait jamais (en public), disant souvent (en public) qu'il avait de la chance de ne pas être emprisonné et d'être encore en vie.

De temps à autre, les IM étaient obligés de répéter la liste de leurs crimes et de leurs condamnations, et d'exprimer (en public) leur gratitude d'en avoir été exonérés et de bénéficier d'un emploi. En ces occasions, Papa respirait un grand coup et, comme il disait, *vendait de nouveau son âme au diable.*

Pauvre Papa ! Chez nous, il était si enjoué que je ne crois pas avoir compris à quel point il devait se sentir mal. À quel point il était *brisé.*

Au sein de notre famille, il était entendu que nous ne parlions pas de la situation de Papa *en soi*, mais il semblait que nous étions autorisés – c'est-à-dire qu'on ne nous l'interdisait pas expressément – à faire allusion à son statut d'IM de la même façon qu'on peut mentionner la maladie chronique d'un membre de la famille comme la sclérose en plaques, le syndrome de Tourette, ou une prédisposition aux accidents bizarres. Être un IM était quelque chose de *honteux*, d'*embarrassant* et de *potentiellement dangereux* – mais dans la mesure où IM était une catégorie criminelle (relativement) mineure comparée à d'autres, plus sérieuses, en parler n'était pas passible de Trahison. Cela dit, Papa prenait tout de même des risques.

Parce que l'un des souvenirs qui me reviennent, étrangement clair et comme autonome, tel un rêve perturbant qu'on se remémore soudain à la lumière du matin, est ce jour où, alors que personne n'était à la maison à part nous deux, Papa m'avait emmenée à l'étage dans une pièce du grenier qui, pour autant que je sache, avait toujours été verrouillée par un cadenas ; et, dans cette pièce, il avait sorti de sous une latte branlante dissimulée par un tapis élimé un paquet de photographies d'un homme qui m'avait paru d'une familiarité troublante, mais que je ne parvenais pas à me rappeler – « C'est ton oncle Tobias, qui a été Supprimé quand tu avais deux ans. »

À ce moment-là, j'en avais dix. La personne que j'étais à deux ans était déjà irrémédiablement perdue. D'une voix chevrotante, Papa m'avait expliqué que son « bien-aimé et imprudent » frère cadet Tobias vivait avec nous pendant qu'il faisait sa médecine et qu'il avait attiré l'attention du BFE/BFI (Bureau Fédéral des Examinateurs, Bureau Fédéral des Inquisiteurs) après avoir aidé à organiser une manifestation pour la liberté d'expression à l'occasion de la Fête du Travail. À l'âge de vingt-trois ans, « mon oncle Toby » avait été arrêté dans cette maison même, emmené, prétendument jugé – et Supprimé.

C'est-à-dire, « vaporisé ».

Qu'est-ce que c'est, Papa ? – « vaporisé » ? Même si je savais que la réponse serait triste, il fallait que je pose la question.

« Juste – parti, mon cœur. Comme une flamme quand on lui a soufflé dessus. »

J'étais trop jeune pour saisir la profondeur de la tristesse dans le regard de mon père. Parce que Papa avait souvent cette expression-là. Épuisé par son travail à l'hôpital, le teint cireux, et boitant de la jambe droite en raison d'un accident après lequel l'os ne s'était pas remis correctement. Et malgré tout, Papa avait une manière de sourire qui donnait l'impression que tout allait bien.

On est entre nous, les enfants ! On s'accroche.

Sauf que, là, Papa ne souriait pas. Il s'était légèrement détourné de moi (peut-être) pour que je ne remarque pas qu'il s'essuyait les yeux.

« Nous ne sommes pas censés "nous souvenir" de Tobias. Et certainement pas donner des informations sur lui à un enfant. Ni regarder des photos de lui ! Je pourrais être arrêté si… quelqu'un l'apprenait. »

Par *quelqu'un*, Papa voulait dire le Gouvernement. Même si on ne prononçait pas ce mot – « Gouvernement ». Ni ceux d'« État » – ou de « Dirigeants Fédéraux ». Il était interdit de les prononcer, si bien que, quand cela se produisait, on le faisait vaguement et d'un air furtif comme Papa – *au cas où quelqu'un entendrait.*

Ou alors, on pouvait aussi dire : *Ils.*

Quand vous pensiez à ce *quelqu'un*, ou à ce *ils*, vous vous représentiez un ciel menaçant. Un ciel bas empli de ces gros nuages mobiles réputés être des dispositifs de surveillance aux formes ciselées semblables à de gros navires, portant souvent des traces de chocs, colorés et iridescents à cause de la pollution, et aux mouvements imprévisibles, mais qui restaient *omniprésents.*

En bas, à proximité de nos appareils électroniques, Papa ne s'exprimait jamais aussi ouvertement. Naturellement, personne n'aurait jamais fait confiance à son ordinateur, même si cette machine parlait d'une voix particulièrement amicale au timbre grave et séduisant, ni à son téléphone portable ou à son stylet de dictée, sans parler des thermostats, lave-vaisselle, fours à micro-ondes, clés de voiture et autres véhicules (sans chauffeur).

« Mais Toby me manque. Constamment. Quand je vois des étudiants en médecine de son âge… Je sais qu'il serait un oncle formidable pour toi et Rod, et ça me manque. »

Ses propos me plongèrent dans la confusion. J'avais oublié ce que Papa avait dit – *Vaporisé* ? *Supprimé* ?

Néanmoins, je savais qu'il ne fallait pas poser davantage de questions à Papa et l'attrister encore plus.

C'était excitant de voir des photos de mon « oncle Toby » perdu, qui ressemblait à une version plus jeune de mon père. Oncle Toby avait un genre de sourire qui lui plissait le front et les paupières, comme Papa. Et un nez long et fin comme celui de Papa, avec une petite bosse sur l'os. Et ses yeux ! Brun foncé et brillants, comme les miens.

« Oncle Toby a l'air d'être quelqu'un de *drôle.* »

Était-ce idiot de ma part de dire une chose pareille ? Je le regrettai immédiatement, mais Papa se contenta de sourire tristement.

« Oui, Toby était *drôle.* »

Papa me raconta qu'il avait essayé d'avertir son frère de ne pas se compromettre d'une quelconque manière en militant pour la liberté d'expression ou en participant à des manifestations à l'occasion de la Fête du Travail. Même pendant ce qui paraissait être une saison de (relatif) assouplissement de la part du Bureau de la Diffusion Publique de la Sécurité Intérieure (BDPSI) : durant ces saisons-là, le Gouvernement lâchait du lest sur le maintien de l'ordre public et pourtant, comme le pensait Papa, il continuait à surveiller et à engranger des informations sur les contestataires et les IT (Individus Transgressifs) potentiels afin de les utiliser plus tard. *Rien n'est jamais oublié*, avertissait Papa.

Il circulait alors des rumeurs de « dégel » – d'une « nouvelle ère » – car, comme le disait Papa, les gens ont toujours envie de croire aux bonnes nouvelles et d'oublier les mauvaises ; les gens souhaitent être « optimistes » et non « pessimistes » ; mais les périodes de « dégel » sont cycliques et se terminent vite, poussant les individus à l'imprudence, surtout ceux qui sont jeunes et naïfs, susceptibles d'être démasqués, arrêtés et… obligés de subir ce qui arrive quand on est arrêté.

Après la disparition (comme on l'avait appelée) d'oncle Toby, les forces de l'ordre avaient fouillé la maison et réquisitionné ses manuels de médecine, ses carnets de notes du laboratoire, son ordinateur et ses appareils électroniques, etc., ainsi que toutes les photos de lui, numériques ou sur papier, qu'elles avaient pu trouver ; Papa était malgré tout parvenu à dissimuler quelques objets au prix d'un danger considérable pour sa propre sécurité.

Poursuivant : « Je ne suis pas fier de moi, ma chérie. Mais je savais qu'il serait plus sage de "répudier" formellement mon frère. À ce stade, il avait déjà été Supprimé, et ça ne servait plus à rien de le défendre ou de le protéger. Je suppose que j'ai été plutôt convaincant – et ta mère aussi –, jurant que nous ne nous étions pas rendu compte que nous hébergions un IT – un "Traître" – de sorte que nous nous en sommes tirés avec une simple amende. »

Papa se passa une manche sur le visage. Pour l'essuyer.

« Une amende catastrophique, en fait. Mais nous étions reconnaissants que la maison n'ait pas été rasée, ce qui se produit parfois dans les cas de Trahison.

– Maman est au courant ?

– "Au courant" – de quoi ?

– Que les affaires d'oncle Toby sont là.

– Non. »

Papa expliqua : « Maman “sait” que mon frère a été Supprimé. Bien sûr, elle ne parle jamais de lui. Elle a peut-être “su” que j'avais gardé quelques objets personnels de Toby à l'époque, mais elle l'a certainement oublié à présent, tout comme elle a probablement oublié à quoi Toby ressemblait. Quand on s'applique suffisamment fort à *ne pas penser* à quelqu'un, qu'on érige pour cela un mur dans son cerveau et qu'autour de vous les autres font la même chose, on parvient à “oublier” – jusqu'à un certain point. »

Effrontément, je pensai *Pas moi ! Je n'oublierai pas.*

Touchant l'un des pulls de mon oncle perdu, en laine sombre et douce criblée de trous de mites. Il y avait aussi un tee-shirt blanc jauni à l'encolure détendue. Ainsi qu'un carnet de notes de laboratoire de biologie aux pages à moitié vierges. Et une montre au bracelet élastique et au cadran mort et vide arrêté pour toujours à 14 h 20, que Papa tenta de faire repartir sans succès.

« Maintenant, tu dois me promettre, Adriane, de ne jamais parler de ton oncle perdu à qui que ce soit. »

J'avais hoché la tête *Oui, Papa.*

« Ni à Maman ni à Roddy. Tu ne dois pas parler d'“oncle Toby”. Il ne faut pas – même à moi. »

Conscient de mon expression perplexe, Papa m'avait fait un baiser mouillé sur le nez.

Rassemblant les objets hors-la-loi pour les remettre sous les lattes du parquet et le tapis usé.

« C'est notre secret, Adriane. Promis ?

– Oui, Papa. C'est promis ! »

Donc, oui, je savais ce qu'était la Suppression. Je sais ce qu'est la Suppression.

Il y a peu de risques que j'imite mon oncle Toby. Ça ne m'intéresse plus d'être « différente », d'attirer l'attention sur moi-même.

Comme je l'ai juré à de nombreuses reprises, je suis déterminée à purger mon Exil sans violer les Instructions. Je suis déterminée à ce qu'on me renvoie dans ma famille un jour.

Je suis déterminée à ne pas être « vaporisée » – et oubliée.

Me demandant si sous les lattes du parquet du grenier il y a une pathétique petite cachette contenant mes affaires, brosse à dents déformée, socquettes, devoir à la maison de maths noté 91 % en rouge, que mes parents auront réussi à dissimuler à la hâte.

Le mandat d'arrêt

Par la présente est enregistré ce 19e jour de juin des EAN-23 dans le 16e District Fédéral des États de l'Atlantique-Est un mandat d'arrêt, de détention, de réaffectation et de condamnation concernant STROHL ADRIANE S., 17 ans, fille d'ERIC et de MADELEINE STROHL, 3911 N. 17th Street, Pennsboro, N. J, pour sept chefs d'accusation de Propos Traîtres et de Remise en Question de l'Autorité en violation des Statuts Fédéraux 2 et 7. Signé par ordre du Président du Tribunal H. R. Sedgwick, du 16e District Fédéral.

« Bonne nouvelle ! »

Ou c'est du moins ce que j'ai d'abord cru.

J'avais été nommée major de ma promotion du lycée Pennsboro High. Et j'avais été la seule de notre école, parmi les cinq élèves nominés, à me voir attribuer une Bourse Démocratique Patriote financée par des fonds fédéraux.

Ma mère courut vers moi pour me prendre dans ses bras et me féliciter. Et mon père aussi, quoique avec davantage de circonspection.

« Bravo, ma fille ! Nous sommes tellement fiers de toi. »

Le proviseur de notre lycée avait téléphoné à mes parents pour leur annoncer la bonne nouvelle. Il était rare que le téléphone sonne chez nous, dans la mesure où la plupart des messages arrivaient par voie électronique et que l'on n'avait pas d'autre choix que de les recevoir.

Quant à mon frère, Roderick, il m'accueillit avec une expression étrange. Me disant qu'il avait entendu parler des Bourses Démocratiques Patriotes, mais qu'il n'avait jamais rencontré personne qui en ait obtenu une. Et qu'il était sûr que, pendant sa scolarité à Pennsboro High, personne n'avait jamais reçu le titre de Boursier Patriote.

« Ben, félicitations, Addie.

– Euh, merci ! »

Roddy, qui avait terminé ses études secondaires à Pennsboro High depuis trois ans et travaillait désormais comme stagiaire à peine rémunéré dans la succursale de Pennsboro du Bureau de la Diffusion Média des EAN (BDM), était admiratif malgré lui. Je songeai *Il est jaloux. Lui qui ne peut pas étudier dans une véritable université.*

Je n'ai jamais su si je plaignais mon colosse de frère, qui cultivait une petite barbe vaporeuse couleur sable et une moustache de même couleur, et portait toujours les mêmes vêtements marronnasses constituant plus ou moins l'uniforme des travailleurs du bas de l'échelle du BDM, ou si, en réalité, j'avais peur de lui. Dans le sourire de Roddy, je lisais une petite pointe sarcastique qui n'était adressée qu'à *moi.*

Quand nous étions plus jeunes, Roddy me tourmentait souvent – me « taquinait » (comme il disait). Nos parents travaillant tous les deux dix heures d'affilée, Roddy et moi étions seuls à la maison la plupart du temps. En tant qu'aîné, c'était à lui qu'il incombait de *prendre soin de sa petite sœur.* La bonne blague ! Mais une blague cruelle, qui ne me fait pas sourire.

Maintenant que nous étions plus vieux et que j'étais moi-même devenue grande (pour une fille de mon âge : un mètre soixante-seize), Roddy ne me tourmentait plus autant. Cela se limitait à son expression – une sorte de sourire moqueur, sourcils froncés, destiné à faire comprendre que Roddy pensait certaines choses qu'il valait mieux garder secrètes.

Ce petit sourire moqueur destiné rien qu'à moi – pareil à un fragment de glace planté en plein cœur.

Mes parents me l'avaient expliqué : dans le cas de Roddy, qui n'avait pas été suffisamment bon élève au lycée pour mériter ne serait-ce qu'une bourse à l'université locale des EAN, il était difficile de constater que je me débrouillais beaucoup mieux que lui dans la même école. Embarrassant pour lui de savoir que sa petite sœur obtenait de meilleures notes avec les professeurs qu'il avait eus à Pennsboro High. Sans compter que Roddy aurait peu de chances d'être jamais admis dans une université fédérale au cursus en quatre ans, même s'il prenait des cours au centre universitaire local dans l'intervalle et que nos parents trouvaient les moyens de l'y envoyer.

Quelque chose avait déraillé durant les deux dernières années de Roddy au lycée. Il s'était mis à avoir peur de tout et de rien – peut-être à bon escient. Il ne s'était jamais confié à moi sur la question.

À Pennsboro High – comme partout à travers notre nation, je suppose – régnait la peur de paraître « doué » (ce qui pourrait être interprété comme « trop doué »), ce qui aboutirait à attirer sur vous une attention non désirée. Dans une Véritable Démocratie, tous les individus sont *égaux* – personne n'est *meilleur que les autres*. Si on obtenait des B et de temps à autre un A–, ça allait ; mais les A étaient risqués, et les A+, très risqués. En s'efforçant de ne pas avoir de A à ses examens, bien qu'il soit plutôt intelligent et qu'il ait été bon élève au collège, Roddy avait complètement raté son coup et s'était retrouvé avec des D.

Papa avait commenté : c'est comme si tu étais un champion de tir à l'arc qui doit éviter le centre de la cible quand il tire. Et qu'une partie de toi dotée d'une volonté propre s'assure que tu n'évites pas simplement le centre, mais toute la fichue cible.

Papa avait ri en secouant la tête. C'était quelque chose de ce genre qui était arrivé à mon frère.

Pauvre Roddy. Et pauvre Adriane, parce que Roddy s'était vengé de sa déception sur moi.

On n'en parlait pas ouvertement à l'école, mais nous le savions tous. Beaucoup des élèves les plus intelligents se freinaient pour ne pas attirer l'attention. Le service de Supervision de la Sécurité Publique Intérieure (SSPI) avait la réputation de tenir des listes de contestataires potentiels, de IM et de IT dont on racontait qu'elles contenaient les noms des étudiants aux meilleures notes et aux QI élevés. On se méfiait spécialement des forts en sciences – censés être trop « critiques » et « sceptiques » au sujet des règles de base du programme scolaire, qui stipulaient que les expériences ne faisaient plus partie de nos cours de sciences, dorénavant limités à la mémorisation de « faits scientifiques » (« les objets tombent à cause de l'attraction terrestre », « l'eau bout à cent degrés Celsius », « le cancer est causé par les pensées négatives », « en moyenne, le QI des femmes est inférieur de 7,55 points à celui des hommes, en tenant compte de la Catégorie de Teint – ou CT »).

Bien sûr, c'était une aussi grosse erreur de se retrouver avec des C et des D – qui signifiaient que vous étiez *normal-limité*, mais qui pouvaient aussi vouloir dire que vous aviez délibérément saboté votre scolarité. « Se freiner » de manière trop évidente était parfois dangereux. Après votre diplôme, vous pouviez atterrir au centre universitaire local dans l'espoir de vous améliorer en prenant des cours supplémentaires et tenter d'être transféré dans une université d'État, mais le fait est que, une fois que vous entriez dans le monde du travail au bas de l'échelle, comme Roddy au BDM, vous y restiez pour toujours.

Rien n'est jamais oublié, et personne ne va ailleurs que là où il est déjà. C'était un dicton qu'aucun d'entre nous n'était supposé prononcer à voix haute.

Papa était donc bloqué pour toujours au grade TM2 – Technicien Médical, niveau 2 – à la clinique du district où les médecins du service le consultaient régulièrement sur des questions pointues, particulièrement en oncologie pédiatrique – alors que leur salaire était cinq fois supérieur au sien.

Comme celle de Maman, la couverture sociale de Papa était si faible qu'il n'avait même pas les moyens de se faire soigner à la clinique où il travaillait. Nous n'osions pas envisager ce qui arriverait le jour où ils auraient besoin d'un traitement médical sérieux.

Je ne m'étais pas montrée du tout aussi prudente que Roddy en classe. J'aimais le lycée où j'avais des amies aussi proches que des sœurs. J'aimais les interrogations et les tests – c'était comme des jeux et, en travaillant beaucoup et en apprenant par cœur ce que vous avaient dit les professeurs, il était possible de réussir.

Mais bon, parfois, je m'appliquais plus que nécessaire.

Peut-être était-ce risqué. Peut-être une petite étincelle de défi me provoquait-elle. Mais peut-être aussi (c'est ce que certains d'entre nous pensaient) l'école n'était-elle pas aussi risquée pour les filles. Il n'y avait eu que quelques ADMD – Actions Disciplinaires contre les Menaces sur la Démocratie – engagées contre des élèves de Pennsboro High ces dernières années, et ces étudiants avaient tous été des garçons, de catégorie CT3 ou au-dessous.

(La catégorie la plus élevée de CT était 1 : « Caucasien ». La plupart des résidents de Pennsboro étaient CT1 ou CT2, avec une poignée de CT3. Il y avait des CT4 dans les districts voisins, et bien sûr des travailleurs à la CT sombre dans tous les districts. Nous savions qu'ils existaient, mais la plupart d'entre nous n'avaient jamais vu un CT10 en chair et en os.)

Cela me paraît vraiment d'une vanité pathétique à présent, et d'une naïveté stupide, mais dans notre école j'étais l'une des élèves qui avaient démontré un talent pour l'écriture et pour l'art ; j'« apprenais vite » (comme le disaient mes professeurs d'un ton pas totalement approbateur) et je mémorisais facilement des passages de prose. Je ne pensais pas être l'élève la plus « exceptionnelle » de ma classe. Ce n'était pas possible ! Je devais bûcher ferme pour comprendre les maths et la science, j'étais obligée de lire et de relire les consignes de mes devoirs à la maison, de réviser les interrogations et les contrôles alors que pour certains de mes camarades, c'était tout naturel. (Les CT2 et 3 étaient généralement des Asiatiques, une minorité dans notre district, et ces filles et ces garçons étaient très vifs, sans pour autant se mettre agressivement en avant, ce qui équivalait à se mettre *en danger*.) Quoi qu'il en soit, il se trouva bizarrement qu'Adriane Strohl obtint le meilleur GPA[1] de la promotion 23 : 4,3 sur 5.

Les parents de Paige Connor, une de mes amies proches, lui avaient suggéré de limiter ses efforts – et la moyenne de Paige était de 4,1, tout à fait dans la zone confortable. Et l'un des garçons les plus intelligents, dont le père était IM, comme le mien, un ancien professeur de maths, avait sans nul doute fait la même chose – ou peut-être que les examens traumatisaient tellement Jonny que sans même le vouloir il n'avait pas été performant, obtenant une modeste/inoffensive moyenne de 3,9.

1. Grade Point Average : moyenne des étudiants anglo-saxons.

Il vaut mieux être un lâche en sécurité qu'un héros qui s'en mord les doigts. Pourquoi avais-je pensé que ces remarques étaient des blagues stupides que faisaient les jeunes, je l'ignore.

Toujours est-il que je n'avais pas réfléchi. Un jour dans ma vie, ou plutôt dans ma vie d'après, en tant qu'étudiante à l'université, où je suivrais des cours de psychologie, ou au moins d'une forme primitive de psychologie cognitive, je me familiariserais avec le phénomène d'« attention » – de « vigilance » – contenu dans la conscience, mais qui représente l'aspect incisif, déterminé et ciblé de la conscience. Quand on se contente d'avoir les yeux ouverts, on se trouve à un niveau de conscience minimale ; quand on *fait attention,* on va plus loin. Dans ma vie de lycéenne, j'étais consciente, mais sans *faire attention.* Concentrée sur des tâches comme les devoirs, les examens, les amies avec qui j'allais m'asseoir à la cafétéria ou avec lesquelles j'allais passer du temps en cours de gym, je ne percevais pas plus d'une fraction de ce qui planait dans les airs autour de moi, les avertissements non verbaux des professeurs, les regards qui auraient dû m'alerter de – quelque chose…

Dans ma vie d'après, je comprendrais que presque toute ma vie d'avant s'était passée en état de *conscience minimale.* Je n'avais à peu près rien remis en question. J'avais à peine tenté de déchiffrer la nature précise de ce que mes parents cherchaient effectivement à me communiquer, au-delà des mots. Car mes chers parents étaient *fichtrement attentifs.* Je les avais tenus pour acquis – j'avais tenu ma vie dans ma bulle pour acquise…

Adriane Strohl fut donc nommée major de sa promotion. Bonne nouvelle ! Félicitations !

Cependant, je suppose qu'aucune autre personne susceptible d'y prétendre n'aurait voulu de cet « honneur » – tout comme personne d'autre n'avait envie de décrocher de Bourse Démocratique Patriote. Sauf qu'il y avait eu une controverse, et que le bruit avait circulé que l'administration de l'école préférait confier l'honneur de prononcer le discours du major de la promotion à un autre élève, pas à Adriane Strohl : un garçon qui avait 4,2 de GPA, futur membre de l'équipe universitaire de football et également titulaire du Prix Démocratique du Bon Citoyen, dont les parents appartenaient supposément à une caste plus élevée que la mienne, et dont le père n'était pas IM mais EE (distinction spéciale décernée aux personnes Exilées ayant purgé leur peine avant d'être réhabilitées à ce qu'on appelait cent dix pour cent – l'Élite des Exilés).

J'avais vaguement eu vent de ce débat comme d'une rumeur du lycée. Le fils de l'EE n'avait pas d'aussi bonnes notes que moi, mais on pensait qu'il ferait un discours plus fluide et distrayant, dans la mesure où il étudiait les relations publiques télévisées, non les matières les plus communément enseignées. Et peut-être les administrateurs de l'école s'inquiétaient-ils à l'idée que non seulement Adriane Strohl ne serait pas distrayante, mais qu'elle dirait des choses « inacceptables » dans son discours ?

Sans que je sache trop comment, sans m'en rendre compte, au fil des ans, j'avais acquis auprès de mes professeurs et de mes camarades de classe la réputation de dire des choses « surprenantes » – « inattendues » – que les autres élèves n'auraient pas dites. Je levais la main impulsivement pour poser des questions. Je n'étais pas exactement *dubitative* – juste curieuse, et désireuse de savoir. Par exemple, un fait scientifique était-il toujours et inévitablement un fait ? L'eau bouillait-elle toujours à cent degrés Celsius, ou cela dépendait-il de son degré de pureté ? Et les élèves garçons étaient-ils *toujours* plus intelligents que les élèves filles, si l'on en jugeait sur pièces par les contrôles et les notes dans notre école ?

Certains professeurs (mâles) me tournaient en ridicule, pour que la classe se moque de mes questions idiotes : d'autres professeurs (femelles) se montraient agacées, ou peut-être effrayées. En effet, si ma voix était d'habitude douce et courtoise, j'avais peut-être malgré tout donné l'impression d'être *volontaire*.

Parfois, mon air interrogateur déconcertait mes professeurs, qui prenaient toujours soin de surveiller leur expression en présence d'une classe. Il y avait des manières approuvées de manifester l'intérêt, la surprise, la (légère) désapprobation, la sévérité. (Comme tous les espaces publics et beaucoup d'espaces privés, nos salles de classe étaient « surveillées aux fins de l'assurance qualité », mais les adultes étaient plus intensément conscients de la surveillance que les adolescents.)

Chaque classe avait ses espions. Nous ne savions pas qui ils étaient, bien sûr – on disait que, si vous croyiez le savoir, vous vous trompiez sûrement, puisque le BDSVC (Bureau Démocratique de Surveillance Volontaire Citoyenne) choisissait ses éléments avec soin, si bien qu'ils étaient aussi invisibles que les ailes camouflagées d'une certaine espèce de papillon qui se confond *parfaitement* avec l'écorce d'un certain arbre. Comme le disait Papa : *Vos professeurs n'y peuvent rien. Ils ne peuvent pas dévier du cursus. L'idéal est qu'ils travaillent tous de concert – chaque professeur dans sa classe, exécutant ses tâches comme un robot et ne déviant jamais de son script sous peine de... tu sais quoi.*

Était-ce vrai ? Pendant des années, dans notre promotion – la Promo EAN-23 –, on avait vaguement parlé d'un professeur qui – combien de temps auparavant, nous l'ignorions – peut-être au collège ? – avait « dévié » du script un jour, se mettant à parler à tort et à travers, à rire et à agiter le poing vers l'« Œil » (en fait, il y avait probablement de nombreux Yeux dans toutes les classes, tous invisibles) et il avait été arrêté, puis Supprimé du jour au lendemain – de sorte qu'un nouveau professeur avait été engagé pour prendre sa place ; et bientôt, personne ne se souvenait plus du Professeur-qui-avait-été-Supprimé. Et au bout d'un moment, nous ne nous souvenions même plus clairement qu'un de nos professeurs *avait été* Supprimé. (À moins qu'il y en ait eu plus d'un ? Certaines classes de notre école étaient-elles hantées ?) Dans nos têtes, là où le souvenir de – aurait dû se trouver, il y avait simplement un blanc.

En tout cas, je n'étais pas agressive en classe. Je ne crois pas. Mais comparée à mes condisciples plutôt dociles, dont certains restaient assis à leurs bureaux en se faisant tout petits comme des poupées en papier mâché partiellement repliées, il est possible qu'Adriane Strohl soit sortie du lot – de façon regrettable.

En Histoire de la Démocratie Patriote, par exemple, j'avais parfois contesté des « faits » historiques. J'avais posé des questions sur le sujet que personne ne remettait en cause : les Grandes Attaques Terroristes du 11/09/2001. Sans aucune arrogance – par simple curiosité ! Je n'avais pas la moindre envie d'attirer à aucun de mes professeurs des ennuis avec le BSE (Bureau de Supervision de l'Éducation), ce qui aurait pu aboutir à ce qu'ils soient démis de leurs fonctions, licenciés ou – « vaporisés ».

J'avais cru que, eh bien… que les gens m'appréciaient, en général. J'étais cette fille aux cheveux hérissés et aux grands yeux brun foncé brillants, à la voix un peu étouffée, qui avait coutume de poser des questions. Semblable à un très jeune enfant de maternelle doté d'un trop-plein d'énergie, dont on espère qu'il va s'épuiser à force de courir en rond. Avec une sorte d'inconscience naïve, j'obtenais de bonnes notes et il était entendu que, en dépit de l'appartenance de mon père à la caste des IM, je pourrais entrer dans une Université Démocratique d'État sous mandat fédéral.

(C'est-à-dire que j'étais éligible à l'admission dans une des grosses universités d'État. Là-bas, il pouvait y avoir mille étudiants présents à un cours magistral, et de nombreux cours étaient diffusés en ligne.)

Les Universités à Accès Restreint étaient beaucoup plus petites, plus prestigieuses, et inaccessibles à presque tous à part une fraction de la population ; bien qu'ils ne soient pas répertoriés sur Internet ni dans aucun annuaire public, ces établissements étaient abrités par des campus « traditionnels » à Cambridge, New Haven, Princeton…, dans des districts à l'accès réglementé. Non seulement nous ne savions pas précisément où se trouvaient ces centres universitaires, mais nous n'avions non plus jamais rencontré personne qui en soit diplômé.

En classe, quand je levais la main pour répondre à la question d'un professeur, je m'apercevais souvent que mes camarades – même mes amies – me jetaient des coups d'œil un peu mal à l'aise et inquiets *Qu'est-ce que va encore dire, Adriane ? C'est quoi, son problème ?*

Je n'avais aucun problème ! J'en étais sûre.

En fait, j'étais secrètement fière de moi. Peut-être même légèrement vaniteuse. Ayant envie de penser *Je suis la fille d'Eric Strohl.*

L'arrestation

Des mots brusques et impersonnels : « Strohl, Adriane. Les mains derrière le dos. »

C'était arrivé si vite. À la répétition de la remise des diplômes.

Si vite ! J'étais trop surprise – trop effrayée – pour songer à résister.

Sauf que je suppose que c'est ce que je fis – essayer de « résister » –, tentant avec un désespoir enfantin d'échapper à la poigne des agents en me dégageant d'une secousse – ils m'avaient attaché les mains derrière le dos avec une telle brutalité que je dus me mordre les lèvres pour m'empêcher de hurler.

Que se passait-il ? Je tombais des nues – on était en train de m'arrêter.

Pensant malgré mon choc *Je ne crierai pas. Je ne demanderai pas grâce.*

J'avais les poignets menottés derrière le dos. En quelques secondes, j'étais devenue captive de la Sécurité Intérieure.

Je venais à peine de prononcer mon discours et de m'éloigner de l'estrade pour descendre de la scène de l'auditorium lorsque notre principal, Mr Mackay, était entré, une expression bizarre sur le visage – de colère muette, de rectitude, mais aussi de peur – et m'avait montrée du doigt, comme si les agents chargés de m'arrêter avaient besoin qu'il me désigne avec autant de précision.

« C'est elle – “Adriane Strohl”. La traîtresse que vous recherchez. »

Mr Mackay s'était exprimé d'un ton étrangement guindé. Il paraissait très en colère contre moi – mais pourquoi ? À cause de mon discours ? Alors que ce discours avait consisté uniquement en questions – pas en réponses ni en accusations.

Je savais que Mr Mackay ne m'aimait pas – sans réellement me connaître, il avait entendu parler de moi par mes professeurs. Malgré tout, c'était choquant de lire une telle *haine* sur les traits d'un adulte.

« On l'avait prévenue. On les a tous prévenus. Nous avons fait de notre mieux pour l'éduquer en patriote, mais… cette fille est une *provocatrice* née. »

Provocatrice ! Je savais ce que signifiait ce terme, mais je n'avais encore jamais entendu une telle accusation dirigée contre moi.

Plus tard, je comprendrais que le Mandat d'Arrêt avait dû être émis avant la répétition – évidemment. Mr Mackay et ses conseillers académiques avaient dû me dénoncer au Département Disciplinaire de la Jeunesse avant d'avoir entendu mon discours – *devinant* probablement qu'il serait « perfide » et qu'on ne pouvait pas m'autoriser à le prononcer à la cérémonie de remise des diplômes. Et cette Bourse Démocratique Patriote – encore un tour cruel qu'ils m'avaient sûrement joué.

Tandis que les autres élèves restaient debout à fixer l'avant de l'auditorium violemment éclairé, l'agent chargé de mon arrestation – une femme – me lut le Mandat. J'étais trop abasourdie pour en entendre la majeure partie – je ne retins que les mots accusateurs *arrestation*, *détention*, *réaffectation*, *condamnation – Propos Traîtres* et *Remise en Question de l'Autorité.*

Et puis Mr Mackay enchaîna sans tarder en convoquant toutes les terminales en « assemblée d'urgence ».

Dans un murmure excité, mes condisciples s'installèrent dans l'auditorium. Il y avait trois cent vingt-deux élèves dans la promotion, et la nouvelle de mon arrestation s'était répandue parmi eux comme une traînée de poudre.

Gravement, Mr Mackay annonça sur l'estrade qu'Adriane Strohl, « anciennement » major de la promotion, avait été arrêtée par l'État pour motif de Trahison et de Remise en Question de l'Autorité ; et qu'un « vote de confiance » de ses pairs concernant cette action était désormais requis.

En d'autres termes, tous les membres de l'année de terminale (excepté Adriane Strohl) devaient voter pour confirmer ou contester cette arrestation. « Nous allons demander un vote à main levée », ajouta Mr Mackay d'une voix que la solennité de la situation faisait chevroter, « dans une démonstration totale, équitable et sans préjugés de démocratie ».

À ce moment-là, j'étais placée tout au bord de la scène, menottée, le visage strié de larmes, dans une attitude coupable. Comme si mes condisciples avaient besoin qu'on leur rappelle qui était la détenue, Adriane Strohl.

Deux jeunes agents du Département Disciplinaire de la Jeunesse de la Sécurité Intérieure (DDJSI) m'agrippaient le haut des bras. Un homme et une femme, vêtus d'uniformes bleu foncé et équipés de matraques, de tasers, de sprays au poivre et de revolvers dans de lourds étuis accrochés à leur taille. Mes camarades les observaient, les yeux écarquillés, à la fois intimidés et ravis. Une arrestation ! Au lycée ! Et un vote à main levée, ce qui n'était pas en soi une nouveauté, mais survenait dans des circonstances excitantes.

« Jeunes gens ! Puis-je avoir votre attention ? Tous ceux qui sont pour qu'on retire à Adriane Strohl l'honneur d'être major de sa promotion pour s'être rendue coupable de Trahison et avoir Remis en Question l'Autorité, levez la main – oui ? » Il y eut une brève pause stupéfaite. Très brève.

Quelques mains hésitantes se levèrent. Et puis quelques autres.

Ce fut indubitablement la présence des agents du Département Disciplinaire de la Jeunesse en uniforme qui décida mes condisciples à agir. Des rangées entières de mains se dressèrent d'un coup – *Oui !*

Ici et là, certains se trémoussaient sur leurs sièges, mal à l'aise. Ils n'étaient pas en train de voter, pas encore. Je croisai le regard de mon amie Carla, dont le visage avait également l'air baigné de larmes. Quant à Paige, elle semblait brûler d'envie de me signifier d'un geste *Je suis désolée, Adriane. Je n'ai pas le choix.*

Comme dans un cauchemar, une mer de mains finit par se lever en ma défaveur. S'il y avait des élèves qui ne votaient pas et qui gardaient les leurs serrées dans leur giron, je ne pouvais pas les voir.

« Et tous ceux qui sont contre – non ? » La voix de Mr Mackay plana dramatiquement, comme s'il comptait les mains levées ; alors qu'en fait il n'y en avait pas une seule en vue dans toutes ces rangées de terminales.

« Dans ce cas, je crois que nous avons ici un exemple frappant de démocratie, jeunes gens. "C'est la loi de la majorité – l'union fait la force." »

Le second vote ne fut guère plus qu'une répétition du premier : « Nous, la promotion de terminale de Pennsboro High, confirmons et soutenons l'arrestation de notre ancienne major, Adriane Strohl, pour cause de Trahison et de Remise en Question de l'Autorité. Tous ceux qui sont pour… »

À ce stade, la prévenue avait baissé ses paupières larmoyantes, en proie à un mélange de honte, de révulsion et de terreur. Elle n'avait pas besoin de voir toutes ces mains se lever une seconde fois.

Les agents me traînèrent hors du lycée par la porte de derrière sans tenir compte le moins du monde de mes protestations contre les menottes trop serrées, contre leur pression brutale et douloureuse sur mes bras. On me força à monter dans un véhicule de police banalisé qui ressemblait à un petit tank muni de grillages rappelant des chasse-neige, sans doute utilisé pour foncer sur les manifestants et les aplatir.

Les agents me jetèrent brutalement à l'arrière de la fourgonnette, refermèrent la porte et la verrouillèrent. J'eus beau les supplier, assis tous les deux à l'avant du véhicule, de l'autre côté d'une cloison en Plexiglas renforcée de barreaux, ni l'un ni l'autre ne m'accorda la moindre attention, comme si je n'existais pas.

Ces agents paraissaient être de catégorie CT4 et CT5. Peut-être s'agissait-il de citoyens des EAN nés « à l'étranger »/endoctrinés qui n'avaient pas été autorisés à apprendre l'anglais.

Je pensai *Quelqu'un va-t-il dire à mes parents où je suis ? Vont-ils me laisser rentrer chez moi ?*

Et aussi, de plus en plus paniquée *Vont-ils me « vaporiser » ?*

Annoncée par une sirène hurlante, je fus transférée dans un bâtiment aux allures de forteresse du centre-ville de Pennsboro, au quartier général du service des Interrogatoires de la Sécurité Intérieure. Il s'agissait d'un édifice aux fenêtres aveugles murées par des briques dont on racontait qu'il avait jadis été un bureau de poste, avant la reconstitution des États-Unis en États d'Amérique du Nord et la privatisation puis l'extinction graduelle du service postal. (De nombreux bâtiments des anciens États-Unis subsistaient, quoique utilisés à des fins différentes désormais. Celui de l'école primaire qu'avait fréquenté ma mère, par exemple, avait été reconverti en centre de diagnostic infantile et clinique de réparation chirurgicale ; la résidence universitaire où avait vécu mon père quand il était jeune étudiant en médecine, durant les années précédant sa reclassification en IM, était devenue un centre de détention et de rééducation de la jeunesse. Le Bureau de la Diffusion Média, où travaillait mon frère Roddy, occupait un vieux brownstone qui avait autrefois abrité la bibliothèque publique de Pennsboro, à l'époque où les « livres » qu'on pouvait tenir en main – et lire ! – existaient encore.) Dans ce lieu plein de courants d'air, on m'emmena jusqu'à une salle d'interrogatoire du Département Disciplinaire de la Jeunesse, avant de m'asseoir de force sur une chaise inconfortable en me braquant une lumière aveuglante et une caméra dans la figure ; ensuite, des étrangers que je parvenais à peine à distinguer se mirent à m'interroger.

On me demanda à plusieurs reprises : « Qui a écrit ce discours pour vous ? »

Personne, répondis-je. Personne n'avait écrit mon discours, et personne ne m'avait aidée à l'écrire – je l'avais rédigé moi-même.

« Est-ce votre père, Eric Strohl, qui a écrit ce discours à votre place ? »

Non ! Mon père n'avait rien fait de tel.

« Votre père vous a-t-il dit quoi écrire ? Influencée ? Ces questions sont-elles celles de votre père ? »

Non ! C'étaient mes propres questions.

« L'un ou l'autre de vos parents vous a-t-il aidée à écrire votre discours ? Influencée ? Ces questions sont-elles les leurs ? »

Non, non, *non*.

« Ces pensées perfides sont-elles les leurs ? »

J'étais terrifiée à l'idée que mon père, voire mes deux parents, aient été arrêtés et soient eux aussi interrogés dans un autre recoin de cet affreux endroit. Terrifiée à l'idée que mon père soit reclassé non plus en IM, mais en IT (Individu Transgressif) ou TA (Traître Actif) – et subisse le même sort qu'oncle Tobias.

Les agents qui m'interrogeaient passèrent au crible mon discours ligne par ligne, mot par mot – même s'il s'agissait simplement de deux feuilles de papier imprimées en double interligne, annotées de quelques commentaires gribouillés à la main. Mon ordinateur, qui avait été saisi dans mon casier, était également en cours d'examen.

De plus, tous les autres effets personnels que je gardais dans mon casier – carnet de croquis, sac à dos, téléphone portable, barres de céréales, sweat-shirt du lycée taché, mouchoirs en papier roulés en boule – avaient été confisqués.

Les interrogateurs étaient aussi brusques et impersonnels que des machines. On aurait presque pu les prendre pour des robots – jusqu'à ce qu'on voie l'un d'entre eux cligner des yeux, avaler sa salive, me contempler d'un air de pitié ou de dégoût, ou se gratter le nez.

(Même alors, comme l'aurait certainement dit Papa, ces personnages auraient pu être des robots ; car les dispositifs d'Intelligence Artificielle les plus récents étaient programmés pour imiter les traits particuliers humains idiosyncrasiques et « spontanés ».)

Parfois, un des interrogateurs remuait sur son siège pour s'éloigner de la lumière aveuglante, me permettant d'apercevoir un visage, fugitivement, mais distinctement – et ce visage était si ordinaire que c'en était choquant, comme celui de quelqu'un qu'on croise dans le bus, ou celui d'un voisin.

J'avais calibré mon discours pour qu'il ne dure pas plus de huit minutes. C'était la tradition dans notre lycée – le discours du major de la promotion devait être bref, et celui du deuxième meilleur élève, encore davantage. Mon professeur d'anglais, Mrs Dewson, avait été assignée pour me « conseiller », mais je ne lui avais pas montré mon projet. (Je ne l'avais montré ni à Papa, ni à Maman, ni à aucune de mes amies – j'avais l'intention de les surprendre le jour de la remise des diplômes.) Après une demi-douzaine de faux départs, je commençais à désespérer quand j'avais eu l'idée lumineuse de poser des questions numérotées – douze en tout – du genre de celles que mes camarades auraient pu poser s'ils en avaient eu le courage (certaines étant celles que j'avais jadis posées à mes professeurs, qui n'avaient jamais fourni de réponses satisfaisantes), comme *Qu'y avait-il avant le commencement des temps ?*

Et *Qu'y avait-il avant les Grandes Attaques Terroristes du 11/09 ?*

Notre calendrier des EANR remonte à la période de ces attaques qui est antérieure à ma naissance, mais pas à celles de mes parents, si bien qu'ils se souvenaient d'une ère précédant les EAN où le calendrier était différent – le temps n'était pas mesuré par un nombre à deux chiffres mais à *quatre chiffres* ! (Selon l'ancien calendrier désormais hors-la-loi, ma mère et mon père étaient nés au cours de ce que l'on appelait le XXe siècle. Il était contraire à la loi de comptabiliser les dates de naissance selon l'ancien calendrier, mais Papa m'avait appris que j'étais moi-même née au cours de ce qu'on aurait appelé le XXIe siècle si le calendrier n'avait pas été réformé.)

EAN signifie États d'Amérique du Nord – plus formellement connus sous le nom d'EANR – États d'Amérique du Nord Reconstitués, qui ont vu le jour quelques années après les Grandes Attaques Terroristes et sont la conséquence directe de ces attaques, comme on nous l'a enseigné.

Les Attaques ont été suivies d'un Interlude d'Indécision, durant lequel la question des « droits » – (la Constitution, la Déclaration des Droits, les lois concernant les Droits Civiques, etc.) –, opposée au besoin d'une Vigilance Patriote dans la Guerre Contre la Terreur (VPGCT), était contestée, débat qui s'est soldé par une victoire de la Vigilance Patriote après suspension de la Constitution et de la Déclaration des Droits par ordonnance de l'exécutif. (Je sais, c'est difficile à comprendre. Dès qu'on arrive à la fin d'une phrase de ce genre, on en a déjà oublié le début !)

C'était si étrange de penser qu'il y avait eu un temps où les régions connues sous le nom de Mexique (Reconstitué) et de Canada (Reconstitué) étaient des entités politiques séparées – distinctes des États-Unis ! Sur une carte, par exemple, il paraît clair que le grand État de l'Alaska devrait être connecté au continent des États-Unis, et non séparé d'eux par ce qui était jadis le « Canada ». Encore une chose difficile à comprendre qui ne nous avait jamais été clairement expliquée dans aucun de nos cours d'Histoire de la Démocratie Patriote, peut-être parce que nos professeurs n'étaient eux-mêmes pas certains des faits.

D'après mon père, les anciens livres d'histoire « obsolètes » (c'est-à-dire « non patriotes ») avaient tous été détruits. Traqués jusqu'aux plus lointains avant-postes – obscures librairies rurales du Dakota, piles de bouquins entassés sous terre dans les grandes bibliothèques des universités, microfilms dans ce qui avait jadis été la Bibliothèque du Congrès. Les informations « obsolètes/non patriotes » avaient été effacées de tous les ordinateurs et de toutes les mémoires accessibles – seules l'histoire et les informations reconstituées étaient autorisées, tout comme seul le calendrier reconstitué l'était aussi.

Simple question de logique, nous avait-on appris. Cela ne servait à rien d'apprendre des choses inutiles, qui ne feraient qu'encombrer nos esprits comme des détritus fourrés dans une poubelle qui déborde.

Mais il devait bien y avoir eu une époque *avant celle-là* – avant la Reconstitution, avant les Attaques. C'était l'objet de ma question. L'Histoire de la Démocratie Patriote – qu'on nous enseignait chaque année depuis la sixième, un socle immuable de Principes de Base complété par des informations toujours plus détaillées – ne s'intéressait qu'aux événements post-terroristes, essentiellement les relations des EAN avec ses multiples Ennemis Terroristes dans d'autres parties du globe, et au récit des « triomphes » des EAN dans de nombreuses guerres. Si nombreuses ! Elles étaient dorénavant combattues au loin, et plus par des soldats en chair et en os, pour l'essentiel ; on employait des robots-missiles ainsi que, selon la rumeur, de puissantes bombes nucléaires, chimiques et bactériologiques. Durant notre année de terminale, nous avions obligation de suivre un cours intitulé « Les Guerres de la Liberté » – qui incluaient les guerres d'antan comme la Guerre d'Indépendance, la Guerre Hispano-Américaine, la Première Guerre mondiale, la Seconde Guerre mondiale, la Guerre de Corée, la Guerre du Vietnam et les plus récentes, en Afghanistan et en Irak – toutes gagnées par notre pays, « de manière décisive ». On ne nous demandait pas d'apprendre les dates et les causes de ces guerres, si toutefois elles avaient de véritables causes, mais des noms de lieux de batailles et de généraux le plus haut placés, de dirigeants politiques et de présidents ; fournis en colonnes afin d'être mémorisés pour les examens. La question du *Pourquoi ?* n'était jamais posée – je l'avais donc soulevée en classe, et dans mon discours. Il ne m'était pas venu à l'esprit qu'elle puisse constituer des *Propos Traîtres*, ni que je puisse ainsi *Remettre en Question l'Autorité*.

Les voix dures de mes interrogateurs adoptaient désormais une nouvelle approche : Était-ce l'un de mes professeurs qui avait écrit mon discours à ma place ? L'un de mes professeurs qui m'avait « influencée » ?

Une idée me traversa l'esprit *Mr Mackay ! Je pourrais lui faire porter le chapeau, et il serait arrêté...*

Sauf que je ne ferais jamais une chose pareille, songeai-je. Cet homme avait beau me détester et m'avoir dénoncée pour Trahison, j'étais incapable de mentir en ce qui le concernait.

Au bout de deux heures, il fut décidé que j'étais un « sujet qui refusait de coopérer ». Deux agents de la Discipline de la Jeunesse m'emmenèrent, toujours menottée, à un autre étage de la Sécurité Intérieure où régnait une atmosphère angoissante de service médical ; là, on m'attacha à une plate-forme mobile qui glissa à l'intérieur d'une machine cylindrique émettant des cliquetis et des vrombissements tout près de ma tête ; le cylindre était si étroit que sa surface se trouvait à deux centimètres et demi de mon visage, et que je fus obligée de fermer les yeux pour ne pas céder à la panique. Les voix des agents me parvenaient à travers la machine, déformées et inhumaines. Il s'agissait d'un Créateur d'Images Cérébrales (CIC) – dont je ne connaissais l'existence que par ouï-dire – destiné à déterminer si je disais la vérité ou si je mentais.

Votre père – ou un autre adulte – a-t-il écrit votre discours à votre place ?

Votre père – ou un autre adulte – vous a-t-il influencée dans l'écriture de ce discours ?

Votre père – ou un autre adulte – a-t-il insufflé des pensées perfides dans votre esprit ?

Je parvins à peine à répondre en desserrant mes lèvres desséchées : « Non, non, *non !* »

On me répéta ces questions encore et encore. Peu importe les réponses que je fournissais, on me répétait toujours les mêmes questions.

Et leurs variantes étaient encore plus insidieuses.

Votre père Eric Strohl vient de nous avouer qu'il vous a « influencée » – alors autant avouer vous aussi. De quelle manière vous a-t-il influencée ?

C'était forcément un piège, me dis-je. Je bégayai : « En aucune manière. Jamais. Papa n'a rien fait. »

La voix poursuivit encore plus durement.

Votre mère Madeleine Strohl nous a avoué qu'elle et votre père vous ont tous les deux « influencée ». De quelle manière l'ont-ils fait ?

Je protestai en sanglotant : « Pas du tout ! Ils ne m'ont pas influencée… »

(Évidemment, ce n'était pas vrai. Comment des parents pouvaient-ils « ne pas influencer » leurs enfants ? Mes parents m'avaient influencée tout au long de ma vie – non pas tant par ce qu'ils disaient que par leur personnalité. C'étaient de bons parents aimants. Ils nous avaient appris à Roddy et à moi : *Il y a une âme à l'intérieur de nous. Un « libre arbitre ». Si – au-dehors – l'État n'a pas d'âme, et s'il n'y a pas de « libre arbitre » qui soit visible, faites confiance à ce qui est à l'intérieur, pas à l'extérieur. Faites confiance à l'âme, pas à l'État.* Mais je n'allais pas trahir mes parents en répétant ces paroles provocatrices.)

À un certain stade de l'interrogatoire, je m'étais apparemment évanouie – car je fus réveillée par des bruits assourdissants, en proie à la panique. Était-ce une forme de torture ? De torture-par-le-bruit ? Assez puissante pour crever les tympans ? Pour rendre le sujet fou ? Nous avions tous entendu des rumeurs à propos de ce type d'interrogatoire par la torture – même si personne n'en discutait ouvertement. Secoué et excité, Roddy rentrait à la maison après son travail à la Diffusion Média pour nous parler de certaines « techniques expérimentales » développées par la Sécurité Intérieure sur des primates de laboratoire – jusqu'à ce que Maman se plaque les mains sur les oreilles en le *suppliant d'arrêter*.

Les bruits assourdissants cessèrent d'un coup. L'interrogatoire reprit.

Néanmoins, il fut rapidement décidé que j'étais trop bouleversée – que mes ondes cérébrales étaient trop « agitées » – pour faire correctement la part du vrai et du faux, et on me fit sortir de la machine cylindrique d'imagerie, avant de me planter une aiguille de perfusion dans le bras et de m'injecter un puissant « sérum de vérité ». La litanie des questions reprit, et je fournis les mêmes réponses. Même dans mon état d'épuisement et d'abattement, je refusais de dire aux interrogateurs ce qu'ils voulaient entendre : que mon père, ou peut-être mes deux parents, m'avaient « influencée » dans mon comportement traître.

Ou même mes professeurs. Voire Mr Mackay, mon ennemi.

On m'avait sortie du détestable CIC pour m'attacher sur une chaise. Une lourde chaise basse « câblée » – un peu comme une chaise électrique – qui m'envoyait des chocs électriques aussi douloureux que des coups de couteau dans tout le corps.

À présent, je pleurais, et je finis par perdre le contrôle de ma vessie.

L'interrogatoire continua. C'était essentiellement la même question qui revenait, toujours la même, avec une variante occasionnelle pour me déstabiliser.

Qui a écrit votre discours à votre place ? Qui vous a « influencée » ? Qui est votre collaborateur dans cette Trahison ?

C'est votre frère Roderick qui vous a dénoncée. Vous avez été dénoncée par votre frère pour avoir fomenté une Trahison et Remis en Question l'Autorité.

Je me mis à pleurer plus fort. J'avais perdu tout espoir. De toutes les choses que les interrogateurs m'avaient dites, ou avaient voulu me faire croire, il n'y avait que celle-là – ma dénonciation par Roddy – qui me semblait plausible, et pas si surprenante que ça.

En effet, je me souvenais de la façon dont, en me pressant la main pour me féliciter de la bonne nouvelle, Roddy avait souri – de ce sourire sarcastique spécial qu'il me réservait.

Félicitations, Addie !

« Mesure disciplinaire »

Le lendemain matin, on vint me chercher pour me ramener au service des Interrogatoires de la Jeunesse.

À moitié portée hors de ma cellule, les mains menottées et les chevilles entravées, je me sentais très très fatiguée, très malade et à peine consciente.

J'avais l'espoir que mes parents m'attendent – qu'ils aient été convoqués pour venir me chercher et me ramener chez moi. J'accepterais qu'on m'interdise d'assister à la remise des diplômes – voire d'être diplômée tout court ; j'accepterais la possibilité d'être envoyée en Camp de Réhabilitation pour la Jeunesse, comme c'était arrivé à certains garçons de Pennsboro High après leur arrestation. Tout ce que je voulais, c'était voir mes parents – courir vers eux et me jeter dans leurs bras…

Quelques mois auparavant, ils avaient célébré mon dix-septième anniversaire. Quel instant heureux ! Mais il me paraissait désormais perdu et enfantin. Je n'avais pas eu l'impression d'avoir dix-sept ans, et maintenant, dans mon désir désespéré de retrouver mes parents, je n'avais même plus l'impression d'être une adolescente.

Bien sûr, ils n'étaient pas là. Ils ignoraient probablement ce qui m'était arrivé. Et je n'osais pas demander de leurs nouvelles.

Au lieu de cela, on m'informa sévèrement que plusieurs Boursiers Patriotes avaient été arrêtés la veille, au même moment que moi, dans une « rafle » de la Discipline de la Jeunesse. Après plus d'une saison de ralentissement des rafles et saisies de ce genre, le DDJSI « sévissait » de nouveau contre les potentiels « éléments transgressifs ».

Ces Boursiers Patriotes étaient des terminales en passe d'être diplômés, comme moi, d'autres lycées du secteur. Leurs noms avaient aussi été fournis au DDJSI par les proviseurs de leurs établissements. On me posa brutalement la question : Est-ce que moi, Adriane Strohl, je collaborais avec ces étudiants ? Est-ce que je conspirais avec eux ?

On me communiqua leurs noms : je n'avais jamais entendu aucun d'entre eux.

Leurs visages apparurent sur trois écrans de télévision au-dessus de ma tête ; je n'avais jamais vu aucun d'entre eux.

On braqua une caméra sur moi dans un éclair de lumière aveuglante. Je supposai que l'image de mon visage effrayé était retransmise dans d'autres salles d'interrogatoire où étaient retenus les Boursiers Patriotes arrêtés.

On me demanda à de nombreuses reprises : Est-ce que je collaborais avec un ou plusieurs de ces individus ? Est-ce que je conspirais avec eux ?

Tout ce que je pus répondre fut : « Non. »

Faiblement, désespérément – *Non*.

CHEN, MICHAEL était un Américain d'origine asiatique d'apparence très jeune à la chevelure noire et lisse qui lui tombait sur le col, et aux yeux écarquillés très sombres et inquiets. Lui aussi avait été nommé major de sa promotion à Roebuck High. Il suffisait de jeter un coup d'œil à CHEN, MICHAEL pour savoir que c'était un garçon intelligent, probablement un CT3.

PADURA, LAUREN était une fille au corps épais et à l'ossature faciale solide, mais au teint cireux et au regard humide, probablement une CT2. Elle était assise aussi droite que possible, bien que menottée et enchaînée aux chevilles ; elle étudiait à East Lawrence High. Il suffisait de jeter un coup d'œil à PADURA, LAUREN pour savoir que c'était une fille qui pensait par elle-même et qui posait très certainement des questions en classe comme je l'avais fait.

ZOLL, JOSEPH JAY était un grand garçon efflanqué à la peau couverte de boutons, portant des lunettes aux verres épais et arborant une petite moustache au-dessus de la lèvre supérieure, un CT1 comme moi. Nommé deuxième meilleur élève de sa promotion à Rumsfeld High, il avait des allures de crack en maths et en informatique – il suffisait de jeter un coup d'œil à ZOLL, JOSEPH JAY pour savoir que c'était un garçon que vous auriez aimé avoir pour ami, quelqu'un dont la gentillesse, la patience et l'expertise en matière d'informatique seraient d'une valeur inestimable.

Tous les quatre, nous n'en menions pas large sur nos écrans respectifs. Nous avions les yeux injectés de sang. La bouche qui tremblait. Quoi que nous ayons fait, nous le regrettions. Nous n'avions pas l'air *innocent*. Nous ne ressemblions plus à des élèves de terminale – nous faisions beaucoup plus jeunes. *Juste des enfants. Des enfants effrayés. Des enfants qui avaient besoin de leur maman et de leur papa. Des enfants qui n'avaient pas la moindre idée de ce qui leur arrivait.*

Une pensée affolée s'imposa à moi – et si l'un des Boursiers Patriotes avouait soudain qu'il avait

« collaboré » avec le reste d'entre nous ? Serions-nous tous Exécutés ?

Une voix brusque nous informa que nous avions trente secondes pour préparer nos confessions. Au terme de ce délai, si personne n'avait avoué, l'un des Boursiers Patriotes serait « sanctionné » en conséquence par une Frappe de Drone Domestique (FDD) – devant les caméras.

Nous étions terrifiés – paralysés. Personne ne pipa mot.

CHEN, MICHAEL aux cheveux lisses et noirs ouvrit la bouche et tenta de parler, mais aucun son ne franchit ses lèvres.

Il y avait des larmes et de l'agitation sur les traits de PADURA, LAUREN – mais aucun son ne sortit de sa bouche.

Je m'entendis alors supplier d'une petite voix chevrotante, disant que nous n'étions pas des « collaborateurs » – que nous ne nous connaissions pas les uns les autres, que nous ne nous étions jamais vus avant ce jour, que nous ne connaissions même pas nos noms respectifs…

Hors écran, la voix comptait avec indifférence : onze… seize, vingt et un… vingt-sept, vingt-huit…

Mon cœur cognait si violemment que je crus qu'il allait éclater. Mes yeux couraient d'un écran de télévision à l'autre – à mesure que les Boursiers Patriotes tremblaient et se recroquevillaient sur leurs chaises en plissant les yeux, sans être pour autant capables de les fermer complètement.

Un éclair aveuglant envahit l'un des écrans. Le garçon à la moustache – ZOLL, JOSEPH JAY – fut propulsé latéralement, comme s'il avait été frappé par un rayon laser qui pénétra le côté de sa tête tel du feu liquide, avant d'exploser et de dévorer son crâne, puis son torse et le bas de son corps en moins de trois secondes.

Les restes de ZOLL, JOSEPH JAY tombèrent par terre, ondulants et phosphorescents, et se volatilisèrent eux aussi graduellement sans tarder… J'entrevis les autres Boursiers Patriotes qui contemplaient avec horreur leurs écrans avant que les quatre moniteurs ne s'assombrissent et qu'un rugissement assourdissant ne m'envahisse les oreilles.

Lorsque je me réveillai, nauséeuse, après avoir totalement perdu conscience, on me soulevait de ma chaise. Encore si terrifiée toutefois que je n'osai pas ouvrir les yeux.

Exil : en Zone 9

« Adriane. Je suis votre conseillère du Département Disciplinaire de la Jeunesse. »

Cette femme avait à peu près le même âge que Maman. Son visage luisait si furieusement que je parvenais à peine à la regarder. À moins que ma vision ne soit devenue particulièrement sensible à cause de la violente lumière des salles d'interrogatoires de la veille.

Elle s'appelait S. Platz. Ses manières étaient presque joviales, comme si elle et moi partagions une bonne blague.

« Essayez de lever la tête et de me regarder, mon petit. Comme si vous n'aviez rien à cacher. Nous sommes "évaluées" et enregistrées – il faut que vous le sachiez. »

Après la terreur et le désespoir que j'avais ressentis, S. Platz représentait une telle surprise pour moi que je fus d'abord sceptique ; j'étais sûre que c'était une nouvelle tortionnaire. Chaque fois que je fermais les yeux, je revoyais ZOLL, JOSEPH JAY abattu comme un animal – ou un « ennemi » dans un jeu vidéo.

Jamais je n'oublierais ce spectacle horrifiant, songeai-je.

Jamais je ne voudrais l'oublier, en hommage au garçon exécuté.

À la différence des autres interrogateurs, S. Platz ne continua pas inlassablement à me poser les mêmes questions, et ne s'adressa pas à moi d'un ton sec et impersonnel.

Elle demanda à l'un des agents en uniforme de m'enlever mes chaînes – aux poignets comme aux chevilles. Elle me demanda si j'avais mal, si j'étais « très fatiguée » et si j'aimerais dormir « d'une traite » dans un vrai lit – pour m'aider à « récupérer ».

D'une voix presque inaudible, je répondis : « Oui ».

(Me demandant si « dormir d'une traite » signifiait quelque chose de terrible ?)

Mais S. Platz semblait si bienveillante ! Mes yeux se remplirent de larmes de reconnaissance pour sa compassion.

« Oui, merci. Oh oui – j'aimerais dormir... »

« J'ai une bonne nouvelle pour vous, Adriane. La Discipline de la Jeunesse a décidé que la sanction concernant votre violation des Statuts Fédéraux sera – l'Exil. »

L'Exil ? J'en avais entendu parler, bien sûr. Cette forme de punition était souvent confondue avec la Suppression parce que, pour ce qu'on en savait, y compris les familles des Exilés, l'Individu Exilé... se volatilisait simplement.

On disait que c'était hautement expérimental et dangereux. Les Individus Exilés étaient *télétransportés* – chaque molécule de leur corps dissoute pour être *reconstituée* ailleurs. (Aucun de ceux qui restaient ne savait où. Une colonie ou une autre planète ? D'après Roddy, c'était la thèse dominante. Mais quelle planète ? Si certaines avaient été colonisées par le Gouvernement, les citoyens ordinaires n'en savaient rien.) Sauf que, souvent, la télétransportation échouait et les Exilés étaient blessés, diminués, tués ou effectivement « vaporisés » – et personne ne les revoyait jamais.

C'était seulement si l'Individu Exilé réapparaissait des années plus tard, après avoir purgé sa peine, qu'on pouvait supposer qu'il était resté en vie pendant tout ce temps, mais dans un endroit lointain. Les IE étaient généralement autorisés à vivre, même s'ils devaient se soumettre à un processus de « Rééducation » et de « Reconstitution ».

L'Exil était considéré comme une mesure disciplinaire « humaine », « libérale », appropriée à des gens plus jeunes qui n'avaient pas – encore – commis les crimes les plus sérieux.

En cours d'Études Sociales Patriotes, on nous avait appris que, une fois qu'ils avaient purgé avec succès leur peine d'Exil et qu'ils étaient revenus dans le présent sous le nom d'IE1, les individus « Rééduqués » et « Reconstitués » devenaient souvent des Citoyens Patriotes exceptionnels ; plusieurs IE1 remarquables avaient ainsi été nommés à des postes fédéraux à l'Autorité de la Sûreté Publique et de Contrôle des Épidémies ; et l'IE1 le plus célèbre avait accédé à un poste à haute responsabilité au Capitole en tant que directeur assistant du Bureau Fédéral des Interrogatoires.

Selon certaines rumeurs, le Président lui-même était un IE1 – un ancien « Traître »-génie désormais intégralement reconverti aux EAN et à leur tradition démocratique.

S. Platz poursuivit : « Adriane, votre cas a été soigneusement évalué après l'intercession de plusieurs de vos professeurs en votre faveur. Ils ont soutenu que vous êtes "naïve" – "très jeune" – "pas transgressive" – et "pas radicale" – et que, si vous étiez éloignée de l'influence de votre père, IM, et qu'on vous donnait la chance de vous rééduquer, vous seriez un atout pour la société. C'est pourquoi nous vous transportons en Zone 9. Là-bas, vous fréquenterez une excellente université au programme en quatre ans pour vous former à une profession socialement utile. L'enseignement est fermement recommandé. Ou alors, si vos notes en sciences le permettent, vous pourrez être autorisée à vous inscrire en médecine. La Zone 9 n'est pas aussi "urbaine" que nos zones de l'Est, ni aussi "rurale" que la plupart de nos zones du nord du Midwest. Elle ne figure sur aucune carte des EAN – c'est un endroit qui n'"existe" que par accès spécial, car, aujourd'hui, dans les États du nord du Midwest englobant ce qui était autrefois connu comme le "Wisconsin", à l'ère de la Zone 9 les choses sont très différentes. » Consciente de mon expression désorientée et effrayée, S. Platz ajouta : « Inutile de vous soucier de tout cela, Adriane – vous serez simplement transportée jusqu'à l'université en Zone 9, où vous serez une "élève de première année". On vous fournira une nouvelle identité abrégée. Vous aurez comme en ce moment dix-sept ans. Et votre nom sera "Mary Ellen Enright". Si nécessaire, à votre retour, votre formation pourra être actualisée. Tout ce que vous avez besoin de savoir est contenu dans les Instructions, que je vais vous remettre maintenant. »

S. Platz avait beau parler clairement, j'avais des difficultés à la comprendre. Brûlant d'envie de demander *Mais puis-je revoir mes parents ? Rien qu'une fois avant d'être envoyée là-bas...*

S. Platz me tendit une feuille de papier aussi raide qu'un parchemin. Lorsque je tentai de la lire, mes yeux s'emplirent de larmes, et ma vision se brouilla.

« Alors ce n'est vraiment pas la peine de me poser de questions – n'est-ce pas ? »

S. Platz marqua une pause en m'adressant un sourire.

Et je notai alors que le regard gris acier de la conseillère ne souriait pas, mais se bornait à me fixer et à m'évaluer.

Je compris tout à coup *Si je ne réagis pas correctement, je serai vaporisée sur place. Cette femme en a le pouvoir.*

Avec un sourire figé, je parvins à murmurer : « Merci ! »

Sans un mot sur mes parents. Ni sur la vie que j'allais quitter – la vie pour laquelle je serais « perdue ».

II

Zone 9
Le Petit paradis

C'était une fille bizarre. Au début, nous ne l'aimions pas.

Elle ne nous souriait jamais. Son visage ressemblait à un masque. Elle priait à genoux – nous l'avons vue ! Elle s'endormait tous les soirs en pleurant comme nous, mais plus fort.

Pendant notre premier trimestre à Wainscotia, nous avions toutes le mal du pays. Nos parents et nos familles nous manquaient tant ! Mais cette fille n'était pas malheureuse de la même façon que nous – on aurait dit qu'elle avait le cœur brisé. Et elle refusait qu'on la console – ce qui n'est pas naturel.

Nous étions des filles chrétiennes, protestantes pour la plupart. Nous fréquentions la chapelle le dimanche. (Elle n'y allait jamais, nous l'avons remarqué.) Nous croyions aux vertus de la prière – pour de vrai !

Nous croyions pouvoir nous entraider. Nous croyions pouvoir sourire à travers nos larmes. Vous pleuriez, et puis vous riiez – vous ouvriez le paquet de brownies que votre maman vous avait envoyé pour le partager avec vos camarades de chambre, ou toutes celles qui passaient par là.

Vous pleuriez, et ensuite vous séchiez vos larmes – et vous redeveniez vous-même.

Cette fille dédaignait les brownies de nos mères et nous snobait alors qu'elle aurait eu la possibilité de se rendre en cours avec nous sur les trottoirs en pente raide qui menaient au campus, elle ne s'asseyait presque jamais avec nous au réfectoire. Elle était allée seule à la journée d'accueil des première année et en était repartie tout aussi seule, en catimini. La seule fille d'Acrady Cottage qui ne participait pas au Chant des Vêpres.

Probablement la seule de la promotion à prétendre avoir « perdu » son bonnet vert et violet de première année. Se fichant pas mal des étudiants plus vieux qui lui ordonnaient de « dégager le passage, bizut » – et les transperçant du regard comme si elle ne les voyait pas en continuant son chemin de sa démarche crispée et bossue, telle une somnambule pitoyable que vous n'aviez pas envie de réveiller.

Nous l'appelions la fille-sans-nom. Parce que, quand vous lanciez joyeusement Salut, Mary Ellen ! – elle n'avait pas l'air d'entendre ou de réagir à l'appel de son prénom, et s'éloignait en pressant le pas.

Nous ne savions pas grand-chose d'elle. À part qu'elle était boursière, comme nous.

Acrady Cottage était une résidence réservée aux boursières de première année – ce qui signifiait que la plupart d'entre nous n'avaient pas les moyens de fréquenter Wainscotia State sans aide financière et petits boulots à temps partiel sur le campus.

(Elle travaillait à temps partiel au musée d'Histoire naturelle.)

Les boursières étaient des filles économes ! La plupart de nos manuels étaient d'occasion – certains assez abîmés.

Nous portions des vêtements de seconde main ou cousus par nos mères ou nos grands-mères – voire par nous.

Nous étions nombreuses à appartenir au club 4-H[1]. *À Acrady Cottage, nous étions trois à nous être distinguées en gagnant un ruban bleu à la Foire de l'État du Wisconsin.*

Acrady n'était pas une résidence comme les bâtiments en pierre recouverts de lierre que l'on trouvait ailleurs sur le campus – une simple maison en bardeaux sans fioritures et d'un gris délavé par les intempéries, où vivaient les filles de première année qui n'avaient pas les moyens de loger ailleurs.

N'empêche qu'Acrady Cottage avait une âme ! Au Chant des Vêpres, Acrady excellait, bien que ce soit une des plus petites résidences du campus – vingt-deux pensionnaires seulement.

Vingt-deux en comptant « Mary Ellen » – la fille qui restait aussi seule que si on l'avait mise en quarantaine.

Durant notre première semaine à Wainscotia, nous avions toutes le mal du pays. Mais cela ne nous empêchait pas d'essayer d'être gaies – « amicales ».

Pas elle – « Mary Ellen Enright ».

Elle nous évitait dès que possible. Ses propres colocataires ! – et ce n'est pas chose facile.

Nous étions quatre dans la chambre du troisième étage. Un espace étroit avec uniquement deux fenêtres (des lucarnes).

Elle avait pris le lit le plus éloigné, dans un coin. Et son bureau était perpendiculaire au mur, cachant partiellement son lit du reste de la pièce. Pas de fenêtre dans ce coin-là.

1. Mouvement de jeunesse administré par le ministère de l'Agriculture américain visant à faire des jeunes gens des campagnes des citoyens responsables mettant en œuvre quatre valeurs : Honneur, Honnêteté, Habileté, Humanité.

Elle avait un mouvement de recul quand elle nous voyait. Tentant de sourire – un bizarre sourire éclatant qui n'atteignait pas ses yeux.

Et ensuite, lorsqu'elle pensait que nous étions endormies et que nous ne la voyions pas, à genoux dans le coin, à prier.

Et pleurant jusqu'à ce qu'elle s'endorme.

Elle avait l'air de quelqu'un qui sort d'un long voyage et qui ne s'en est pas complètement remis.

Nous nous étions demandé – si elle était étrangère ?

Mais quelle sorte d'étrangère ?

Même sa diction était bizarre. Si vous la coinciez dans un coin pour lui dire bonjour et lui demander comment elle allait et si elle ne pouvait pas s'échapper ni éviter de répondre, elle balbutiait quelque chose qui était presque – mais pas tout à fait – intelligible. Comme nous reconnaissions les rythmes et les voyelles de l'anglais dans ses paroles, sans savoir exactement ce qu'elle disait, nous parvenions à le deviner.

Et elle parlait si vite et si nerveusement ! Comme aucune autre fille d'Acrady Cottage.

Bien sûr, nous venions toutes du Midwest. Du Wisconsin pour la plupart d'entre nous. L'endroit d'où venait Mary Ellen, c'était l'un des États de l'Est, à ce qu'on nous avait dit. À l'évidence, les gens parlaient plus vite là-bas.

Notre partie des États-Unis (le Midwest !) est habituellement surnommée le Petit Paradis. Et Wainscotia est une université très spéciale au cœur de ce Petit Paradis.

Cette Mary Ellen, on était obligées de se demander : si elle était chrétienne ? Ou alors – juive ?

Aucune de nous autres filles du Wisconsin n'avait jamais vu de personne juive avant de venir à Wainscotia. Et pourtant, il y avait des Juifs là-bas – des professeurs, disait-on, mais aussi des élèves. Quelques-uns.

Il y avait même une fraternité juive, et une sororité juive. Pour qu'ils puissent vivre entre eux. Nous trouvions cela stupéfiant !

Dans les grandes villes du Wisconsin comme Milwaukee et Madison, il y avait des Juifs – nous le savions. Sauf que nous venions surtout du nord de l'État ou de comtés ruraux. Avec des origines allemandes, scandinaves, écossaises et irlandaises – et bien sûr anglaises.

De plus, « Mary Ellen » ne nous ressemblait pas. C'était difficile à expliquer, mais nous étions toutes d'accord là-dessus. Ses cheveux étaient blond foncé et hérissés comme si elle ne les avait pas peignés et brossés convenablement ; elle ne leur faisait jamais de boucles ni d'ondulations, et ne les lavait pas assez souvent. Ils avaient besoin d'une bonne coupe. Et elle allait se coucher sans épingles à cheveux ni bigoudis. Elle n'en portait jamais.

Elle ne prenait pas du tout soin de sa coiffure. Ne paraissait même pas savoir ce qu'étaient des bigoudis !

(Ni comment fonctionnait le téléphone – et composer le numéro avec l'index. De toutes les occupantes d'Acrady Cottage, il n'y avait que Mary Ellen qui répugnait à répondre au téléphone quand il sonnait à côté d'elle et, du coup, nous nous sommes demandé s'il était possible que sa famille n'ait pas le téléphone ?)

(Elle ne fumait pas non plus ! Et toussait continuellement à cause de la fumée de nos cigarettes – des quintes de toux qui lui faisaient monter les larmes aux yeux – même si elle ne se plaignait jamais comme on

aurait pu s'y attendre de la part d'une non-fumeuse. On voyait à son expression qu'elle souffrait, mais elle endurait cette souffrance avec une patience qu'on aurait pu qualifier d'immense.)

Elle aurait pu être jolie (ou presque) à ceci près qu'elle ne portait jamais de rouge à lèvres. Si un garçon l'avait regardée, il ne l'aurait même pas vue tellement il y avait peu de choses chez elle susceptibles d'attirer l'attention d'un homme. (Nous portions toute du rouge à lèvres – très rouge !) Et elle ne s'épilait même pas les sourcils, ce qui est à peu près le minimum qu'une fille puisse faire pour se rendre attirante.

Elle avait des allures de convalescente. On aurait dit qu'elle se remettait d'une maladie débilitante qui l'avait laissée amaigrie, sa peau cireuse et un peu granuleuse avait l'air aussi rêche au toucher que du papier de verre. Ses yeux auraient pu être magnifiques – ils étaient brun foncé, pareils à du chocolat liquide – avec des cils épais – mais en général, elle les plissait comme si elle fixait une lumière vive et aveuglante. Et elle ne vous regardait pas en face – comme quelqu'un qui a quelque chose à se reprocher.

Non seulement elle ne fumait pas, mais elle ne mangeait pas non plus de chips, de beignets, de Cheez-bits, de M&M's ni ces petits sachets de cacahuètes Planters sous cellophane qui étaient nos en-cas favoris quand nous étudiions, et qui laissaient du sel partout sur nos doigts. Elle ne mangeait pas non plus de viande difficile à mâcher comme le bœuf, le porc ou même parfois le poulet. Elle se nourrissait de ragoûts de poisson.

Ce qui expliquait sa maigreur. Plate comme une limande, des hanches aussi inexistantes que celles d'un garçon, elle n'avait pas besoin de rentrer péniblement dans une gaine comme nous toutes.

Ne savait même pas ce qu'était une « gaine » – et avait juste fixé Trixie le jour où elle s'habillait pour la soirée d'une fraternité, comme si elle n'avait jamais rien vu d'aussi effrayant !

Les boursières d'Acrady Cottage bossaient dur. Nous passions de longues heures à étudier car nous devions garder un B de moyenne sous peine de perdre nos bourses. Mais Mary Ellen Enright bossait encore plus dur, et plus longtemps qu'aucune d'entre nous – à notre connaissance, Mary Ellen ne faisait quasiment rien d'autre en dehors de ses devoirs et de son job à temps partiel au musée d'Histoire naturelle !

Assise à son bureau, tournant le dos à la pièce et à ses camarades de chambre, elle était d'un calme surnaturel, concentrée sur son travail, aussi immobile qu'un mannequin mais aussi si crispée qu'on devinait la tension dans son cou et ses épaules.

On aurait dit qu'elle retenait un cri, ou un sanglot.

Cela ne l'empêchait pas de rester devant le halo de sa lampe au pied tordu autant qu'elle pouvait le supporter – du moment qu'aucune d'entre nous ne se plaignait de la lumière.

(Au début, nous ne nous plaignions pas. Nous n'avions pas de mal à dormir avec une seule lampe allumée dans la pièce. Mais au fur et à mesure que les semaines passaient et que nous devenions moins patientes avec notre colocataire asociale, nous avons fini par le faire, et Mary Ellen descendait travailler dans la salle d'étude au rez-de-chaussée où elle ne pouvait déranger personne et où personne ne pouvait la déranger. Et parfois elle dormait là, sur un canapé. Et du coup, nous n'étions pas obligées de l'entendre sangloter avant de s'endormir !)

Il était difficile de dire ce qui clochait chez Mary Ellen. Sa façon de nous regarder fixement avant de détourner les yeux – comme si elle avait vu quelque chose d'effrayant – nous laissait croire que c'était nous qui avions un problème.

Nous espérions (plus ou moins) qu'elle abandonnerait l'université. Ou qu'elle demanderait son transfert ailleurs. C'était cruel de notre part, et pas très chrétien – nous n'étions pas fières d'avoir ce genre de pensées. Néanmoins, nous n'avions terminé le lycée que depuis quelques mois, et peut-être que Mary Ellen nous angoissait parce qu'elle paraissait sur le point de perdre les pédales. Proche du délabrement mental et physique que nous ressentions nous-mêmes à l'occasion, loin de chez nous pour la première fois alors que l'université du Wisconsin-Wainscotia comptait neuf mille quatre cents étudiants.

À Wainscotia, un certain pourcentage d'élèves de première année abandonnait durant les premières semaines du premier trimestre. On entendait parler de gens – des filles, surtout, mais il y avait aussi des garçons – qui « s'effondraient » purement et simplement – « n'arrivaient pas à dormir » – « pleuraient constamment » – ou « se sentaient perdus ».

Cependant, Mary Ellen paraissait déterminée à ne pas en faire partie. Elle avait beau être profondément malheureuse et nous sembler (à certaines d'entre nous, au moins) au bord de l'effondrement nerveux, elle avait un côté volontaire – comme un estropié qui n'a pas l'air de s'apercevoir qu'il est estropié, ou un bègue qui n'a pas l'air de s'apercevoir qu'il est bègue.

Autre chose étrange : Mary Ellen était la seule pensionnaire d'Acrady Cottage à ne pas recevoir de courrier. Plus étrange encore : Mary Ellen Enright ne paraissait même pas en attendre, parce qu'elle passait toujours devant les boîtes aux lettres sans jeter le moindre coup d'œil à la sienne.

Nous avions demandé à Miss Steadman, la conseillère de notre résidence, ce qu'à son avis nous pourrions faire pour alléger la solitude de Mary Ellen, et Miss Steadman avait suggéré de la laisser tranquille pour l'instant, sous prétexte que « Mary Ellen » venait de très loin – d'un des États de l'Est comme New York, le New Jersey ou le Massachusetts – et qu'elle souffrait encore davantage du mal du pays que nous, parce que nos familles habitaient dans l'État, ce qui nous permettait de leur rendre visite en bus le week-end.

« Est-ce que "Mary Ellen" est juive ? » avons-nous voulu savoir.

Miss Steadman a répondu qu'elle ne le pensait pas. Parce que « Enright » n'était pas réputé être un nom juif.

Mais on dirait qu'elle vient – d'ailleurs. Qu'elle n'est pas américaine – ou presque.

Miss Steadman accueillit cette remarque qu'elle n'appréciait visiblement guère par un froncement de sourcils.

Tout ce que Miss Steadman consentit à nous dire, c'était que Mary Ellen Enright était la seule résidente d'Acrady Cottage dont on ne lui avait pas communiqué le dossier complet en tant que conseillère de la résidence. Le bureau du doyen des femmes lui avait bien envoyé un dossier pour Mary Ellen, mais il était très succinct, et une partie avait été raturée à l'encre noire.

Hilda McIntosh nous a raconté ce jour de la première semaine de cours où elle était entrée dans sa chambre au troisième étage un après-midi – pour trouver sa colocataire Mary Ellen Enright debout devant sa table de travail, perdue dans la contemplation de sa machine à écrire.

Il s'agissait de la Remington portative de Hilda, l'un de ses biens les plus chers qu'elle avait apportés à l'université. Tout le monde à Acrady Cottage ne possédait pas de machine à écrire, et celles qui n'en avaient pas enviaient Hilda !

Et voilà que Mary Ellen reluquait cet objet avec une expression qui, d'après Hilda, était « bien au-delà de l'envie ».

Comme si cette fille n'avait jamais vu de machine à écrire et que c'était un genre de nouvelle invention !

Hilda avait donc dit en parlant doucement, de peur d'effaroucher Mary Ellen (mais l'effarouchant malgré tout, si bien qu'elle avait sursauté, tremblé, et que ses paupières s'étaient mises à cligner) : Tu peux l'essayer, Mary Ellen, si tu veux. Tiens, voilà une feuille de papier !

Hilda avait inséré la feuille dans la machine. Elle avait montré à la fille comment il fallait faire pour taper – frappant tour à tour plusieurs touches rapidement.

La fille se contentait de fixer la machine, le visage absolument inexpressif.

Comme ça, tu vois ? Bien sûr, il faut mémoriser le clavier. Ça vient avec la pratique. J'ai appris au lycée – ce n'est pas difficile.

La fille avait effleuré une des touches. Elle donnait l'impression de ne pas avoir la force d'appuyer dessus.

D'une voix blanche, elle avait lâché : Ça ne m-marche pas...

Hilda avait éclaté de rire. Bien sûr que ça marche !

La fille avait examiné l'arrière de la machine comme si elle cherchait une pièce manquante.

Reprenant d'une voix blanche : Mais... il n'y a rien qui la connecte à... à...

Hilda avait ri de plus belle. C'était comme montrer à un parent campagnard l'usage de, disons, des toilettes intérieures ! Très drôle.

Regarde, avait continué Hilda.

Hilda s'était assise à son bureau et les touches avaient crépité tel un tir de mitraillette :

23 SEPTEMBRE 1959
ACRADY COTTAGE
WAINSCOTIA STATE UNIVERSITY
WAINSCOTIA FALLS, WISCONSIN
ÉTATS-UNIS
UNIVERS

Mary Ellen, la nouvelle, avait contemplé ce déploiement de magie – les touches qui fonctionnaient à toute allure, les lettres tapées qui devenaient des mots et des phrases – et paru incapable de parler. Comme si sa gorge s'était verrouillée. Comme si le fracas de la machine à écrire l'avait effrayée, et qu'elle ne supportait pas la vue de – quoi, en fait ? Hilda ne parvenait pas à l'imaginer.

Hilda avait encouragé Mary Ellen à faire un autre essai, mais Mary Ellen avait reculé comme si tout ça était trop pour elle. Et soudain, ses yeux avaient roulé à l'arrière de ses orbites, elle était devenue d'une pâleur crayeuse – et elle s'était effondrée par terre, comme morte.

Machine à écrire

« Mary Ellen ? »

L'une des filles me parlait. Elle était arrivée par-derrière. J'avais très peur. Je savais qu'il existait des informateurs comme mon frère Roddy – évidemment. Mais je ne parvenais pas à saisir si je me comportais comme quelqu'un de coupable ou si, en ma qualité d'IE, mon comportement était approprié à mon statut.

C'était celle qui s'appelait « Hilda McIntosh ». Elle avait une face de lune ronde et fade, et un sourire très amical. Ses cheveux châtains étaient coiffés « à la Jeanne d'Arc ». Je ne pouvais pas me résoudre à la regarder en face, et encore moins dans les yeux, par peur de ce que j'y verrais.

Le regard vide. L'iris de la taille d'une graine.

Je me demandai : Si cette personne était une informatrice ? Si elle savait qui *Mary Ellen Enright* était en réalité ? *Si elle m'avait suivie ?*

C'était souvent le cas, ici en Zone 9, que je sois suivie par des individus. Mais d'une manière si expérimentée que je ne pouvais pas savoir s'ils me suivaient à dessein ou si ce n'était qu'une coïncidence.

J'avais été obligée de fuir la salle de conférences située dans le bâtiment près de la chapelle – Hendrick Hall – où les autres aspiraient l'oxygène de la pièce (j'avais compté soixante-six silhouettes d'étudiants assises sur les rangées de l'amphithéâtre en pente), tandis que celle du professeur sur l'estrade continuait à enseigner les rudiments de la logique. *Y contient X. X et M sont identiques. Quelle est la relation entre M et Y ?*

Je ne traversais jamais la pelouse. L'espace dégagé et vulnérable de la pelouse. Progressant telle une créature sauvage et blessée le long des bâtiments et à travers les étroits passages pour ne pas attirer l'attention.

N'osant pas lever la tête pour découvrir qui me « voyait ».

L'IE sera surveillé à tout moment durant son Exil.

Toute violation d'une ou plusieurs de ces Instructions aboutira à la Suppression immédiate de l'IE.

Sur une succession de collines, essentiellement en descente, environ un kilomètre et demi me séparait d'Acrady Cottage, où je courais me cacher dans la chambre du troisième étage assignée à « Mary Ellen Enright ».

C'était l'épicentre de la Zone 9 Réglementée. Le lieu où j'étais emprisonnée. Et pourtant, je m'y sentais en sécurité.

Je pénétrais dans le cottage par une porte latérale. Montais par l'escalier de derrière en espérant ne pas me faire repérer par l'une des silhouettes-de-filles, et évitais l'appartement de la conseillère de la résidence au rez-de-chaussée, dont la porte était toujours grande ouverte comme pour dire *Bienvenue !* mais dont je craignais que ce ne soit un truc d'informateur.

La certitude que mon frère Roddy m'avait dénoncée était comme une lame enfoncée dans mon cœur. Je ne me souvenais pas de ces terribles heures d'interrogatoire au Département Disciplinaire de la Jeunesse, mais je me rappelais avoir eu cette révélation et avoir été choquée et en même temps guère surprise en songeant

Bien sûr, Roddy m'a toujours détestée. C'est normal qu'il souhaite que je sois Exilée – ou pire.

J'avais envie de penser qu'un jour je reverrais Roddy – et que je lui pardonnerais. Mais les larmes me piquaient les yeux car je ne supportais pas l'idée que Roddy ne voudrait pas de mon pardon.

Toutefois, si j'affrontais Roddy, cela voudrait dire que je reverrais mes parents. J'avais si désespérément envie de le croire !

On était en début d'après-midi, heure à laquelle les occupantes de première année d'Acrady Cottage étaient en général sorties.

Je comptais bien être invisible. Je ne pouvais pas respirer normalement si je me savais *visible.*

Durant ces premiers jours en Zone 9, je ne pensais pas à ces autres personnes qui pourraient se trouver en Exil ici – car il y en avait sûrement d'autres comme moi. Pareille à quelqu'un qui est enfermé dans une petite cage sans avoir conscience d'autres individus potentiellement piégés comme lui et qui, dans son désespoir, n'a pas de sympathie à gaspiller pour eux, j'étais juste capable d'envisager ma propre situation.

Montant les marches à la hâte. Haletante, transpirante. Car dans cet endroit, le mois de septembre était chaud et sec, et Acrady ne disposait pas de l'air conditionné.

En Zone 9, très peu de bâtiments en étaient équipés. À l'évidence, l'air conditionné était rare à cette époque-là. Et quand il y avait un tant soit peu d'air, il était souvent pollué par la fumée de cigarette, à ma plus grande consternation et à mon plus grand dégoût.

Je trouvais tellement stupéfiant que mes camarades de chambre fument ! Toutes autant qu'elles étaient. Comme si elles ignoraient que les cigarettes causent le cancer, ou qu'elles s'en fichaient. Pire encore, je surprenais leurs expressions agacées quand je toussais et que je m'étouffais, et pourtant – comment aurais-je pu m'en empêcher ? En EAN-23, il était interdit de fumer depuis ma naissance. (À la place, on encourageait l'injection de nicotine en intraveineuse.)

Songeant *Est-ce ma punition ? Inhaler passivement de la fumée de cigarette ?*

J'étais obligée de me demander qui étaient réellement mes colocataires. Pourquoi j'avais été assignée à la chambre 3C d'Acrady Cottage avec ces filles. En EAN-23, on disait : « Il n'y a pas d'accidents, uniquement des algorithmes. » Je n'arrivais pas à croire qu'il y ait des coïncidences dans les stratagèmes de la Sécurité Intérieure. À croire qu'au moins une et peut-être toutes mes colocataires ne soient pas des informatrices assignées à *Enright, Mary Ellen*.

Il était même possible que l'une d'entre elles soit un robot. Mais laquelle ?

Quel soulagement de me retrouver seule dans la chambre.

(Mais étais-je jamais « seule » dans notre chambre ?)

Ces effluves de fumée de cigarette aussi forts qu'une odeur corporelle me pinçaient les narines.

C'était l'occasion d'examiner cette grossière machine noire dotée d'un clavier posée sur le bureau d'une de mes camarades – une « machine à écrire ».

Naturellement, j'avais entendu parler de ces machines. J'en avais vu en photo, et mes parents m'avaient raconté en avoir possédé, je crois. (À moins que ce ne soient mes grands-parents ?) Cependant, je n'avais jamais vu de mes propres yeux une machine à écrire datant d'une ère précédant celle des ordinateurs.

En proie à une sorte de transe, je contemplai cet étrange objet. Quelque chose en lui me mettait mal à l'aise.

Mon ordinateur portable me manquait tellement que j'en eus presque le vertige. Mon téléphone portable, qui se nichait si confortablement dans la paume de ma main qu'il en était devenu comme une excroissance, une sorte d'œil lumineux rectangulaire, me manquait aussi.

Je ne parvenais pas à saisir la logique de cette machine. Était-il possible qu'elle soit aussi rudimentaire, qu'elle serve seulement à… *taper ?*

Pas d'Internet ? Pas d'e-mails ? Pas de textos ? Seulement pour – *taper* ?

Il n'y avait aucun endroit pour regarder dans ou sur la machine à écrire ! Il n'y avait pas d'*écran*.

Cela me plongeait dans des abîmes de réflexion de penser que cette machine grossière ne se connectait pas à une quelconque réalité à part elle-même. Que ce n'était – qu'une *machine*.

Devant une machine à écrire, on était enfermé en soi-même. On ne pouvait pas s'échapper dans le cyberespace. En Zone 9, on n'avait pas accès au cyberespace.

Difficile à concevoir : en 1959, *le cyberespace n'existait pas*.

Enfin, ce n'était pas possible – si ? Parce que l'une des grandes avancées de notre époque, comme on nous l'avait expliqué et réexpliqué, était l'établissement du cyberespace en tant qu'entité séparée et distincte, (vraisemblablement) indépendante des êtres humains, et de ce fait indépendante des contraintes de temps et d'espace.

Non que j'y aie jamais compris grand-chose. Pour le comprendre réellement, il aurait fallu maîtriser les maths, la physique, l'astrophysique, et l'informatique la plus avancée qui était en fait, en EAN-23, classée comme confidentielle.

« Mary Ellen ? » – la voix était toute proche, derrière moi.

Cette fille souriante était arrivée en catimini dans mon dos – elle s'appelait « Hilda ». Elle m'avait fait si peur que mon cœur bondissait dans ma poitrine tel un oiseau blessé.

Évidemment, Hilda était très amicale. Elles étaient toutes très amicales. Elles me dévoraient des yeux comme des fourmis affamées. Mémorisant, évaluant. Préparant les mots qu'elles utiliseraient dans leurs rapports à la Sécurité Intérieure.

De sa voix grave du Midwest dont la sonorité me paraissait moqueuse, Hilda était en train de dire que cette machine était sa « Remington presque neuve », dont elle semblait fière.

« Tu peux l'essayer, Mary Ellen, si tu veux. Tiens, voilà une feuille de papier ! »

Hilda inséra une feuille dans la machine et la fit rouler pour la mettre en place. Elle m'indiqua comment taper, frappant plusieurs touches à la suite – des touches prises au hasard, de ses doigts habiles.

Mais je ne fis que la regarder fixement. J'avais la tête qui tournait.

J'aurais bien voulu tenter de parler, mais c'était comme si ma langue était devenue cotonneuse, trop encombrante pour ma bouche.

Hilda poursuivit : « Comme ça, tu vois ? Bien sûr, il faut mémoriser le clavier. Pour que tes doigts tapent sans que tu doives y penser. Ça vient avec la pratique. J'ai appris au lycée – ce n'est pas difficile. »

J'effleurai l'une des touches. Il ne se passa rien.

« Ça ne m-marche pas… »

Ma réaction fit rire Hilda. Sans malice, mais comme une grande sœur pourrait rire de la naïveté de sa cadette.

« Bien sûr que ça marche, Mary Ellen ! Comme ça. »

Mary Ellen. Prononçait-elle mon nom amicalement ou d'un ton railleur ?

J'avais envie de croire que ce personnage féminin, « Hilda », était vraiment une fille comme moi, et qu'elle se montrait sincèrement amicale. Je n'avais pas envie de croire que ce personnage féminin était un agent appointé par la Sécurité Intérieure ou (peut-être) la représentation virtuelle d'une étudiante de premier cycle manipulée sur un écran par un agent de la Sécurité Intérieure qui me tourmenterait (à distance) dans mon Exil en Zone 9.

J'étais distraite par la proximité physique de Hilda. Beaucoup de filles d'Acrady Cottage se tenaient trop près de moi, ce qui m'obligeait à reculer. Notre comportement en présence des autres en EAN-23 était notoirement différent : la règle tacite étant qu'*il ne fallait pas trop s'approcher*. Depuis mon arrestation et le terrible spectacle de l'exécution du garçon sur l'écran de télévision, je redoutais que des étrangers n'envahissent mon espace personnel. Ma peau me picotait tant je me sentais en danger.

Hilda était si amicale, si *gentille*, qu'elle ne paraissait pas du tout consciente de ma méfiance. On disait d'elle que c'était une « jolie » fille (tout comme on disait de moi, certainement, que j'étais une fille « ordinaire »). Plus petite d'au moins dix centimètres, et mieux en chair. Alors que mon corps était presque aussi mince que celui d'un garçon, le sien était aussi galbé que celui d'une femme mûre. Comme les autres, Hilda portait une robuste brassière – un « soutien-gorge » – qui aurait pu tenir debout tout seul grâce à son tissu rigide renforcé de métal ; sous ses vêtements, ce « soutien-gorge » attirait autant l'attention qu'un appendice supplémentaire. Je reculai à moitié inconsciemment, espérant que Hilda n'allait pas, apparemment sans le vouloir, m'effleurer de ses seins pointus.

Assise à son bureau dans la posture exagérément parfaite que pourrait prendre une jeune femme dans une réclame, Hilda se mit à taper rapidement et sans faute pour me montrer comme c'était « facile » :

23 SEPTEMBRE 1959
ACRADY COTTAGE
WAINSCOTIA STATE UNIVERSITY
WAINSCOTIA FALLS, WISCONSIN
ÉTATS-UNIS
UNIVERS

« Tu vois ? Maintenant, essaie, Mary Ellen. »

23 septembre 1959 ! C'était impossible – pas vrai ?

C'était donc ça, la Zone 9 – évidemment. C'était mon Exil. Je devais accepter mon Exil, m'adapter. Et malgré tout…

Je fus soudain submergée d'horreur : je me trouvais dans un passé vieux de plus de quatre-vingts ans. Je n'étais pas encore née. Mes parents n'étaient pas encore nés. Dans ce monde-là, il n'y avait personne qui m'aimait, ni même personne qui me connaissait. Personne ne viendrait me chercher. J'étais complètement seule.

« Mary Ellen ? Qu'est-ce qui ne va pas ? »

Avec une expression d'inquiétude authentique – fraternelle –, Hilda me tendit la main malgré mon mouvement de recul.

« Ne me t-touche pas ! Non… »

J'étais terrifiée, j'avais la nausée. Me sentant cependant trop faible pour m'échapper – une fosse noire s'ouvrit sous mes pieds, et m'avala.

La fille perdue

Aidez-moi ! Aidez-moi – Maman, Papa...

Vous me manquez tellement...

J'étais habitée d'un désir dévorant de rentrer chez moi. Une soif si forte que j'avais presque l'impression qu'une main m'attrapait au collet pour me pousser en avant dans un plongeon désespéré et extatique.

Je suis toute seule, ici. Je vais mourir, ici.

Ils m'avaient attachée. Les poignets, les chevilles, la tête – pour éviter que je « ne me blesse moi-même ».

Inséré un tube douloureux dans la chair tendre à l'intérieur de mon coude, à travers lequel un liquide glacé se mit à couler dans ma veine. Une procédure mécanique qu'ils avaient déjà effectuée très souvent.

J'entendis quelqu'un annoncer d'une voix grave : *Le sujet s'endort.*

Je me visualisai comme une lumière qui s'éteint peu à peu. Un tourbillon de lumière qui se replie sur lui-même et devient de plus en plus petit et transparent.

Et ensuite, brutalement – je ne fus plus là.

Dématérialisation du sujet. Télétransportation des composantes moléculaires du sujet. Reconstitution en Zone 9.

« "Mary Ellen Enright." C'est vous ? »

La question avait été posée à quelqu'un-qui-n'était-pas-moi. Et pourtant, j'observais ce corps inanimé de quelque part au-dessus et je ressentais de la pitié pour lui.

Pareille à un zombie. Exilée.

Je me demanderais *Un zombie sait-il qu'il est un zombie ? Comment un zombie comprendrait-il.*

C'était drôle ! Mais le rire se figea dans ma gorge telle une boule de mucus.

Dans cet endroit très froid. Où le sang coulait aussi lentement que du mercure liquide.

J'étais totalement désorientée. Je n'arrivais pas à m'éclaircir les idées. Mon cerveau avait subi un traumatisme. Je les avais entendus plaisanter.

SNN, c'est comme ça qu'on les appelait – *les Services de Sécurité Neurologiques.* Au lycée, des rumeurs circulaient. C'était tabou.

Avant la télétransportation, ils avaient introduit une puce électronique dans une zone spéciale de mon cerveau nommée l'hippocampe, où les souvenirs sont traités avant d'être stockés ailleurs. Ou du moins je croyais que c'était ce qui avait dû se passer. Je ne pensais pas qu'il s'agissait d'un rêve.

On m'avait rasé une partie du cuir chevelu, enlevé un morceau de cerveau en forme de part de tarte et inséré la puce à la place. Je ne ressentais (bien évidemment) aucune douleur. Un zombie ne ressent pas la douleur. Même la partie de mon crâne qu'on avait sciée et mon cuir chevelu entaillé me semblaient froids, engourdis et lointains. En même temps, j'étais emplie d'une vague de gratitude si puissante que j'en aurais pleuré – *Ils ne m'ont pas enlevé mes parents. Ils m'ont au moins laissé mes parents.*

Car on aurait aussi pu m'enlever la partie de mon cerveau contenant tous les souvenirs que j'avais d'eux.

En Exil, vous vous raccrochez à ce que vous avez, et qu'on ne vous a pas (encore) pris.

On m'emmena hors de cet endroit glacial avec d'autres personnes *télétransportées* dans une camionnette aux allures de véhicule médical d'urgence.

Ce véhicule n'avançait pas vite. Il ne disposait pas d'une sirène.

Il ne s'agissait pas d'une urgence, mais d'un déplacement de routine.

Il s'arrêta plusieurs fois avant d'atteindre ma destination. Dans mon état semi-conscient, je suivais assez mal les événements. J'essayais de parler à mes parents dont les visages me paraissaient pétris d'inquiétude. J'essayais de dire *Dans quatre ans, je vous reverrai. Ne m'oubliez pas !*

J'aurais été bien en peine de déterminer si j'avais dix-sept ans ou sept.

J'étais incapable de dire en quelle année nous étions. Je n'avais aucune idée de l'endroit où je me trouvais.

Nous avions laissé derrière nous les lumières d'une ville et traversions désormais une vaste nuit en milieu rural. À ma grande stupéfaction, les étoiles dans le ciel nocturne au-dessus de nous étaient plus grosses et plus lumineuses que je ne les avais jamais vues dans mon ancienne vie perdue.

Ici, en Zone 9, l'air était plus pur. Si pur à respirer ! Le ciel nocturne n'était pas obscurci par l'écran de pollution auquel nous étions accoutumés dans mon ancienne vie perdue.

Durant notre transport à travers la nuit dans cette camionnette, nous étions attachés à des brancards, ce qui nous empêchait de tourner la tête pour nous regarder.

Nous étions très fatigués, car nous avions parcouru une très longue distance.

Il était possible que tous les *sujets télétransportés* n'aient pas été complètement vivants à l'issue du voyage. Au début, je ne savais pas vraiment si j'étais moi-même complètement vivante.

L'un des autres sujets télétransportés faisait de l'hyperventilation sous l'effet de la panique. Sans doute un problème avec ses médicaments. Je ne pouvais pas tourner la tête pour voir ce qui se passait. À moins que ma tête n'ait été attachée pour l'empêcher de bouger. Je restai d'une immobilité absolue et respirai calmement comme Papa m'aurait conseillé de le faire en présence de l'Ennemi. Je pensai *Ils vont le vaporiser*. C'était une pensée désespérée *Ils vont le vaporiser lui, et pas moi.*

À l'arrêt suivant, on me sortit de la camionnette.

Après m'avoir détachée de mon brancard, on m'obligea à me mettre debout.

« Servez-vous de vos jambes, Miss. Elles fonctionnent très bien. Votre cerveau leur envoie un signal – jambe gauche, jambe droite. Et votre tête – levez la tête. »

Je réussis à marcher quelques mètres avant de m'effondrer.

Le lendemain matin, je me réveillai sous une couverture fine, allongée sur un lit de camp au matelas défoncé. Les bandages sur ma tête avaient disparu. Je n'avais plus de liens aux poignets ni aux chevilles. Et ma sensation d'étourdissement s'était en grande partie dissipée.

On allait m'expliquer : j'étais étudiante en première année à Wainscotia State University, à Wainscotia Falls, Wisconsin. J'étais arrivée tard la veille au soir, fiévreuse. On m'avait emmenée à l'infirmerie de l'université et non dans ma résidence. Et maintenant que le matin était venu et que ma fièvre était tombée, on allait me laisser sortir.

« Vos affaires ont été livrées à votre résidence, Miss Enright.

– Oui. Merci.

– Votre résidence est Acrady Cottage, sur South University Avenue.

– Merci. »

Acrady Cottage. South University Avenue. C'était à moi de trouver cet endroit, et c'est ce que j'allais faire.

Je me sentais si pleine d'espoir ! De petites bouffées d'émerveillement m'envahissaient par vagues successives, bien que je sois encore paralysée par la peur.

Parce que la question cruciale était la suivante : mes parents étaient vivants, et je leur reviendrais, dans quatre ans. Mes parents n'avaient pas été « vaporisés », même dans mes souvenirs.

Et la question cruciale était la suivante : « Mary Ellen Enright » était de toute évidence un spécimen en bonne santé. Elle avait survécu à la *télétransportation*. Si son cerveau avait souffert, ce n'était pas une blessure majeure.

Et si c'était une blessure mineure, peut-être qu'elle guérirait.

En revanche, quand je tentai de me lever du lit de camp, je me sentis toute faible et j'aurais perdu l'équilibre – mais la jeune femme aux muscles robustes, en uniforme blanc d'infirmière, avait tendu les bras pour me rattraper.

« Et voilà, “Mary Ellen”. C'est parti ! »

Elle se mit à rire. Nos regards se croisèrent l'espace d'une fugitive seconde.

Elle avait des cheveux blonds relevés en arrière, si pâles qu'ils en étaient presque blancs. Et au-dessus de son sein gauche, un petit badge en plastique avec son nom – IRMA KRAZINSKI.

Elle sait qui je suis. Et malgré tout, ce n'est pas une Ennemie.

Plus tard, je penserais *Peut-être qu'elle est comme moi et qu'elle aura pitié de moi.*

À la résidence, un gros carton attendait M. E. ENRIGHT dans le hall d'entrée.

« Vous êtes – "Mary Ellen" ? Ceci vient d'arriver. »

Le carton mesurait environ quatre-vingt-dix centimètres sur cent vingt. Il était si plein à craquer qu'un de ses côtés semblait sur le point d'exploser.

Sans compter que le carton était sévèrement abîmé, comme s'il avait été transporté sur une longue distance, par temps de pluie. Il était recouvert de couches superposées de ruban adhésif transparent qui se chevauchaient comme une toile d'araignée démente. Même avec la paire de ciseaux fournie par la conseillère de la résidence d'Acrady Cottage, il était très difficile à ouvrir.

« Bigre ! Quelqu'un s'est assuré que ce carton ne serait pas éventré en cours de livraison ! »

À l'intérieur, il y avait des vêtements : plusieurs jupes, chemisiers, pulls, un pantalon, une robe chasuble en laine bleu marine, une veste molletonnée, un pyjama en flanelle, des sous-vêtements de coton blanc, une paire de tennis et une paire de chaussures marron que la conseillère appela des « mocassins ». Il y avait aussi des « bermudas » et un « blazer » – des vêtements d'un genre que je n'avais encore jamais vu. Ainsi que de longs « bas » transparents – accessoires également nouveaux pour moi. Ces articles étaient tous de seconde main, froissés, et sentaient le moisi.

Je scrutai l'intérieur du carton. J'étais abasourdie, la tête me tournait. Je pensai *Ce sont les vêtements abandonnés des morts.*

« Je peux vous aider à les porter à l'étage ? Ce sera sans doute plus pratique de laisser le carton ici et de monter vos affaires dans vos bras…

– Non. Je vais m'en charger moi-même. Merci. »

Miss Steadman, la conseillère de la résidence, faisait preuve d'une grande gentillesse. Néanmoins, je n'avais même pas envie de la regarder. Pas envie de parler avec cette femme plus que nécessaire ni de me retrouver seule avec elle dans la chambre qui m'avait été attribuée, même quelques minutes.

Pas envie qu'elle voie ces vêtements de trop près. Craignant qu'elle ne s'aperçoive que certains d'entre eux ne m'étaient pas familiers. Et pas envie non plus qu'elle sente plus que nécessaire l'odeur aigre de renfermé qui s'en dégageait.

Pas envie qu'elle me plaigne. *Cette pauvre fille !* – C'est sûr, *elle* est vraiment pauvre.

De plus, je trouvais les paroles de Miss Steadman et sa diction étranges. Il était clair qu'elle parlait anglais, mais si lentement, avec des voyelles si bizarrement nasillardes que cela me rendait nerveuse de l'écouter.

Au fond du carton, il y avait une enveloppe avec M. E. ENRIGHT tamponné dessus. Je ne l'ouvrirais pas avant d'être seule dans la chambre 3C, où je découvrirais qu'elle contenait cinq billets de vingt dollars, aussi impeccables que s'ils venaient d'être imprimés, accompagnés d'une épaisse feuille de papier intitulée LES INSTRUCTIONS.

Il ne s'agissait pas d'un message personnel. J'eus un petit pincement au cœur de déception parce que j'avais espéré – enfin, j'avais choisi de croire – que S. Platz m'avait personnellement prise en amitié.

Je transportai mes nouvelles affaires dans mes bras jusqu'à la chambre 3C à l'étage. Encore sous le coup de mon long voyage, je m'essoufflai vite. Miss Steadman m'observa avec inquiétude sans oser me proposer de nouveau son aide.

Les élèves de première année allaient arriver sur le campus de Wainscotia le lendemain. J'avais été envoyée en Exil au moment idéal, et je pensai que S. Platz avait sans doute quelque chose à voir avec ce timing.

La chambre 3C était située à l'arrière du cottage. Une grande pièce dotée de deux lucarnes et d'un plafond mansardé. Un parquet nu, des murs nus parsemés de trous destinés à accrocher des photos et des petits clous.

Quatre lits, quatre bureaux : quatre camarades de chambre !

Je trouvais surprenant de devoir loger avec trois autres filles, et non seule.

En même temps, j'étais soulagée que la pièce soit ordinaire. Excepté le plafond mansardé contre lequel, si je n'y faisais pas attention, je risquais de me cogner la tête.

Je balayai rapidement les lieux du regard. J'aurais souvent cette réaction involontaire en Zone 9 : m'assurer qu'un nouvel espace ne comportait pas de danger (évident). Ne comprenait rien (de visible à l'œil nu) qui soit effrayant, menaçant, ou susceptible de me désorienter.

Rien qui soit spécifique à la Zone 9. Plutôt une pièce qu'on aurait pu trouver *n'importe où*.

Je choisis le lit situé dans le coin le plus reculé, sous le plafond incliné. Je laisserais les fenêtres, les lits le mieux placés et les plus grands placards à mes camarades de chambre parce que je ne voulais pas qu'elles me prennent en grippe.

« Mary Ellen ! Tu es sûre que tu veux ce lit-là, dans le coin ? » me demandèrent-elles effectivement ensuite avec une sincérité manifeste.

C'étaient de gentilles filles. (Ou pas ?) Qui me dévisageaient d'un air curieux, mais sans être grossières, ou avoir l'intention de l'être.

Bien qu'elles se ressemblent suffisamment pour être trois sœurs, elles ne se connaissaient pas. Des filles « blanches » – CT1. Venant toutes de la partie rurale du Wisconsin, où elles étaient allées au lycée. Leurs accents graves et prononcés du nord du Midwest étaient identiques. Quant à leurs noms, ils se mélangèrent immédiatement dans ma tête comme une nuée d'insectes bourdonnants.

Je songeai *L'une d'entre elles est peut-être mon bourreau.*

« Quand es-tu arrivée, Mary Ellen ? Hier soir ? »

« D'où viens-tu, Mary Ellen ? »

« Tes parents t'ont accompagnée, Mary Ellen ? Ils sont encore là ? »

« Désolée, Mary Ellen ! Nous prenons beaucoup de place, je crois… »

Durant la majeure partie de la journée, la pièce fut envahie de parents, d'amis et de jeunes enfants qui aidaient mes colocataires à emménager.

Je partis me cacher. Oppressée par le son de ces voix étrangères, fortes, assurées, aux accents heureux, de ces voyelles graves et accentuées. Toutefois, je ne pleurai pas.

Le soir, je regagnai la chambre en haut des escaliers parce que je n'avais nulle part où aller. Acrady Cottage était ma maison, maintenant.

Quand je me décidai à porter les vêtements du carton, je constatai que seuls quelques-uns étaient à ma taille.

Certains étaient trop petits, trop courts, trop serrés – et la plupart, trop grands.

Il y avait de légères demi-lunes de transpiration sur les pulls à l'endroit des aisselles. Des boutons qui ne tenaient plus, d'autres qui manquaient carrément. Des fermetures Éclair cassées. Une trace sombre de quelque chose, peut-être de la nourriture et non, espérai-je, du sang, sur une jupe.

Les filles d'Acrady Cottage murmuraient entre elles de me voir si mal habillée – comme une pauvresse, avec des vêtements des bonnes œuvres – mais cela ne me dérangeait jamais parce que j'étais reconnaissante de ce qu'on m'avait donné.

Mes préférés étaient une jupe écossaise Black Watch (comme une de mes colocataires m'avait dit qu'on l'appelait), ornée d'une épingle à nourrice géante destinée à la maintenir fermée – ingénieusement ; un pull à col roulé rose foncé qui me rappelait un de ceux que j'avais à la maison, même si celui-là était beaucoup plus grand ; un chemisier à manches longues au col « en dentelle » qui m'allait bien et me donnait un air sérieux, sombre, et que j'aimais particulièrement parce qu'il paraissait suggérer *Cette fille est une fille bien, une gentille fille, une fille timide, une fille qui ne serait jamais, au grand jamais, transgressive et qui n'élèverait jamais la voix. S'il vous plaît, soyez gentils avec cette fille, merci !*

Dans mon ancienne vie perdue, je n'avais jamais porté de chemisiers. Je n'avais jamais porté de « dentelle » – ni connu qui que ce soit en portant.

Je n'avais jamais mis de jupes, ni de robes. Uniquement des jeans. Juste deux ou trois, en fait, qui ne coûtaient pas grand-chose et que je mettais à longueur d'année sans avoir besoin d'y penser.

En Zone 9, les filles portaient des jupes pour aller en cours, parfois des robes. Et aussi des « twin-sets » – des cardigans par-dessus des pulls à manches courtes assortis. Parfois, elles enveloppaient leurs jambes de *bas nylon*, chose que je ne pensais pas réussir à faire sans les déchirer, même si j'avais l'intention d'essayer.

Mes amies poufferaient de rire si elles me voyaient dans ce chemisier à col en dentelle. Avec ces bas nylon. Avec cette jupe écossaise plissée Black Watch maintenue fermée par sa grosse épingle à nourrice – *Oh ! mon Dieu qu'est-ce qui est arrivé à Addie ? Est-ce que c'est bien elle ?*

Pas un spectacle agréable. Ces électrodes dans la tête de mes colocataires.

Enfin, pas des électrodes. Je n'étais quand même pas si bête.

« Comme ça, Mary Ellen. Je ne peux pas croire que tu ne te sois jamais fait de "mise en plis" ! »

Se moquant de moi. Mais pas méchamment. (Comme j'avais envie de croire.)

Sauf que c'était trop difficile, de mettre des « bigoudis » en plastique avant d'aller se coucher.

D'abord, vous vous mouilliez les cheveux avec une solution spéciale qui sentait fort. Vous les brossiez et les peigniez. Les sépariez en nombreuses petites mèches, que vous enrouliez sur les « bigoudis » (il y avait trois tailles : rose pour les plus gros, bleu pour les moyens, vert menthe pour les plus petits) que vous fixiez sur votre crâne aussi serré que possible à l'aide d'épingles.

Oui, il était possible que votre crâne soit douloureux à cause des épingles et que le contact de votre tête couverte de bigoudis sur l'oreiller vous fasse souffrir.

Il était même possible que vous en ayez une légère migraine ! Mais l'effet produit par la coiffure à la Jeanne d'Arc bien lisse obtenue le lendemain valait le coup.

Je n'avais essayé qu'une fois. Avais passé la moitié de la nuit sans dormir, sombrant peu à peu dans le sommeil et émergeant en sueur d'un cauchemar où j'avais des électrodes dans le cerveau. Le lendemain matin, la plupart des bigoudis étaient tombés et, lorsque je m'étais brossé les cheveux ils étaient aussi mous et en bataille que d'habitude, ou presque.

Hilda avait lancé : « La prochaine fois, Mary Ellen, c'est moi qui m'en occuperai. Et ne me fais pas l'affront de *refuser*. »

Étudiante en fac mixte

Si seule ! On aurait dit que mon corps avait été vidé de sa substance.

Qu'à la place de mon cœur, il y avait un vide incommensurable.

Dans ce nouvel endroit, d'autres première année avaient le mal du pays, et d'autres filles de ma résidence pleuraient parfois. À ceci près que leur cafard était une sorte de torture exquise, un moyen de mesurer leur amour pour leurs familles. Elles appelaient à la maison, souvent le dimanche soir (quand les tarifs étaient plus bas) et recevaient des coups de fil de chez elles. Leurs mères leur envoyaient des pâtisseries à partager avec leurs colocataires et leurs amies. Et leurs foyers leur étaient accessibles – à quelques petites heures de voiture.

Je commençai à me sentir aussi honteuse que déprimée de ne pas recevoir de nouvelles de chez moi – ni appels ni paquets. Je ne supportais pas que les filles d'Acrady Cottage aient pitié de moi et s'interrogent sur mon cas derrière mon dos.

Et pourtant, il devait y avoir de véritables orphelins dans ce monde, sans famille ni parents éloignés. La catégorie dans laquelle *Enright*, *Mary Ellen* avait été placée ne pouvait pas être aussi dénuée d'habitants.

Je me demandai si j'y découvrirais quelqu'un comme moi ? Ou – si quelqu'un comme moi *me* découvrirait ?

Une « étudiante en fac mixte » à Wainscotia State University, Wisconsin, inscrite en Sciences Humaines avec une probable spécialisation en Sciences de l'Éducation, promotion 1963.

Si c'était cela l'Exil, ce n'était pas le plus cruel.

Je le savais bien : l'Exil le plus cruel serait la mort.

Souhaitant désespérément pouvoir prévenir mes parents que j'étais (encore) en vie. (Mais étais-je en vie ? Souvent, je n'en étais pas certaine.)

Souhaitant avoir un moyen de savoir si mes parents étaient (encore) en vie en EAN-23 et si nous nous retrouverions dans quatre ans.

Wainscotia State University s'étendait sur de nombreux hectares dans la bourgade semi-rurale de Wainscotia Falls, au nord-est du Wisconsin, à une journée de voiture de la ville de Milwaukee, située au sud. La plupart de ses neuf mille étudiants venaient de petites villes ou de fermes du Wisconsin. L'une des plus grosses facultés était celle où l'on enseignait l'agriculture et l'élevage.

Les autres facs les plus importantes étaient l'École des Sciences de l'Éducation, la Business School, l'École d'Infirmière et l'École d'Ingénieur.

Autant de milliers de gens liés par un seul campus tentaculaire ! Même si en général il paraissait calme – le matin, sur les sentiers vallonnés où les étudiants se hâtaient pour se rendre en cours, en petits groupes, par paires, ou seuls – tandis que les cloches de la chapelle sonnaient bruyamment. *Tu dois suivre le mouvement. Tu dois prendre ta place. Tu as ton nom, ton identité. Tu n'as pas le choix.*

Il y avait quelque chose d'excitant là-dedans ! Une forme de consolation dans cette existence impersonnelle.

J'étais inscrite à cinq cours, dont trois « introductions » – à la littérature anglaise, à la psychologie et à la philosophie. Ces matières-là étaient enseignées en amphithéâtre et complétées par des TD en petits groupes qui se réunissaient toutes les semaines. Dans ces grands amphis, il était possible d'être invisible et d'imaginer que personne ne m'observait.

Sur le campus ou lors d'un de mes cours, si je voyais une camarade d'Acrady Cottage, ma vision se brouillait et je n'enregistrais pas ce que j'avais devant moi. Si une fille me faisait signe ou me souriait – c'était comme si je ne la voyais pas. Partout où c'était possible, j'étais invisible.

Je pensais qu'on finirait par me laisser tranquille. En Introduction à la Psychologie, j'apprendrais le phénomène d'*extinction opérante : en l'absence de renforcement, les réactions deviennent de moins en moins fréquentes*.

J'employais toute ma détermination à survivre. À venir à bout de la difficulté des premières semaines, du premier trimestre, de la première année ; à venir à bout des quatre ans ; à purger mon Exil, et être *télétransportée* en sens inverse jusque chez moi.

Je n'avais pas envie de croire qu'une obéissance absolue aux Instructions ne me sauverait peut-être pas. Je n'avais pas envie de penser à l'avenir, si ce n'était en les termes les plus élémentaires : *comportement*, *récompense*.

J'avais presque l'impression que S. Platz m'avait personnellement promis… que mon Exil se terminerait un jour.

En attendant, j'étais obligée d'obéir aux Instructions. Je les avais immédiatement mémorisées bien que je ne comprenne pas tout à fait ce que signifiait celle qui interdisait de dévoiler toute « connaissance du futur » dans la Zone Réglementée.

D'après les informations qu'on m'avait fournies, la puce implantée dans mon cerveau bloquait de nombreux souvenirs de mon passé (qui, en 1959, étaient naturellement des anticipations de l'« avenir »). Je ne pouvais donc pas « anticiper » quoi que ce soit avec assurance, et encore moins le prédire. Lorsque je cherchais à me souvenir des découvertes classiques de ces décennies intermédiaires – celle de l'ADN, par exemple – du développement de la génétique moléculaire – de l'« imagerie » cérébrale – et de n'importe quelle partie de l'histoire moderne en dehors de l'Histoire Patriote –, c'était comme essayer de regarder à travers une vitre en verre dépoli.

On distingue peut-être des formes floues derrière. Mais on ne *voit* rien.

C'était tellement ironique que j'aie été, pendant ces quelques cruelles journées, *major de ma promotion au lycée* !

Quant à l'avertissement de ne pas chercher à contacter de « parents », de toute façon je n'aurais pas su par où commencer.

Lors de la Campagne de Relocalisation Culturelle qui avait balayé le pays alors que j'étais au collège, des centaines de milliers – des millions ? – d'individus avaient été expulsés de chez eux pour être relocalisés dans des secteurs relativement dépeuplés que le gouvernement souhaitait « reconstituer » ; parmi eux, il y avait les parents de Maman et Papa – nos grands-parents à

Roddy et à moi –, respectivement évacués dans l'est du Nebraska et le nord du Maine ; même si je n'avais aucune idée des régions où ils avaient vécu avant, et encore moins des endroits où ils habitaient en 1959.

Sans compter que je n'aurais jamais osé quitter le rayon de quinze kilomètres de l'« épicentre ».

J'allais être l'étudiante idéale – l'étudiante idéale en « fac mixte ». Je n'attirerais pas inutilement l'attention. Je ne laisserais paraître et ne ressentirais même pas la plus légère curiosité. Je ne m'engagerais dans aucune relation « intime » avec qui que ce soit – sûrement pas ! J'y étais résolue.

Pendant la première semaine des cours, les enseignants vérifiaient la présence des élèves en faisant l'appel à voix haute. C'était excitant d'entendre cette cascade de noms étrangers dans laquelle était caché, tel un œuf de coucou dans un nid d'oiseaux peu méfiants, le nom que l'on m'avait assigné : *Enright, Mary Ellen.* Ce nom me semblait totalement fictif, si peu convaincant que je m'armais de courage en levant timidement la main pour murmurer « Présente ». Mais personne ne remarquait rien. La plupart des noms étaient comme « Enright », destinés à être oubliés sur-le-champ. Bien qu'au milieu d'entre eux soient éparpillés quelques patronymes bizarres aux sonorités nasales qui se révéleraient être, comme je le découvrirais plus tard, suédois, norvégiens ou germaniques.

Il était peu probable que les enseignants s'attardent sur *Enright*, *Mary Ellen*.

Presque tous mes camarades, et tous mes professeurs sans exception, étaient CT1 : « Caucasiens ». Seule exception à la règle, les membres du personnel (employés de la cafétéria, personnel de nettoyage, jardiniers) qui avaient toutes les chances d'être CT5 ou plus foncés.

Je me demandai s'il y avait d'autres Individus Exilés dans certaines de mes classes. Pourrions-nous nous reconnaître ? L'oserions-nous ? Mais comment ? Et à quel risque ?

Nous serions tous déguisés. Affublés de vêtements d'occasion, de noms d'occasion, déterminés à survivre.

Je tirais une sorte de fierté sinistre de mon propre déguisement : ces pulls et ces jupes puisés dans le carton abîmé, cette veste molletonnée pour les temps froids, ces tennis, et même ces « mocassins » portés avec des socquettes de coton blanc reprisées aux orteils, quoique pas très efficacement. Mes manuels et mes anthologies étaient également tous de seconde main, avec le mot USAGÉ tamponné sur la tranche. À la librairie du campus, j'avais acheté un carnet de notes à spirale à la couverture mouchetée blanc et noir, et sur ses pages immaculées striées de lignes, je prenais frénétiquement des notes en écrivant tout petit pour économiser de l'espace. Dans les amphis, j'étais la fille sans visage assise au premier rang, qui courbée sur son carnet écrivait très vite à mesure que le professeur parlait, presque sans oser lever la tête.

C'était si étrange d'*écrire*. Cette prétendue coordination main-yeux avait pratiquement disparu avant ma naissance – même si Maman et Papa avaient insisté pour nous apprendre à *écrire*, à Roddy et moi. C'était tout aussi étrange de *lire* des livres sur des « pages » papier que vous deviez tourner avec vos doigts, et que, si vous le souhaitiez, vous pouviez déchirer ; en revanche, vous n'aviez pas besoin de « courant » ni de moyen électronique pour alimenter le livre.

Mais le plus étrange, c'était la bibliothèque de l'université – un vaste bâtiment en grès brun aux nombreux étages qui descendaient même jusque sous terre, contenant rangée après rangée des « piles » de « livres » qu'on pouvait toucher et ouvrir *à la main*. Dans les salles de lecture, il y avait de hauts plafonds, des myriades de lumières, des parquets cirés – et des étudiants !

Le simple fait de gravir les marches de ce bâtiment qui évoquait un temple ancien m'étourdissait et m'emplissait d'appréhension.

Souvent, en Zone 9, je me sentais essoufflée ; mon cœur battait de manière aussi erratique qu'il s'était mis à battre (je m'en souvenais alors que tant de choses avaient été effacées de ma mémoire) au moment où j'avais été témoin de l'exécution par Drone Domestique de (mais comment s'appelait ce garçon, déjà ? *Zoll* – c'était la première syllabe de son nom) à une époque qui me paraissait désormais lointaine, et qui était en train de s'effacer. J'avais mal à la tête quelque part derrière les yeux, là où la puce avait été insérée. Si je tentais de penser à – le mot que je cherchais était-il *maison* ? *parents* ? –, une barrière semblable à du Plexiglas émergeait aussitôt. Contre cette barrière, je luttais et luttais encore – telle une créature piégée qui essaie de passer à travers un mur.

Mais si j'abandonnais cet effort et que je focalisais ma concentration sur mon travail, lisant des passages imprimés dans les manuels et les anthologies, soulignant, prenant des notes, écrivant des résumés, rédigeant les premiers jets de mes dissertations – comme tout étudiant « normal » de premier cycle de Zone 9 –, la pression dans mon cerveau se dissipait, et ma respiration se calmait.

C'est ta vie, maintenant. Ce que tu dois être, maintenant.

Les amies perdues

Parfois je me réveillais avec un sanglot, et ce n'étaient pas mes parents qui me manquaient, mais mes amies.

Et je m'aperçus avec un élan d'émotion... que j'aimais mes amies ! Je les avais souvent tenues pour acquises, ce que je regrettais à présent.

Essayant de me souvenir de leurs prénoms : Carla, Melanie, Deborah, et... Paige, non ?

C'était comme tenter de voir au travers d'une substance coagulée. Une gaze épaisse. Il fallait de la force pour se souvenir. Dans leurs orbites, mes yeux me piquaient, tant l'effort était important pour visualiser les traits de mes amies qui commençaient à s'effacer.

Nous étions ensemble depuis le collège. Au lycée, nous nous étions rapprochées à cause de certains stress et de certaines pressions. *Être comme tout le monde. Mais – comment est-ce possible ? Personne n'est comme tout le monde.*

Pennsboro High était régi par une hiérarchie sociale vicieuse dont personne n'était supposé parler : les fils et les filles des représentants officiels du Gouvernement au sommet, et le reste d'entre nous, éparpillés au-dessous. Avec un père IM, ma caste sociale avait été déterminée dès le premier jour où ma mère m'avait accompagnée en maternelle.

Il y avait eu un moment en seconde où Carla avait été très malheureuse et anorexique, et ses amies l'avaient aidée à passer ce cap ; il y avait eu un moment en première où Glenna avait été dans un état d'anxiété constante, à l'époque où son père, chercheur, avait été forcé de quitter son laboratoire à la suite d'accusations de *Trahison Scientifique.* Et il y avait eu cette terrible période de dix mois durant laquelle le père de Deborah avait été détenu par le Service des Interrogatoires de la Sécurité Intérieure, et où personne ne savait s'il serait un jour relâché. (Mr Albright avait fini par sortir, mais réduit à l'état de zombie perpétuel très doux, si bien que finalement c'était comme si Deborah avait perdu son père.) À l'aide d'un code que nous avions inventé pour nous-mêmes, et que nous étions suffisamment malignes pour remplacer toutes les deux ou trois semaines, nous avions échangé des messages en continu, jour après jour, durant des années. Nous étions plus proches les unes des autres sur certains plans essentiels que nous ne l'étions de nos parents, qui ne nous parlaient pas ouvertement, et certainement plus que de nos condisciples mâles. (On s'attendait à ce que les « femelles » et les « mâles » se méfient mutuellement les uns des autres. Ce n'était pas considéré comme un comportement adéquat d'avoir des amis proches du sexe opposé avant d'avoir terminé le lycée.)

Quelque part dans ma mémoire endommagée, je savais vaguement que mes amies avaient cherché à m'avertir sur mon discours de remise des diplômes – Paige m'avait conseillé d'y travailler avec notre professeur d'anglais ; selon elle, il aurait dû s'inspirer de précédents discours qui n'avaient pas contrarié le censeur de la Discipline de la Jeunesse, mais j'avais complètement ignoré sa suggestion – que j'avais même trouvée insultante et blessante.

Comme j'avais été stupide ! Paige avait voulu me protéger, et je n'en avais fait qu'à ma tête.

À quoi avait bien pu ressembler cette cérémonie ? L'athlète masculin dont Mr Mackay avait initialement souhaité qu'il fasse le discours avait dû s'en charger à ma place. Et quelqu'un d'autre avait dû être nommé deuxième meilleur élève. À part mes amies, je ne manquerais à personne.

Quelqu'un d'autre ne devait pas faire ce discours ?

Quelqu'un d'autre ? Qui ?

Cette fille... Comment elle s'appelait, déjà...

Quelle fille ? Je ne me souviens d'aucune fille.

Tu sais, celle qui avait – les cheveux châtains, je crois...

Oh ! bon sang ! Je me souviens d'elle – plus ou moins...

Elle a été arrêtée pour Trahison. Elle est partie, maintenant.

Partie – où ?

Partie.

Il, lui

Et puis, dans ce lieu de solitude absolue, je tombai amoureuse.

Ce n'était pas la première personne de la Zone 9 à m'avoir considérée avec bienveillance. Ou d'une manière protectrice. Ni même avec curiosité.

C'était la première personne qui *savait*. Il lui avait suffi d'un regard un peu appuyé pour savoir immédiatement qui j'étais. Ce que j'étais.

Et je m'étais dit *Nous sommes deux dans le même bateau à présent. Lui, et – Mary Ellen.*

Wolfman

« “Enright, Mary Ellen” » – son regard me parcourut avec curiosité, froidement.

Je pouvais à peine respirer. M’enfonçant les ongles dans les paumes des mains.

Notre enseignant était occupé à nous rendre nos partiels. Il souriait, mais pas avec ses yeux, qui passaient d’un étudiant à l’autre sans relâche, impersonnels et détachés, comme s’il nous jaugeait.

Je me demandai : étions-nous des « sujets » pour lui ? Wolfman était chercheur et professeur assistant en psychologie.

Après quelques semaines de cours, il avait retenu les noms de certains élèves de notre classe, mais, jusqu’à présent, pas le mien.

Je m’étais levée de mon siège avec hésitation pour prendre le petit livret bleu des mains de Wolfman. Avant ce jour-là, il ne me connaissait pas. Je ne m’étais pas distinguée pendant les TD en levant la main, comme l’avaient fait une poignée d’autres élèves plus combatifs que Mary Ellen Enright. Sauf que, maintenant, c’était Mary Ellen Enright que Wolfman regardait.

« Bon travail, Miss Enright. Vous avez lu Skinner en dehors du manuel ?

– Ou-oui. »

Continuant à me fixer juste un instant de trop.

En cours, Wolfman était brusque, gai et spirituel. Ce jour-là, son sourire ironique s'effaça. Son expression paraissait surprise – une surprise authentique. Comme s'il était sur le point de me poser une autre question, mais il changea d'avis, détourna très vite les yeux et appela le nom suivant.

Une sensation de faiblesse m'envahit. Je parvins tant bien que mal à retourner à ma table en agrippant le livret bleu sans oser l'ouvrir.

Est-ce qu'il sait ?

Est-ce qu'il m'a – on ne sait trop comment – reconnue ?

Est-ce qu'il est en Exil aussi – comme moi ?

Durant le reste de l'heure, je demeurai comme suspendue en plein vol. Je n'arrivais pas à me forcer à regarder le chargé de TD à l'avant de la salle, perché avec nonchalance sur le coin d'une table ; docilement courbée sur mon carnet pour prendre des notes. Wolfman s'abstint également de me regarder. À travers le rugissement dans mes oreilles, j'entendais à peine sa voix exposer un principe de psychologie et, à la fin du cours, quand la cloche sonna, je restai assise, engourdie, pendant que les autres affluaient hors de la pièce. Lorsque j'osai enfin lever la tête, Ira Wolfman était parti.

Ce ne fut qu'une fois seule et en sécurité que j'ouvris le livret bleu. Extravagante, la note était écrite à l'encre rouge avec un point d'exclamation – 99 %.

Accompagnée d'un commentaire gribouillé, à l'encre rouge lui aussi : *Personne n'est parfait.*

L'IE a interdiction de s'identifier sauf dans les cas prévus par le BDSIE.

L'IE sera surveillé à tout moment.

Une âme en Exil. J'étais convaincue d'être entrée en contact avec une âme sœur.

Ceux d'entre nous qui avaient été assignés au TD de Wolfman étaient considérés à la fois comme chanceux (Wolfman était *drôle*) et pas-si-chanceux (Wolfman était *dur*). Il pouvait se montrer intimidant et distrayant à la fois. Aux yeux et aux oreilles des habitants du Midwest, il était « différent » – « étranger » même.

La diction de Wolfman était plus fluide, plus rapide et plutôt moins patiente que celle de la plupart des autres adultes de la Zone 9 que j'avais rencontrés. Il avait des cheveux épais et sombres remontant au-dessus de son front en boucles rétives qui me rappelaient les épaisses plumes tourbillonnantes d'un hibou. (Qui me faisaient penser à un magnifique spécimen de grand hibou à cornes de la collection du musée d'Histoire naturelle.) Même s'il était bien rasé, on devinait l'ombre d'une barbe qui assombrissait ses mâchoires et la chair de sa gorge au-dessous. La plupart du temps, pour nos TD, il portait un blouson, un pantalon sombre et une chemise blanche ou bleu clair. Et souvent, mais pas toujours, une cravate. Ses yeux étaient sombres, de la même teinte que l'ardoise mouillée, narquois et agités. Parfois, on avait l'impression que l'attention de Wolfman – son attention la plus intense et la plus profonde – était ailleurs.

Je suis ici, mais pas vraiment ici. Vous n'avez aucune idée de qui je suis.

Wolfman avait coutume de lancer des questions comme on pourrait lancer une poignée de pièces à des sous-fifres – certains étudiants répondaient avec vivacité, alors que d'autres attendaient, suspectant un piège. D'autres encore étaient confus, désorientés. Nous avions tendance à nous montrer prudents avec Ira Wolfman en dépit de son sourire aimable et engageant.

Le TD comptait vingt-cinq élèves, dont trois de sexe féminin. J'avais rarement tenté de répondre aux questions tant je craignais ses éventuels sarcasmes, un coup de lame aussi affûtée qu'un rasoir sur les doigts d'une première année peu méfiante.

Le sujet de la semaine était l'« analyse neurocomportementale » – un postulat skinnerien selon lequel le système nerveux est en général inactif, et réveillé uniquement par les stimuli de l'environnement, qui ont pour résultat des « réflexes ». C'était un postulat du behaviorisme qu'un animal est essentiellement une machine. Qu'un être humain est un animal, et donc essentiellement une machine. Les comportements individuels, de groupe et de masse peuvent par conséquent être programmés, conditionnés, prédits et contrôlés. Le behaviorisme radical est une science : on peut illustrer les résultats des expériences par des graphiques. Un être humain n'est pas *tourné vers l'intérieur* mais *vers l'extérieur* – une somme de comportements (mesurables). Un être humain *est* un comportement destiné à être observé et répertorié par d'autres. Ce que l'environnement ne peut pas contrôler est le moi génétique. Mais cela aussi est prédéterminé. Il y a des zombies de toutes les formes, de toutes les tailles et de tous les types.

Je n'avais pas envie de me dire que c'était vrai. Néanmoins, en Zone 9, au département psychologie de Wainscotia State University, les « vérités » de ce genre prévalaient.

Le cours en amphi délivré par le professeur A. J. Axel – Introduction à la Psychologie du XXe siècle – était l'un des plus populaires et des plus célèbres de la faculté de sciences humaines, avec plus de deux cents inscrits. Beaucoup d'entre eux préparaient médecine, car ce cours était un prérequis. Les TD de Wolfman avaient lieu le vendredi matin, et il lui incombait alors de clarifier la conférence souvent absconse du professeur Axel, de braquer un faisceau de lumière sur les zones sombres de notre ignorance. On voyait bien que le fougueux Wolfman prenait plaisir à nous embrouiller davantage avant d'éclairer notre lanterne. À gribouiller des graphiques – des « courbes d'apprentissage » – au tableau, pour illustrer la thèse du professeur. C'était une tâche agréable d'expliquer en détail les expériences auxquelles le professeur Axel se contentait de faire allusion.

À l'occasion, toujours très subtilement, Wolfman corrigeait le professeur Axel. Ce que le professeur Axel avait voulu dire…

A. J. Axel était réputé comme l'un des psychologues académiques les plus distingués des États-Unis, ancien collaborateur à Harvard de B. F. Skinner, le plus grand behavioriste du XXe siècle. Il avait également été le protégé du renommé Dr. Walter Freeman, assistant ce dernier au cours d'un certain nombre de lobotomies dans le Midwest au début des années cinquante. Il était directeur du Centre d'Ingénierie Sociale de Wainscotia. Grand, les cheveux blancs, des manières de gentleman, invariablement vêtu d'une veste en tweed, d'une chemise blanche et d'une cravate, Axel était un exemple de dignité et d'érudition. Il n'en était pas pour autant toujours compréhensible par son auditoire, car son vocabulaire hautement spécialisé pouvait se comparer à un code secret. Des termes mystérieux tels que *conditionnement opérant*, *programme de renforcement*, *loi de l'effet*[1], *agents renforceurs*, *agents punisseurs*, *réponse d'échappement*, *réponse d'évitement* y prédominaient.

Les étudiants de premier cycle appelaient Wolfman « Dr. Wolfman », car il avait un doctorat. Wolfman, lui, nous appelait « Miss » – « Mister ».

Il se montrait immanquablement courtois avec nous, quoique souvent légèrement ironique ; semblant douter que nous comprendrions ses plaisanteries. Et il semblait en avoir beaucoup en réserve. Il avait l'esprit aiguisé, il était drôle. Avec la vivacité de quelqu'un qui balaie une mouche d'un revers de main alors que son attention semble être ailleurs, il pouvait réprimander un élève sceptique.

Wolfman assistait aux conférences du professeur Axel les mardis et jeudis matin à 10 heures, assis au premier rang de l'amphi avec plusieurs autres professeurs assistants et étudiants de troisième cycle du département. Excepté quelques élèves de troisième cycle, tous étaient de sexe masculin : il n'y avait quasiment pas de membres du corps professoral de sexe féminin.

Parmi les jeunes assistants du professeur Axel, Ira Wolfman devait être l'un de ceux à qui il faisait le plus confiance, parce que si le professeur était contraint de manquer une conférence, Wolfman le remplaçait. Ces matins-là, un sentiment d'anticipation vivifiant envahissait l'amphi, dans la mesure où la plupart des étudiants préféraient le jeune et séduisant Ira Wolfman au renommé A. J. Axel.

Parfois, après les conférences de Wolfman, quelques applaudissements retentissaient çà et là. Assise discrètement

1. Loi établie par Thorndike, précurseur du behaviorisme : un comportement qui est suivi de certains effets s'imprime dans l'organisme.

à ma place, j'applaudissais avec les autres, ravie et hors d'haleine.

Lors de nos TD, Wolfman décrivait les expériences de psychologie auxquelles il avait pris part : la précipitation systématique de l'« impuissance acquise » – un terme désignant l'« effondrement » – chez les pigeons, les rats et les petits primates (singes) après une salve de stimuli suivie de conséquences aléatoires et imprévisibles. Au départ, le sujet essaie de comprendre les stimuli, de percevoir un schéma dans ces instructions aléatoires ; il essaie de « contrôler » la situation, mais bien sûr il n'y parvient pas et finit par s'effondrer.

Après l'« impuissance acquise », le sujet peut être récupéré via une salve de nouveaux stimuli aux conséquences prévisibles.

Tout comme les animaux, les êtres humains ont besoin d'ordre, de cohérence, de conséquences prévisibles. S'ils ne peuvent pas en faire l'expérience, ils s'effondrent.

C'était un fait de psychologie comportementale. Personne ne pouvait contester ce (cruel) fait-là.

Je pensai *C'est notre condition. Si nous avons de la chance.*

Seule

Avant Wolfman, je m'étais sentie si seule que j'avais fait quelque chose d'imprudent.

C'était idiot, futile – je le savais à l'avance. Et imprudent.

Agenouillée dans le coin sombre de ma chambre, à côté de mon lit, le front appuyé contre le mur dans un effort pour retrouver un souvenir – des souvenirs – de mon ancienne vie perdue – me mordant la lèvre inférieure pour ne pas pleurer – *et ne pouvant pas, ne réussissant pas à me souvenir* – du visage ou de la voix de ma mère ; ni de ceux de mon père ; ni de mon propre visage reflété dans le miroir sur la commode de la chambre que j'occupais depuis que j'étais petite, quand Papa l'avait peinte en rose pâle, et que Maman avait badigeonné le cadre autour de mon miroir d'une couleur qu'elle appelait blanc crème… J'avais eu la sensation que ma tête allait exploser de tous ces efforts ; car la puce dans mon cerveau bloquait précisément les souvenirs qui pourraient me nourrir, me suffoquant autant que si je souffrais d'une sorte d'asthme mental…

Tu ne peux pas. C'est interdit. Tu es en Exil. C'est ta punition.

Alors je renonçai. Plusieurs fois de suite, je renonçai.

Un jour où j'avais renoncé à essayer de me souvenir, étouffant de solitude, j'enfilai à la hâte ma veste molletonnée pour ressortir en fin d'après-midi, à l'heure où les étudiants quittaient le campus et regagnaient leurs résidences pour dîner ; et je me rendis jusqu'à l'infirmerie de l'université, à l'extrémité est du campus ; et là, je cherchai l'infirmière que j'avais vue durant mes premières heures à Wainscotia, tout de suite après la *télétransportation* – je ne me rappelais pas le nom de cette femme, mais ses traits, ses cheveux blonds ramenés derrière ses oreilles, ses yeux, bienveillants mais las – *Ne me posez pas de questions, Mary Ellen Enright. Partez, c'est tout.*

Je demandai à la réceptionniste s'il y avait une infirmière correspondant à cette description, qui avait peut-être une petite trentaine ; et elle secoua la tête pour dire *non ;* elle n'avait aucune idée de qui je voulais parler. Et je répondis : « Mais pourrais-je jeter un coup d'œil aux alentours pour voir si je la trouve ? – j'ai vraiment besoin de lui demander quelque chose ».

La réceptionniste m'annonça qu'en ce moment personne d'autre n'était de service à l'infirmerie à part elle. L'interne était « de garde », mais pas sur les lieux.

Je scrutai la salle d'attente vide, un petit espace étroit meublé de trois malheureuses chaises. (C'était si curieux de trouver des cendriers dans la salle d'attente d'une infirmerie !) Une odeur lourde et saturée de quelque chose de médicinal et d'écœurant planait, s'ajoutant à la fumée de cigarette, et pas très loin, dans la salle voisine, un bruit désespéré de toux retentit. Je me souvins soudain qu'une maladie sévissait sur le campus, la « grippe asiatique » – dont plusieurs filles d'Acrady Cottage souffraient déjà.

Remarquant mon apparente indécision, la réceptionniste répéta qu'elle ignorait de qui je voulais parler, alors qu'elle connaissait toutes les infirmières.

J'avais beau avoir entendu sa réponse, je choisis tout bonnement de ne pas en tenir compte. Non.

« Vous êtes sûre ? Est-ce que je pourrais… aller voir ? Y a-t-il un "poste des infirmières" ? »

L'infirmière-réceptionniste me regarda comme si je plaisantais.

« Un "poste des infirmières" ? Ici ?

– Elle s'appelait peut-être » – je luttais pour m'en souvenir, malgré la chose noueuse qui bloquait mes pensées dans mon cerveau – « quelque chose comme Imogene ? Irma ?

– "Imogene"… "Irma". Non. »

L'infirmière-réceptionniste avait répondu très vite. Trop vite, à mon avis.

Et je pensai *Est-ce que c'est elle ? Cette femme qui est en train de me parler ?*

Je le voyais bien, à présent. Elle était plus âgée que dans mes souvenirs – à peu près de l'âge de ma mère. Ses cheveux (blonds) étaient presque dissimulés sous sa coiffe blanche amidonnée. Elle portait un gros cardigan par-dessus son uniforme en nylon blanc car il faisait froid dans l'infirmerie, et son badge en plastique blanc était caché dessous. Je compris qu'il s'agissait bien de cette femme – la fameuse infirmière – qui m'avait aidée à me réveiller durant ma première heure terrifiée en Zone 9.

« Je crois que vous me connaissez ? "Mary Ellen Enright" ? Vous avez été gentille avec moi, quand on m'a amenée ici… »

Cette fois-ci la réceptionniste répondit sèchement, avec un rire sans joie. « Je vous ai dit *non*, Miss. Je ne vous ai jamais vue, et vous ne m'avez jamais vue. Maintenant, il est temps que vous partiez.

– Mais… vous n'êtes pas "Imogene" – ou "Irma" ? S'il vous plaît…

– *Maintenant.*

– … "Irma Kazinski" – "Krazinski"…

– Si vous ne partez pas, Miss, je vais appeler… la Sécurité. Je vous aurai prévenue. »

Rivés sur moi, ses yeux n'étaient pas amicaux pour un sou. La façon dont elle avait prononcé *Sécurité* me laissait entendre que ce n'était pas la *Sécurité* qu'elle avait en tête, mais quelque chose de bien plus dévastateur – *la Suppression, une FDD, la vaporisation.*

L'espace d'un instant, je restai sans bouger, paralysée. Incapable de me résoudre à quitter l'infirmerie pour retourner à Acrady Cottage, seule.

« Il n'y a personne ici qui… me connaisse. J'étais – je suis… Adriane Strohl – je ne suis pas "Mary Ellen Enright"… on m'a envoyée ici… amenée ici… d'EAN-23… Vous savez quelque chose sur moi ? Au moins une petite chose – que vous pourriez me dire ? »

Le visage de l'infirmière Irma était complètement fermé. Ses iris, aussi minuscules que des grains de poivre, comme aveugles. Et sa bouche, un gribouillis coléreux.

« Vous délirez. Vous devez avoir de la fièvre. Mais nous ne pouvons pas vous accepter ici – nous sommes au complet avec nos patients grippés. Vous ne savez pas que la grippe fait rage sur le campus ? Il vaut mieux que vous partiez d'ici pendant que vous le pouvez. Pendant que vous pouvez marcher. Avant d'être malade. Avant d'être très malade. Miss Enright – c'est bien votre nom ? –, assurez-vous de bien refermer la porte en partant. Vous comprenez ?

– S'il vous plaît… s'il y a quelque chose que vous pouvez me dire, même… n'importe quoi… À propos de ce qui se passe là-bas – en EAN-23 ? Est-ce quelque chose a changé ? La Sécurité Intérieure existe-t-elle toujours, et le Président ? Et l'Armée, les Guerres pour la Liberté ? Savez-vous quoi que ce soit sur mes parents – Madeleine et Eric Strohl ? Nous vivons – vivions – à Pennsboro, dans le New Jersey. Ne me renvoyez pas, je me sens si seule… »

L'infirmière Irma était furieuse à présent.

« Miss, je vais répéter ce que je vous ai dit – *Vous comprenez ?* »

Je ne comprenais pas, mais je battis en retraite. J'obéis et quittai l'infirmerie. Refermant soigneusement la porte derrière moi. En dépit de ma déception et de ma douleur, je songeai qu'une autre fois l'infirmière nommée Irma aux cheveux blonds, celle qui s'était occupée de moi durant ma première heure en Zone 9, avait été gentille : en ne me dénonçant pas aux autorités pour violation létale des Instructions.

La preuve, j'étais toujours en vie.

Peut-être

Peut-être que, dans ma terrible solitude, j'aimais Ira Wolfman depuis des semaines. Avant même notre échange à l'occasion du partiel.

Peut-être depuis toujours.

C'était un sentiment bien plus puissant que tout ce que je pouvais ressentir pour l'infirmière Irma Krazinski.

La première fois que je l'avais vu, c'était dans notre classe, à Greene Hall. Entrant dans la pièce d'un pas vif, lâchant sa mallette sur la table à l'avant de la salle, jetant un coup d'œil qui faisait l'effet d'un filet à fines mailles sur les rangées de bureaux et nos visages attentifs… *Bonjour ! Je m'appelle Ira Wolfman, je suis votre chargé de TD en Psychologie Niveau 1.*

Et il y avait l'homme qui s'était dirigé à grandes enjambées vers le podium de l'amphithéâtre le jour où il avait remplacé le professeur Axel. Pour un jeune enseignant qui se substituait à un aîné particulièrement estimé, Wolfman n'avait pas paru hésiter, ni manquer de confiance en lui. Il avait adressé un sourire joyeux à son auditoire tel un plongeur prêt à exécuter un plongeon parfait de très haut. Cette façon de reconnaître l'existence de son public comme si nous étions des compagnons qui s'embarquaient ensemble pour un voyage excitant n'était pas habituelle chez le professeur Axel, qui lisait plus ou moins ses notes sans prendre la peine de nous regarder pour s'assurer que nous étions bien là.

Avant qu'il me soit révélé que Wolfman était un Exilé comme moi, on aurait dit que je savais déjà… quelque chose.

C'est lui. Il me sauvera de la Zone 9.

Tout comme je n'étais apparemment pas susceptible de succomber à l'épidémie de grippe qui balayait le campus, je n'étais pas non plus tellement susceptible de *tomber amoureuse* comme les filles de mon âge. J'en tirais une certaine fierté.

Mes colocataires d'Acrady Cottage parlaient sans relâche et avec excitation des garçons avec qui elles sortaient, ou espéraient sortir ; des *membres de fraternités* dont elles étaient déjà amoureuses, ou dont elles attendaient désespérément des nouvelles, leur bonheur suspendu au prochain coup de téléphone… Mais je ne faisais pas partie de cette catégorie, car je n'étais plus si jeune.

Mes sentiments envers Wolfman étaient différents. Proches du désespoir d'une personne qui se noie prête à se raccrocher à tous ceux qui passent à sa portée et qui ont le pouvoir de la sauver d'une mort terrible.

Le rapport du doyen

« Mary Ellen ? » – la voix était d'une proximité alarmante. Miss Steadman.

C'était la septième semaine de cours, peu après les partiels de mi-trimestre. Début novembre. Une fin d'après-midi sombre et fouettée de grésil. La conseillère était visiblement en train de m'attendre alors que je m'engouffrais dans la résidence, emmitouflée dans ma veste à capuche molletonnée, en direction des escaliers, passant devant le mur de boîtes aux lettres auquel je prêtais rarement attention.

Naturellement, Mary Ellen Enright ne recevait jamais aucun courrier. En revanche, ma boîte contenait souvent des prospectus et des avis qui ressemblaient cruellement à des lettres.

Je n'étais pas jalouse de celles des autres filles. Je n'y pensais plus jamais.

Durant la journée, mon anxiété se concentrait sur mon travail scolaire. Il y avait cinq cours : cinq enseignants. Le fait qu'Ira Wolfman soit l'un d'entre eux était une coïncidence.

Je m'efforçais de ne penser à rien d'autre. Je battais en retraite quand on s'intéressait à moi. À ceci près que je ne pouvais pas me montrer grossière avec un adulte.

Je ne pouvais pas passer devant Miss Steadman, souriante, debout dans l'embrasure de sa porte, et l'ignorer.

Suppliant cette femme en silence *Vous voulez bien me laisser tranquille ! Tous autant que vous êtes ! S'il vous plaît.*

Les pensées qui se bousculaient dans ma tête étaient si violentes ! Je trouvais stupéfiant que mon entourage ne les entende pas avant de s'écarter avec horreur.

« Mary Ellen. Je peux vous parler – brièvement ? »

Impossible de tourner le dos à Miss Steadman en marmonnant *Non.* Je la suivis docilement dans son appartement : et dans son salon qui donnait sur la plus petite des deux salles communes d'Acrady Cottage où trônait une télévision encastrée dans une console, une « Philco » – le plus petit poste que j'aie jamais vu, avec son écran miniature et son image tremblotante en différentes nuances de gris diffusée sur trois chaînes seulement.

Le soir, certaines filles d'Acrady Cottage regardaient la télévision sur ce poste ridicule ! Et Miss Steadman, probablement assoiffée de compagnie, le faisait parfois, elle aussi.

Ardis Steadman était une grande femme longiligne aux cheveux, aux sourcils et à la peau couleur sable. Elle avait des traits ordinaires, sérieux. Son sourire enthousiaste dévoilait ses gencives rose pâle. Ses grands yeux bruns débordaient de sincérité. À la première réunion d'Acrady Cottage, elle s'était présentée comme assistante du bureau du doyen des femmes. Elle préparait un doctorat en administration d'écoles publiques, avait environ trente-cinq ans ou peut-être un peu moins, car Miss Steadman était l'une de ces femmes qui, jeunes filles, sont déjà louées pour leur « maturité » – leur attitude « responsable » – leur caractère de « leader ».

Mes colocataires racontaient qu'elles évitaient Miss Steadman, qui était *vraiment sympa, mais d'un en-nui.*

Et surtout, elles avaient pitié d'elle parce qu'elle n'était pas mariée : une *vieille fille.*

(Cette appellation de *vieille fille* était nouvelle pour moi, parce qu'en EAN-23 le mariage était à peine plus répandu que le divorce. Cependant je comprenais sa signification, et une partie de la panique qu'elle sous-entendait en Zone 9.)

Miss Steadman m'adressa un sourire radieux. De sa voix chaude et enthousiaste, elle me demanda comment j'allais ? – comment se passaient mes cours ? – et je murmurai des réponses polies. J'essayai de me montrer gaie, optimiste : c'était un phénomène typique de Wainscotia – l'« optimisme ». Mais je n'étais pas très douée pour l'« optimisme » et je voyais bien que Miss Steadman ne s'y trompait pas.

Elle m'interrogea en détail sur mes études. Car j'étais une « boursière » et, de ce fait, je l'intéressais particulièrement. (J'avais appris qu'à Wainscotia j'étais une boursière de l'université – et non une Boursière Patriote. À l'évidence, en 1959, les « Boursiers Patriotes » n'existaient pas encore.) Miss Steadman savait qui étaient la plupart de mes enseignants, et s'en réjouissait ; elle était spécialement enthousiaste au sujet du professeur A. J. Axel, qui avait collaboré avec le grand B. F. Skinner à Harvard – « Le professeur Axel a développé son propre projet expérimental dans le but de guérir les comportements asociaux – "aberrants", "pervers" et "subversifs". Wainscotia doit créer un centre dédié à ce nouveau secteur, "Le centre de Wainscotia pour l'Ingénierie Sociale". Chaque année, au mois d'octobre, nous nous attendons à ce qu'il reçoive le prix Nobel. C'est pour bientôt, je vous le prédis ! »

Je lui demandai à quelle sorte de comportement « aberrant », « pervers » et « subversif » elle se référait ?

Miss Steadman marqua une pause. Une légère rougeur envahit son visage. Avec un froncement de sourcils, elle répondit : « Oh – le genre de comportement honteux que vous pouvez imaginer, Mary Ellen. Ou plutôt – que vous ne pouvez pas imaginer. Et moi non plus, d'ailleurs. » Elle secoua vigoureusement la tête. « C'est surtout chez les hommes, je crois. Entre hommes. Mais le professeur Axel va changer tout cela. »

Comment le professeur Axel allait-il changer ce type de comportement ? m'enquis-je.

« Oh – avec des électrochocs, je pense. » Le ton de Miss Steadman était vague.

Wolfman était-il impliqué dans ce centre ? Je fus obligée de supposer que oui, en sa qualité d'assistant de A. J. Axel.

Toutefois, il était particulièrement ironique qu'un Individu Exilé soit enrôlé pour guérir des *comportements antisociaux* !

Miss Steadman ne tarissait pas d'éloges sur le directeur du département de philosophie, le professeur Myron Coughland, qui soutenait la théorie selon laquelle l'histoire de la philosophie et de la linguistique depuis les Grecs avait progressé continuellement jusqu'au temps présent, au milieu du XXe siècle, dans les États-Unis chrétiens – « C'est lié à l'éthique "pratique" – "pragmatique", et à la "démocratie" – "le plus grand bien pour le plus grand nombre" – et au christianisme, bien sûr. À nos croyances américaines à l'ère du Spoutnik, qui sont très différentes de celles de la Russie des Soviets ! Le professeur Coughland a reçu une dotation de cent mille dollars de l'Institut National des Sciences afin de poursuivre sa recherche. Il a fait la une du journal étudiant, je suis sûre que vous avez vu les articles. »

J'acquiesçai vaguement. Peut-être avais-je vu les articles. Depuis mon Exil en Zone 9, j'avais essayé de combler mes considérables lacunes en matière d'histoire – nos cours d'Histoire de la Démocratie Patriote en disaient très peu sur les premiers succès des Soviets avec l'envoi dans l'espace d'un petit satellite non habité (le « Spoutnik ») et leur développement des armes nucléaires, car l'essentiel de ces cours concernait les menaces perpétuelles à l'encontre de la démocratie américaine, ainsi que les triomphes de cette démocratie sur ses innombrables ennemis « terroristes » à travers le monde.

« Il est manifestement exact que la philosophie américaine est l'aboutissement de milliers d'années de civilisation, et que les êtres humains sont plus "civilisés" que jamais – vous ne croyez pas ? Qui pourrait ne pas être d'accord après avoir écouté le professeur Coughland ? Selon lui, la Présidence américaine actuelle est le "point culminant" de l'histoire politique, et Dwight Eisenhower, le plus grand dirigeant mondial que la planète ait connu. »

J'en savais peu sur le chef de l'État de 1959, à part que ce président amateur de golf au sourire fade, qui avait été général durant la Seconde Guerre mondiale, était populaire dans l'opinion du peuple américain, tout comme notre président en EAN-23, dont le taux d'approbation dans les sondages, posté tous les matins sur Internet, se situait entre quatre-vingt-quinze et quatre-vingt-dix-neuf pour cent.

En 1959, deux partis politiques principaux, les Démocrates et les Républicains, semblaient se disputer la première place ; en EAN-23, il n'y avait plus que le

Parti Patriote, fondé par les individus les plus fortunés des EAN, qui nommait non seulement tous les dirigeants politiques, mais aussi les membres du pouvoir judiciaire. Les EC – « Électeurs Citoyens », rang déterminé par le revenu – exerçaient leur droit de vote en faveur du candidat du Parti Patriote, sous forme d'émoticônes souriants auxquels un nom était attaché, au cours d'une élection à la fois préliminaire et finale, dans la mesure où en l'absence d'opposition le candidat du Parti Patriote devenait inévitablement président. (Papa nous avait rapporté que, pour autant qu'il s'en souvienne, il y avait eu des élections avec non pas un, mais deux émoticônes dans le vote. Et que l'électeur, dans l'intimité de l'isoloir, était alors « libre » de voter pour celui de son choix.)

(En cours d'Histoire de la Démocratie Patriote, on nous avait enseigné que, durant les décennies passées, on avait dépensé des centaines de millions de dollars en « campagnes électorales » – geste largement inutile dans la mesure où la présidence revenait invariablement au candidat qui disposait des fonds les plus importants pour sa campagne ; si bien que la procédure électorale avait été modifiée de façon à déterminer quel membre du Parti Patriote serait capable d'amasser le plus d'argent, et c'était cet individu qui était ensuite présenté comme le candidat du parti au cours du vote, sans qu'on ait besoin de dépenser l'argent.)

Je mourais d'envie de pouvoir faire confiance à Miss Steadman afin de lui raconter un peu de ma vie perdue dans ce qui était pour elle le « futur » ; mais même si j'avais osé violer les Instructions, Miss Steadman ne m'aurait pas crue, pensant plutôt que je souffrais d'une *maladie mentale*.

En 1959, comme je l'avais appris en cours de psychologie en amphi, c'était devenu une technique de discréditer les individus « rebelles » en suggérant qu'ils souffraient de *maladie mentale* – d'*instabilité émotionnelle*.

Qu'ils souffraient d'un « trouble de personnalité limite » – ce qui me conduisait à me demander qui contrôlait et définissait cette limite.

À sa manière plaisante mais tenace, Miss Steadman me demandait si je trouvais la logique « difficile – un casse-tête », comme cela avait été le cas pour elle en premier cycle, et je répondis que oui, c'était très difficile ; Miss Steadman ajouta : « La logique n'est pas un cours pour femme. Comme les maths, la physique, l'ingénierie – nos cerveaux ne sont pas adaptés à ce genre de calculs. »

Je n'en croyais pas mes oreilles ! Cette ligne de pensée était aussi autodestructrice qu'erronée. En EAN-23, l'axiome de base était que « tous les sexes sont égaux » – ce qui revenait à dire qu'aucun sexe n'était autorisé à être « handicapé » – et qu'aucun individu et aucun sexe ne méritait de considération spéciale. Quoi qu'il en soit, mon objection n'était pas très convaincante, et Miss Steadman ignora mes remarques.

Il est vrai que, depuis mon arrivée en Zone 9, j'avais souvent eu l'impression d'avoir un problème au cerveau. La puce et la *télétransportation* avaient endommagé ma capacité de réflexion. Tandis que je peinais sur les problèmes de mon manuel de logique, je ressentais un malaise viscéral, comme si la « logique » était une sorte de virus qui m'avait infectée et dont je ne pouvais pas être purgée ; au bout de quelques heures, j'étais fatiguée, démoralisée. J'avais noté que pas un seul professeur du département de philosophie n'était une femme, et qu'il n'y avait pas non plus une seule philosophe dans l'anthologie d'Introduction à la Philosophie. *On aurait dit que les femelles n'existaient pas.* C'était à se demander si une immersion dans la logique n'engendrerait pas une forte envie de suicide.

Sachant que je ne pouvais pas dire une chose pareille à Miss Steadman, je lui avouai tout de même que, parmi les cours que je suivais, c'était en logique que je craignais le plus d'échouer.

« Oh, Mary Ellen – il n'y a absolument aucun risque que *vous* échouiez ! J'en suis sûre. »

(En effet, il était peu probable que je ne valide pas ce cours. La moins bonne note que j'avais obtenue à nos diverses interrogations avait été A−. Et pourtant, je m'inquiétais à l'idée d'un possible échec, car, en toute logique, il est possible d'être bien plus malheureux que ne le prévoient les seules probabilités.)

Avec l'enthousiasme exalté d'une responsable administrative, Miss Steadman continua à parler de la position d'avant-garde qu'occupait Wainscotia en matière de recherche académique. Philologie, mathématiques, sociologie, physique – « Vous avez entendu parler d'Amos Stein ? Qui travaillait à l'origine à l'Institut d'Études Avancées de Princeton ? Non ? » Miss Steadman parut déçue. « Le professeur Stein a aussi récemment fait l'objet d'un article dans le journal étudiant. Il est directeur du “projet Hoyle” – une équipe de physiciens et de mathématiciens de premier plan qui travaillent à une réfutation de la théorie de la relativité d'Einstein. Et il y a également quelque chose qui s'appelle la théorie du “Big Bang” – selon laquelle l'univers, qui a commencé par une explosion, est en “rapide expansion”. Sauf que notre équipe ici à Wainscotia pense que l'univers est infini et immuable – dans un “état stable”. Sans commencement ni fin. Quand on croit en Dieu, seul l’“état stable” est raisonnable. Car après tout – qu’est-ce qui pourrait précéder Dieu ? Tout ce dont les professeurs ont besoin, c’est d’une preuve mathématique. On dit qu’ils travaillent sur ce problème quasiment jour et nuit – et qu’ils ont mis à contribution un ordinateur, à Greene Hall. Il est si gros qu’il occupe la moitié du rez-de-chaussée du bâtiment ! Dans le monde intellectuel, on attend avec impatience leurs découvertes – nous espérons que Wainscotia sera un site sur lequel, plus tard, des physiciens et des mathématiciens de renommée mondiale travailleront ensemble. Einstein a aussi avancé que “tout est relatif” – que le “temps peut s’incurver” – ce qui est évidemment impossible. Comme si Dieu pouvait “s’incurver” ! Le professeur Stein qualifie ce genre de raisonnement de “logique juive” – une logique destinée à confondre, et non à illuminer. » Miss Steadman avait parlé avec une telle véhémence que ses lèvres étaient humides de salive.

Malgré tout, je trouvai ses observations excitantes. Je ne comprenais rien aux théories d’Einstein – et même si j’avais entendu parler de l’« état stable de l’univers » (ce concept venait-il du Midwest ?), je ne le comprenais pas non plus. Mais je partageais l’espoir de Miss Steadman que Wainscotia State University soit ainsi récompensée.

Je me souvins de S. Platz me décrivant l’établissement où j’allais être envoyée comme « excellent » – elle avait paru si positive, si pleine de perspectives pour moi ! Lorsque je rentrerais d’Exil, je serais bien formée ; si j’obtenais des notes élevées, je pourrais me qualifier pour un bon poste, ce qui me permettrait d’aider financièrement mes parents.

Ma vie-après-l’Exil se profilait devant moi comme un mirage à l’horizon. Quand mon existence actuelle était difficile, et solitaire, il me suffisait de penser à cette vie – à ce mirage – pour reprendre espoir.

Miss Steadman parlait désormais de Carson Lockett II, le biologiste « prééminent » de Wainscotia, formé à Oxford en « Sciences de la Vie » – et expert mondial des travaux d'Alfred Russel Wallace, le scientifique victorien qui avait anticipé la théorie de l'évolution de Charles Darwin ; mais en allant plus loin que Darwin avec l'hypothèse de la « création spéciale » dont avait fait l'objet le cerveau humain qui, comme l'avançait Wallace, ne pouvait décemment pas avoir émergé de la « sélection naturelle » sur un million d'années : « Le Dr. Lockett et ses collègues se sont engagés dans la réfutation de l'athéisme darwinien dans les termes les plus objectifs, scientifiques et "évolutionnistes". » Miss Steadman mentionna également H. R. Brody, le poète en résidence à Wainscotia – Connaissais-je son travail ? Avais-je déjà vu sa photographie ? : « H. R. Brody a les cheveux blancs comme Robert Frost. Ses poèmes, qui utilisent des rimes, traitent de la nature – comme ceux de Frost. Ce ne sont pas d'étranges petits poèmes en minuscules écrits par ce "cummings" – "c. c. cummings" – à moins que ce ne soit "e. c." ? – qui n'essaie même pas de faire rimer quoi que ce soit. Je ne comprends pas grand-chose à la poésie contemporaine, mais celle de H. R. Brody est *magnifique*, et *sage*. »

Je tentai de me rappeler si j'avais jamais entendu parler de H. R. Brody en tant que poète dans mes cours d'anglais en EAN-23. Sans doute pas. Quatre-vingts ans plus tard, H. R. Brody était totalement oublié.

« Vous vous intéressez à la poésie, Mary Ellen ? Forcément, n'est-ce pas ? »

Pourquoi Miss Steadman affirmait-elle cela ? En guise de réponse, je parvins péniblement à bafouiller que *non*.

En réalité, j'avais essayé d'écrire de la poésie au lycée. En cours d'anglais, on nous donnait des poèmes à formules, avec des rimes à remplir –

I'm Nobody ! Who are __ ?
Are you – Nobody – __ ?[1]

Et

I think that I shall never see
A poem as lovely as a __.

Poems are made by fools like__
But only God can make a ___.[2]

Mes propres poèmes n'étaient pas composés avec la même fluidité. Chez moi, un poème à formules en vingt lignes pourrait en faire trente, comme se terminer prématurément à dix-huit.

J'avais aussi tenté d'écrire ce qu'on appelait des « nouvelles » en suivant les neuf intrigues de base qu'on nous fournissait avec des listes de vocabulaire et des recommandations de titres.

À la bibliothèque, nous n'avions pas le droit de prendre des livres marqués A – pour Adultes ; nous

1. Poème d'Emily Dickinson : « Je suis Personne ! Qui êtes-vous ? / Êtes-vous Personne aussi ? »

2. *Arbres*, de Joyce Kilmer : « Je crois que je ne verrai jamais / un poème beau comme un arbre… / Les poèmes sont créés par des fous comme moi / Mais seul Dieu peut créer un arbre. »

étions limités à la catégorie JA, Jeune Adulte, des livres approuvés par l'Autorité de Divertissement de la Jeunesse, en fait plus adaptés à l'école primaire. Mes parents avaient eu des livres pour Adultes à une époque, mais je ne les avais jamais vus.

J'avais essayé de composer un roman graphique dont les protagonistes étaient des animaux et non des humains. Mes illustrations étaient maladroites et enfantines, et ce projet, que j'avais commencé avec beaucoup d'enthousiasme, s'était peu à peu étiolé telle de la glace qui fond.

Je me souvenais qu'au collège mon frère Roddy était passé par une phase durant laquelle il construisait des cerfs-volants en papier mâché. Des créations plutôt étonnantes : dragons, aigles, papillons géants, auxquelles on ne se serait jamais attendu de sa part.

À une certaine période, je l'avais aidé à fabriquer ses cerfs-volants. C'était excitant de faire quelque chose avec Roddy au lieu de m'appliquer à l'éviter à tout bout de champ. Nos parents aussi étaient impressionnés ; mais il avait fini par s'en désintéresser, ou s'était découragé pour une raison quelconque, disant en haussant les épaules *On s'en fout ! C'est une perte de temps de fabriquer des trucs.*

Miss Steadman me souriait comme si elle s'attendait à ce que je partage avec elle un peu de ma nature « poétique », mais je m'abstins prudemment de répondre. Elle me demanda alors comment je m'entendais avec mes colocataires ? – et je lui répondis qu'elles étaient très gentilles et que je les aimais beaucoup.

« Ah, parfait ! Je crois qu'elles sont très différentes de vous, Mary Ellen. »

J'espère bien ! Mes colocataires sont des zombies.

Pour cacher ma surprise, je souris. (Ici, au Petit paradis, je souriais sans interruption !) Parce que c'était une réflexion inattendue venant de Miss Steadman.

« Vos camarades de chambre sont des filles religieuses », annonça Miss Steadman, « comme la plupart de celles d'Acrady, je crois. Mais vous – certaines d'entre nous se sont posé la question – quelle est l'Église de votre choix ? »

Église de votre choix. Une tournure étrange et coercitive.

« Je… je ne vais pas à l'"église" – en fait. Mais je suis ce… ce qu'on… pourrait appeler… "croyante".

– Eh bien, c'est ce que je pensais, Mary Ellen. » Miss Steadman fronça pensivement les sourcils comme si cette question (Mary Ellen était-elle ou non « croyante ») avait été examinée avec gravité. « Et vous êtes – chrétienne ? »

Quelle question brutale ! Personne ne m'en avait jamais posé de telle. En EAN-23, on supposait que tous les citoyens étaient « chrétiens », mais « chrétien » ne signifiait guère plus que « citoyen des EAN ». En tout cas, il était certain que personne ne parlait jamais de « valeurs chrétiennes » – faire le bien, aider les moins fortunés, se comporter avec « abnégation ».

« Parfois, Mary Ellen, vous avez juste l'air un peu… » – Miss Steadman chercha le mot approprié – « … triste. Vos camarades de chambre m'ont rapporté que vous aviez le mal du pays.

– Non.

– Ah ! – très bien ! C'est bon à savoir. »

Je trouvais déconcertant que mes colocataires parlent de moi à la conseillère de la résidence derrière mon dos, mais tout aussi déconcertant que celle-ci m'en informe.

« Vous avez fait un long voyage pour venir à Wainscotia, n'est-ce pas ? »

Qu'est-ce que Miss Steadman entendait par là ? Je commençais à me sentir très mal à l'aise.

(Quelles informations Miss Steadman avait-elle reçues à mon sujet ?)

« Nous avons tous le mal du pays en arrivant dans un nouvel endroit. Même celles d'entre nous qui vivent loin de chez elles depuis des années. »

Miss Steadman s'était exprimée avec douceur et chaleur. M'encourageant à lui ouvrir mon cœur. Ce que bien sûr je refusais de faire !

À l'entrée de la résidence, on entendait des voix et des rires. Je trouvais souvent mystérieux ce que mes camarades de chambre et les autres filles trouvaient drôle.

Se massant près des boîtes aux lettres, traînant dans le hall. Montant dans leurs chambres avec nonchalance. Elles étaient vraiment hilares ! Malgré la faible distance, je ne distinguais pas un traître mot de ce qu'elles disaient. Certaines hennissaient bruyamment, d'autres pouffaient de rire. Il n'était pas loin de 18 heures : elles allaient bientôt partir toutes ensemble au réfectoire. (Acrady Cottage était trop petit pour proposer des repas à ses résidentes. Le réfectoire assourdissant auquel nous étions affectées, à deux blocs de chez nous, servait à manger aux étudiants des deux sexes.) D'habitude, je m'y asseyais seule à une table avec d'autres solitaires dans mon genre, plongée dans un manuel et feignant de ne pas remarquer les filles d'Acrady Cottage qui auraient pu m'inviter à se joindre à elles. Mon invisibilité ressemblait à un manteau magique qui me tenait chaud, mais aggravait aussi ma solitude.

Je portais la robe chasuble bleu marine trop grande pour moi par-dessus un col roulé gris à l'encolure distendue ; et les bottes en caoutchouc miteuses et tachées. Je me demandais si Miss Steadman s'était aperçue que les vêtements contenus dans le carton étaient de seconde main. Qu'ils ne m'appartenaient pas et qu'on me les avait juste envoyés. Et si elle était au courant de mon cas ? Irma, l'infirmière, avait su des choses sur « Mary Ellen Enright » – jusqu'à un certain point. Certains administrateurs clés de Wainscotia devaient nécessairement savoir aussi.

Mais peut-être que non. Peut-être que les habitants de la Zone 9 ignoraient tout d'EAN-23 et de ses procédures. Il était probable qu'on leur ait fourni le minimum d'informations : un Individu Exilé, sans passé, sans origines, sans famille, sans histoire, qui apparaissait parmi eux par décret gouvernemental.

Pour ce qu'ils en savaient, « Mary Ellen Enright » était une orpheline dont les parents étaient morts au cours d'une catastrophe naturelle, ou d'un épisode de guerre. Pourquoi auraient-ils remis en cause ces informations ?

En entendant Miss Steadman évoquer le mal du pays, je commençai à me dire *Elle veut que je me confie à elle, et ensuite, elle me consolera.*

Ou bien *Miss Steadman est en Exil elle-même !*

Sauf que je n'en croyais pas un mot. Miss Steadman n'avait clairement pas le profil d'une Traîtresse.

Oh, comme je détestais ça ! Être ainsi enfermée dans mes propres élucubrations.

L'Exil signifie que vous ne pouvez pas empêcher votre cerveau de penser à quoi que ce soit d'autre. Alors que vos congénères ne remettent jamais en question les termes de leur existence, vous le faites en permanence.

Pourquoi suis-je ici, quand va-t-on m'emmener hors d'ici, qui m'observe, qui me surveille, est-ce cette personne qui m'invite à lui faire confiance ? Que va-t-elle rapporter sur moi ? Qu'en ressortira-t-il et quel sera le jugement ?

Miss Steadman me demandait d'où je venais. Une question tout à fait naturelle/amicale, ce qui ne m'empêcha pas de bafouiller en m'efforçant de fournir une réponse plausible. Tentant de me souvenir des Instructions – ce qui n'était pas interdit, et ce qui était par conséquent autorisé.

« Je – je préfère ne pas en parler, Miss Steadman. »

Miss Steadman me dévisagea, surprise. « Mais – pourquoi pas ? » Elle avait pris un ton candide, innocent. Je l'avais étonnée pour de bon.

« Ça me rend trop triste d'y penser. Je suis désolée.

– Eh bien ! C'est moi qui suis désolée que cela vous rende triste. On m'a expliqué que vous détenez une bourse d'en dehors de l'État, et j'avais dans l'idée que c'était l'un des États de l'Est sur l'Atlantique comme New York ou le New Jersey…

– Je suis "orpheline", Miss Steadman. Je ne viens pas vraiment d'où que ce soit. Et mes parents – ceux qui m'ont adoptée – sont morts tous les deux. »

Ces mots me parurent si choquants. Je ne les avais encore jamais prononcés à voix haute, même si je les avais répétés en silence. Je pensai *Si cette conversation est enregistrée, je n'aurai rien dit de mal.*

L'attitude de Miss Steadman suggérait que mes révélations l'avaient totalement prise au dépourvu. Si elle disposait d'un dossier sur moi, il était incomplet. À moins qu'elle ne veuille me le faire croire.

(Je me demandai aussi : un individu lambda avait-il accès aux magnétophones à cassettes en 1959 ? Était-il possible que Miss Steadman enregistre notre conversation ? Cette culture primitive disposait de peu d'appareils électroniques, mais il était possible que les agents de l'État en soient équipés à des fins de surveillance.)

Un plus grand nombre de filles étaient rentrées dans la résidence et s'étaient regroupées autour des boîtes aux lettres, telle une vague d'écureuils. D'ordinaire, Miss Steadman faisait son apparition à l'avant de la maison à peu près à cette heure-là dans l'espoir de détourner quelques étudiantes de leur chemin pour bavarder avec elles, mais pas ce soir.

« Vous avez bien dit que vous n'avez aucune famille, Mary Ellen ? J'ai bien compris ?

– Oui. Enfin, non – je n'ai aucune famille. J'ai été adoptée et – mes "parents adoptifs" sont morts. »

Ces paroles étaient sorties avec aisance. J'avais presque envie de rire devant l'expression solennelle de Miss Steadman.

« C'est si triste, Mary Ellen ! Ça remonte à quand ? – je veux dire, quand vos parents sont-ils morts ? »

Quand ? Je n'en avais pas la moindre idée. Les Instructions ne m'avaient pas préparée à un tel interrogatoire. Comme une actrice à qui on n'a donné qu'un script squelettique, j'allais être obligée d'improviser.

« Il y a longtemps – je crois. Je ne m'en souviens pas bien.

– Ah… c'est très triste… Et très inhabituel. »

Inhabituel que les parents d'une orpheline soient morts, ou *inhabituel* que cette orpheline ne paraisse pas se souvenir de la date de leur mort ?

« Dans ce cas, personne ne vous a accompagnée ici, à Wainscotia ? Vous êtes venue seule ? » Quoique visiblement embarrassée par mes réponses hésitantes, Miss Steadman n'en poursuivit pas moins son interrogatoire. Une expression presque affamée avait envahi son visage sérieux et ordinaire.

« Oui. Seule.

– Vous êtes si jeune pour voyager seule ! Je me disais bien que je n'avais vu personne avec vous le premier soir. Vous aviez l'air très… indépendante. »

Indépendante ! Je souris bêtement.

« Je souhaitais vous aider à porter votre malle-cabine, mais vous m'avez dit que vous ne vouliez pas d'aide. Oui, vous étiez très – précoce, c'est ce que j'ai pensé – indépendante. »

Malle-cabine ? De quoi cette femme se souvenait-elle exactement ?

Confondant bizarrement un carton mal empaqueté avec un bagage appelé *malle-cabine*. Y avait-il eu au fil des ans à Acrady Cottage plus d'une « Mary Ellen Enright » ?

Miss Steadman m'assurait qu'elle aussi avait eu le mal du pays à ses débuts à l'université – pas à Wainscotia, mais dans un plus petit établissement au nord du Wisconsin. Elle avait tout de même fini par se faire des amies – « Comme vous vous en ferez, vous aussi, Mary Ellen. »

Je n'eus pas de réponse à fournir à ce commentaire encourageant. Tentant de me représenter « des amis » qui se cachaient sur le campus de Wainscotia et qu'il m'incomberait de découvrir, sous peine d'être taxée de défaillance si je n'y parvenais pas.

J'avais dû manquer la transition on ne sait trop comment, car Miss Steadman parlait de nourriture à présent. Réfectoire ? Plats faits maison ?

Souvent, j'oubliais de manger. Ou alors, je n'avais pas d'appétit pour la nourriture qu'on me servait. (Aliments le plus souvent frits, viande huileuse et pleine de gras, bacs de purée de pommes de terre grumeleuse, « salade de fruits » et desserts à la gelée.) Mes colocataires avaient remarqué cela – dès le début – et proposé de me rapporter quelque chose, mais je ne les y avais pas encouragées.

« Aimeriez-vous dîner avec moi, Mary Ellen ? Je veux dire – ce soir ? »

Bégayant merci, mais – « Je ne crois pas, j'ai tellement de devoirs…

– Enfin, dans mon appartement, ici. J'aime bien cuisiner. Je suis la reine des repas simples. » Miss Steadman sourit timidement. « Je serais ravie que vous vous joigniez à moi, Mary Ellen, si vous en avez envie.

– Merci, mais – je crois que je ne peux pas.

– Bon. Une autre fois peut-être. »

D'un air de conspiratrice, Miss Steadman poursuivit en annonçant qu'elle avait reçu un « rapport préalable » du bureau du doyen concernant mes notes aux partiels.

Mes notes ? Maintenant, j'étais inquiète.

J'étais si stressée que mon cœur se mit à battre irrégulièrement à leur simple mention.

« Oh non, ne prenez pas cet air alarmé, Mary Ellen ! Vous vous en êtes très bien sortie. Le doyen met un point d'honneur à se pencher sur les rapports des enseignants au moment des partiels pour voir si certains étudiants ont des difficultés, et leur proposer de l'aide avant qu'il ne soit trop tard. D'ailleurs, j'espère que vous garderez cette nouvelle pour vous, car elle est confidentielle. »

Essayant désormais de me sentir soulagée et non plus profondément inquiète.

« Apparemment, vos enseignants rapportent que vous n'avez obtenu que des A. Enfin, en dehors du A– en logique. Excellent travail, Mary Ellen ! Félicitations ! » Miss Steadman m'adressa un sourire. Si je n'avais pas reculé, elle m'aurait pris les mains et les aurait pressées dans un élan d'enthousiasme juvénile.

« En ce moment, vous faites partie de la crème de la crème d'Acrady Cottage, et Acrady est la résidence qui obtient généralement les meilleurs résultats parmi les élèves de première année. »

La crème de la crème. Qu'est-ce que cela signifiait ? Je m'étais mise à transpirer, car il semblait bien qu'une fois de plus, sans le vouloir, je ne me sois pas suffisamment *freinée*.

Sauf que la situation était différente. À présent, c'était une bonne chose de recevoir des compliments, et non un avertissement. Même s'ils venaient de cette étrangère amicale qui n'avait aucune idée de ma véritable identité.

Je songeai *Mes parents seraient fiers de moi*.

« Oh, Mary Ellen ! Vous pleurez, non ?

– N-non. »

Mes joues étaient brûlantes. Je mourais d'envie de m'échapper.

Devant la porte de son salon, Miss Steadman me demanda si j'appréciais la musique de chambre et je répondis que oui, j'aimais ça, ce qui paraissait être une réponse appropriée ; alors que j'en savais en réalité très peu dans ce domaine et que je pensais qu'il s'agissait peut-être de morceaux joués sur des instruments tels que les orgues, les pianos ou les harpes dans des pièces spécialement dédiées à la musique. Si j'étais intéressée, poursuivit Miss Steadman, un quartet donnait un récital à l'école de musique le vendredi soir, comprenant des compositions de Bach, Brahms et Ravel ; elle prévoyait de s'y rendre, et disposait d'un billet supplémentaire au cas où je voudrais l'accompagner.

« On pourrait dîner au restaurant sur Moore Street avant. »

Devant mon air catastrophé à cette perspective, Miss Steadman s'empressa d'ajouter qu'elle paierait pour les deux repas – « Si vous êtes intéressée, Mary Ellen. Mais je sais que vous consacrez la plupart de votre temps à l'étude. »

Je lui répondis que oui, j'étais intéressée. Parce que je désirais apprendre le plus possible et que la « musique de chambre » était une nouveauté pour moi.

Cela dit, je n'avais pas envie de passer du temps en compagnie de Miss Steadman. D'une part, je ne voulais pas risquer la moindre intimité avec quiconque. Et surtout, je ne lui faisais pas confiance.

« Bonne soirée, Mary Ellen ! J'ai été ravie de pouvoir enfin discuter avec vous. »

Enfin. Que signifiait cet *enfin* ?

Je courus me réfugier à l'étage. Si soulagée de m'être échappée sans avoir commis d'impair susceptible d'être utilisé contre moi.

M'effondrai sur mon lit, épuisée. Dieu merci, mes colocataires étaient au réfectoire.

Pensant *Elle veut simplement être mon amie. Pourquoi est-ce que je n'arrive pas à lui faire confiance !*

Ensorcelée

La vérité, c'était qu'il n'y avait pas de place dans ma vie sentimentale pour quiconque à part Ira Wolfman. Que je n'avais pas le loisir de *fantasmer* sur qui que ce soit à part Ira Wolfman.

Telle une petite comète qui se trouve dans le sillage d'une comète plus grosse, incapable de résister à son champ gravitationnel, je fus ensorcelée par Wolfman.

La puce implantée dans mon cerveau m'empêchait d'invoquer le souvenir de mes parents. Je ne pouvais pas non plus invoquer celui de mes plus proches amies perdues. Si bien que, durant mes nuits d'insomnie, je me mis à penser à Wolfman de manière obsessionnelle.

Il sait qui je suis. Il va bientôt reconnaître mon existence.

Mais quand ? Après les partiels, une semaine s'écoula. Puis une autre.

Pendant les conférences du professeur Axel, Wolfman s'asseyait au premier rang, complètement à gauche de l'entrée arrière de l'amphithéâtre. Comme je ne voulais pas le distraire en prenant place près de lui, ou dans son champ de vision s'il tournait la tête, je m'installais plusieurs rangées plus loin, ce qui me permettait de bien le voir de profil. Effectivement, je fixais le profil de Wolfman, hypnotisée, pendant que A. J. Axel discourait sur la distinction entre les « conditionnements » pavloviens et skinneriens, et la signification du « renforcement opérant » en termes d'« utopie sociale ». Je notai que Wolfman jetait des coups d'œil circulaires à l'auditoire, constitué en majorité d'élèves de premier cycle – comme il ne l'avait pas fait auparavant si j'avais bonne mémoire.

Wolfman me cherchait-il ? Dans ma grande naïveté, j'avais envie de le croire.

C'était la plus classique des réactions pavloviennes : quand Wolfman se retournait pour regarder le public derrière lui, mon cœur bondissait douloureusement, et une sensation d'alarme teintée de plaisir intense, ou de plaisir intense teinté d'alarme, me parcourait le corps tel un courant électrique.

Je me sentais à la fois toute faible et très heureuse.

Cependant, si les yeux de Wolfman glissaient sur moi – très vite, avec une expression peinée –, il ne semblait pas avoir envie de *me voir*. C'était clairement une réprimande. Mes symptômes physiques régressaient sur-le-champ, comme de l'air qui s'échappe d'un ballon.

Une réaction pavlovienne, involontaire.

De plus je notai que, alors que Wolfman se montrait d'une amabilité courtoise avec les autres étudiants de nos TD, dont il ne connaissait à coup sûr pas les noms, il ne paraissait jamais me remarquer si nous nous croisions dans l'amphi ou dans le couloir adjacent. Il avait l'air obstinément aveugle à l'existence physique d'*Enright, Mary Ellen*.

C'était forcément volontaire. Délibéré.

En classe, Wolfman n'était pas aussi posé qu'en début de trimestre. Même s'il était toujours bien préparé, avec force notes et textes couverts d'annotations, ainsi qu'une réserve en apparence inépuisable de matériaux

anecdotiques en psychologie expérimentale, il semblait souvent distrait, comme quelqu'un qui se trouve en présence de… qui ? Un ennemi ? Un espion ? Il était nerveux, mal à l'aise. Il allumait des cigarettes qu'il fumait à la hâte. (En Zone 9, les professeurs fumaient souvent dans les classes ; quant aux élèves, ils fumaient partout, comme s'il s'agissait d'un droit inné. Un brouillard d'un bleu terne flottait partout. Personne n'avait donc entendu parler des dangers du tabac ? Du tabagisme passif ? Personne n'associait donc le cancer du poumon à toute cette fumée ? Au bout de quelques jours dans ces conditions barbares, j'avais appris à arriver en avance dans les classes pour m'asseoir si possible près d'une fenêtre, ou près d'une porte qui pourrait rester entrouverte. En revanche, jamais je n'apprendrais à étouffer ma toux tandis que des nuages de fumée toxique dérivaient avec langueur dans l'atmosphère où les non-fumeurs étaient coincés pendant cinquante minutes. C'était si symptomatique de la Zone 9 que les non-fumeurs n'osaient jamais s'en plaindre. Si nous écartions la fumée de nos visages à grands gestes, il fallait que ce soit avec une expression d'excuse, parce que nos protestations silencieuses contrariaient les fumeurs, et que les fumeurs représentaient une écrasante majorité.)

Wolfman était un enseignant énergique, toujours debout. En faisant son cours, il écrivait résolument et théâtralement sur un « tableau noir ». Il arpentait la pièce, qui était plus large que longue, avec ses interminables rangées de sièges qui lui donnaient l'air encore plus large ; lorsque Wolfman se tenait face à la classe, il n'avait pas la possibilité de me voir, parce que ma place était tout à gauche, à la périphérie de son champ de vision.

Presque tout ce que disait Wolfman me fascinait. Y compris les mots insignifiants comme *le, et, un*. C'était comme s'il soulevait un morceau de crâne humain pour observer le fonctionnement du cerveau enroulé à l'intérieur. Il parlait des caractéristiques d'animaux et de plantes qui avaient « évolué plusieurs fois » à travers les millénaires – la « bioluminescence » par exemple. (« À l'évidence, la "bioluminescence" est importante, expliquait-il. Sans elle, les lucioles seraient obligées de s'accoupler de façon moins excitante. ») Wolfman parlait aussi de la perplexité initiale de Darwin devant l'extravagant étalage que le paon mâle fait de sa queue avant de « comprendre » qu'un comportement aussi tapageur est nécessairement lié à la sélection naturelle – « Darwin avait beau être intelligent, il n'avait pas fait le lien avec les atours masculins au XVIIIe siècle en Angleterre et en Europe – perruques, dentelles, soies, satins, et même le maquillage. Il était trop victorien pour cela. » Moi qui au lycée avais eu des professeurs ternes, prudents et pas très futés, j'étais enchantée d'entendre un homme aussi intelligent que Wolfman discourir – sur n'importe quoi.

« C'est un phénomène de la vie mentale, annonça Wolfman durant une heure mémorable, que le rêveur soit toujours convaincu qu'il est réveillé, même si le rêve devient particulièrement surréaliste. Mais il existe un test. Vous verrez si vous réussissez à vous en souvenir quand vous rêvez, en croyant que vous êtes bien réveillé. Regardez au loin si vous pouvez. Par la fenêtre, s'il y a une fenêtre. Dans un rêve, vous ne distinguerez pas tous les détails que vous voyez en ce moment en regardant par cette fenêtre – le feuillage, par exemple ; le réseau complexe des feuilles. Je suis sûr qu'il n'y a pas de "formations nuageuses" dans les rêves. Ou encore si vous essayez de lire quelque chose, vous vous apercevrez que vous ne pouvez pas – à la place des caractères imprimés, vous verrez un enchevêtrement de hiéroglyphes, ou rien du tout. Placez-vous devant un miroir, si possible – vous constaterez qu'il ne vous renvoie aucun reflet. Dans votre rêve, vous n'existez pas, il n'y a que des neurones qui crépitent. Il existe des moyens de savoir avec une certitude absolue si vous êtes endormi ou éveillé – qui est l'état dans lequel vous vous trouvez en ce moment : éveillé. » Wolfman claqua bruyamment des doigts.

Dans l'amphithéâtre, l'assistance rit, mal à l'aise. Le Dr. Wolfman était-il sérieux ou plaisantait-il ? Bizarrement, ses blagues n'étaient drôles que si on ne creusait pas trop leur signification.

Une autre fois, Wolfman nous déclara : « Les plaisanteries, ça n'existe pas, chers étudiants. Quand vous riez, demandez-vous de quoi vous vous moquez. »

De temps à autre, je me mis à lever la main pour proposer des réponses aux questions de Wolfman. Il lui arrivait d'y répondre – « Oui, Miss Enright ? » – comme de m'ignorer. Chaque fois que je levais la main, chaque fois que je parlais, je trouvais cela terriblement excitant. Chaque fois, ma voix faiblissait. Il m'arrivait de m'étrangler et d'être à peine capable de dire un mot. Toujours est-il que je persévérai, comme si je plongeais dans le vide. J'avais l'impression d'être redevenue major de ma promo – *Je ne me laisserais pas décourager.*

En amphithéâtre, il ne semblait pas tout à fait convenable qu'une fille prenne la parole aussi souvent, ou plutôt – de manière aussi percutante. Quelquefois, même Wolfman fronçait les sourcils. *Ça suffit ! Pour aujourd'hui.*

Quand Wolfman allait-il vouloir me parler après les cours dans son bureau ? Je ne voulais pas apparaître dans l'embrasure de la porte sans y avoir été invitée.

Je pensai *Il a peur de moi. Nous sommes tous les deux en danger.*

Je pensai *Mais il me connaît ! C'est le seul.*

Au début du trimestre, Wolfman m'avait ignorée. N'avait pas paru me voir.

Non pas parce qu'il m'avait reconnue en tant qu'Exilée comme lui. Mais parce qu'il avait peu d'intérêt pour moi en tant qu'« étudiante ».

Son attitude envers les trois filles de notre classe avait été courtoise, condescendante. Il ne s'était pas montré malicieux, ni cruel. À la différence de certains de mes autres enseignants qui laissaient parfois échapper des commentaires sexistes pendant leurs cours (j'avais rapidement découvert que « sexiste » était un concept inconnu en Zone 9, car ici le « sexisme » était partout, comme l'air : seuls les degrés de « sexisme » importaient), Wolfman n'était pas insultant.

La catégorie des *femelles* était juste chargée d'une sorte d'absence comique de pertinence dans le domaine de la psychologie (à part celui de la psychologie anormale, dans lequel on accordait aux femelles dégénérées presque autant d'attention qu'aux mâles dégénérés, quoique pour des raisons différentes). Dans notre manuel de psychologie, les exemples de sujets psychologiquement représentatifs étaient exclusivement mâles ; le modèle behavioriste était mâle. Les conférences du professeur Axel se référaient incidemment à des sujets expérimentaux de sexe masculin et, une fois seulement, il avait abordé un phénomène spécifiquement féminin : l'incapacité à être une « bonne mère », soupçonnée de causer l'autisme chez certains enfants.

Le lendemain matin, en TD, je levai la main pour demander à Wolfman : « Y a-t-il une seule preuve scientifique qui étaye ces propos ? Que ce sont les “mauvaises mères” qui causent l’autisme chez leurs enfants ? »

Wolfman avait été pris par surprise. Le cours avait à peine commencé. Il fut obligé de me regarder.

Tenta d’afficher son sourire jovial. Mais son attitude était crispée.

Il répondit que, franchement, il n’était pas un expert. Le développement de l’enfant n’était pas son domaine. Et la « théorie freudienne » non plus. Il aurait aimé penser que le professeur Axel disposait de preuves pour sa réflexion désinvolte – sans pouvoir le jurer personnellement.

« Quoi qu’il en soit, c’est une bonne question, Miss Enright. »

Les autres élèves de la classe me dévisagèrent avec une curiosité furtive. Trouvant sûrement présomptueux, de la part d’une fille de première année, de remettre en question ce grand ponte de A. J. Axel.

« C’est simplement que je ne parviens pas à imaginer une situation expérimentale où ces psychologues auraient pu observer des “mères à l’œuvre” sur une période donnée. Est-ce qu’ils ne tirent pas plutôt des conclusions hâtives ? Les pères n’auraient-ils pas “œuvré” conjointement eux aussi ? Je pense que les psychologues auraient dû sélectionner des enfants autistes, ou “étiquetés” comme autistes, et tenter de déterminer si leurs mères ont été de “bonnes mères” – mais comment pourraient-ils le savoir ? À moins de vivre chez les gens avec eux au quotidien… »

Là, j’allais trop loin. J’en disais trop !

Une sorte de vague d’inconfort mêlée de désapprobation parcourut la salle. Il était clair que mes remarques avaient étonné Wolfman, si différentes de celles des autres étudiants quand ils prenaient, assez peu fréquemment, la parole, et de leur longueur.

Néanmoins, j'avais fait bien attention, parce qu'on était en Zone 9, en « 1959 », de parler d'une voix douce, modeste, « féminine » pour éviter d'offenser ouvertement le professeur.

Wolfman reconnut que c'était un point intéressant : « L'autisme est une affection psychique mal comprise dont on suppose qu'elle est "causée" par quelque chose – c'est pourquoi on pose l'hypothèse d'un agent. Pourquoi pas un déficit neurologique ? Pourquoi blâmer la mère ? Vous avez raison. Les circonstances ne se prêtent pas à l'expérimentation comme dans le travail de Skinner. C'est pour cette raison que Skinner, et non Freud, est le plus grand scientifique du XXe siècle. »

Il était bizarre que Wolfman dise une chose pareille. Comme s'il effaçait une équation écrite au tableau avec sa manche pour passer à autre chose.

« Mais… mais… le behaviorisme n'essaie même pas de mesurer la "subjectivité" – est-ce que cela signifie que la "subjectivité" n'est pas un sujet adapté à la psychologie ? Et ne le sera jamais ?

– Cela signifie que la "subjectivité" est "subjective" – et ne peut être démontrée objectivement. Le behaviorisme se concentre sur ce qui est objectivement disponible, ce qui *fonctionne*. »

Wolfman s'était exprimé d'un ton bref. Fournissant une réponse skinnerienne standard. Il en avait assez de notre échange.

Il aurait pu ajouter *Venez me voir après le cours, Miss Enright. Si cela vous intéresse de poursuivre cette discussion.*

Au lieu de quoi, Wolfman passa à autre chose. Durant le reste du cours, il ne m'interrogea pas, et je ne repris pas la parole.

Malgré tout, j'étais exaltée *Il me respecte ! Je suis plus qu'une simple « étudiante » pour lui.*

Exaltée, semblable à un petit ballon. Rempli d'hélium, mais pas suffisamment, le petit ballon ne s'envole pas, se contentant de rebondir près du sol. Légèrement soulevé par le vent.

Pour finir coincé quelque part dans un buisson. Petit ballon percé qui perd son hélium et redevient juste du caoutchouc.

Impossible à identifier en tant que ballon.

Où *vont* l'exaltation, le bonheur, l'espoir ?

B. F. Skinner n'en avait pas la moindre idée.

Cher professeur,

Je vous aime.

Bien à vous,
« Mary Ellen Enright »

PS : Inutile de répondre !

Seule, j'étais assaillie par la pensée de Wolfman. *Bien sûr* que Wolfman voulait que je le voie : il attendait que je fasse le premier pas.

Composant d'absurdes petits messages d'amour pour lui. Prenant un tel plaisir à les écrire avant de les plier en minuscules carrés que je cachais tout au fond des tiroirs de mon bureau.

Le charme ensorcelant de Wolfman était semblable à un narcotique. Dans ce genre d'état, on n'est pas malheureux, on est ensorcelé et être ensorcelé équivaut à être incapable d'être malheureux.

Toutefois, ma dévotion envers Wolfman n'était pas désintéressée. Non. Je ne cessais de me dire que, s'il était lui aussi en Exil, il pourrait m'aider – d'une façon ou d'une autre… J'avais envie de le croire.

La méfiance dans son regard, quand il m'apercevait – je m'efforçais de l'ignorer.

Il ne veut pas d'une relation privilégiée avec toi.

Tu ne comprends pas qu'il ne veut même pas te « voir ».

Alors que jusque-là je ne m'étais jamais attardée après les cours pour parler à mes condisciples ou écouter leurs conversations, je brûlais à présent d'entendre des commentaires sur Ira Wolfman. Oh, peu importait lesquels ! J'aimais même entendre son nom – le *Dr. Wolfman*. Ou *Wolfman* tout court. Ce nom seul suffisait à m'hypnotiser.

Je trouvais stupéfiant que Wolfman ne soit pas universellement admiré. En réalité, les gens semblaient plutôt lui en vouloir. Sa notation, ses sarcasmes, son vocabulaire « sophistiqué ». Wolfman n'était pas *terre à terre* comme certains autres professeurs, qui racontaient des blagues, taquinaient leurs élèves et n'attendaient pas d'eux qu'ils sachent grand-chose.

Bien sûr, il était très admiré dans certains cercles. « Un type brillant » – « un cerveau » – « quelqu'un de cool ». (Il était remarquable que « cool » ait déjà signifié l'admiration pour une personne en 1959.) Je trouvais même précieuses les réflexions idiotes de certaines de mes camarades, leurs remarques sur le physique de Wolfman, ses vêtements, son style – « Il vient de New York, ça se voit. Carrément classe. »

« Ce serait un véritable prince charmant s'il n'était pas aussi bêcheur…

– Ou bûcheur. »

(Pas drôle. Ce jeu de mots fit rire les autres, mais pas moi.)

« Évidemment, Wolfman est juif.

– Oh ! C'est un *Juif* ? Lui ?

– Je te le parie. Ils sont censés avoir de petites cornes sur le front – à peine des bosses à ce stade. Au bout de tous ces millénaires. »

Juif ! Je n'avais pas pensé à ça.

Wolfman. Ira Wolfman. Mon amour.

En conséquence, le minimum que je pouvais faire, c'était d'être sans conteste la meilleure étudiante du TD. J'espérais même être la meilleure de tout le cours de Psychologie Niveau 1 – et obtenir des notes plus élevées que les quelque deux cents inscrits.

Miss Enright ! Le Dr. Axel et moi-même, nous sommes – eh bien, réellement impressionnés… Nous aimerions vous encourager à vous spécialiser en psychologie.

Combien de fois avais-je osé m'approcher du bureau de Wolfman aux heures où il recevait ses élèves. Il y en avait toujours un à l'intérieur : la porte en verre dépoli restait close. Je mourais d'envie d'appuyer mon oreille contre la vitre pour déterminer si le visiteur était une fille ou un garçon.

Ressentant une sorte de soulagement déçu de ne pas avoir eu l'occasion de me ridiculiser.

Ce couloir, situé au premier étage de Greene Hall, était très fréquenté. J'étais bousculée par les étudiants qui se dépêchaient d'aller en cours. Pour me donner une contenance, j'examinais avec intensité un tableau constellé d'affiches et d'annonces d'événements du département de psychologie : conférences, symposiums, appels à candidature pour des postes d'enseignant-chercheur durant l'été, publicités pour des programmes de premier cycle d'autres universités. Je songeai *Je pourrais poser ma candidature là-bas. Non ?*

Je me demandais si j'étais réellement susceptible d'exceller en psychologie. Si, un jour, je ferais un troisième cycle. (Mais quand ? Et où ?) S'il y avait un peu d'espoir pour que j'accomplisse quelque chose de valable durant mon Exil.

Je m'accrochais aux paroles de S. Platz : Wainscotia était une « excellente » université. Une fois diplômée et rentrée d'Exil, l'État s'assurerait que je reçoive une formation complémentaire afin de me préparer à un emploi aux EAN. J'avais envie de le croire.

Et pourtant, dans le couloir devant le bureau de Wolfman, j'eus un accès de désespoir. Qu'est-ce qui m'avait poussée à venir jusque-là ? Qu'espérais-je obtenir de Wolfman ? Son respect, son amitié ? Son amour ? Son aide pour échapper à l'Exil ? (Mais… où ? « Adriane Strohl » n'était pas encore née.) Tout ça, c'était du vent ; je n'avais pas la moindre idée de ce qu'était réellement cet homme au-delà de sa personnalité charismatique en classe qui (comme je devais le savoir) était un rôle qu'il jouait en public. Je me sentais étourdie, déboussolée. Abandonnée. Si un inconnu m'avait tapé sur l'épaule en me disant *Venez avec moi. Votre peine a été modifiée, et maintenant, vous allez être Supprimée*, je l'aurais suivi sans résister.

J'ignorais si j'attendais de voir mon chargé de TD, comme d'autres élèves inscrits en Psychologie Niveau 1, ou si je restais simplement debout dans ce couloir en espérant ne pas me faire bousculer. Mes nuits d'insomnie et mes journées de travail prolongées me laissaient en proie à une sorte de paralysie, comme une balle lancée fort qui a roulé loin, mais qui a perdu son élan et fini par s'arrêter…

Un étudiant émergea du bureau de Wolfman, l'air sombre, une copie serrée entre ses mains, et partit. Wolfman s'approcha de la porte en bâillant pour voir si un autre élève l'attendait.

Son regard se posa sur moi, surpris. Je vis une expression de reconnaissance attristée se peindre sur ses traits. « Miss Enright. Bonjour. »

La voix de Wolfman, d'ordinaire si exubérante, était méfiante, plate.

Me suppliant *Non. S'il vous plaît, allez-vous-en.*

Je le saluai d'un signe de tête. Me sentant tout à coup très timide. Frappée de timidité comme s'il s'agissait d'un handicap physique.

« Vous vouliez me voir, Miss Enright ?

– N-non. Merci.

– Ah bon ? Vraiment ? » – Wolfman était vexé, mais amusé.

Je me détournai très vite. Pris la fuite. Comme ce petit ballon à moitié dégonflé, cette balle en caoutchouc qui avait reçu un coup de pied de Wolfman – et voilà !

Par la suite, je restai ébranlée par cette rencontre. Et fus obligée de me demander si c'était également le cas pour Wolfman.

Orpheline

C'est embarrassant à avouer : je suivais Ira Wolfman à (ce que j'espérais être une) distance respectueuse. Je ne voulais pas le perturber – ni le mettre en colère – mais je ne pouvais pas rester loin de lui.

J'en étais convaincue : il m'avait reconnue. Nous appartenions à la même catégorie en Zone 9 : celle des Exilés.

En cours de littérature anglaise, nous lisions la poésie des Romantiques. Nous avions appris le concept romantique d'*âme sœur*. Et il était clair pour moi qu'Ira Wolfman était mon *âme sœur*.

Un jour, Ira Wolfman quitta Greene Hall par une porte latérale proche de son bureau, en compagnie de deux autres hommes – jeunes, très probablement des collègues du département de psychologie. En cours, il parlait souvent de son « labo » – un laboratoire expérimental placé sous la direction de A. J. Axel – et ces deux personnes y travaillaient sans doute avec lui. Tant que Wolfman était en leur compagnie, il paraissait détendu et jovial ; c'était lui qui parlait le plus, et les autres riaient ; car il avait une personnalité dominatrice dans ce genre de circonstances. Mais dès qu'il eut quitté ses compagnons pour continuer sa route seul, son expression redevint, telle de la glace qui fond, sobre et soucieuse.

Comme celle de quelqu'un qui est en Exil. Quelqu'un qui est loin de chez lui.

Cachée sous un porche, je restai juste assez loin pour que Wolfman ne risque pas de me repérer. J'avais très envie de le héler : « Dr. Wolfman, bonjour ! Je peux marcher avec vous ? »

Sauf que jamais je n'aurais parlé aussi imprudemment, bien sûr.

Observant la façon dont Wolfman se dirigeait vers un garage à vélos derrière Greene Hall avant de jeter sa serviette dans un panier métallique, de déverrouiller le cadenas de sa bicyclette et de l'enfourcher pour s'éloigner à grands coups de pédale.

Il n'avait donc pas de voiture ? Comment était-ce possible ?

Sans me mettre à courir, je le suivis sur un pâté de maisons. Le regardant disparaître dans la circulation de University Avenue.

En Zone 9, les cyclistes ne portaient jamais de casque. Malgré tout, je trouvais surprenant que quelqu'un si savant sur le cerveau humain, sa fragilité et ses mystères, s'expose ainsi à une blessure à la tête comme le faisait Wolfman.

C'était troublant. J'en vins à me demander si, après tout, il n'était pas bel et bien de cette époque. Avais-je tout imaginé ? Étais-je en train de devenir folle ?

Je me détournai à l'aveuglette. Me retrouvai nez à nez avec une voiture qui faillit me renverser dans un crissement de freins.

Une voix d'homme me cria grossièrement : « Fais attention où tu vas, imbécile ! »

Ce cri était comme une réprimande pour la naïveté de mon désir. Mais qui n'éteindrait pas ce désir.

Je tentai de chercher *Wolfman, Ira* dans l'annuaire de Wainscotia, mais personne ne figurait sous ce nom-là. Personne sous le nom de *Wolfman* tout court.

Ce qui signifiait : Wolfman n'avait pas le téléphone. Ou Wolfman était sur liste rouge.

En 1959, les gens étaient si bizarrement isolés. Si vous ne « trouviez » pas quelqu'un dans l'annuaire téléphonique, il vous était impossible de le localiser.

Si je voulais savoir où habitait Wolfman, il allait falloir que je le suive à pied. Comment allais-je y parvenir, je n'en avais pas la moindre idée. Et si je le suivais jusque chez lui, que se passerait-il alors ? Pourrais-je frapper à sa porte ? L'attendre dans la rue ?

Combien de temps pourrais-je rester dans la rue ?

Je commençais à me sentir désespérée, fiévreuse. Simultanément, une partie de mon esprit comprenait à quel point mon comportement était irrationnel. À quel point je ressemblais à un rat dans un labyrinthe, courant, fonçant toujours plus loin sans jamais revenir en arrière, mû par un appétit jamais rassasié. Mais, contre toute attente, ma conviction que Wolfman était mon *âme sœur* restait inébranlable.

Il devait habiter dans un endroit assez proche du campus, probablement un appartement de location. Puisqu'il n'avait pas l'air de posséder de voiture, en tout cas pas à ma connaissance.

Vivait-il avec quelqu'un ? Je fus parcourue d'un frisson glacé à l'idée qu'il puisse cohabiter avec une femme. Ou pire encore, qu'il soit marié.

Un mari ? Un père ? Et aussi – un Exilé ?

Voilà qui paraissait improbable.

Totalement improbable. La *procréation* était interdite.

(Mais quel terme froid et clinique – *procréation* ! Pensant à ma mère qui nous avait eus, Roddy et moi, qui *avait eu des bébés*, une formule autrement plus chaleureuse, plus maternelle.)

(Pensant à Maman avec une telle sensation de perte et de tristesse. Avec l'envie de crier *Maman ! Papa ! Je suis tellement désolée de ne pas avoir été à la hauteur.*)

(Savaient-ils seulement que j'étais en vie ? Peut-être que Roddy le savait, et qu'il pourrait le leur dire. Ou le sous-entendre.)

En Zone 9, les moyens de se renseigner sur quelqu'un étaient limités. Comme il n'était pas un personnage public, Ira Wolfman ne serait sans doute pas mentionné dans le catalogue de la bibliothèque de l'université. Je décidai tout de même d'y poursuivre mes recherches, en fouinant dans les longs tiroirs en bois malcommodes placés sous le panneau PSYCHOLOGIE, XXe SIÈCLE. Découvrant avec surprise que *Wolfman, Ira*, figurait parmi les auteurs répertoriés ayant publié des articles dans des journaux professionnels sous l'égide de A. J. Axel. En revanche, il n'y avait aucune information personnelle sur lui.

Et je trouvai si étrange de découvrir cet énorme bâtiment rempli de *livres* ! Dans ma vie précédente, tout le monde utilisait des livres électroniques d'un genre ou d'un autre, rarement des livres « papier » ; en EAN-23, l'État contrôlait toutes les communications et les transmissions électroniques, si bien qu'il n'était pas possible d'accéder à un titre ou à un livre qui n'ait pas été approuvé par le BISI (Bureau d'Information de la Sécurité Intérieure). En EAN-23, ce qui aurait été l'équivalent de « magazines » et de « journaux » ayant passé le filtre de la censure était exclusivement disponible en ligne – à la différence des milliers de publications accessibles ici, en Zone 9.

C'était si étrange et si merveilleux : le Gouvernement ne pouvait matériellement pas contrôler toutes ces publications ! Mais cela ne m'empêchait pas de trouver mystérieuse cette débauche de liberté en Zone 9 – qui n'était pas *ressentie comme telle*.

En tant qu'étudiante, je fréquentais souvent la bibliothèque – un bâtiment où l'on stockait des livres. En EAN-23, les « bibliothèques » n'existaient plus – ces vieux bâtiments étaient utilisés à des fins plus pratiques.

La bibliothèque de l'université était un vieil édifice en grès rouge rosé doté d'une rotonde, de colonnes majestueuses et de grandes marches en pierre qui descendaient jusqu'à un large sentier dallé ; cette rotonde illuminée était visible à des kilomètres. La bibliothèque faisait face à la chapelle, au bâtiment de l'administration et au Hendricks Humanities Building de l'autre côté de la pelouse du campus ; il s'agissait de ce qu'on appelait le campus historique, établi à l'origine grâce à une concession foncière du gouvernement fédéral en 1831. Non loin de là se dressait le McCabe Science Building avec ses multiples ailes dédiées à la physique, à la chimie, aux maths et à la psychologie – qui, dans cette ère post-Spoutnik, représentaient les départements de l'université en plus forte croissance.

Partout, il y avait des arbres dont j'apprenais les noms : chênes, ormes, pins, bouleaux. L'un d'eux, particulièrement beau, possédait un nom magnifique : le pin de genévrier. Les sentiers qui serpentaient entre les arbres étaient tantôt en béton, tantôt en terre. À la lisière du campus se trouvait l'arboretum – un endroit vallonné de plusieurs hectares. (Mes colocataires n'y allaient jamais – pourquoi iraient-elles ? C'était trop loin et, là-bas, il n'y avait rien d'autre à faire que marcher. Or elles marchaient déjà suffisamment sur les collines escarpées du campus ! Quant à moi, j'avais peur de parcourir à pied le kilomètre et demi qui me séparait de l'arboretum, craignant plutôt irrationnellement de trop m'éloigner de mon « épicentre » et d'attirer sur moi une attention superflue de la part de mes surveillants invisibles.)

Wainscotia State University avait beau compter plus de neuf mille étudiants, l'atmosphère à la périphérie du campus était rurale. Tôt le matin, on y voyait des cerfs brouter sur les pelouses. On apercevait aussi des oies sauvages, des faisans, des renards, des ratons laveurs. Et même, selon la rumeur, des ours bruns.

Des créatures dont j'avais entendu parler sans les avoir jamais vues sauf en fac-similés, ou en images « virtuelles ».

À mes débuts à Wainscotia, ce cadre m'avait fait l'effet d'un rêve – irréel, déstabilisant. Je m'étais dit *C'est un endroit virtuel, ce n'est pas la réalité.* Le Bureau de la Diffusion Média, où travaillait mon frère, employait des hackers expérimentés que le Gouvernement avait cooptés afin de créer des CVI (Cadres Virtuels Innés) si profondément réalistes qu'on avait du mal à croire qu'ils n'étaient pas authentiques. En matière de recherche en CVI, une sous-catégorie entière était apparue afin de mettre au point une façon de faire percevoir les sons « virtuels » comme provenant de l'extérieur du crâne humain et non de l'intérieur ; j'en étais venue à me dire que cela s'appliquait aussi aux images « virtuelles ». (Depuis la dévastation de tant de paysages d'Amérique du Nord, on avait identifié un besoin concret de paysages virtuels ; même les castes les plus élevées investissaient dans ce domaine.) À Wainscotia, je n'arrivais pas à me débarrasser de la sensation que, dès que je tournais le dos au campus « historique », celui-ci se dissolvait comme de l'encre dans de l'eau.

Me demandant si, avec le temps, cet endroit irréel finirait par me paraître « réel ». Et s'il me réconforterait un jour.

Au début, j'avais trouvé les livres très étranges.

Des objets constitués de papier et de carton conçus pour être *lus*. Semblant représenter un tel gaspillage et si peu maniables – des *objets* qu'on devait tenir à la main (car pour lire, il fallait tourner les pages du livre). On ne pouvait en porter facilement que cinq ou six, alors que sur n'importe quelle liseuse on avait accès à des milliers d'ouvrages. En revanche, je compris ensuite qu'en cas de coupure de courant on pouvait continuer à « lire » – dans la mesure où le livre qu'on avait en main n'allait pas s'évaporer, mais continuerait à exister. Ce qui était curieux avec les livres, c'était que, en les tenant et les « lisant », on s'y sentait aussi intimement connecté qu'avec une chose vivante, ce qu'on ne ressentait pas avec un livre numérique ; dès qu'on avait terminé d'en lire un, on l'archivait ou on le détruisait ; sans aucun sentiment ni notion de propriété particulière. On ne pouvait pas le *voir* sur une étagère ou une table, ni admirer sa couverture. De fait, il avait été Supprimé.

Je mourais d'envie de demander à Ira Wolfman ce qu'il en pensait. Trouverais-je un jour un peu de *réconfort* et de *bonheur* dans cet endroit ?

« Oh, Dr. Wolfman ! Oui. C'est » – baissant la voix pour que personne d'autre ne puisse entendre en dehors de moi – « *un cas à part* ».

Sous prétexte de me renseigner sur les emplois à temps partiel au département de psychologie, je remplis un formulaire de candidature auprès de l'une des secrétaires, une jeune femme mariée, au comportement amical, nommée Bethany. Je lui fis remarquer que cela devait être merveilleux de travailler dans un service employant des professeurs aussi distingués que A. J. Axel et son assistant Wolfman ; la questionnant ensuite sur mon chargé de TD, le Dr. Wolfman, j'appris de Bethany qu'il était généralement considéré comme le plus prometteur des jeunes membres du corps professoral, coauteur d'articles publiés avec le Dr. Axel et intervenant à des conférences.

D'un ton de conspiratrice, comme si elle ne trouvait pas curieux que je lui pose autant de questions sur Wolfman, et si peu sur Axel, elle me raconta que Wolfman était au département de psychologie de Wainscotia depuis cinq ou six ans ; qu'il vivait seul, et qu'il était réputé « travailler jour et nuit » ; que même s'il était souvent invité aux réceptions des membres du département, il y participait rarement. « Je sais de source sûre que le Dr. Axel l'invite parfois à dîner chez lui et que le Dr. Wolfman a accepté – il n'oserait pas refuser une invitation de ce genre ! » Bethany s'interrompit et baissa la voix. « Il n'est pas fiancé. On ne le voit jamais avec personne, sinon les gens de l'université. Il est toujours *tout seul.* »

Peut-être était-il clair pour Bethany que j'étais amoureuse de mon enseignant en psychologie. Ce genre d'émotion est difficile à camoufler chez une fille de dix-sept ans. J'avais vu la jeune femme jeter un coup d'œil à ma main gauche (dépourvue de bague) avec une expression de sollicitude fraternelle.

Du coup, je m'enhardis jusqu'à m'enquérir des origines d'Ira Wolfman : où vivaient les membres de sa famille ? Les avait-elle – elle ou qui que ce soit d'autre – déjà vus ? Et Bethany répondit solennellement : « C'est précisément ça le problème ! Ira Wolfman est tellement *triste*. On m'a raconté que c'est un orphelin – il n'a jamais connu sa mère – et le plus affreux, c'est que les gens formidables qui l'ont adopté sont morts eux aussi dans un accident de voiture. Il vient de très loin, à l'Est – peut-être de New York. Mais il dit qu'il n'a pas de chez lui. Il est simplement – ici. »

Soudain

Et puis, cette nuit-là, un puissant rêve-souvenir.

Après avoir appris qu'Ira Wolfman était un orphelin-en-Exil comme moi.

Car en Zone 9, on avait parfois à l'improviste de brusques regains de mémoire pareils à des éclairs de chaleur illuminant le ciel nocturne l'espace d'une fraction de seconde – avant de disparaître en silence.

Cette nuit-là, il me revint un souvenir ancien de l'époque où j'étais une petite fille de trois ou quatre ans marchant dehors avec mes parents, sous la neige qui tombait légèrement. Maman serrait une de mes mains emmitouflées dans des mitaines, Papa serrait l'autre, les flocons tombaient en me chatouillant le visage et me faisaient rire. Il y avait eu une bourrasque de vent, Papa avait crié *Waouh !* et s'était accroupi pour me protéger. Et Maman m'avait mis un bonnet de laine sur la tête. *Ne bouge pas, mon cœur ! Laisse Maman remettre cette lanière en place.*

J'étais restée sagement sans bouger, j'avais levé la tête, et…

(Et ensuite ? Plus rien !)

(Le souvenir s'était terminé brutalement, comme quand on éteint un interrupteur.)

(Et il n'y avait pas eu moyen d'y retourner. Aucun. Me réveillant dans mon lit au troisième étage d'Acrady Cottage, dans la pénombre d'une pièce où trois autres filles dormaient non loin de moi, ronflant doucement ou murmurant dans leur sommeil. Et je me mordis la lèvre pour m'empêcher de pleurer. Me disant que certes, j'avais perdu mes parents, mais seulement temporairement. Et que dans l'intervalle, j'avais découvert qu'Ira Wolfman était mon *âme sœur*.)

Le déni

« Je ne m'appelle pas "Mary Ellen Enright". Je m'appelle –

– Non. Ne me dites rien. »

Wolfman pressa ses paumes sur ses oreilles. Un geste qui me rappelait mon père – un geste à la fois joueur et sérieux.

« Vous ne voulez pas que je vous le dise ?

– Non. Je ne veux pas que vous me le disiez. »

Nous étions dans le bureau de Wolfman. Après un échange en classe, il m'avait enfin demandé de passer le voir.

(Ce n'était pas inhabituel. Wolfman invitait souvent ses étudiants à venir lui parler après le cours, quand ils avaient des questions. Il avait simplement évité de m'inviter *moi.*)

Je pensai *Maintenant, il va me montrer qu'il sait qui je suis.*

J'étais à la fois surexcitée et pleine d'appréhension. Car les Instructions étaient claires : l'Individu Exilé a *interdiction de s'identifier.*

Toute violation d'une ou plusieurs de ces Instructions aboutira à la Suppression immédiate de l'IE.

Après les conférences du professeur Axel cette semaine-là, Wolfman avait abordé la question du

« programme de renforcement » en psychologie comportementale – c'est-à-dire la manière dont des actes (ceux d'êtres humains comme ceux des singes, des rats et des pigeons) peuvent être définis par des réponses comportementales à des stimuli. Sur le tableau noir, Wolfman avait dessiné des graphiques. Gribouillé des équations. Parce que non seulement on pouvait démontrer que l'être vivant était une sorte d'automate dès qu'il s'agissait de « conditionnement opérant », mais encore les termes du conditionnement pouvaient être réduits à des formules.

Pourquoi un rat (qui a faim) appuie-t-il sur le levier qui lui apporte des granulés de nourriture ? Non pas parce que le rat a « faim » (la « faim » est un état interne, donc impossible à mesurer), mais parce que sa réponse aux stimuli a été suffisamment « renforcée ».

Pourquoi le joueur (compulsif) continue-t-il à appuyer sur les leviers de la machine à sous qui lui apportent parfois, même si ce n'est pas fréquent, des récompenses sous forme de pièces ? Non pas parce que le joueur est « heureux » quand il gagne (le « bonheur » est un état interne, et donc impossible à mesurer), mais parce que sa réponse aux stimuli a été suffisamment « renforcée ».

Pourquoi un individu – animal, humain – se comporte-t-il d'une façon donnée sur une période de temps donnée ? Non pas parce qu'il a choisi de se comporter ainsi, mais parce que sa réponse aux stimuli a été suffisamment « renforcée ».

Il y avait quelque chose qui clochait dans cette logique. Mon cœur battait fort comme pour s'y opposer, sans que je sois pour autant capable de formuler une objection.

Notre équipe de TD était composée d'étudiants de premier cycle qui étaient forcément, comme la plupart des résidentes d'Acrady Cottage, chrétiens. Et pourtant, aucun d'entre eux ne leva la main pour s'opposer à cette vision mécanique et sans âme de la conscience. Au lieu de cela, ils prenaient des notes.

Je finis par protester en tremblant, de nervosité ou d'indignation : « Dr. Wolfman ? Vous pensez *réellement* que les êtres humains sont des machines dépourvues de "libre arbitre" ? »

Wolfman se tourna poliment vers moi. Ses yeux couleur ardoise étaient rétrécis et méfiants. « Les behavioristes ont posé le postulat qu'on ne peut pas examiner les états mentaux, si bien que l'approche scientifique consiste à examiner ce qui constitue un comportement – "objectif". B. F. Skinner ne croit pas que l'esprit n'existe pas – comme le prétendent ses détracteurs – mais que, étant donné les principes du behaviorisme, ce qu'on appelle l'"esprit" ne nous aide en rien dans la compréhension du comportement. »

Une réponse bien oblique à une question directe, à mon avis.

« Mais – et le "libre arbitre", alors ? Les êtres humains ne disposent-ils pas de la "liberté" de décider pour eux-mêmes ? »

Wolfman rétorqua, avec un haussement d'épaules : « "Le libre arbitre", ce n'est qu'un mot. Des paroles. Une façon de parler. Il n'a pas de référent spécifique, et donc pas de signification spéciale. Il ne se prête ni à la preuve ni à la réfutation scientifique. »

J'avais envie de crier *Mes parents m'ont enseigné que le libre arbitre existe. Qu'il y a une âme à l'intérieur de nous.*

Wolfman poursuivit sèchement : « Pour la plupart d'entre nous, le "libre arbitre" est une illusion. Une illusion plaisante, comme l'anticipation du Paradis qui, même si elle ne se produit jamais, est toujours agréable à contempler. De manière plus réaliste, croire au “libre arbitre”, c’est comme suggérer à un paraplégique qu’il a la possibilité de se lever et de participer à une compétition olympique de course à pied – qu’est-ce qui l’en empêche ? »

C’était faux. Ce n’était pas du tout la même chose. Mais j’étais incapable de l’expliquer. À cet instant, je fus saisie d’un brutal accès d’animosité pour Wolfman – cet homme n’était pas mon ami en Exil, mais mon ennemi.

J’entendais les voix de mes parents qui soulevaient des objections – sans vraiment distinguer ce qu’ils disaient.

Fais confiance à ce qui est en toi, pas à ce qui est à l’extérieur. Fais confiance à l’âme, et non à l’État.

À présent, je tremblais d’émotion. Je sentais les larmes me piquer les yeux. Ira Wolfman était mon seul espoir – mais avec ces mots durs, il me repoussait.

Autour de moi, mes condisciples prenaient des notes en bâillant.

Devant mon expression désemparée, Wolfman se radoucit.

« Très bien, Miss Enright. Venez me voir après le cours. »

Et donc : je le lui dis.

Comme je le répétais depuis si longtemps. Comme je m’étais excitée et angoissée à l’imaginer.

Je lui dis que *Enright, Mary Ellen* n’était pas mon nom.

Et il m’empêcha de lui révéler le vrai.

« Mais… pourquoi ?

– “Pourquoi” ? Vous savez parfaitement “pourquoi”, Miss Enright. »

Son air peiné. Ses yeux rétrécis, qui refusaient de me regarder en face.

« Je… je crois… que je veux vous le dire, Dr. Wolfman. S'il vous plaît.

– Dans quel but ? »

Le visage de Wolfman était rouge de chaleur. Il n'arrêtait pas de jeter des coups d'œil derrière moi vers la porte ouverte sur le couloir.

Sa question était cruelle, et il était impossible d'y répondre. *Dans quel but ? – pour me sentir moins seule, moins désespérée.*

Et parce que je vous aime.

Si Wolfman était en Exil, comme moi, il s'était taillé une place de choix ici, en Zone 9. Peut-être avait-il été Exilé quand il était plus jeune, étudiant – et dans ces années d'intervalle, il s'était accoutumé à sa nouvelle vie, atteignant un certain degré de réussite tangible dans un monde académique compétitif. Il avait été engagé à Wainscotia State University. Il était l'assistant de confiance du célèbre A. J. Axel, anciennement professeur à Harvard. Certes, il ne disposait que d'un petit bureau partagé avec un professeur assistant, mais situé dans l'éminent bâtiment de Greene Hall, avec ses hauts plafonds, ses moulures élaborées, ses escaliers intérieurs sculptés et ses parquets en bois.

La table de travail de Wolfman était près de l'unique fenêtre de la pièce. Juste à côté, des étagères abritaient de nombreux livres, en grand format ou en poche ; les noms de *Darwin*, *Pavlov*, *Watson*, *Thorndike* et *Skinner* y prédominaient. De l'autre côté, un poster fascinant auquel je jetais régulièrement des coups d'œil était affiché, reproduction d'une œuvre d'art que je reconnaîtrais un jour comme la *Nuit étoilée* de Vincent Van Gogh.

(Un choix étrange en matière d'art pour un psychologue behavioriste, tant de beauté et de mystère !)

Presque implorant, Wolfman ajouta : « Écoutez. Je n'ai aucune idée de ce dont vous parlez, Miss Enright. Et pour votre propre bien, je crois que vous feriez mieux de quitter mon bureau maintenant et d'oublier cette conversation. Vous comprenez ? Pour votre propre bien. »

C'étaient les yeux de Wolfman qui étaient implorants. Ses paroles, elles, étaient brèves et hostiles.

Wolfman était un homme jeune, il n'avait pas encore trente ans. Beaucoup plus jeune que mon père. Néanmoins, je retrouvais un peu de Papa chez lui – ces légers sillons sur son front, ce regard anxieux qui tentait de donner le change avec une certaine légèreté, un humour sardonique. Et ce sourire qui apparaissait fugitivement et disparaissait.

« "Pour mon propre bien" – c'est pour ça que je suis là, Dr. Wolfman. J'ai besoin… de savoir… que vous me disiez… Qui vous êtes, et si… si vous êtes – quelqu'un comme moi.

– Non. Je ne suis pas "quelqu'un comme vous".

– Mais…

– *Non.* »

À ce moment-là, je me demandai si Wolfman était une illusion ? Si j'avais imaginé – tout ça. Si, à force de solitude et de tristesse, j'avais imaginé qu'Ira Wolfman puisse être mon sauveur ?

Et pourtant, j'étais convaincue qu'il me connaissait intimement. Qu'il m'avait reconnue. Même s'il refusait de l'admettre, comme peut-être, dans des circonstances similaires, mon père n'aurait pas voulu reconnaître le lien entre nous pour me protéger. Wolfman essuya son visage brûlant avec un mouchoir. Il avait des mains robustes aux allures protectrices, des doigts aux extrémités épaisses. Arrondis et courts, ses ongles étaient raisonnablement propres.

Pas d'anneau au quatrième doigt de sa main gauche. Mais ça, je le savais déjà.

Wolfman s'empara d'un stylo-bille pour gribouiller quelque chose dans la paume de sa main gauche. Après quoi, il leva sa paume devant moi en posant l'index de sa main droite sur ses lèvres :

S'IL VOUS PLAÎT ALLEZ-VOUS-EN

Ensuite, il referma la main en serrant le poing.

Je compris ce qui se passait. Il ne voulait pas me parler, ni même m'ordonner de partir. Il avait des raisons de penser qu'on pouvait nous entendre – que nous étions *sous surveillance*.

D'un ton égal, celui d'un enseignant universitaire raisonnable confronté à une étudiante difficile, Wolfman conclut : « Merci d'être passée, Miss Enright. Je vous assure que votre travail en cours de Psychologie Niveau 1 est exemplaire et que vos idées, même si elles sont irréconciliables avec le behaviorisme skinnerien, ne compromettront pas votre note – du moment que vous continuez à exceller à nos examens et à connaître toutes les bonnes réponses à nos questions. Mais je crois que nous n'aurons plus besoin de conférer en privé ce trimestre. Et ne parlez à personne de cette conversation – naturellement. »

J'avais les jambes en plomb. La tête lourde, et le cœur aussi.

Bien que je ne me sente pas très stable sur mes pieds, il était temps que je quitte Wolfman.

« À qui en parlerais-je, Dr. Wolfman ? Vous êtes la seule personne en Zone 9 avec qui je puisse le faire. »

À la mention de la Zone 9, les traits de Wolfman se crispèrent.

Une fois devant la porte, je murmurai d'une voix défiante et téméraire : « Et d'ailleurs, je ne m'appelle pas "Mary Ellen Enright", mais "Adriane Strohl". »

Maintenant, il sait. Il sait avec certitude. Et je sais qui il est avec certitude.

Et que va-t-il m'arriver à moi, à nous, maintenant ?

Le mur

Une période fiévreuse s'ensuivit. La grippe asiatique qui avait envahi Wainscotia finit par s'emparer de moi. Les jours succédaient aux nuits, les nuits aux jours. Je manquai le cours de Wolfman du vendredi matin. Je commençai à en rater d'autres. Parce que j'étais trop malade pour sortir du lit. J'étais souvent abattue. N'attendant qu'une chose : que mes colocataires quittent la chambre pour pouvoir m'agenouiller dans un coin en appuyant mon front contre le mur et y trouver un simulacre de consolation.

Poussant poussant poussant – mais le mur restait inébranlable.

Mes camarades chuchotaient entre elles. Elles pensaient que leur *étrange colocataire triste* qui venait d'en dehors de l'État priait.

Elles avaient pitié de moi. Je les préoccupais. Elles commençaient à s'impatienter.

Parce qu'elles croyaient que j'avais encore le mal du pays, et que je m'agenouillais pour prier leur Dieu chrétien au bout de toutes ces semaines.

Wolfman allait regretter de m'avoir renvoyée ! J'avais envie de le croire.

Miss Steadman cherchait à m'intercepter à l'entrée de la maison, mais je me faisais invisible et me faufilais sans qu'elle me voie. À genoux sur le plancher, jambes nues. Poussant contre le mur.

En me concentrant suffisamment, je parvenais à franchir la barrière de la censure – et des souvenirs-éclairs traversaient alors comme en un battement de paupières.

Poussant une porte pour l'ouvrir, hésitante. Celle de mon ancienne maison perdue !

Notre maison en bardeaux sur Mercer Street à Pennsboro.

Apercevant mes parents assis à la table de la cuisine. Le banc de Maman sur lequel elle avait disposé des pots de géraniums, près d'une fenêtre – des plantes rabougries qui ne fleurissaient pas pendant la plus grande partie de l'hiver mais qui, quand elles s'y décidaient enfin, donnaient de magnifiques fleurs rouge vif.

Quand j'étais petite, l'une de mes responsabilités avait été de m'assurer que les plantes de Maman soient bien arrosées. Et d'enlever délicatement les feuilles brunes et desséchées.

Comme elle le disait tristement *Une feuille qui a bruni ne redeviendra plus jamais verte.*

Ce souvenir était si saisissant que j'aurais presque cru qu'il se passait *maintenant.* Alors que j'étais agenouillée, le front appuyé contre le mur pour démêler le petit nœud dans mon cerveau, *maintenant.*

Papa sifflotait. Papa sifflotait gaiement un de ses vieux airs favoris – l'« Hymne de bataille de la République ». (Il me l'avait expliqué : il s'agissait d'un célèbre hymne abolitionniste/antiesclavagiste des anciens États-Unis d'Amérique dans les années 1850.) J'avais entendu Papa siffler cet air si souvent qu'il me revint comme si c'était hier.

En revanche, la mélodie avait quelque chose de bizarre. Elle était immédiatement reconnaissable – et en même temps, ce n'était pas tout à fait ça.

Papa sifflait gaiement, bruyamment. De façon à agacer (?) ma mère tout comme il l'agaçait en la serrant de trop près au moment de passer devant la cuisinière tandis qu'elle préparait le café.

Maman murmura à Papa quelque chose que je n'entendis pas. Papa rit d'un rire sans joie.

(Qu'est-ce qui n'allait pas chez lui ? Son visage m'était caché, telle une demi-lune voilée d'ombres. Il portait son uniforme d'aide-soignant à l'hôpital, son uniforme d'esclave, comme il l'appelait, constitué d'un pull blanc et d'une blouse blanche, d'un pantalon de travail blanc et d'une paire de tennis blanches à semelles en caoutchouc.)

Maman était en train de disposer des bols sur la table – des bols pour les céréales.

Celui de Papa était posé à une extrémité de la petite table rectangulaire en Formica, celui de Roddy et le mien de chaque côté du sien, et celui de Maman était le plus proche de la cuisinière.

Oh ! J'en avais l'eau à la bouche : je sentais presque le porridge que Maman faisait chauffer, notre petit déjeuner préféré.

Des flocons d'avoine concassés cuits avec des raisins secs, du sucre roux et du lait. Maman préparait ce petit déjeuner depuis ma plus tendre enfance. Je ne m'étais pas rendu compte à quel point il m'avait manqué.

Roddy se tenait dans l'embrasure de la porte. Cheveux courts, vêtements passe-partout de « stagiaire » au bas de l'échelle. Son visage mince était maussade, et ses orbites aussi noyées d'ombre que celles d'une tête de mort.

J'avais ce souhait enfantin que mon frère ne soit pas là dans ce souvenir. Si toutefois c'était bien *mon souvenir*.

Roddy m'avait fait quelque chose de cruel – impossible de me rappeler quoi. Lorsque nous avions reçu la nouvelle de ma Bourse Démocratique Patriote, il m'avait fixée brièvement sans aucune réaction – avant de me gratifier d'un sourire forcé et maladroit.

Félicitations, Addie !

Un sourire en coin.

J'avais tellement envie qu'il n'y ait que Maman et Papa dans ce souvenir, si précieux pour moi.

Sauf que je ne pouvais pas dicter ce qui s'y passait – n'est-ce pas ? Si j'essayais, je risquais de perdre ce souvenir pour de bon.

Je chuchotai *Bonjour ! C'est moi... Adriane...*

Papa ne m'entendit pas. Maman ne m'entendit pas. Si Roddy m'entendit, il n'en montra rien.

Ils parlaient de – je n'entendais pas ce dont ils étaient en train de parler. Un problème familier – pas nouveau – ennuyeux, humiliant. Probablement financier. Ou un problème lié à Roddy ? Quelque chose dont se plaignait Roddy ? Ou alors – Maman avait des problèmes avec son responsable au travail. Ou alors (sans doute était-ce plus probable) c'était Papa qui avait des problèmes avec son responsable au centre médical. (Il y avait longtemps que, depuis sa rétrogradation du poste de médecin titulaire à celui d'aide-soignant, Eric Strohl devait supporter l'humiliation d'avoir vu son salaire fondre ; et, pour garder ce misérable poste, d'être malgré tout obligé de conseiller des médecins de plus en plus jeunes et de plus en plus carriéristes, voire souvent d'effectuer de petites interventions pour eux, comme l'installation et le retrait des « ports » [des veines artificielles portatives rappelant des cathéters] chez les patients subissant une chimiothérapie. Il devait aussi se tenir disponible pour effectuer des prises de sang et donner un coup de main en radiologie. Mais ce n'était pas le genre de Papa de se plaindre, même en plaisantant – c'est pourquoi cette situation était si étrange.)

(Autre chose étrange : où étais-je dans ce souvenir ? Pourquoi n'étais-je pas assise à la table de la cuisine avec ma famille ? Si l'on en jugeait par l'âge de Roddy, je devais avoir à peu près seize ans alors. *Mais où étais-je donc ?*)

En train d'appuyer mon front contre le mur d'une chambre au troisième étage d'Acrady Cottage, à Wainscotia, dans le Wisconsin, en Zone 9.

Disant, suppliant *Maman, Papa ? Vous ne me voyez pas ? C'est – Adriane. S'il vous plaît, regardez-moi.*

Mais ils ne me regardaient pas. Ils n'étaient pas conscients de ma présence.

Et puis, je remarquai quelque chose qui me glaça : les traits de mon père étaient plus frustes que je ne les avais jamais vus. Ce n'était pas seulement que Papa ne s'était pas rasé, mais il avait le même air dépenaillé et sauvage que les hommes qui vivent dans la rue : ses cheveux grisonnants et clairsemés n'étaient pas coiffés, ses joues étaient creusées de rides profondes, sa bouche inclinée vers le bas en une grimace d'autoapitoiement. Sans compter ses petits yeux injectés de sang…

Et ma mère : Qu'est-ce qui lui était arrivé à *elle* aussi ?

Elle qui avait toujours été si mince avait indéniablement pris du poids. Sa figure charnue était grincheuse. Son sourire, sardonique. Et elle était très maquillée, l'arc de ses sourcils largement exagéré.

Quant à son regard, il était boudeur, insatisfait. Elle avait une expression de rage à peine contenue que je ne lui avais encore jamais vue.

Maman, Papa – vous ne m'aimez pas ? Je ne vous manque pas ?

C'est votre fille Adriane – vous ne vous souvenez pas de moi ?

Négligemment, comme si elle en voulait à mon père et à mon frère d'avoir à les servir, Maman prit la casserole sur la cuisinière pour répartir le porridge dans les bols. Et c'est là que je m'aperçus qu'il n'y en avait que trois sur la table. Et qu'en fin de compte leur petit déjeuner ne consistait pas en flocons d'avoine – mais qu'ils mangeaient tous goulûment une sorte de substance gélatineuse collante semi-transparente, d'une écœurante couleur rose chair, qui tremblotait dans leurs bols. Ce n'était pas un aliment pour le petit déjeuner que j'aurais pu identifier – et ça avait l'air affreusement *vivant.*

Roddy jeta un coup d'œil dans ma direction, comme s'il pouvait me voir !

Et il s'exclama avec un petit sourire méchant *C'est bien fait pour elle qu'elle soit partie là où elle est.*

Et Maman ajouta *Elle se trouvait trop bien pour nous.*

Et Papa ajouta *Bon débarras !*

Ils se mirent tous à rire. D'un horrible rire gras. Un tourbillon de lumière envahit alors la cuisine, donnant l'impression que la barrière de Plexiglas reflétait quelque chose de brillant qui coupait la scène en deux. Je compris avec horreur qu'il y avait un gros problème – ces gens étaient des étrangers pour moi.

Le personnage grossièrement imaginé qui était censé être mon père n'était pas mon père. Le personnage grossièrement imaginé qui était censé être ma mère n'était pas ma mère. Quant à mon frère Roddy…

Ce n'est pas Roddy non plus. Ils ont emmené Roddy pour lui substituer cette personne.

Je me demandai si c'était bien le cas : si ce n'était pas mon frère qui m'avait dénoncée, mais celui qui avait pris sa place et qui m'avait envoyée en Exil.

Soudain, l'odeur du « porridge » tremblotant comme de la gelée me donna la nausée. Soudain, j'eus un haut-le-cœur. Le Plexiglas devint opaque. Le souvenir était fracassé, envolé. Je me retrouvai seule dans un coin de la chambre, à genoux, appuyant si fort mon front contre le mur que l'empreinte du bois y laisserait des marques.

« Mary Ellen ! » Quelqu'un m'appelait.

Ce prénom ridicule, ce prénom que je détestais – quelqu'un l'appelait et me tirait par l'épaule.

Je me réveillai, stupéfaite et effrayée. Où étais-je ? Quelle heure était-il ? J'avais dû m'endormir, ou perdre connaissance par terre à côté de mon lit, à genoux, et l'une de mes camarades m'avait trouvée effondrée contre le mur.

« Qu'est-ce qui ne va pas, Mary Ellen ? Tu as pleuré – tu es bouleversée. C'est sûrement la grippe. Laisse-moi t'aider à te relever. »

Ma colocataire, qui s'appelait – Betsy ? – m'aida à me remettre debout, puis à m'allonger sur mon lit. Elle s'assit à côté de moi en pressant mes mains glacées. Elle me parla d'une voix rassurante, réconfortante. En dépit de ma confusion, j'eus la présence d'esprit de ne rien dire de compromettant sur l'endroit où j'étais allée. Où mes souvenirs m'avaient emmenée.

Une autre de nos camarades entra dans la pièce et se joignit à elle. Qu'avait donc Mary Ellen ? Qu'est-ce qui avait bouleversé Mary Ellen ? Un cauchemar ? Un mauvais souvenir ?

La deuxième fille s'appelait – Hilda ? Je me rappelais son nom de famille, un nom charmant : McIntosh.

Betsy et Hilda s'entretinrent à propos de « Mary Ellen » – quel était le problème avec « Mary Ellen », et ce qu'on pouvait faire pour « Mary Ellen ».

Je me disais : l'affreux souvenir est un faux souvenir. La puce est programmée pour interférer avec ma mémoire. Pour me fournir un souvenir cruel, fallacieux et affreux. *Pour me punir.*

Toutefois, il était difficile de ne pas penser que le père dans ce souvenir, la mère dans ce souvenir et le frère dans ce souvenir étaient « réels ».

C'est terrifiant de perdre la mémoire. De perdre confiance en sa mémoire.

Qu'est donc un être humain à part la somme de ses souvenirs ? *Regarde à l'intérieur de toi, pas à l'extérieur. L'âme est à l'intérieur.*

J'en étais convaincue. Et pourtant, si on me retirait mes souvenirs, qu'adviendrait-il de moi ? Qu'arriverait-il à mon âme ?

Mes colocataires discutaient : devaient-elles me mettre au lit ou m'emmener au réfectoire prendre un dîner digne de ce nom avec elles ? Betsy et Hilda pensaient que j'étais sérieusement mal nourrie, et que je ne dormais pas assez ; Carly pensait que j'avais « un genre de virus comme la grippe ». J'avais la peau moite sans être fiévreuse. Mais elle était bizarrement rougie, et mes yeux, injectés de sang.

Ma troisième camarade de chambre était entrée dans la pièce et nous avait rejointes.

Je leur annonçai que je n'étais pas malade – que je ne voulais pas qu'on me mette au lit. Que j'avais des devoirs à faire ce soir-là, parce que j'étais en retard dans mon travail. Betsy, Hilda et Carly m'accompagnèrent dans la salle de bains où elles firent couler de l'eau froide et nettoyèrent mon visage strié de larmes. Elles me brossèrent les cheveux (« Oh mon Dieu, il y en a plein sur la brosse. Il faut qu'elle boive plus de lait ! »). Elles insistèrent pour que je me maquille : pour que je mette du fond de teint, de la poudre. Et du rouge à lèvres, que Carly me prêta. Elles furent enthousiasmées par le résultat : « Si seulement tu souriais plus, Mary Ellen. Si tu n'étais pas toujours si fatiguée, avec cet air triste.

– Nous aussi, on a le mal du pays – ou en tout cas, *on l'a eu*. Mais Wainscotia est tellement formidable qu'il est temps que tu t'en remettes. »

Carly me prêta un pull pour aller au réfectoire : un cardigan en laine douce couleur bruyère, beaucoup plus beau que tous mes vêtements de seconde main. Hilda me prêta un vrai manteau – et non une veste – pour compléter ma tenue. Et des bottes en cuir, au lieu de mes hideuses bottes en caoutchouc.

Elles s'assirent avec moi et me regardèrent manger. Elles allèrent me remplir mon assiette une seconde fois. Nous papotâmes en riant. D'autres filles d'Acrady Cottage se joignirent à nous. Au bout d'un moment, je me sentis mieux. Enfin, Mary Ellen se sentit mieux.

Nous rentrâmes à Acrady Cottage. Il neigeait un peu, et une croûte glacée craquait sous nos pas. Non loin de là, la rotonde de la bibliothèque luisait de l'intérieur d'une lueur bleuâtre. Je pensai *Je n'ai plus personne, maintenant. Mais je vais survivre. Et un jour, je rentrerai chez moi.*

Je rendis les bottes en cuir et le manteau en laine vert forêt, mais quand je voulus restituer le cardigan couleur bruyère à Carly, elle me dit avec un gentil sourire peiné :

« Oh, non, Mary Ellen ! Il te va beaucoup mieux qu'à moi. Il est *à toi.* »

(Sauf que je ne pouvais pas être leur amie. Parce que je n'étais pas « Mary Ellen » – mais une autre personne qu'elles n'avaient jamais rencontrée.)

S'IL VOUS PLAÎT ALLEZ-VOUS-EN

Il suffisait que je ferme les yeux pour que ces lettres écrites à l'encre rouge se mettent à flotter devant moi.

Lorsque j'étais d'humeur mélancolique, je n'avais pas besoin de fermer les yeux. C'était comme si je voyais instantanément la main levée de Wolfman, sa paume, et son injonction de m'éloigner de lui –

S'IL VOUS PLAÎT ALLEZ-VOUS-EN

C'était un geste joueur – et désespéré à la fois. Wolfman avait été sincère dans son désir de me voir partir.

Il avait reconnu que j'étais quelqu'un comme lui, en Exil. Et de ce même geste, Wolfman m'avait répudiée.

Bien sûr, je comprenais : il était menacé de Suppression potentielle, comme moi. Il devait suivre les Instructions, exactement comme moi. Mais il ne pouvait pas se montrer aussi imprudent que moi.

À l'évidence, Ira Wolfman s'était adapté à sa vie-en-Exil. Ou alors, il avait appris à donner le change. Il était plus âgé que moi, beaucoup plus intelligent et aussi plus sage – il savait que nous n'avions aucun moyen de rentrer chez nous.

On pouvait nous *ramener chez nous*. Mais nous ne pouvions pas *y retourner par nos propres moyens*.

C'était la malédiction de l'Exil : vous ne disposez pas du pouvoir de changer votre vie, sauf en pire. Et d'autres peuvent la changer pour vous imprévisiblement.

Durant ma maladie, j'avais raté des cours. Enfin, juste un de ceux de Wolfman, celui du vendredi. Comme la grippe était censée avoir frappé beaucoup d'élèves de Wainscotia, les enseignants se montraient compréhensifs, et ne nous avaient pas pénalisés pour nos absences et nos devoirs non rendus. J'étais déterminée à rattraper mon retard, tout comme j'étais déterminée à être une excellente étudiante à Wainscotia State University.

Dans toutes les matières, mais particulièrement en Psychologie Niveau 1.

J'allai plus fréquemment prendre mes repas avec mes camarades de chambre. Je me montrai amicale avec d'autres résidentes d'Acrady Cottage. Je n'évitai pas Miss Steadman. (Même si j'avais déçu la conseillère de notre résidence à Thanksgiving en me réfugiant dans la bibliothèque de l'université, puis dans notre chambre à l'étage de la résidence presque déserte, prétextant que j'avais trop de travail pour aller dîner avec elle et d'autres filles solitaires et abandonnées de Wainscotia.) Je portai le cardigan couleur bruyère. Je portai la jupe plissée écossaise Black Watch. Je portai même un rang de « perles » rose pâle – un collier bon marché que j'avais trouvé sur un trottoir du campus. Aux TD de Wolfman, j'étais attentive, mais je ne levais plus la main pour qu'il m'interroge, et Wolfman n'interrogeait pas non plus « Miss Enright ». À la suite d'une erreur de jugement, j'avais accepté un « rencard à quatre » (terme nouveau pour moi) avec Betsy et son petit ami Sigma Nu ; mon cavalier était un des membres de cette fraternité que ses amis appelaient « Hedge », issu d'une petite ville du nord du Wisconsin. Taciturne, Hedge rougissait facilement. Il était difficile de savoir s'il était chroniquement gêné ou chroniquement irrité. Il n'avait pas l'air de savoir comment me parler, et je savais encore moins comment lui parler. Il était spécialisé en génie mécanique et obtenait surtout des C. Avant de passer me prendre à Acrady Cottage, il avait déjà bu, et à la « soirée bière » des Sigma Nu, au sous-sol de l'immense maison en brique rouge de la fraternité au tapis taché par des années de mauvais traitements, il avait continué à boire avec ses copains, comme quelqu'un qui est déterminé à se soûler aussi vite que possible. La fête s'était déroulée dans un brouhaha confus de musique, de voix et de rires assourdissants, d'odeurs de pizza et de bière renversée. Même si ce n'était guère surprenant, j'étais consternée de voir Betsy boire autant, « bécoter » son petit ami et danser avec lui, à moitié ivre ; au bout d'environ une heure, elle disparut dans la foule et je ne la revis pas de la soirée. Rubicond, Hedge semblait avoir envie que je danse avec lui aussi – à moins qu'il ne veuille juste montrer à ses copains de la fraternité qu'il dansait avec moi, ou se pressait maladroitement contre moi. Il était particulièrement soûl : ses rots puaient la bière, pareils à des ballons qui ont explosé. Au bout d'un moment, je me cachai dans des toilettes marquées FILLES SEULEMANT. Je réconfortai des étudiantes de première année, très soûles aussi, qui vomissaient. Je songeai *Si seulement Wolfman m'aimait – Si seulement Wolfman reconnaissait au moins mon existence.* Si je commettais une imprudence et que je violais les Instructions, allais-je être « vaporisée » par une Frappe de Drone Domestique ici en Zone 9, et disparaître avant de ressentir la moindre douleur ou même d'avoir peur ? Dès que j'en eus l'occasion et que je constatai que

Hedge n'était nulle part en vue, je m'éclipsai de la maison de la fraternité par la porte d'entrée grande ouverte et courus en trébuchant jusqu'à Acrady Cottage.

C'était tellement formidable de m'être échappée de ma première (et dernière) soirée bière d'une fraternité ! Tellement formidable de me retrouver seule, mais sans souffrir de la solitude désormais, courant sous la neige qui tombait légèrement jusqu'à ma résidence, l'haleine fumante ! Mes colocataires étaient toutes sorties à leurs « rencards » – j'en aurais pleuré de soulagement en arrivant dans la chambre.

Le soulagement est une forme de bonheur pour ceux qui ne le trouvent pas autrement. Mais le soulagement peut procurer un bonheur exquis, même en Exil.

Betsy ne me reparla jamais de la soirée bière chez les Sigma Nu.

Betsy ne me parla pas très souvent ni très chaleureusement pendant le reste de notre cohabitation.

(Pourtant j'avais entendu Betsy se plaindre amèrement de moi, parce que je l'avais embarrassée par mon comportement « égoïste » devant ses amis Sigma Nu ; j'apprendrais par la suite que Betsy n'avait pas eu de chance la nuit de cette fête, et qu'elle allait quitter Wainscotia pendant les vacances d'hiver pour ne jamais revenir.)

Quand, bien trop souvent, j'apercevais Hedge sur le campus, et que Hedge m'apercevait, nous détournions tous deux très vite les yeux.

Une pensée subite et cruelle s'imposa à moi *Quelle importance s'ils me détestent ? Ils ont tous les deux plus de soixante-dix ans, s'ils sont toujours en vie.*

C'était le secret terrifiant de la Zone 9, dont les bienheureux habitants ne se doutaient pas : à une époque qui, pour moi, était le présent, durant la vingt-troisième année des États d'Amérique du Nord Reconstitués, leurs vies étaient presque terminées. Si tant est qu'ils soient encore en vie.

Le musée d'Histoire naturelle

En décembre, je commençai à travailler à mi-temps au musée Van Buren d'Histoire naturelle, un édifice sépulcral en pierre adjacent à Greene Hall, le bâtiment des sciences.

Le musée d'Histoire naturelle était un endroit silencieux et envahi d'ombres que peu de gens visitaient. Dans son intérieur obscur, le temps semblait s'être arrêté des décennies plus tôt ; et dans les pièces où étaient exposés les fossiles et les restes d'ossements, plutôt des milliers d'années auparavant.

Mon travail consistait à référencer et à remettre les livres en rayon, car le musée comprenait une collection spéciale d'ouvrages rares d'histoire naturelle. Mon travail consistait à taper des lettres, des documents, des étiquettes identifiant les objets exposés dans des vitrines.

En Zone 9, l'essentiel de la vie professionnelle s'effectuait par réitération. Le travail de bureau était mécanique, robotique. Les dactylos elles-mêmes étaient un peu des robots. On tapait les mots directement sur une feuille de papier – ils se formaient à l'aide de l'encre (noire) d'un « ruban » qui s'enroulait dans la machine à écrire sur deux bobines jumelles. On utilisait souvent un « carbone » pour faire une copie, car les photocopieuses n'existaient pas – pas plus que les ordinateurs et les imprimantes. Tout était fait *à la main*.

Tout était à usage unique, et aussi souvent destiné à être répété. Un genre de folie qui aurait été inexplicable en EAN-23. Une fois tapés, les travaux étaient lentement acheminés via des tuyaux creux. Il était courant de devoir taper une seconde copie « carbone ». C'était terrifiant d'avoir à effectuer une telle répétition, sans autre objet que de reproduire l'original, alors qu'elle aurait pu être réalisée par des moyens purement mécaniques – sauf qu'en 1959 ces moyens n'existaient pas encore.

L'essentiel de mon temps partiel était occupé à (re)taper des étiquettes pour les expositions. En EAN-23, ces étiquettes seraient imprimées en quelques minutes, voire quelques secondes. Et pourtant, cette tâche m'occupait des heures entières. J'étais payée un dollar de l'heure – avant impôts.

En EAN-23, la devise avait été « reconstituée » pour lutter contre l'inflation. Néanmoins, à entendre mes parents, tout était beaucoup plus cher que dans leur souvenir – alors que leurs modestes rémunérations étaient restées gelées pendant des années. Je fus profondément surprise de recevoir un aussi petit salaire de la part de l'université – équivalant à environ un demi-cent en monnaie d'EAN-23 – et encore plus surprise de découvrir qu'après déduction des impôts je gagnais moins de soixante cents de l'heure !

Lorsque je le compris, j'éclatai en sanglots. Miss Hurly, ma responsable, expliqua sèchement : « Nous sommes tous imposés, Mary Ellen. » Pour m'encourager, elle m'annonça que, si je continuais à bien travailler, je pourrais être augmentée de la coquette somme de vingt cents le trimestre suivant.

Vingt cents ! Cette promesse me fit rire.

Malgré tout, c'était formateur. Une « expérience ».

Bien que le terme n'existe pas en Zone 9 comme en EAN-23, j'étais – plus ou moins – une « stagiaire ». J'étoffais mes compétences, mon CV, me constituant des références en cas de besoin pour de futurs emplois. J'avais appris à taper convenablement en empruntant la machine à écrire de Hilda. En réalité, ce n'était pas très différent de la manière dont je tapais depuis l'âge de deux ans sur un ordinateur.

Ensuite, au musée, j'avais appris à me servir de l'assez fantastique Remington « modèle de bureau », qui devait bien peser onze kilos. C'était une énorme machine noire aux touches en acier capables de s'élever dans les airs en décrivant des arcs d'environ sept centimètres avant de frapper le papier blanc et d'« imprimer » des lettres à l'encre noire. Miss Hurly m'avait montré comment enlever les vieux rubans usagés pour les remplacer par de nouveaux ; étonnamment, ces rubans étaient équipés à la fois d'encre noire (en haut) et rouge (en bas) ; il était impossible d'en enlever un sans me mettre de l'encre plein les doigts, mais j'étais fière d'avoir assimilé le processus. Miss Hurly m'avait aussi montré comment nettoyer les touches pleines de dépôts d'encre agglomérés jusqu'à ce qu'elles redeviennent comme neuves.

Quant à mon monde perdu peuplé d'ordinateurs, de téléphones portables, de tablettes et de « liseuses », j'aurais eu beaucoup de mal à en décrire un tant soit peu le fonctionnement à n'importe quel habitant de la Zone 9. Même mes souvenirs de ce que ces objets avaient représenté pour moi, de la façon dont j'avais été habituée à eux et dépendante d'eux, semblaient s'effacer, tout comme ceux de ma famille et de mes amis.

(Et je me demandais : peut-on encore aimer quelqu'un dont on est en train d'oublier les traits ? Dont on n'entend plus la voix ?)

(Et j'étais obligée de concéder : si j'avais mon téléphone portable, ici, à Wainscotia, qui appellerais-je, et qui contacterais-je par texto ? Personne.)

Contre toute attente, je commençais – presque – à apprécier la machine à écrire. Je comprenais pourquoi Hilda était si fière de son modèle portatif qui, comparé à l'énorme Remington du bureau du musée, relevait de la haute technologie.

Leur caractéristique la plus extraordinaire à toutes les deux était qu'on n'avait pas besoin de les *brancher* – puisque ces machines étaient si primitives qu'elles ne nécessitaient pas de courant électrique. J'avais appris à « régler les marges », à « appuyer sur la touche retour-arrière », à anticiper, tel le sujet d'une expérience de psychologie comportementale, le petit tintement qui retentissait en fin de ligne. Plus important encore, mes doigts, jadis accoutumés à la sensibilité du clavier d'un ordinateur, avaient appris avec une rapidité surprenante à frapper fort sur les touches. Sur les plus usitées, a, u, i, e, t, s, r, n, on voyait les légères entailles faites par les ongles de la dactylo.

Des dactylos-fantômes m'avaient précédée dans l'intérieur ténébreux du musée d'Histoire naturelle.

Ma responsable était une femme à cheveux blancs d'environ cinquante-cinq ans nommée Ethel Hurly, dont la voix feutrée mais sévère aurait été plus adaptée dans un mausolée. Elle avait une imposante poitrine tombante et portait des chemisiers à pois au col fermé par un nœud. Son supérieur était le directeur du musée, le professeur Morris Harrick, détenteur d'un doctorat de Princeton en « sciences classiques », que je voyais rarement. (De même qu'un grand nombre d'enseignants les mieux considérés de Wainscotia, le professeur Harrick venait de ce qui était, jusqu'à la Reconstitution controversée de l'Enseignement Supérieur en EAN-20, une université de l'Ivy League.) Je sentais que Miss Hurly était amoureuse du professeur Harrick, qui avait lui aussi les cheveux blancs et la cinquantaine ; ainsi que des lunettes bien nettoyées, un air distrait, et l'habitude de moucher bruyamment son gros nez dans des « mouchoirs » de coton blanc. (Il s'agissait de véritables articles vestimentaires, des petits carrés de tissu, invariablement blancs, dont les hommes d'un certain calibre et d'un certain rang se servaient ostensiblement pour montrer, me semblait-il, qu'ils avaient sous leur coupe ou à leur service une femelle si bien formée qu'elle ne rechignait pas à les laver et les « repasser » pour cet usage unique. Par bonheur, pour le reste d'entre nous, en 1959, les mouchoirs en papier avaient déjà été inventés.) Apparemment, le professeur Harrick était marié, puisqu'il portait une alliance au quatrième doigt de sa main gauche, et que de petites photos encadrées de membres de sa famille incluant de jeunes enfants étaient posés sur son bureau. Le professeur Harrick était donc un père, lui aussi. Et très probablement un grand-père !

Je trouvais touchant que Miss Hurly adore le professeur Harrick sans nourrir l'espoir que les sentiments de ce dernier soient réciproques, ni même qu'il s'en aperçoive. J'avais de la peine pour elle quand elle s'impatientait contre moi, surprise de mon incompétence et de la naïveté dont je faisais ordinairement preuve. (Un jour, elle m'avait dit : « Vous êtes née aux États-Unis, Mary Ellen ? Parfois, on dirait presque que vous n'êtes même pas *américaine*. »)

Morris Harrick était un gentleman très digne qui portait non seulement un mouchoir en coton blanc bien repassé dans la poche de son gilet, mais un gilet, une veste en tweed aux coudes renforcés de pièces en cuir et une chemise en coton blanc avec cravate, tous les jours où il venait au musée ou qu'il enseignait l'Histoire de la Science Occidentale à Greene Hall, immédiatement après la conférence de psychologie du professeur A. J. Axel. Le professeur Harrick ne s'adressait presque jamais directement à moi et me « voyait » à peine – il m'avait appelée plusieurs fois « Dolores », prénom de l'autre étudiante de premier cycle employée par le musée, dont les heures de travail ne chevauchaient pas les miennes.

Tout comme j'aimais Wolfman de loin ou que je me consolais de ma solitude avec la possibilité d'aimer Wolfman, Miss Hurly aimait ce distrait de professeur Harrick, pour lequel elle tapait constamment des lettres, des documents et des manuscrits destinés à être envoyés à des journaux érudits dans son domaine d'expertise. Miss Hurly m'avait montré les publications du professeur Harrick dans ces périodiques, des articles impressionnants, mais quasiment illisibles, ainsi que plusieurs de ses livres, dotés de titres tels que *Une histoire de la philosophie naturelle de l'ère présocratique aux Lumières*, publiés par les Presses de l'Université du Wisconsin. Miss Hurly se faisait l'écho de Miss Steadman dans son enthousiasme pour l'intellect mâle : « Le professeur Harrick a dédié sa carrière à l'examen de la manière dont les "fausses" théories de la science ont été remplacées par les "vraies" à travers les siècles jusqu'à l'époque actuelle, dans l'Amérique du milieu du XXe. Bien sûr, je ne connais pas les détails – mais les arguments du professeur sont très convaincants. Il est lui aussi l'un des candidats de Wainscotia au prix Nobel. »

Je demandai à Miss Hurly si elle avait entendu parler de A. J. Axel, et elle me répondit que oui, naturellement – « L'un des grands esprits de Wainscotia ! » Je n'osai pas la questionner pour savoir si elle connaissait Ira Wolfman de réputation, de peur d'être trahie par le tremblement de ma voix.

J'avalai péniblement ma salive, soudain accablée de tristesse en me rendant compte qu'en EAN-23 Miss Hurly et Morris Harrick étaient tous les deux morts depuis longtemps ; quant à savoir si le professeur Harrick avait ou non remporté le prix Nobel, je l'ignorais.

Au musée, je travaillais souvent tard. Je n'aimais pas rentrer à Acrady Cottage, où j'étais obligée de jouer le rôle de « Mary Ellen » devant mes colocataires et les autres résidentes.

Le travail était un narcotique ! Le travail était la clé de ma santé mentale, il m'empêchait de broyer du noir en pensant à mes parents, à mes amies perdues, à Ira Wolfman – aux cerfs-volants colorés et loqueteux que Roddy et moi avions jadis fabriqués tous les deux, désormais détruits depuis longtemps.

Jadis, Papa avait prodigué ce conseil *Un jour après l'autre, une heure après l'autre, mon cœur. À chaque jour suffit sa peine. On va y arriver.*

(Ce n'était pas à moi que Papa avait doucement adressé ces mots teintés d'urgence, mais à ma mère, je crois. Ce jour-là, elle pleurait et la porte de leur chambre était fermée.)

Résolument, je tapais – retapais – des étiquettes pour les vitrines : noms latins de fleurs, de champignons, d'oiseaux et de mammifères ; des noms qui me paraissaient magnifiques, car exotiques à cause de cette langue morte depuis belle lurette. (En EAN-23, le latin n'était pas enseigné, même dans les écoles les plus réputées.) Et quand j'en avais assez de taper sur l'énorme machine Remington, que mes ongles me faisaient mal à force de frapper les touches, je reprenais mes manuels et mon carnet, et je faisais mes devoirs. En dépit de mon anxiété, je n'avais eu aucun mal à obtenir des notes uniformément élevées dans toutes les matières que j'étudiais, y compris l'Introduction à la Logique ; à cause de l'étroitesse de ma vie-en-Exil qui me donnait la profondeur privée et secrète d'un gouffre dont le fond n'est pas visible de la surface, je n'avais aucun mal à exceller – la plupart de mes condisciples, même les boursières d'Acrady Cottage, semblaient moyennement impliqués dans leur travail scolaire. La formidable vie publique de l'université s'effectuait en surface : pratiquer le football et les autres sports, participer à la « vie grecque » (fraternités et sororités aux noms grecs dont les maisons aussi grandes que des manoirs étaient majoritairement alignées le long de l'extrémité vallonnée d'University Avenue), « prêter serment », « avoir des rencards ». Si je travaillais au musée le samedi après-midi, j'entendais parfois, au loin, un grondement d'encouragements rappelant une chute d'eau frénétique et mousseuse depuis le stade de football à l'autre bout du campus, dont on disait qu'il pouvait accueillir plus de vingt mille spectateurs ! À l'intérieur du musée, vide à part moi, j'avais du mal à imaginer qu'il y avait vingt personnes, sans parler de vingt mille.

Chez les étudiants de premier cycle de Wainscotia, on estimait que c'était « polar » de bûcher ferme, ou de paraître « sérieux » ; et quand on était un « Grec », consacrer beaucoup de temps à son travail scolaire était considéré comme une sorte de trahison. Il valait mieux que je garde mes A et mes A+ secrets, car ils étaient aussi infamants que de l'acné – je le savais :

mes colocataires me l'avaient dit ouvertement. Depuis que je m'étais enfuie de la soirée bière des Sigma Nu, depuis Hedge et la déception que j'avais représentée pour ma camarade Betsy, je n'avais plus du tout de « vie sociale » – à mon grand soulagement. En effet, on ne se sent jamais plus seul qu'au milieu d'une fête.

Et on ne se sent jamais autant en manque d'affection que lorsque des couples éméchés se pelotent en une grossière parodie d'amour autour de vous.

Quand j'en avais assez de mon travail scolaire et que ma tête et mes yeux commençaient à me faire mal à cause de tous ces efforts, et aussi en un sens de la futilité de ces efforts, je rôdais dans le musée en allumant des lumières dans les recoins sombres – pièce après pièce, où les objets étaient exposés sur des plateformes et dans des vitrines, dans ce qui semblait être des hectares entiers d'obscurité éclairée d'une lumière fluorescente. En hiver, le soleil disparaissait derrière une nappe de nuages décolorés autour de 17 heures, et dès 18 heures il faisait aussi noir que s'il était minuit.

Même durant la journée, il y avait peu de visiteurs au musée d'Histoire naturelle. Certains d'entre eux avaient été invités à titre professionnel par le professeur Harrick, et il arrivait qu'un collègue ou deux leur montre le musée en se concentrant sur les expositions spéciales. Certains étaient parfois d'anciens élèves, ou des parents d'élèves. Ces visiteurs s'attardaient rarement. Eux aussi baissaient la voix dans les recoins sépulcraux du musée. Entre les rangées de vitrines, ils se déplaçaient comme des spectres, détaillant brièvement leur contenu avant de passer à la suivante. S'ils regardaient dans ma direction – alors que je remettais des livres sur les étagères ou que j'étais perchée derrière la Remington géante posée sur le bureau adjacent à celui de Miss Hurly – ils avaient l'air effrayé, comme si l'une des créatures empaillées des vitrines avait lentement pris vie.

Me promenant dans le musée après la fermeture ! Certaines fois, je ressentais une sorte de joie inattendue, certaines autres, une sensation plus profonde de futilité.

Peu importe tout ce que tu apprends – que tu aies un « GPA » particulièrement élevé – tu es seule ici. Et tout le monde se fiche de savoir si Adriane Strohl est vivante ou morte.

L'une des expositions les plus réputées était celle des Fleurs en verre Van Buren, qui exerçaient une sorte de fascination sur moi. Je pensais à ma mère – j'essayais de penser à ma mère, Madeleine – même si ce nom me paraissait si étrange à présent : « Madeleine » –, qui aurait admiré ces fleurs extraordinaires, ingénieusement sculptées dans du verre aux teintes si subtiles : les plus belles étaient les orchidées, les lys, des floraisons tropicales atteignant la taille d'une tête humaine. En revanche, elles étaient bizarrement inodores, bien sûr. Et en les examinant de près, on voyait qu'une légère patine de saleté recouvrait même les spécimens les mieux nettoyés.

La plus intrigante de ces exotiques fleurs en verre était une plante « carnivore » de la forêt amazonienne – ses pétales allongés couleur chair ressemblant aux mâchoires (ouvertes) d'un crocodile étaient censés, dans la vraie vie, être collants et sucrés pour attirer les insectes et les petits mammifères. Avec une curiosité enfantine, je posai mes doigts sur un pétale (ouvert), pour voir si la plante carnivore refermerait ses mâchoires sur moi ; mais elle n'en fit rien, puisqu'elle était en verre et qu'elle ne bougeait jamais.

Je tentai de me rappeler les plantes d'intérieur de ma mère : des spécimens rabougris qui avaient du mal à prospérer au soleil d'hiver, mais qui fleurissaient jusqu'à un certain point par temps chaud, quand nous les posions sur les marches de notre porche, à l'arrière. Mais comment s'appelaient-elles ? Un nom très commun. Des petites fleurs rouge vif. Et inodores.

Maman me manquait tellement ! Et Papa aussi.

Et Paige, et Melanie, et… comment s'appelait-elle déjà, celle dont le père avait été arrêté ? – Carla… ?

La punition de l'Exil est la solitude. Il n'y a pas d'état plus terrifiant que la solitude même si on ne le pense pas quand on ne se sent pas seul ; quand on est en sécurité dans « sa » vie.

Durant ce temps passé au musée d'Histoire naturelle en dehors des horaires d'ouverture, j'avais le sentiment que quelqu'un d'autre était peut-être resté pour attendre la fermeture officielle ; ou, ce qui était plus déstabilisant, qu'il abritait une créature dont la présence précédait la mienne. Mon cœur se mettait à battre très vite tandis que je passais de salle en salle – allumant les plafonniers, voyant des ombres bondir à la périphérie de mon champ de vision. Il y avait, accrochés aux murs surmontés de hauts plafonds, des crânes, des os, des squelettes presque complets d'oiseaux et de bêtes anciens ; dans les vitrines, des roches contenant des fossiles, et d'autres crânes, d'autres os, ainsi que de petits squelettes. On y trouvait aussi des créatures empaillées fixées à un support – des volatiles comme les faucons, les hiboux, les échassiers et les oiseaux chanteurs, et un aigle chauve au regard vitreux ; et encore de petits mammifères tels que des renards roux, des ratons laveurs, des écureuils, des lynx, et, accrochée à un mur, une énorme tête d'élan surmontée de bois à douze cors, dotée d'yeux en verre brillants.

Et un magnifique loup à la fourrure parsemée d'argent, au faciès intelligent et pointu de chien, dont les yeux de verre paraissaient animés. *Canin X, autochtone du Wisconsin.*

On aurait dit que ces créatures (mortes) m'observaient avec intensité. Leur tristesse était profonde, d'autant plus pitoyable qu'elle était muette. Notant au passage que les étiquettes collées sur de nombreuses vitrines étaient jaunies, je supposai que, bientôt, Miss Hurly allait me demander de les retaper. Je souris de la futilité de ce musée – cet endroit dont on avait l'impression qu'il était sous terre, alors qu'il se trouvait seulement au rez-de-chaussée du bâtiment ; cet endroit que le Temps avait oublié. Car au musée d'Histoire naturelle, on n'était même pas en 1959.

Une légère couche de poussière recouvrait tout. En déambulant dans les allées, je m'attendais à voir l'empreinte de mes pas sur le sol derrière moi.

Je souriais pour ne pas pleurer. Dans l'une des vitrines de verre, je surpris ma propre image pâle qui flottait, superposée à de vieilles carapaces de tortues exposées là, désertées par les corps vivants de ces reptiles. Malgré tout, je crus voir une des carapaces trembloter. Quelque chose bougeait, reflété dans le verre…

Interloquée, je m'aperçus alors qu'un homme s'approchait dans la lumière crépusculaire, la main levée. Wolfman ! Il me souriait, un index posé sur les lèvres, tendant vers moi sa paume sur laquelle il avait écrit à l'encre rouge vif :

SUIVEZ-MOI S'IL VOUS PLAÎT

L'abri

En silence, Wolfman m'entraîna plus loin dans les profondeurs du musée.

Je le suivais au pas de course. J'aurais suivi Ira Wolfman n'importe où.

Telle une somnambule qui n'est que vaguement consciente de son entourage, mais déterminée à se comporter comme si elle contrôlait ses mouvements, je le suivis.

Wolfman était venu à *moi* ! J'avais découvert sur son visage un sourire accompagné d'un froncement de sourcils, ou un demi-sourire – une sorte de tendresse peinée. *Il risque sa vie pour moi*, pensai-je.

Je fis alors le vœu d'aimer Wolfman de toutes mes forces. De mourir pour Wolfman s'il le fallait.

Manifestement, il connaissait le musée Van Buren d'histoire naturelle. Ses vastes étendues aux allures souterraines ne lui étaient pas étrangères. Et il savait que je travaillais là – il avait dû se renseigner sur moi, pour connaître aussi précisément mes horaires.

Timidement, je souris à Wolfman. Mon cœur s'emballait dans ma poitrine comme un oiseau piégé !

Toujours sans un mot, il me prit la main et me tira doucement – fermement – vers l'avant. Ses doigts serrèrent les miens avec une familiarité surprenante.

Comme dans un rêve particulièrement beau et merveilleux, nous parcourûmes des pièces que je n'avais encore jamais vues : des murs entiers ornés d'oiseaux chanteurs perchés sur des répliques de branches d'arbre ainsi que d'une imposante volée de fauvettes de couleurs vives ; une salle de créatures « des marais » – grenouilles et crapauds caoutchouteux naturalisés, tortues de toutes tailles, hérons neigeux perchés sur une patte, cygnes muets. Oies du Canada, canards à col vert pétrifiés dans des mares sombres et glacées. Agrippé sous un tronc d'arbre, un opossum à la vue faible. Toutes ces créatures paraissaient nous observer, alertées par la vie de nos corps.

Wolfman articula silencieusement *Ne parlez pas ! Pas encore.*

Nous traversâmes une salle contenant de gros mammifères de l'Ouest américain – antilopes, cerfs, buffles, pumas, ours (noirs et bruns) ; une autre consacrée à un énorme squelette de baleine, que nous dépassâmes furtivement, pressés d'avancer. Un agrandissement photo de cette créature gigantesque était également exposé sur le mur en face de nous. Où Wolfman me conduisait-il ? J'étais étourdie de bonheur, ou d'angoisse. Dans mes fantasmes, je n'avais pas décidé ce que nous nous dirions, si nous nous retrouvions seuls pour de bon. Comment nous déclarerions notre passion l'un à l'autre, si nous l'osions. Je ne m'étais pas autorisée à imaginer Wolfman en train de me tenir la main pour de bon.

Je ne m'étais pas autorisée à imaginer Wolfman en train de me prendre dans ses bras, de m'embrasser. Mes rêves de lui s'évaporaient toujours à ce moment-là.

Comme pour effacer les traces de notre passage, Wolfman allumait et éteignait les lumières au fur et à mesure qu'il m'entraînait plus loin au cœur du musée.

Nous atteignîmes enfin le recoin le plus éloigné de l'entrée. C'était une pièce faiblement éclairée encombrée d'une multitude d'objets divers, comme si le curateur, à court de place, avait tout à coup désespéré de sa mission, tel un Créateur distrait, et stocké là des animaux grossièrement empaillés (petits cerfs, lynx et pumas, rongeurs) à la fourrure emmêlée et aux yeux de verre enfoncés dans leurs orbites ; des plateaux de roches fossiles dont les étiquettes se détachaient ; des crânes et des os non identifiés ; et des serpents à sonnette enroulés ensemble sur des feuilles de schiste, qui paraissaient si étrangement vivants avec leurs petits yeux de verre perçants que, frissonnant à leur vue, j'essayai de retirer ma main de celle de Wolfman qui se moqua de moi : « Ils ne peuvent pas vous faire de mal, "Mary Ellen". Eux aussi, ils sont ensorcelés. »

À l'arrière de la pièce, en partie dissimulé par une grosse vitrine, se trouvait un escalier qui descendait ; et, au pied des marches, une petite porte trapue découpée dans le mur. Un boîtier à combinaison similaire à ceux qui commandent l'ouverture des coffres-forts et des vestiaires était incrusté dans la porte et Wolfman le tourna dans un sens, puis dans l'autre, répéta ensuite l'opération avec précaution jusqu'à ce que la serrure cède d'une secousse et que la porte s'entrouvre légèrement. Après quoi il me prit la main, plus fermement cette fois, et me tira à l'intérieur.

Il referma la porte. « Là, nous sommes en sécurité ! Pas de surveillance. »

Il avait allumé une lumière. Ou plutôt des lumières fluorescentes qui tremblotaient au-dessus de nos têtes. Ici, on sentait la terre – humide, riche, pourrie. Nous étions sur un palier en ciment. D'autres marches conduisaient plus bas, vers un niveau inférieur sombre.

Wolfman me prit par le bras. J'eus un instant de panique à l'idée de devoir le suivre – mais où ?

Me précédant, Wolfman descendit les marches en ciment. Sans doute, supposai-je, pour être en mesure, si je me sentais mal ou perdais l'équilibre, de se retourner afin de me remettre d'aplomb.

Nous arrivâmes à un autre niveau, beaucoup plus bas. L'air y exhalait une odeur plus fétide, et il y faisait un froid de canard.

Je me frottai les yeux. Ma vision me parut floue. Je me rendis compte que nous nous trouvions dans la pièce extérieure d'une sorte de souterrain, pourvue de murs en ciment, d'un revêtement de sol en ciment et d'un plafond (en ciment lui aussi ?) ; le sol était recouvert d'un tapis gris métallisé, et les murs garnis de pancartes récapitulant des instructions élaborées : PRÉCAUTIONS D'URGENCE EN CAS D'ATTAQUE NUCLÉAIRE. Près de l'entrée trônait un mannequin grandeur nature équipé d'un masque à gaz, d'épais vêtements gris, ainsi que de gants et de lourdes bottes.

Il était impossible de ne pas se dire que le mannequin en uniforme n'était pas pour une raison ou une autre en train de nous observer à travers son épais masque.

« Ceci est un abri antiatomique, "Mary Ellen". Vous n'en avez probablement encore jamais vu. Il en existe un second plus grand et mieux équipé destiné aux membres plus haut placés de la communauté universitaire, dans le sous-sol du bâtiment de l'administration, dont je connais l'existence sans l'avoir jamais vu. »

Avec un mélange d'émerveillement et de terreur, je regardai autour de moi. Je ne pouvais m'empêcher de penser qu'en dépit de la distance qui nous séparait de la surface de la terre la Sécurité Intérieure nous enregistrait, et que nous serions atrocement punis.

Wolfman précisa que ce genre d'abris existait encore à notre époque – aux EAN – mais qu'ils étaient réservés aux fonctionnaires du Gouvernement. Le citoyen moyen en ignorait tout. En revanche, dans les années 1950, les abris antiatomiques étaient beaucoup plus répandus, et on en parlait dans les magazines grand public comme *Life* et *Time*, et à la télévision ; de nombreuses personnes privées construisaient d'ailleurs leurs propres abris dans leur sous-sol : « C'est comme une extension de la "salle de séjour". Un endroit où on peut se détendre confortablement, mais où on aurait tendance à souhaiter être armé pour empêcher les voisins d'entrer. »

Wolfman précisa qu'on s'attendait à ce que les bombes et les missiles viennent de l'URSS – la Russie Soviétique, un « colosse politique » qui n'existait plus en EAN-23. Il me demanda si, aux EAN d'aujourd'hui, la Russie était encore l'un des « ennemis de la démocratie » et je lui répondis que je pensais que oui, car il existait un certain nombre d'« ennemis terroristes » ; mais la Russie était un ennemi avec lequel les États d'Amérique du Nord signaient des traités, à l'inverse de la Chine, qui restait notre principal ennemi permanent.

Wolfman voulut savoir qui était l'actuel président des EAN, mais quand je prononçai son nom il ne lui dit rien.

Les présidents des États d'Amérique du Nord Reconstitués étaient les dirigeants du Parti Patriote. La population en savait peu sur eux, à part qu'ils étaient multimillionnaires ou associés à des multimillionnaires. Leurs noms étaient souvent inventés, fictifs, attachés à des individus ou des personnages humains animés incessamment montrés sur Internet et à la télévision ; on était conditionnés à les « aimer » à cause de leurs expressions amicales et souriantes et des jingles musicaux ingénieusement addictifs qui accompagnaient leurs apparitions, de même qu'on était encouragé à « ne pas aimer » certains autres personnages. Toute tentative d'obtenir le moindre renseignement sur eux constituait une violation des Informations de la Sécurité Intérieure et pouvait être considérée comme un acte de traîtrise.

Wolfman m'expliqua que, longtemps après la Seconde Guerre mondiale, les Américains avaient craint un *holocauste nucléaire*. Dès cinq ou six ans, les écoliers apprenaient la marche à suivre en cas d'« explosion nucléaire soudaine » – ils devaient se précipiter sous leurs tables, baisser la tête et se couvrir l'arrière de la nuque en y nouant leurs mains.

« Pour les gens suffisamment fortunés, il existait des abris remplis de provisions comme celui-ci. Pendant un temps, ces "abris" ont représenté un commerce florissant.

– Mais il n'y a jamais eu d'holocauste nucléaire ?

– En fait, non.

– Et maintenant – ici, en Zone 9 – ils croient toujours que ça pourrait se produire ? Que la Russie pourrait lâcher une bombe atomique sur les États-Unis ?

– Non, Mary Ellen. Ne dites pas "ils croient toujours" – nous sommes en 1959, et en 1959 il est tout naturel que les citoyens des États-Unis croient en la possibilité d'un holocauste nucléaire, ça n'a rien d'aberrant. »

Un pincement douloureux s'insinua derrière mes yeux. J'avais appris à gérer ma perplexité d'avoir à vivre dans cette ère révolue *comme si c'était le présent* et non le passé ; mais je n'étais pas parvenue à absorber la logique de cette vie-là, et bien sûr je n'en avais jamais parlé à personne.

Amusé ou légèrement exaspéré par ma naïveté, Wolfman reprit : « Oui, à cette époque-ci, les citoyens des États-Unis s'attendent en majorité à une guerre nucléaire.

En vérité, ils ne peuvent pas l'appréhender – pas plus que nous ne pouvons appréhender notre propre mort et l'extinction de notre identité. Nous sommes incapables de nous imaginer, nous ou ceux que nous aimons, *ne pas exister*. Nous sommes incapables d'imaginer que dix millions d'êtres humains aient pu être assassinés au XXe siècle, durant les grandes "guerres mondiales", en Russie soviétique ou en Chine communiste. Mais on a lavé le cerveau de la populace pour lui faire croire à la menace communiste, et la faire adhérer à la construction d'abris antiatomiques et à l'achat d'énormes réserves d'armes. Même si vous n'avez pas reçu beaucoup d'éducation historique aux EAN depuis la Révolution Culturelle des Écoles Publiques, vous devez avoir entendu parler des satellites russes des années cinquante – les deux "Spoutniks" – et des essais nucléaires, en Russie comme chez nous, dans le Sud-Ouest américain. C'est une ère de fétichisme nucléaire. Les Américains de 1959 n'ont pas accès au "futur" – comme nous – pour savoir qu'il n'y a jamais eu d'holocauste et que personne ne s'est jamais servi des abris antiatomiques. Pas plus qu'il n'y a eu de "mainmise communiste" sur le gouvernement américain – ou quoi que ce soit qui s'en rapproche de près ou de loin.

– Mais… c'est une bonne nouvelle, non ? C'en est forcément une, à mon avis. »

Wolfman s'esclaffa. « Vous êtes une fille raisonnable, "Mary Ellen". Évidemment, vous avez raison. S'il y avait eu un "holocauste" dans ce passé, dans le "futur", nos parents ne seraient pas nés, et par voie de conséquence nous non plus. Donc, oui, vous avez parfaitement raison. »

Bizarre que ce que Wolfman considérait comme le « futur » soit en réalité du « passé » pour moi – le passé dont j'avais été expulsée. Surtout que pour lui, qui était Exilé depuis bien plus longtemps que moi, ce « futur » y appartenait encore davantage.

Remarquant mon air confus, il me parla de la politique américaine d'après guerre : la prétendue Guerre Froide, le sinistre pouvoir du sénateur Joseph McCarthy, les auditions de l'armée et de la marine par le Congrès, la « chasse aux sorcières » des communistes par des juges fédéraux « patriotes » tels que Harold Medina à la fin des années quarante, et la défaite de l'intellectuel Adlai Stevenson devant le très populaire ancien général Dwight Eisenhower. « L'histoire des États-Unis a toujours été une lutte entre "eux" et "nous" – les capitalistes et leur richesse d'un côté – et le reste, de l'autre. Sans surprise, nous étions battus d'avance. »

Wolfman se remit à rire en haussant les épaules. Dans ce mélancolique endroit souterrain, quelle importance pouvait avoir quelque chose d'aussi abstrait que l'*histoire* ? Vous y étiez conscient de votre propre respiration, et de votre besoin d'oxygène ; si les ventilateurs rencontraient un problème de fonctionnement, vous cesseriez très vite d'exister.

Dans une telle situation, il était naturel pour moi (je le comprends aujourd'hui) de contempler Wolfman avec des yeux qui débordaient à la fois de larmes et d'adoration.

C'est mon ami ! Mon seul ami.

Comme tout adulte responsable confronté à l'engouement d'une fille de dix-sept ans, Wolfman espérait pouvoir ignorer ma réaction.

« Gardez votre calme, "Mary Ellen". Ceci est désormais votre quotidien. Ne vous laissez pas gouverner par vos émotions – nous avons trop à perdre. »

Avec l'expression d'un acteur vantant allègrement les mérites d'un produit dans un spot publicitaire, Wolfman m'entraîna dans une brève visite de l'abri antiatomique. Il ouvrit les placards de stockage pour me montrer les denrées empilées à l'intérieur : étagères courant du sol au plafond remplies de boîtes de thon et de saumon, de petits pois, de maïs, de spaghetti et de « salade de fruits » ; de soupes Campbell's – à la tomate, aux nouilles et au poulet, à la crème de champignons ; de boîtes de Cheerios, de Wheaties et de Rice Krispies ; d'œufs et de lait en poudre, de paquets de sucre et de sel. Un réfrigérateur géant (qui n'était pas allumé, ni éclairé à l'intérieur) rempli à craquer de Pepsi et d'eau minérale. Dans une autre réserve, de nouveaux bidons de quatre litres et demi d'eau, de savon liquide, et de Javel. Dans une autre encore, des réservoirs à oxygène, des bandages, des civières, des bassins hygiéniques, des cannes, des béquilles, des déambulateurs, ainsi que plusieurs fauteuils roulants pliables. Des rangées de casiers. Des toilettes, des salles de bains. Le spectacle perturbant d'une dizaine d'uniformes gris accrochés ensemble à une lourde tringle, tel un essaim de gros insectes. Dans l'éventualité d'un holocauste nucléaire, les survivants seraient-ils obligés de porter ce barda ? Y compris ces masques aux épaisses lunettes ? Cette perspective était si déprimante que je ne supportai pas d'y penser.

Wolfman ajouta : « Ils sont comme nos ancêtres, non ? Ils ont l'air tellement innocent. Mais heureusement, rien ne s'est passé comme ils le craignaient. »

L'abri ne semblait pas dépourvu de poussière. On était obligé de se demander quelle sorte de microbes et de bactéries endormies depuis des lustres étaient tapies ici en attendant leur heure. J'eus impulsivement envie de jeter un coup d'œil par-dessus mon épaule pour voir si je laissais des empreintes de pas au sol. L'air, qui circulait à peine via les bouches d'aération, dégageait une odeur aigre de vêtements souillés.

Dans une salle de réunion, une unique télévision naine encastrée dans un meuble était posée contre un mur avec son écran gris et vide, face à une rangée de sièges. Je comptai les rangées : quinze. Et les sièges dans chacune d'entre elles : douze. D'autres écriteaux aux murs, porteurs d'instructions numérotées et de pictogrammes. Il régnait là une atmosphère de drame en suspension ; on aurait dit qu'une scène vitale avait été interrompue. Sur le sol recouvert de moquette gris métallisé, comme si quelqu'un venait de le jeter par terre, l'emballage en cellophane froissé d'une barre Milky Way. Il y avait aussi deux dortoirs attenants abritant la bagatelle de cinquante lits chacun – « Un dortoir pour chaque sexe », commenta Wolfman, les yeux brillant d'une sorte de joie sombre.

Je lui demandai s'il disposerait d'une place dans cet abri en cas d'urgence.

« Bien sûr que non. En tant que professeur assistant, je n'ai aucun poids à Wainscotia. Il se trouve seulement que je connais l'existence de l'"abri antiatomique", tout comme je m'efforce de me tenir au courant de beaucoup de choses, c'est pourquoi je l'ai localisé, et que je me suis procuré le code d'entrée. Au cours de mon ancienne vie "transgressive" aux EAN » – Wolfman baissa la voix en inclinant la tête –, « j'étais un "hacker hors-la-loi". Plutôt doué pour mon âge, si je peux me permettre – j'avais piraté les ordinateurs de la Sécurité Intérieure, de la Discipline de la Jeunesse, de la Diffusion Média, de l'Assurance des Patriotes, et de mon propre lycée à Manhattan ainsi que de quelques autres. Quand ils ont fini par me retrouver, j'avais vingt ans – mais j'avais été un hacker vedette pendant six ans, et je ne me serais jamais fait pincer si un "ami" ne m'avait pas dénoncé. »

Wolfman parlait de son cas si ouvertement ! Après la raideur qu'il avait initialement manifestée avec moi, cela paraissait à peine croyable.

Il me demanda ce qui m'avait valu d'être Exilée : « Les EAN doivent vivre une période de paranoïa pour Exiler quelqu'un d'aussi jeune que vous. En général, la peine se limite à une incarcération dans un établissement spécialisé pour la jeunesse et à un peu de "réhabilitation" – de "cooptation". »

D'un ton d'excuse, j'avouai à Wolfman que je n'avais rien fait d'aussi « transgressif » que lui, loin de là : « Pas intentionnellement, en tout cas. J'étais major de ma promotion au lycée et j'ai écrit un discours – une série de questions – dont notre Principal a eu peur qu'elles lui attirent des ennuis avec la Sécurité Intérieure, je crois. Personne ne m'a prodigué aucun avertissement ni demandé de modifier ce discours – ils m'ont simplement arrêtée à la répétition de la remise des diplômes avant de m'emmener. » Ma voix chevrota. « Je n'ai jamais revu mes parents. »

Wolfman me dévisagea avec inquiétude. En dépit de son intention de s'assurer que nos échanges restent légers et prosaïques.

« Vous avez écopé de combien ?

– Quatre ans.

– Quatre ans ! Ce n'est rien. Juste assez pour recevoir une formation universitaire inutile, et être *télétransportée* dans l'autre sens. »

Je n'avais pas envie de m'appesantir sur l'*inutilité* de ma formation universitaire.

« Et vous, de combien avez-vous écopé, Dr. Wolfman ?

– Appelez-moi “Ira”, s’il vous plaît. En tant que compagnons d’Exil, nous pouvons nous appeler par nos prénoms. J’ai été condamné à onze ans, et il ne m’en reste plus que deux avant que mon cas ne soit réévalué – et Dieu sait ce qu’il en ressortira. J’ai entendu parler de juges qui doublent la peine, ou pire. Je suis totalement à la merci d’un jury de cinq hommes, vous savez.

– Ah bon ? Je l’ignorais… »

Cette nouvelle m’avait tourneboulée. Néanmoins, Wolfman tenta d’atténuer le choc en m’adressant un sourire.

« Tous les décrets de la Sécurité Intérieure sont provisoires. D’ailleurs, ils peuvent aussi être annulés – à condition que les vôtres soient en mesure de payer l’“amende” requise. Vous ne le saviez pas ?

– N… Non… »

Mes parents le savaient-ils ? Mon père savait-il que son statut d’IM aurait pu être révoqué ?

« Mais vous allez très bien vous en sortir, “Mary Ellen” – vous avez amplement le temps de préparer votre cas. Quant à moi, je ne suis pas pressé de rentrer chez nous. J’avais des ennemis, là-bas. J’ai été trahi par des gens que je croyais être des collègues. J’ai essayé de me réconcilier avec la Zone 9.

– Votre famille ne vous manque pas ? Vos amis ?

– Bien sûr qu’ils m’ont manqué. Longtemps. La plupart des IE souffrent de dépression sévère durant leur première année d’Exil, et risquent de se suicider. Mais j’ai été “orphelin” pendant si longtemps, avec des parents “décédés”, que j’ai presque fini par croire en mon identité d’Exilé. J’ai du mal à envisager sérieusement d’être “reconstitué” – je serais susceptible de retomber dans mes anciens travers – “L et T” (“Libéralisme et Transgression”) – et de me faire de nouveau arrêter et “vaporiser”. Personne n’est envoyé deux fois de suite en Exil. »

Rapidement, je calculai : si Wolfman n’avait plus que deux ans à purger, je resterais seule ici. Je ressentais déjà une légère panique à l’idée de le perdre.

« Je sais que vous avez mal vécu votre transition, “Mary Ellen” – j’avais de la peine pour vous, mais je ne pouvais pas faire grand-chose. Vous encourager à venir me voir dans mon bureau pour pleurer sur votre sort ne vous aurait pas rendu service. J’ai cherché à m’assurer que notre relation reste professionnelle, et je continuerai. Dites-vous bien ceci : la Zone 9 n’est pas un endroit si terrible, à côté des EAN. Il vous faudra peut-être dix-huit mois pour vous y habituer, comme ça a été le cas pour moi. Pendant cette période, je me sentais si étranger aux autres qu’on aurait presque dit qu’ils étaient morts et qu’ils ne s’en rendaient pas compte ; ou que c’était moi qui étais mort et que je ne m’en rendais pas compte. Je ne peux pas m’empêcher de ressentir une certaine pitié pour eux – même si je suis venu à en apprécier certains. J’admire même Axel – ce jusqu’au-boutiste du behaviorisme. Pour ce que ça vaut, j’ai obtenu ma licence à Wainscotia, ainsi que mon doctorat en psychologie expérimentale ; j’ai tellement impressionné le département qu’ils m’ont engagé sur-le-champ comme professeur assistant, à cause de l’influence du professeur A. J. Axel. En Zone 9, j’ai un genre de carrière que je ne pourrais pas avoir aux EAN, à cause de ma personnalité naturellement “transgressive” – c’est-à-dire sceptique – qui “remet en question l’autorité”. J’ai été stupéfait de ne pas avoir été Supprimé et seulement Exilé – je crois qu’ils se sont dit que mes aptitudes au piratage étaient trop précieuses pour être détruites.

– Il y en a d’autres comme nous ici ?

– Éparpillés à travers la Zone 9, oui. Depuis mon arrivée, j'ai rencontré des individus, surtout de sexe masculin, qui m'ont paru être des IE comme moi – à l'évidence. Durant ma première année, je les ai cherchés partout. Sauf que je répugnais à approcher qui que ce soit ou à m'identifier. Et les autres étaient terrifiés, m'évitaient. Naturellement, vous êtes différente – vous sortez du lot ! Vous possédez le courage de la jeunesse, comme peu d'entre nous. »

Le courage de la jeunesse. Voilà qui ne paraissait guère flatteur.

« Connaissez-vous quelqu'un qui soit comme nous – un Exilé ?

– Eh bien, c'est possible. J'ai des soupçons. Mais comme je vous l'ai dit, j'ai gardé mes distances. Car bien sûr, il est très difficile de déterminer si quelqu'un est un espion, même en Zone 9. Je suppose qu'il y a des espions ici, ainsi que des agents du Gouvernement. Comment communiquent-ils les uns avec les autres, comment voyagent-ils d'une zone à l'autre – s'ils le font –, je l'ignore. Rappelez-vous que le cyberespace est "éternel" – "intemporel", si vous savez comment traverser dans chaque sens. Mes parents étaient des scientifiques enrôlés de force pour travailler pour le Gouvernement, alors j'en connais un rayon en matière de cybertechnologie aux EAN – quoique mes informations datent forcément un peu. Ce que je sais, c'est que l'université de Wainscotia est l'endroit où l'on envoie par défaut les gens comme moi, et vous, qui ont des prétentions intellectuelles et qui se sont montrés transgressifs. Wainscotia est un bouillon de culture de médiocrité. »

Wolfman continua, évoquant avec mépris les hommes « prééminents » de Wainscotia : Amos Stein et son équipe de physiciens et de mathématiciens qui travaillaient sur une « preuve » de l'état stable de l'univers afin de réfuter la thèse de certains physiciens selon laquelle l'univers est infini et en expansion perpétuelle ; Myron Coughland, un intellectuel chauvin qui soutenait que le point culminant de l'histoire de l'ère présocratique à nos jours était les bavardages triviaux des spécialistes américains de la « pensée positive » ; Morris Harrick, avec sa théorie comiquement chauvine du « progrès » de la science qui aurait atteint son apogée à l'heure « chrétienne et caucasienne » actuelle ; un autre historien, C. G. Emmet, qui croyait lui aussi que le « progrès » de l'humanité culminait avec la civilisation du XXe siècle en Europe du Nord et aux États-Unis, sans reconnaître, le moins du monde, l'Holocauste – « comme s'il n'avait jamais existé », ajouta-t-il avec dégoût.

Et A. J. Axel lui-même, le mentor de Wolfman, si immergé dans le behaviorisme skinnerien qu'il avait cessé de penser en scientifique pratiquant des expériences une décennie auparavant, et qui ne soupçonnait pas une seconde que la révolution de la « psychologie cognitive » était proche : « D'ici quelques années, c'en sera fini de B. F. Skinner. Son "grand œuvre" sera dépassé, fossilisé. J'espère pouvoir m'extraire de ce bourbier si je peux. »

Wolfman s'exprimait d'une manière à la fois téméraire et pleine de défi. Ses paroles me stupéfiaient. Il y avait des mois que je croyais tout ce que Miss Steadman, Miss Hurly et les autres membres de la communauté universitaire réaffirmaient avec un tel enthousiasme, à savoir que Wainscotia était un lieu d'excellence et que nous avions tous beaucoup de chance de nous y trouver. Wolfman s'était remis à rire.

« Pourquoi avez-vous l'air aussi surpris ? Vous pensiez que le professeur A. J. Axel était un *génie* ? Chaque endroit et chaque époque dispose de ses "génies" locaux.

Un imbécile naïf qui est tombé dans le panneau de l'évangile sur la lobotomie de Walter Freeman – au moins, Axel est en train de s'extirper de cette débâcle après avoir été témoin de quelques décès. Il consacre dorénavant son zèle à l'« ingénierie sociale » – envoyer des électrochocs aux hommes et aux garçons qui sont attirés par d'autres hommes et d'autres garçons jusqu'à ce qu'ils soient réduits à une masse de nerfs tremblotante, incapables d'être attirés par qui que ce soit ou quoi que ce soit, et suicidaires. Un fait qu'Axel refuse d'inclure dans ses données sous prétexte qu'il sort du périmètre de son expérimentation. »

Mon expression incrédule fit rire Wolfman.

« Mais… Wainscotia n'est pas…

– Non. Wainscotia *n'est pas*. Pour punir les "esprits libres" de leur transgression, ils nous condamnent à venir dans cet "endroit fantastique" – Wainscotia. L'un de ces campus idylliques de l'Amérique profonde où aucune recherche ni aucun travail créatif ne débouche jamais sur rien. Peu importe la quantité d'efforts, de "talent" et de "persévérance" qu'on y met. Ici, des scientifiques parfaitement intelligents issus d'universités honorables de la côte Est prennent des virages catastrophiques et se retrouvent dans des impasses – et ne s'en apercevront que quand ils seront momifiés et qu'ils ne pourront plus partir. Ici, personne n'est "original" – personne n'est "marquant". Un jeune astrophysicien prometteur de Cal Tech[1] a abandonné son projet de doctorat en "théorie des cordes" pour s'intéresser à la "vie extraterrestre" – c'est terminé pour lui, jusqu'à ce qu'il prenne sa retraite. Les scientifiques, les mathématiciens, les

1. California Institute of Technology : université de la côte ouest des États-Unis.

boursiers, les artistes, les écrivains et les poètes – même les chimistes –, rien de ce qu'ils découvrent à Wainscotia ne leur survivra. Rien de ce qu'ils accompliront n'aura la moindre valeur pour quiconque. Leurs héritiers garderont cachées leurs autobiographies publiées à compte d'auteur et feront fondre leurs trophées dorés récompensant le "travail d'une vie". Leurs idées sont sans originalité, obsolètes, voire franchement erronées et idiotes. Dans l'intervalle, ils vivent des vies exaltées à Wainscotia, sous cloche, comme des bactéries qu'on chouchoute. Ils remportent des récompenses et des bourses gouvernementales supervisées par leurs amis. Ils ont fait la une du journal étudiant et du quotidien local. Un jour, ils parviendront peut-être à faire celle de *Time*. On les invite à prononcer des sermons le dimanche. Certains sont *vénérés* par leurs étudiants en doctorat et par les dames des environs. »

C'était ahurissant. Choquant. J'écoutai en silence les paroles de Wolfman, pareilles à des flammes allègres. Il essayait clairement d'être drôle, et pourtant – Wolfman était aussi en colère, et triste.

Il est vrai que j'avais trouvé que la psychologie behavioriste du professeur Axel était limitée en termes de portée et de technique, mais j'avais supposé que ces limites venaient de moi ; ce que j'avais appris de la psychologie freudienne ne m'avait pas paru plus convaincant, et comportait le désavantage supplémentaire d'être indémontrable dans un laboratoire.

Mais – ce pauvre Morris Harrick du musée ! J'étais particulièrement désolée pour ce vieux monsieur qui paraissait, telle une espèce de taupe vivant sous terre, avoir passé la totalité de sa vie professionnelle dans un terrier ; et en vain.

La Zone 9 allait être mon univers pendant encore trois ans et demi. Son atmosphère de médiocrité collective était celle que j'allais devoir respirer pour survivre.

J'avais l'impression que le sol se dérobait sous mes pieds.

Le rire cruel de Wolfman se transforma en quinte de toux. Il avait la peau moite. Je me demandai s'il se sentait bien.

Il s'assit lourdement dans l'un des sièges en face de la télévision à l'écran vide. La gaieté avait déserté son regard. Il m'examina comme on pourrait examiner un enfant en avance pour son âge, malgré tout handicapé à certains égards.

Pourquoi Wolfman était-il venu me trouver à ce moment précis ? Plus tard, je me poserais la question.

Vers la fin du premier trimestre – alors que bientôt, d'ici quelques semaines, je ne serais plus son étudiante.

M'avait-il suivie jusqu'au musée ? S'était-il renseigné sur "Mary Ellen Enright" de la promotion 1963 de la faculté de Sciences Humaines ?

J'aimais tant Wolfman que j'avais besoin de croire que Wolfman m'aimait peut-être.

Après son exubérance initiale dans l'abri antiatomique, il était redevenu plus calme, presque triste. Je vis ses doigts tâtonner à la recherche d'un paquet de cigarettes dans la poche de sa chemise – mais, par bonheur, il renonça à en allumer une dans cet espace confiné.

Je songeai à quel point il était étrange qu'Ira Wolfman *fume*. Comme s'il était né en Zone 9, et non qu'il y ait été *télétransporté*.

L'abri me remplissait d'appréhension. Je n'arrivais pas à croire que nous étions aussi en sécurité à l'intérieur que le pensait visiblement Wolfman. Car pourquoi la Surveillance ne nous y aurait-elle pas suivis ? Impossible de m'enlever de la tête l'idée que notre Gouvernement d'EAN-23 puisse être en mesure de franchir n'importe quelle barrière.

Une terrible pensée me vint *Est-ce que tu peux lui faire confiance ? À Wolfman ?*

Il me détrompa d'une voix douce : « N'ayez pas peur, "Mary Ellen". Vous pouvez me faire confiance, je suis votre ami en Zone 9. »

Je répondis à Wolfman que oui, je lui faisais confiance.

Et je vous aime.

Mais vous le savez déjà.

Wolfman me demanda mon nom, et je le lui dis.

Wolfman me demanda d'où je venais, et je le lui dis.

Wolfman me demanda de lui confier ce que j'avais sur le cœur.

Wolfman m'ouvrit les bras, et j'allai à lui.

Et tout ce qui se passa entre nous ce soir-là ne fut pas enregistré dans l'abri sous le musée d'Histoire naturelle.

Le sacrifice

C'était une célèbre expérience behavioriste des années 1920, conduite par John Watson.

Le petit Albert, un bébé de onze mois, n'avait été effrayé par aucun animal jusqu'à ce qu'on lui mette un gentil rat blanc sur les genoux et qu'on fasse subitement retentir le bruit assourdissant de deux barres de fer s'entrechoquant plusieurs fois de suite derrière sa tête. Très vite, le petit Albert éclata en sanglots à la seule vue du rat, ou d'un chien, ou même d'un manteau de fourrure, et manifesta des symptômes de terreur avant même que les barres de fer ne se mettent à résonner.

On nous avait passé un film là-dessus en amphithéâtre. L'image ancienne et granuleuse tressautait, mais on ne pouvait pas s'y tromper – le bébé se convulsait de terreur dès qu'on frappait les barres de fer l'une contre l'autre derrière sa tête, et il avait très vite appris à détester et craindre le gentil rat blanc qu'il avait paru initialement aimer.

Un jour, je demanderais à Wolfman pourquoi cette personne n'avait-elle pas déconditionné l'enfant après les expériences ? Personne n'y avait donc songé ?

Wolfman répondit qu'il ne le pensait pas. Qu'il ne pensait pas que Watson ou qui que ce soit d'autre ait songé au « déconditionnement » à l'époque.

Je voulus savoir si le petit Albert avait grandi en conservant sa peur des animaux et des manteaux de fourrure, et Wolfman répondit que non. Le pauvre petit n'avait pas grandi du tout, il était mort à l'âge de six ans.

Adoration

Nous ne sommes pas obligés de nous voir pour être proches l'un de l'autre.

Rappelez-vous que je suis votre ami.

Me réveillant dans le noir et dans l'hiver de Wainscotia. À huit cents mètres, la cloche de la chapelle sonna faiblement les 6 heures.

Ma dernière matinée d'examens ! En janvier 1960.

Je m'habillai à la hâte dans l'obscurité tandis que mes colocataires dormaient encore. Mes horaires de passage m'avaient contrainte à me lever tôt pour aller réviser en bas dans la salle d'étude, avant me rendre à ma première épreuve qui pouvait être prévue dès 8 heures. Ce jour-là, je devais passer celle de Psychologie Niveau 1, à 9 heures à Greene Hall.

J'étais nerveuse et excitée. Tant je mourais d'envie d'*exceller*.

Je voulais impressionner Ira Wolfman. Je voulais qu'il soit fier de moi, même si c'était en secret.

J'avais relu de nombreuses fois les chapitres de ce trimestre : les notes que j'avais prises avec assiduité durant les conférences du professeur Axel, et le manuel dont les thèmes des conférences étaient extraits et que A. J. Axel avait aidé à élaborer. Dans mon sommeil agité, je parcourais des colonnes de caractères imprimés (illisibles). Je soulignais, je prenais des notes. Je m'étais réveillée avec un bon mal de tête, pressée de passer mon épreuve. La puce implantée dans mon cerveau affecterait-elle ma mémoire au sens large, ou juste les souvenirs « censurés » ?

Wolfman m'avait confié qu'aucune puce n'avait été insérée dans mon cerveau ! Il en était certain.

Ils veulent que les IE le croient. Du coup, nous nous « censurons » nous-mêmes par autosuggestion.

(Maintenant, je ne savais plus du tout que penser. Même si j'avais envie de croire qu'Ira Wolfman avait raison.)

Avant l'examen final de Psychologie Niveau 1, je n'avais que des A et des A+. J'étais a priori capable de restituer par cœur mon cours et mon manuel. Et pourtant, je craignais un soudain revers de fortune qui décevrait tellement Ira Wolfman qu'il ne voudrait plus être mon ami.

Wolfman avait prévenu ses élèves que la plupart des questions de son examen final seraient à choix multiples, afin d'être notées mécaniquement. Il y aurait aussi quelques brèves réponses écrites, et un unique essai d'environ sept cent cinquante mots. Wolfman nous avait informés sèchement qu'on n'attendait pas de nous de nouvelles idées originales et qu'elles n'étaient pas les bienvenues – « Chaque question a une réponse évidente, et c'est celle qui est correcte. Les autres seront marquées "fausses". »

L'attitude du Dr. Wolfman envers le cours qu'il aidait à enseigner était devenue de plus en plus ambiguë au fil du trimestre. Il semblait souvent parler ironiquement, comme s'il récitait un texte auquel il n'adhérait pas. On aurait dit qu'il ne croyait plus au behaviorisme, qui était tout de même la pierre angulaire du département de psychologie de Wainscotia et de l'Institut que A. J. Axel allait diriger, destiné à « guérir » les comportements aberrants/pervers. Je me demandai si ses collègues s'en étaient aperçus ? Et les autres étudiants ? Ou bien étais-je la seule ?

À moins que je ne l'aie imaginé dans mon obsession pour Ira Wolfman ?

Depuis ma scolarité dans notre lycée public supervisé par l'État, j'étais habituée à répondre aux questions à choix multiples. Au moins quatre-vingts pour cent de nos cours étaient évalués ainsi ; nos professeurs nous avaient essentiellement enseigné comment passer des examens. L'originalité, la subtilité et le scepticisme n'étaient pas appréciés.

Mieux vous connaissiez votre cours, mieux vous en déceliez la complexité, et c'était donc souvent d'autant plus difficile de fournir une réponse simple et grossière. En revanche, si vous étiez un candidat rusé, vous compreniez qu'il ne pouvait y avoir qu'une réponse « correcte » – celle qu'on vous avait martelée pendant tout le trimestre. Il était entendu que les assistants du professeur A. J. Axel élaboraient des examens scrupuleusement calqués sur son cours et son manuel ; les questions n'étaient souvent que des reformulations de l'un ou de l'autre, que les élèves avaient pu mémoriser. Il n'y avait guère que dans les essais qu'on pouvait espérer faire preuve d'originalité – mais c'était aussi dans les essais qu'on pouvait se saborder.

Étant donné que je suivais son TD, ce serait Wolfman qui noterait ma copie. Il m'avait froidement signalé qu'il notait tous les devoirs « à l'aveugle » – et qu'il ne saurait pas qui était l'auteur de celui qu'il avait noté avant d'avoir terminé toutes les copies. Et il ne modifiait jamais une note : « Je mets toujours la bonne la première fois. »

Depuis l'épisode du musée, je n'avais passé avec Ira Wolfman que quelques instants fugitifs en dehors des cours. Il ne me téléphonait pas – bien sûr. Il m'avait prévenue de ne pas chercher à l'appeler ; ni à lui écrire, ou à lui laisser des mots.

Il avait dit *Quand le trimestre sera terminé. Quand vous ne serez plus mon étudiante.*

Cette nuit-là, au musée, nous étions restés ensemble jusqu'à minuit moins le quart, heure du couvre-feu à Acrady Cottage.

Un couvre-feu ! À Wainscotia, seules les filles de premier cycle en avaient un, pas les garçons. C'était un privilège réservé aux mâles qui n'intéressait personne et que personne ne paraissait avoir remarqué ; les horaires très précis du couvre-feu, qui allaient de 23 heures en semaine à minuit le vendredi et 1 heure du matin le samedi à 22 heures le dimanche, avaient été élaborés par le doyen des femmes.

Ce soir-là, Wolfman m'avait prise dans ses bras, réconfortée et encouragée à parler – à lui dire tout et n'importe quoi.

Je n'avais eu personne à qui me confier pendant si longtemps ! Les mots avaient jailli de ma bouche, semblables à des larmes. Et les larmes aussi avaient jailli.

De toute ma vie, je n'avais été proche d'aucun garçon, a fortiori d'aucun homme. Le seul homme à m'avoir jamais étreinte était mon père.

À Pennsboro High, beaucoup de filles partageaient mon inconfort en présence des garçons. Ma mère m'avait raconté que cela n'avait pas toujours été le cas, qu'au lycée elle avait eu des amis de sexe masculin et des petits copains avec qui elle « sortait » ; mais c'était une autre époque, où les adolescents n'étaient pas autant encouragés à s'espionner, voire à se dénoncer les uns les autres que durant les vingt dernières années.

De plus, les garçons de notre école n'étaient généralement pas sympathiques – à l'image de mon frère Roderick, ils étaient opportunistes, peu fiables, malveillants et moqueurs. C'était comme si nous nous observions mutuellement de part et d'autre d'un étroit précipice – les femelles d'un côté, les mâles de l'autre. Il n'y avait pas d'« amitiés », mais plutôt des « contacts sexuels » brefs, grossiers et fort susceptibles d'être tournés en ridicule sur Internet via des réflexions déplaisantes ou des photos postées par les garçons.

Ira Wolfman était le premier homme que j'avais *aimé*. Le premier homme dont j'étais *amoureuse*. Je n'allais pas me laisser décourager par l'absence de réciprocité dans ses sentiments – tant j'étais reconnaissante à Wolfman de sa simple *existence*.

Ce soir-là il ne m'avait pas embrassée, me posant seulement un baiser sur le front, et un autre petit sur la joue, comme on pourrait embrasser un enfant énervé. Il avait ri en disant qu'il était *bien trop vieux pour moi*. Que ce n'était pas *son genre de profiter de la situation*.

J'avais eu envie de le supplier *S'il vous plaît ! Profitez-en donc.*

Les Instructions le stipulaient clairement : un IE a interdiction de *procréer*. Mais je n'avais pas songé à un tel développement – *la grossesse*. Je n'imaginais pas plus que n'importe quelle étudiante de Wainscotia l'éventualité d'être confrontée à ce dilemme, et l'idée que Wolfman était effectivement mon aîné et de ce fait l'adulte responsable me réconfortait.

Ce que je croyais, c'était que Wolfman était mon ami. Que (peut-être) Wolfman finirait par m'aimer un jour.

Je n'étais plus aussi désespérée à présent. Je ne me sentais plus aussi seule à présent. Tant que Wolfman était dans ma vie, je ne me sentirais plus jamais seule. Du moins c'est ce que je croyais.

Il n'en restait pas moins que je ne pouvais m'empêcher de le chercher partout dans les lieux publics. Personne ne pourrait jamais soupçonner quoi que ce soit dans un lieu public !

La semaine qui suivit la soirée au musée, j'assistai à une conférence donnée par un professeur de psychologie de Purdue en visite, à laquelle Ira Wolfman assista également, et durant laquelle il posa des questions. Une conférence pas très intéressante – sur un sujet behavioriste relatif à un programme de « renforcement » compliqué chez les primates – mais les questions de Wolfman étaient vivantes et provocantes ; et je protestai intérieurement *Mais vous ne devriez pas vous faire remarquer !* – car d'autres professeurs plus âgés étaient présents, y compris le respectable A. J. Axel à la crinière blanche, et il était possible qu'ils n'approuvent pas l'attitude de ce jeune psychologue.

Dans l'amphithéâtre, j'avais observé Wolfman à la dérobée. Et je pensais que Wolfman était conscient de ma présence. Cependant, à la fin de la conférence, il était resté à l'avant de la salle à discuter avec ses collègues, et j'étais partie sans lui parler.

Le seul fait de me retrouver en sa présence m'emplissait d'un sentiment de bien-être, de bonheur. Je songeai alors *Votre existence dans ce monde, avec moi. Pour le moment, ça me suffit.*

En psychologie, il est bien connu qu'une personne souffrant de troubles mentaux peut « percevoir » sa maladie, ce qui n'empêche pas cette maladie de persister.

Et qu'une personne souffrant de troubles physiques peut comprendre les détails de sa maladie, ce qui n'empêche pas cette maladie de persister.

Amoureuse de Wolfman, c'est vraiment pathétique, non ? Alors que Wolfman ne t'aime pas.

La Prisonnière du désert

C'était une erreur. Ce serait une erreur. Peut-être.

Assister un vendredi soir à la projection d'un western « classique » avec John Wayne intitulé *La Rivière rouge* à la Film Society. Dans l'abri antiatomique, Wolfman avait mentionné fortuitement que, s'il n'aimait pas la télévision en Zone 9, en général il appréciait les films ; et je m'étais donc rendue à la Film Society dans l'espoir de le croiser.

J'étais arrivée en retard. Ignorant où se trouvait cet endroit, j'étais allée jusqu'à un autre bâtiment d'enseignement (assombri et fermé à clé). Des marches escarpées sur une colline. Me frayant lentement un chemin à travers la salle obscure pour atteindre – enfin ! – une alcôve au rez-de-chaussée du bon bâtiment. Où des chaises avaient été installées. Au début, je n'avais pas vu Wolfman parmi les spectateurs et j'hésitai, pensant ne pas rester – et puis je l'aperçus, assis tout seul côté couloir près de l'avant de la salle.

(M'avait-il remarquée ? Je n'en étais pas sûre.)

(Je ne m'installai pas à côté de Wolfman. Sentant qu'il me féliciterait de cette preuve de retenue.)

Depuis que j'avais commencé à étudier ce qu'on appelait « la psychologie du XXe siècle » – depuis que j'avais effectué des recherches sur l'histoire du behaviorisme, avant B. F. Skinner –, je commençais à trouver que beaucoup de situations de la vie humaine étaient analogues à des expériences de psychologie. Le plus souvent, le sujet de l'expérience était un pigeon ou un rat, mais parfois on avait recours à des humains. Vous voyiez ou ressentiez d'une manière ou d'une autre un « stimulus » – et votre façon d'agir était la « réponse ». Et il se trouvait que, plus la description du comportement du sujet était détaillée et « objective », moins l'expérimentateur risquait de savoir ce qui se passait ; car il était impossible de deviner la vie intérieure d'un individu, sa subjectivité, rien qu'en l'observant. Inévitablement, les organismes vivants étaient perçus (de l'extérieur) comme similaires au mécanisme d'une horloge. Vous aviez envie de protester *Mais je suis moi ! Je suis unique et impossible à cerner.*

Sauf que maintenant, j'étais à la Film Society, où mon amour (à sens unique, futile et sublime) pour Ira Wolfman m'avait attirée. N'était-ce pas prévisible ? Ira Wolfman ne l'avait-il pas (sans doute) prédit ? Dans une nouvelle variante inattendue de la « boîte de Skinner », partout où j'allais en Zone 9, j'apportais cette boîte (invisible) avec moi, parce que je me trouvais à son épicentre.

Avant Skinner, mais selon une démarche pas très différente de la sienne, certains scientifiques de premier plan avaient affirmé que les animaux étaient essentiellement des machines dont le comportement pouvait être expliqué en termes simples, et manipulé grâce au conditionnement ; et pourtant certains autres, quoique moins nombreux, soutenaient qu'il existait une forme de *vitalisme* – une essence « non matérielle » imprégnant les organismes vivants. (Il y avait des chances pour que ces scientifiques-là soient discrédités par leurs collègues, comme dans le cas d'un Allemand nommé Hans Driesch.) Ma propre vie, la nature obsessionnelle de mes pensées et les caractéristiques de mon état d'Exilée faisaient que je me voyais comme une sorte de cobaye, car (bien sûr) mon comportement était surveillé, et « enregistré » ; mais l'émotion qu'Ira Wolfman provoquait en moi et mon désir pour lui m'incitaient aussi à me considérer comme quelqu'un d'unique, de secret et d'imprévisible.

Mon désir pour Wolfman me conduisait dans des endroits que je n'aurais pas fréquentés autrement. Comme si un autre être qui était à la fois *Mary Ellen Enright* et *Adriane Strohl* émergeait peu à peu. En effet, les behavioristes pensaient aussi que la personnalité est modelée par l'environnement et les accidents qui y surviennent, plutôt que de découler de la rigidité du déterminisme génétique. *Nous sommes ce qu'on nous oblige à devenir – il faut simplement que nous ne résistions pas.*

Je surprenais souvent mon image reflétée sur certaines surfaces, et j'étais frappée par la personne que j'étais devenue en Zone 9. Pour une fille de dix-huit ans (la date de mon dix-huitième anniversaire était récemment arrivée, passant sans être remarquée : je ne m'étais pas résolue à en parler à Wolfman), je n'étais *pas jeune*. Ma peau était cireuse, mon regard sombre et fixe, mon attitude vigilante, hyperalerte. J'étais devenue un de ces rats de laboratoire qui ont été frustrés, effrayés ou choqués (par impulsion électrique) si souvent qu'ils ont fini par perdre leur *ratitude* originelle et se sont transformés en quelque chose d'autre, presque en une autre espèce : une créature attendant d'être définie par le prochain stimulus potentiellement mortel.

Malgré tout, mon amour pour Wolfman n'aurait pas pu être inféré ni déduit de mon aspect physique. (J'en étais sûre !) C'était mon bonheur secret.

Un film si inattendu ! – ce « western ».

Je n'avais d'abord pas réussi à déterminer si *La Prisonnière du désert* était censée être une comédie, à cause de ses exagérations, ou quelque chose de sérieux – « héroïque ». C'était un film captivant, voire envoûtant – comme pourrait l'être un dessin animé pour un enfant crédule. Les couleurs du Technicolor étaient affreusement vives, les comédiens empruntés dans leurs répliques, et la musique qui accompagnait chaque scène depuis le générique, aussi gênante qu'un roulement de tambour. John Wayne n'était pas un acteur que je connaissais – il paraissait ostensiblement jouer son propre rôle. La caméra restait braquée sur lui, souvent en gros plan, au centre de chaque scène, toutes mélodramatiques et lentes ; vous compreniez qu'il allait se passer quelque chose à la musique « pleine de suspense », mais cela tardait ensuite à se concrétiser. Personne à l'écran ne ressemblait à un individu réel dans une situation réelle – il était évident qu'il s'agissait d'acteurs professionnels en costumes récitant des bribes de dialogues mémorisées tant bien que mal.

Les Indiens y représentaient l'ennemi. Des sauvages menaçants quasi nus qui se comportaient avec cruauté dans des scènes d'une violence assourdissante, suivies d'autres où ils tombaient lourdement après avoir été abattus de leurs chevaux galopant dans les buissons d'armoise. Les scènes où les Indiens étaient abordés sous l'angle « comique » étaient presque pires. Et – John Wayne, ce « héros », tuait tellement de bisons !

Néanmoins, à la fin du film, beaucoup de spectateurs présents dans la salle applaudirent. Même Wolfman !

Une fois les lumières rallumées, ils restèrent debout à discuter du film, qu'ils semblaient avoir pris au sérieux. À part moi, il n'y avait que des adultes. La plupart d'entre eux faisaient apparemment partie du corps professoral. L'« interprétation » de John Wayne reçut beaucoup de compliments ; de même que la « mise en scène » et les « paysages de western ». J'entendis des discours prétentieux sur le « mythe de la frontière américaine ». J'aurais presque cru qu'ils plaisantaient, comme le faisait souvent Wolfman, mais ce n'était évidemment pas le cas.

Le mythe. La frontière américaine. Qui n'était pas une frontière pour ceux qui vivaient déjà là.

J'attendis patiemment que Wolfman se retourne vers moi, ou au moins qu'il regarde dans ma direction. J'attendis patiemment que les gens avec qui il parlait s'éloignent et rentrent chez eux. Je ressentais une sorte d'indignation vertueuse sous prétexte que je n'avais pas aimé ce film grandiloquent et que je ne pensais pas que quiconque d'autre doive l'aimer.

Wolfman se montrait amical avec ces gens, qui n'avaient cependant pas l'air d'être des collègues en psychologie : un couple, sans doute marié, et deux femmes, venues voir le film seules, mais qui s'étaient assises ensemble, non loin de Wolfman. Avec consternation, je m'aperçus que l'une d'elles s'attardait près de lui, attendant manifestement qu'il parte pour pouvoir sortir des locaux de l'association des étudiants en sa compagnie. Tout le monde s'affaira pour enfiler vestes et chapeaux fourrés. Les cheveux de la femme étaient sombres et séparés en une raie au milieu, là où ils commençaient à devenir argentés. Elle avait de grands yeux aux paupières lourdes et au regard fixe – comme les miens. Ce n'était pas une belle femme et il était fort possible qu'elle soit plus âgée qu'Ira Wolfman, mais l'ossature de son visage saisissant était bien dessinée, et elle était sans conteste nerveuse et intelligente. Une jalousie au goût d'acide chaud me monta à la gorge. L'espace d'un instant vertigineux, je pensai *C'est moi, mais en plus vieux. Ils sont Exilés ensemble.*

Mais c'était peu probable. Impossible.

Leur rire me tapait sur les nerfs, pareil au fracas de couteaux et de fourchettes qui s'entrechoquent. Je ne me rendis pas compte que je ne ressentais rien d'autre que de la jalousie sexuelle, qui frappe telle une maladie virulente ceux pour qui elle était jusque-là inconnue.

Ils fumaient même des cigarettes ensemble. Je les détestais.

J'attendis malgré tout au fond de la salle, me croyant discrète, examinant des posters des films qui allaient passer à la Film Society, dont plusieurs classiques de l'« ère du muet ».

Rien n'est plus déprimant que des films-à-venir que vous êtes destinée à visionner seule.

Remarquant cette étudiante de premier cycle toute seule à la Film Society, plusieurs personnes vinrent me parler. En dehors du fait que je n'étais vraiment pas bavarde et que j'évitais de regarder n'importe quel inconnu dans les yeux de peur d'y comprendre qu'il me reconnaissait, j'aurais fort bien pu me « faire des amis » à cette occasion – voilà qui aurait attiré l'attention de Wolfman !

Tendant l'oreille pour savoir ce qu'il disait. Je n'aimais pas le rire haut perché de la femme à la raie au milieu. (Je l'avais vue jeter un coup d'œil dans ma direction. Mais je n'avais pas regardé dans la sienne.) Le petit groupe se dispersa enfin. La femme n'eut d'autre choix que de partir avec ses amis.

Un observateur au regard non exercé aurait pu croire que Wolfman m'avait ignorée jusque-là, sans grossièreté, mais incidemment, comme si c'était un hasard complet qu'un membre du corps professoral et l'une de ses étudiantes de premier cycle se retrouvent dans la même pièce ; il finit tout de même par prendre acte de ma présence avec une sorte de froncement de sourcils souriant.

« Bonjour, Miss Enright ! »

Mes paupières étaient aussi lourdes que si je venais de pleurer. Sauf que je n'avais pas pleuré. Jusqu'à ce que je l'aperçoive avec ces inconnus, je m'étais sentie alerte, excitée, pleine d'espoir.

Wolfman comprit ce qui se passait à mon expression chagrine. Toutefois, il était hors de question qu'il cède à mes caprices dans un quelconque lieu public.

Il avait l'intention d'être aimable. D'être gentil. Ses questions étaient celles qu'un enseignant aurait pu poser à l'une de ses élèves dont il avait probablement oublié le nom. Il me demanda poliment si le film m'avait plu – et fut surpris quand je lui annonçai ce que j'en pensais, parce que je ne lui avais pas du tout parlé sèchement dans l'abri sous le musée. Ce soir-là, je m'étais montrée douce et attendrissante, alors que ma critique du film contenait une forme de véhémence adolescente doublée d'impatience en constatant que d'autres prétendaient admirer ce ridicule « western ».

Wolfman s'esclaffa : « Waouh ! Vous n'êtes pas fan de John Wayne, on dirait. »

Sa réaction à la fois étonnée et amusée me rappela mon père.

J'expliquai que je trouvais ce film insultant. Tellement *simpliste*, et tellement *grossier*. Si j'avais été un Amérindien, je serais hors de moi. Ou une femme –

Sauf qu'évidemment j'étais une femme.

Wolfman me dévisagea avec une sorte d'admiration interrogatrice. On voyait que c'était un homme qui aimait être surpris. Baissant la voix bien que personne ne risque de nous entendre, il répondit : « Vous allez vous habituer aux "insultes" à votre intellect, ma chère. Si vous visionnez suffisamment de programmes télévisés et de films au Petit Paradis. »

Refusant d'arrêter mes éructations, je soulignai à quel point je trouvais les visages des femmes *artificiels*. Et cette façon qu'avaient les Indiens de tomber de leurs chevaux en hurlant sous les balles. Et cette affreuse « bande-son » qui gâchait chaque scène…

« Personne ne se comportait d'une manière un tant soit peu convaincante. Personne n'avait même une *apparence* convaincante. »

Wolfman objecta : « Ce qui importe dans les films, ce n'est pas l'apparence des gens, "Mary Ellen". C'est la perception que l'on a d'eux. »

Ce que signifiait cette phrase, je ne le comprenais pas. Mais je me dis que j'allais y réfléchir au lieu de demander à Wolfman de développer.

« On pourrait faire une de vos expériences behavioristes après la projection d'un western. Poser des questions à choix multiples aux gens, pour voir si leurs préjugés vis-à-vis des Indiens ont augmenté, ainsi que leur niveau d'hostilité. À force de voir tant de personnes tuées à coups de fusil tomber de cheval, les spectateurs vont peut-être avoir envie de tirer eux aussi. »

J'avais parlé comme l'étudiante la plus brillante de Wolfman.

Il avait ri, jugeant sans doute mon idée trop fantaisiste : comment pouvait-on prouver que des « préjugés » avaient augmenté ? Pour autant qu'on le sache, ils pouvaient fort bien avoir diminué aussi. Et comment établir ce qui avait eu un effet : le film seul, ou d'autres facteurs ? Wolfman concédait qu'une expérience de ce genre serait révélatrice – à ceci près que les attitudes et le « comportement » sont deux choses différentes et ne peuvent pas être mesurées.

Tout excitée, je rétorquai : « On pourrait mener deux expériences, une quelques semaines avant le film, et l'autre tout de suite après. Et pourquoi une pensée ne peut-elle pas être considérée comme un "comportement" ? Les deux se forment dans le cerveau – on pourrait probablement les voir. Avec un genre de rayons X. »

Ma tête était devenue cotonneuse. Je crois que j'étais en train de m'aventurer dans la « zone censurée » – en me souvenant de quelque chose qui n'existait pas encore en recherche psychologique expérimentale en 1960, et qui ne pouvait donc pas être exprimé à voix haute.

« On ne peut pas passer les pensées aux rayons X, Mary Ellen. Pas encore.

– En effet – *pas encore*. »

Nous parlions vite, à voix basse. J'aurais presque cru avoir agrippé la main de Wolfman pour l'empêcher de courir rattraper ses amis et de s'éloigner de moi.

Car j'étais en train de me souvenir… que mon cerveau avait été scanné. On avait réalisé une séquence d'images de mon cerveau pour déterminer si je mentais ou non.

(Cette scène avait bien eu lieu, pas vrai ? Au sein du Département Disciplinaire de la Jeunesse, à la Sécurité Intérieure ?)

Wolfman fronçait les sourcils, tordant la bouche pour m'avertir *Ça suffit ! Arrêtez.*

Une expression alarmée avait envahi ses traits. L'imprudence de Wolfman était calculée, alors que la mienne était – juste imprudente.

Il s'éloigna très vite sans attendre que je le suive.

Je restai seule dans la petite salle de projection, désertée à l'exception des employés de la Film Society qui remballaient le matériel. J'eus la sensation qu'ils m'observaient curieusement – avec insistance – mais je ne croisai pas leur regard et partis à mon tour.

Quelques minutes plus tard, dehors, sur le chemin neigeux devant le bâtiment, je repérai la femme aux yeux sombres et fixes, toujours avec ses amis, et je vis qu'Ira Wolfman les avait rattrapés. En ordre dispersé, ils se dirigèrent vers Moore Street pour prendre un verre dans l'un des pubs.

Je ne les suivis pas. Je n'aurais pas donné cette satisfaction à Wolfman.

Le test

M'habillant à la hâte dans le noir. Pour ne pas déranger mes camarades. J'étais préoccupée par Wolfman, ce qui n'était pas une bonne chose – mes pensées auraient dû être tournées vers mon examen de psychologie imminent.

Il était difficile de lire si tôt. Difficile de se forcer à manger. Mais si je m'abstenais de petit-déjeuner, je serais affamée dès 9 h 30. Ma vision se brouillerait. Mes capacités mentales seraient affectées.

J'emportai mon carnet de notes. Je réviserais en petit-déjeunant.

Il y avait très peu de monde dans le réfectoire brillamment éclairé à 7 h 05. Il s'agissait d'étudiants « étrangers » à la peau sombre installés ensemble à une table près de la fenêtre, d'ordinaire noyés dans une mer de jeunes Caucasiens, sauf qu'à cette heure matinale la pièce était presque déserte.

Des CT5 ou CT6. Un spectacle rare à Wainscotia.

Des étrangers qui avaient déjà terminé leur premier cycle, désormais spécialisés dans des matières telles que la physique, la chimie et l'ingénierie. Exclusivement mâles. Quand ils se posaient sur moi, leurs yeux reflétaient quelque chose d'hésitant et de précaire qui ressemblait à leur propre sensation d'éloignement. Une ou deux fois, ces jeunes gens m'avaient fait signe de venir m'asseoir à leur table ; mais j'avais prétendu ne pas les avoir vus.

On racontait que, dans leurs pays, mâles et femelles ne se mélangeaient pas si facilement. Pas avant le mariage. En me faisant signe, ces jeunes « étrangers » s'excitaient et testaient les limites de leurs tabous. Je me sentais désemparée et angoissée d'être ainsi considérée à leurs yeux comme un *objet* de leur perception (mâle).

Ce matin-là en particulier, dans la queue de la cafétéria, j'avais senti leurs regards sur moi. Ils ne semblaient plus si amicaux. Je posai gauchement sur mon plateau un petit verre de jus d'orange, un carton de lait à dix cents, une boîte de cent cinquante grammes de céréales et deux morceaux de pain de mie blanc toasté…

L'odeur de ces aliments matinaux me mit l'eau à la bouche. Je ne m'apercevais jamais à quel point j'avais faim avant de sentir la nourriture.

Adriane ! C'est bien – Adriane !

Adriane, viens t'asseoir avec nous.

(Je n'avais pas entendu ça.)

(L'avais-je entendu ?)

(Non. Je ne l'avais pas entendu.)

Poussant mon plateau, un rugissement dans les oreilles. L'employée de la cafétéria qui tamponna mon ticket, une femme noire corpulente au visage creusé de rides bienveillantes, me demanda si j'allais bien – ou si je voulais peut-être m'asseoir une minute.

Je devais avoir l'air désorienté. Apparemment, je ne trouvai pas les mots pour lui répondre.

La femme me prit le plateau des mains pour l'empêcher de tomber. Elle le posa sur la table la plus proche, qui était vide.

Est-ce que ça te va, mon chou ? Tu seras bien ici.

Le rugissement dans mes oreilles était assourdissant. Je n'eus pas le courage de regarder vers la table des étudiants « étrangers » qui me reluquaient d'un air entendu.

Eux aussi étaient Exilés à Wainscotia. C'était forcément l'explication.

J'avalai une petite gorgée de jus d'orange, au léger goût de térébenthine. Je ne réussis pas à ouvrir le carton de lait. Je mangeai une partie des céréales telles quelles, à même la boîte. Quant aux toasts, je les emballai judicieusement dans des serviettes en papier pour les emporter en prévision de l'épreuve de ce matin-là.

J'avais passé moins de dix minutes au réfectoire. Au moment où je sortis, une demi-douzaine de jeunes gens entrèrent en tapant des pieds pour enlever la neige de leurs bottes. Eux aussi avaient la peau sombre – des « étrangers ». Exclusivement de sexe masculin. Je remarquai leurs yeux malicieux, leurs yeux de sauvages, pareils à ceux des Indiens maudits du western de l'autre jour, dont le destin était de se faire descendre à cheval. Ils me sourirent en me disant quelque chose, des mots que je n'entendis pas tout à fait, mais dont je choisis de croire qu'ils étaient amicaux.

Dans leur sillage, j'entendis *Adriane ? Adriane ?*

Leurs voix légèrement moqueuses, ululant – *Ad-riane ?*

Je m'enfuis si désespérément que je glissai sur le trottoir gelé et m'étalai de tout mon long, le souffle coupé ; mais presque instantanément, je me remis debout tant bien que mal et repartis en courant vers Acrady Cottage.

Si j'avais eu un numéro de téléphone pour Ira Wolfman, je l'aurais appelé. J'aurais crié dans le combiné *Il y a d'autres Exilés ici ! Ils me connaissent.*

Quelques minutes plus tard, une fois mon hystérie retombée, j'en vins à me dire que ce n'était peut-être pas le cas : que les jeunes gens à la peau sombre n'étaient pas de véritables étudiants, mais des images virtuelles opérées par un agent en EAN-23 de la même façon que les drones militaires et domestiques, à très grande distance, afin de semer la confusion dans mon esprit et de me terrifier ; mais avant tout pour m'inciter à les reconnaître et à m'identifier auprès d'eux, en violation directe des Instructions.

Enfin, si c'était un test. Le premier test de ce genre (pour autant que je sache) depuis mon arrivée en Zone 9.

Si je leur avais parlé, si je m'étais présentée comme *Adriane Strohl*, cela aurait constitué un motif de « vaporisation » – sur-le-champ.

L'examen

Exposez en sept cent cinquante à mille mots les principes, les techniques et la signification du behaviorisme dans la psychologie du XXe siècle, ainsi que leurs possibles et probables applications sociales.

L'examen était constitué de plusieurs pages agrafées.

Plus de deux cents étudiants en Psychologie Niveau 1 à la mine concentrée, répartis sur des rangées de tables dans le gymnase de l'université.

Les surveillants quadrillaient le vaste espace qui résonnait pour décourager toute tricherie. (Et pourtant, il était de notoriété publique que la triche aux examens sanctionnant ce genre de cours magistraux était « rampante » à Wainscotia. La triche était presque une tradition et, plus elle était effrontée, plus elle était célébrée, surtout chez les garçons des fraternités, coexistant par ailleurs avec une tradition de citoyenneté, d'honneur, d'intégrité et de fierté en l'école.)

(À Pennsboro High, personne ne trichait. Il y avait des caméras de surveillance et des écrans de contrôle partout. Quoi qu'il en soit, personne n'avait envie d'obtenir une note vraiment élevée.)

Je parcourus très vite les feuilles. Mon rythme cardiaque s'était plaisamment accéléré.

Je pensai *Autour de moi, la boîte de Skinner se matérialise.*

En lisant une première fois le sujet, je songeai qu'il n'y avait là rien que je ne connaisse sur le bout des doigts. Car j'avais étudié, étudié, et étudié sans relâche comme un rat dans son labyrinthe qui continue à courir dans l'espoir d'être récompensé même une fois qu'on en a retiré la récompense.

Je considérai la question de l'essai, à la fois décevante et provocante. Je pensai *Je peux écrire quelque chose d'original et d'« analytique ». Ça plairait à Wolfman.*

Si je répondais aux questions par des réponses évidentes, telle une créature dans une expérience skinnerienne, je recevrais peut-être une note de 100 % – aucun élève passant l'examen ce jour-là ne risquait d'obtenir la même. En revanche, si je jouais avec la question en mettant par exemple la théorie darwinienne de l'évolution en perspective avec les thèses de B. F. Skinner, et un peu du contexte historique du behaviorisme avant Skinner, je pourrais dire quelque chose d'inattendu et d'intéressant.

Wolfman reconnaîtra mon écriture. Wolfman sera impressionné.

Il m'avait avertie de ne pas en écrire plus que nécessaire. De ne pas sortir du périmètre limité du cours. Mais j'étais certaine qu'il avait juste voulu me protéger.

Il me fallut environ vingt minutes pour répondre aux cinquante questions à choix multiples. Fidèles à la méthode excentrique selon laquelle A. J. Axel testait ses étudiants, ces questions n'étaient pas conventionnelles. Pour chacune, on vous demandait de choisir la seule proposition « correcte » – ou la seule proposition « incorrecte » – parmi quatre choix. Ainsi, l'examinateur testait non seulement la connaissance que l'élève avait de la question, mais aussi son agilité mentale. Il était possible de connaître la réponse correcte sans avoir suffisamment confiance en soi pour la choisir parmi d'autres propositions concurrentes. Peut-être était-ce traître ? – en tout cas, c'était skinnerien.

Autour de moi, mes condisciples s'agitaient devant leurs tables, soupirant, se passant les mains dans les cheveux. Comme des rats de laboratoire qu'on fait courir dans un labyrinthe !

Cependant, il n'y avait rien dans cet examen qui n'ait été énoncé clairement et de façon répétée dans les conférences du professeur Axel. Si les étudiants avaient été des réceptacles ouverts et passifs à ces informations, ils étaient programmés pour fournir les réponses correctes.

Nous étions les pigeons et les rats des expériences de Skinner, nous comportant de façon à obtenir des récompenses et non des punitions.

Quelque chose en moi se rebellait contre ces limitations – *la tyrannie des réponses simplement correctes !*

Dans mon cours de logique, j'avais eu envie de demander au professeur s'il était possible que *x* puisse être à la fois *x* et *non-x* – mais je savais que ma question serait accueillie par l'expression préoccupée et surprise qu'on réserve aux élucubrations d'une folle.

Dans la vie, c'est (invariablement) le cas que *x* soit à la fois *x* et *non-x*. Mais en logique formelle, non.

Votre peine implique que vous vous abandonniez à la Zone 9. Vous ne devez pas résister.

C'était la voix de Wolfman, qui m'avertissait.

Il se trouvait dans une autre partie du gymnase. Piétinant impatiemment. Heureusement, il n'était pas affecté à mon quart de la salle.

Wolfman savait que j'étais capable d'écrire un essai parfait. Néanmoins, il méritait mieux, s'il devait lire/

noter ma copie. Il aurait envie de penser à moi en termes élogieux. Même si c'était en secret, il aurait envie d'être *fier de moi.*

Depuis l'incident du réfectoire, je ressentais un mélange d'excitation et d'appréhension. Comme quelqu'un qui a échappé de peu au pire, j'étais à la fois soulagée et agitée.

J'allais rédiger un essai « original » de mille et un mots ! Cette pensée me fit sourire.

J'allais rédiger un essai qui débuterait par une série de questions : *Qu'est-ce que le « libre arbitre » ? Qu'est-ce que la « loi de l'effet » ? Qu'est-ce que l'« entéléchie » ? Qu'est-ce que l'« esprit » ? Qu'est-ce que le « problème d'imitation » ? Y a-t-il une « sélection naturelle » de la pensée ?* Après quoi je répondrais aux questions, ou plutôt j'accumulerais les réponses provisoires pour formuler une thèse complexe. Je me référerais juste en passant à l'histoire du behaviorisme. Je ne perdrais pas mon temps à réexpliquer des évidences. Je serais ambiguë, volontairement peu claire. Je me montrerais hautement critique vis-à-vis de B. F. Skinner, que je comparerais au chercheur allemand Driesch, dont le concept de *vitalisme* animal tient compte de l'existence d'une sorte d'« âme » chez les animaux comme chez les êtres humains. J'écrirais également à propos de John Watson, le précurseur de Skinner, qui avait effectué d'importantes découvertes dans le conditionnement de l'enfant, et dont les propos fanfarons selon lesquels il avait le pouvoir de « créer » n'importe quelle sorte d'être humain à partir de matières premières brutes était très excitants, étant donné que le behaviorisme de Watson semblait répudier toute sorte de déterminisme fataliste/génétique. Et j'écrirais sur Darwin – bien sûr. Charles Darwin était l'un des scientifiques-héros de Wolfman.

Et puis, au milieu de l'essai – une brillante idée me vint à l'esprit : *J'allais écrire en parlant comme un rat dans son labyrinthe !*

Je traiterais de l'énigme de la subjectivité du point de vue du sujet (impuissant, malheureux). De la question de savoir si les états « intérieurs » sont aussi mesurables que les états extérieurs. De la façon de mesurer ce qui paraît incommensurable. Une ombre peut-elle être qualifiée de non existante parce qu'elle n'a pas de poids ? Pourtant, une ombre possède des propriétés visuelles. Une ombre peut être *perçue*. Y a-t-il quelque chose à l'intérieur du cerveau qui reçoit, organise et interprète les perceptions sensorielles ? Ce quelque chose est-il le « moi » – et ce « moi » est-il l'« âme » ?

Je n'avais plus le temps de revenir au début de mon essai pour m'assurer que la voix du rat soit cohérente. J'espérais que Wolfman sourirait et qu'il serait épaté.

Si profondément absorbée par ma rédaction, tel un rat égaré au plus profond de son labyrinthe, que j'eus un choc en entendant les surveillants annoncer qu'il ne restait que cinq minutes avant la remise des livrets bleus – il était déjà 10 h 25. Alors que je n'avais pas terminé !

Inconsidérément, merveilleusement, comme quelqu'un qui s'élance du haut d'une colline escarpée, et qui n'est pas encore arrivé en bas, j'avais noirci une douzaine de pages du livret bleu et écrit plus de mille et un mots, j'en étais sûre ; j'avais eu l'intention de revenir en arrière et de relire mon travail, d'ajouter quelques notes de bas de page importantes… Bien que le gymnase ne soit pas surchauffé, je m'étais mise à transpirer dans mes vêtements. Je scrutai les alentours à la recherche de Wolfman, mais je ne le vis pas – il devait être au fond du gymnase, derrière moi et hors de ma vue.

Plus que trois minutes !

À mon grand désespoir, je compris que mon essai « original » – « brillant » – n'avait pas pris la tournure escomptée. Il était trop ambitieux – trop diffus. C'était plutôt le précis d'un article de cinquante pages – une critique du behaviorisme. En adoptant la voix du rat, j'avais digressé sur un point secondaire, les « conséquences sociales » du behaviorisme, et compris trop tard que j'avais perdu un temps précieux. J'avais négligé de reposer les principes du behaviorisme – ils étaient si élémentaires et si souvent répétés ! Je ne voyais pas l'intérêt d'enfoncer des portes ouvertes. La tension et le manque de sommeil m'avaient donné mal à la tête. Mes pensées devenaient aussi emmêlées que des vêtements dans un sèche-linge. J'étais poursuivie par le regard des étudiants « étrangers » qui m'avaient reconnue comme une des leurs, à moins que ces étudiants « étrangers » ne soient des agents de l'État. (Ou de simples images « virtuelles » ? Je ne m'étais pas approchée suffisamment pour voir si – quelle horreur – j'aurais pu passer ma main au travers de l'un d'entre eux sous l'œil et les commentaires moqueurs des autres.) En page 6 de mon livret bleu d'examen, j'avais barré par erreur dans ma relecture hâtive un long paragraphe paraphrasant plusieurs passages de Skinner ; je voyais à présent que ce paragraphe était nécessaire à mon argumentation, sans trouver le moyen d'effacer la croix avec laquelle je l'avais biffé. J'avais mémorisé ce passage de Skinner, au moins en grande partie, en lisant en plus de notre manuel son ouvrage majeur, *Science et Comportement humain* (1953)[1] :

1. *Science and Human Behavior*, traduction d'André et Rose-Marie Gonthier-Werren, Paris, In Press, 2005.

Que veut-on signifier par « auto » dans autocontrôle ou par *soi* dans connaissance de soi ?

Le soi est communément employé comme cause hypothétique de l'action. Dès que des variables extérieures n'apparaissent pas, ou sont ignorées, leur fonction est assignée à un agent à l'intérieur de l'organisme. Quand nous ne pouvons pas montrer ce qui cause le comportement d'un homme, nous disons qu'il en est responsable… Cette pratique nous évite l'anxiété devant les phénomènes inexpliqués, et perdure justement parce qu'elle a cet effet.

Quoi que le soi puisse être, il n'est pas identifié, d'ordinaire, à l'organisme physique… Le soi émerge comme représentant d'un système fonctionnel de réponses.

En citant et en paraphrasant Skinner, j'en étais bizarrement venue à être plus ou moins d'accord avec lui – et je ne parvenais plus à me souvenir de ce que j'avais d'abord contesté. J'étais également frappée par les remarques de Skinner sur l'« absence » de connaissance de soi – cela aussi, je l'avais lu dans le livre majeur de Skinner, et non dans notre manuel : *L'un des faits les plus marquants en matière de connaissance de soi, c'est que l'on peut en manquer.*

Il y avait là quelque chose de terrifiant. Mais qui clarifiait tout. Si je n'étais pas capable de me connaître moi-même, je ne pourrais jamais rien connaître – si le verre des lunettes est taché, la vision le sera aussi.

Mon stylo tomba par terre. Mon livret bleu était maculé de taches, de phrases barrées, parsemé de fautes d'orthographe. Cependant, je n'avais plus le temps – les surveillants ramassaient les derniers livrets, la plupart des tables du gymnase balayé de courants d'air étaient vides, et l'un d'entre eux s'approchait de moi, sourcils froncés, la main tendue : « Miss ? L'examen est terminé. »

Tout comme Wolfman, ce surveillant était chargé de TD. À l'évidence, il ne connaissait pas « Mary Ellen Enright » – Wolfman ne lui avait pas confié qu'il avait une brillante étudiante de première année ce trimestre-là…

Avec un sourire poli, je lui rendis le livret bleu. J'avais l'impression que ma peau était baignée de sueur. J'étais morte de honte. Mais aussi remplie d'espoir. *Wolfman sera épaté. Il verra que j'aurais pu écrire un devoir qui valait un A+, mais que j'ai tenté quelque chose de plus ambitieux. Il... me pardonnera.*

Lorsque je me levai de ma table, mes jambes flageolaient. Je cherchai Wolfman du regard – il était au milieu du gymnase, occupé à empiler des livrets bleus. Il riait avec un autre surveillant. Pour eux, l'épreuve que constitue un examen n'était rien, tout comme observer les rats qui courent dans leur labyrinthe, ou les pigeons[1] qui donnent désespérément des coups de bec à une touche qui refuse de bouger, ou un chat terrifié par les électrochocs qu'il vient de recevoir, ne représente rien pour les expérimentateurs.

Tout au long des deux heures de l'épreuve, Wolfman m'avait ignorée. Ou peut-être que Wolfman n'était pas conscient de ma présence. Vers le milieu, il y avait eu une légère agitation dans une autre partie du gymnase, où un ou plusieurs élèves avaient été surpris en

1. Expérience menée durant la Seconde Guerre mondiale, au cours de laquelle les pigeons étaient dressés à repérer les silhouettes de navires et à réagir à ces images par des coups de bec dont la répétition déclenchait l'envoi de signaux à des petits moteurs commandant le système de vol des missiles.

train de tricher, ou (peut-être) avaient été soudainement malades ; pendant que j'étais courbée sur mon essai, j'avais entendu le bruit d'un candidat qu'on escorte hors de la pièce, sans regarder autour de moi. Je me demandais si Wolfman avait été le surveillant chargé de gérer ce problème.

Il me fallut quelques minutes pour enfiler ma veste molletonnée, si lourde qu'elle me tirait sur les bras. Dehors, il faisait très froid : moins douze degrés Celsius.

Je finis par quitter le gymnase. Je fus l'une des dernières à partir. Dès que je mis un pied dehors, je fus frappée par une vive lumière. Il y avait des congères de neige partout. D'un blanc aveuglant.

Wainscotia Falls, Wisconsin, était un endroit aux collines enneigées, aux grands arbres recouverts de flocons. Un endroit magnifique, songeai-je. Sauf que – ce n'était pas *chez moi*.

Je n'avais pas envie de mourir ici. Si loin de tous ceux qui me connaissaient ou m'aimaient. Ou qui se sentaient responsables de moi.

Dans l'air glacial, mon haleine fumait. Je me rendis compte que j'étais très fatiguée alors qu'on n'était qu'en milieu de matinée – la journée entière s'étirait devant moi, insondable. Je pensai *Si j'échoue, je perdrai ma bourse. Je serai vaporisée.*

Trébuchante et hors d'haleine, je courus vers le centre du campus. Je ne regardai pas par-dessus mon épaule pour voir si Wolfman me suivait, pas plus que je n'entendis Wolfman, ou qui que ce soit, appeler derrière moi – *Adriane ! Ad-riane !*

La note éliminatoire

Wolfman s'exclama : « Je vous l'avais pourtant dit.

– Dit… quoi ?

– De ne pas être "originale". De ne pas être "analytique". De vous borner à fournir la réponse – le minimum. »

Je protestai avec obstination : « Mais les questions de l'examen étaient toutes si évidentes. J'aurais pu écrire les réponses dans mon sommeil. »

Wolfman éclata de rire. Je sentis une rougeur brûlante me monter à la figure.

« J'ai pensé que le professeur Axel apprécierait peut-être un devoir qui ne ressemblerait pas à tous les autres. J'ai pensé que, si vous lui montriez cet essai…

– Vous êtes sérieuse ? Il y a vingt ans qu'Axel n'a pas jeté le moindre coup d'œil à un examen de premier cycle. Il ne se fatiguerait même pas à lire une copie ayant reçu un A+, note que vous n'avez pas obtenue. Les étudiants de troisième cycle ne l'intéressent pas, et ceux de premier cycle, encore moins. »

La réflexion négligente de Wolfman me piqua au vif. *Note que vous n'avez pas obtenue.*

Je m'entêtai tout de même en refoulant mes larmes de déception : « Je ne pensais pas à ma note, Ira. Je n'ai pas écrit cet essai pour une note. Je n'ai pas fait toutes ces lectures supplémentaires pour une note. Mais j'avais cru… »

Wolfman pressa mes doigts glacés, ce qui eut pour effet de mettre fin à ma diatribe.

« C'est terminé, à présent, "Mary Ellen". Vous n'avez pas échoué, si ce n'est par votre opinion exaltée de vous-même. Et dorénavant, je ne suis plus le Dr. Wolfman, votre enseignant. »

Wolfman mon amour : souvenirs choisis

« Adriane ! »

Wolfman ne m'appelait ainsi que lorsque nous étions seuls. Il serait la seule personne de la Zone 9 à m'appeler par ce prénom-là.

Et lorsque nous nous trouvions dans un lieu public, ou quasi public, il m'appelait « Mary Ellen », ou le plus souvent « Miss Enright ». Peu importait qu'il n'y ait personne près de nous, comme dans l'arboretum de l'université où nous marchions parfois, sans nous tenir la main ni nous toucher, mais aussi proches l'un de l'autre que des compagnons.

Nous n'étions pas retournés à l'abri antiatomique. Nous avions commencé à nous rendre dans l'appartement de Wolfman, une fois la nuit tombée. Où nous restions rarement longtemps.

Comme le disait Wolfman, maintenant que nous n'étions plus enseignant et élève, le fait que nous nous fréquentions n'était pas *répréhensible*, comme cela aurait été le cas sinon.

« Mais tu es quand même trop jeune. Et moi, trop vieux. »

Narquoisement, je pensai *Oui. Mais je peux attendre de te rattraper.*

Une première fois, et puis une seconde, je m'étais de nouveau frayé un chemin à travers le musée d'Histoire naturelle à la recherche des marches escarpées à l'arrière conduisant à l'entrée de l'abri. Je me souvenais du cadenas que Wolfman avait soigneusement fait tourner entre ses doigts, mais bien sûr jamais je n'aurais pu en retenir la combinaison, que je n'avais pas vue d'assez près.

Il était étrange que je n'aie pas réussi à retrouver l'entrée de l'abri.

Chaque fois, j'avais perdu courage et j'étais retournée dans le secteur bien éclairé à l'avant du musée. J'avais entendu Miss Hurly appeler mon nom, ou un bruit de voix dans la bibliothèque, des visiteurs s'attendant à trouver un employé en service à la caisse, et je m'étais précipitée pour rejoindre mon poste, hors d'haleine.

Miss Hurly s'était exclamée d'un ton agacé : « Où étiez-vous, Mary Ellen ? Je vous ai appelée à n'en plus finir – je suis partie à votre recherche dans le musée, sans vous trouver. Et maintenant – vous voilà.

– Mais Miss Hurly, j'étais là depuis le début… »

Il était clair qu'elle ne me croyait pas. Un autre jour, le professeur Harrick m'attendait également avec une pile de documents à (re)taper.

Légèrement paniquée, je songeai *Mais où étais-je, si je n'étais pas ici ?*

« C'est ridicule. Ce n'est jamais arrivé. »

Wolfman s'était moqué de moi quand j'avais entrepris de lui parler des étudiants « étrangers » du réfectoire, qui avaient paru m'identifier comme une Exilée le matin de l'examen de psychologie.

« L'épuisement et l'inquiétude ont provoqué cette hallucination. Oublie tout ça.

– Mais, si je les revois…

Tu ne les reverras pas, Adriane. Je te le promets. »

Et puis : marchant avec Wolfman sur Quad[1] Street, au sud du campus.

Dans ce lieu public, nous n'étions pas – tout à fait – un couple. Nous avions plutôt l'air de deux individus qui se sont rencontrés par hasard et qui marchent dans la même direction, toujours par hasard.

Un homme grand d'à peu près trente ans, tête nue, à l'épaisse chevelure noire, aux sourcils foncés et aux traits assombris par la réflexion. Une fille d'à peine vingt ans, vêtue d'une veste molletonnée à capuche qui lui cachait les cheveux et une partie du visage, visiblement trop grande pour elle d'une taille ou deux. Une fille intensément consciente de la présence de l'homme à ses côtés.

C'était une fin de matinée d'un samedi de février 1960. Après une nuit de chutes de neige. Les trottoirs et les rues hâtivement déblayés à la pelle et au chasse-neige étaient d'un blanc étincelant.

Nous n'avions pas passé la soirée de la veille ensemble. (Où pouvait être Wolfman, je n'en avais pas la moindre idée. Je n'avais pas envie de spéculer sur l'identité de la personne qu'il avait pu ramener chez lui.)

On se retrouve quelque part ? J'ai envie de te voir. Comment vas-tu ? – C'était en ces termes que Wolfman m'avait contactée.

Depuis l'examen de psychologie où je n'avais pas suivi ses conseils, ce dont il m'avait punie par un brutal C sans commentaire à l'examen et un B pour le cours – « Ça aurait dû être un A. Mais non. »

1. Quadrangle : cour centrale des campus américains.

J'avais eu l'impression d'être réprimandée. Et puis, je m'étais dit *Quelle importance ça a, une note ? J'ai de la chance d'être en vie.*

Et aussi *Aucune note ne peut avoir d'importance en Exil.*

Depuis l'examen, Wolfman m'avait manifesté une sorte de tendresse précaire. Teintée d'exaspération et d'inquiétude. Je n'avais pas envie de penser qu'il s'agissait du genre de sentiment qu'un individu pourrait ressentir pour un frère ou une sœur plus jeune.

Dans ce lieu public, avec tant de choses à dire qui ne pouvaient pas être dites sans risque dans un quelconque lieu public. J'avais envie de saisir le bras de Wolfman, ou de m'emparer de sa main (gantée), mais je n'osai pas.

Brûlant de lui demander si, la nuit précédente, il était avec une femme – la femme au regard sombre et fixe, par exemple, qui l'appréciait si manifestement. J'avais découvert qu'elle s'appelait Cornelia – « Nelia » –, et que c'était une doctorante en psychologie sociale, plus âgée. *Mais non. Tu ne dois pas être intrusive. Sa vie privée n'appartient qu'à lui. Ce n'est pas ton amant.*

C'est alors que j'aperçus, au moment où nous traversions la rue, plusieurs jeunes gens à la peau sombre qui s'approchaient de nous. Des étudiants en doctorat, à l'évidence « étrangers » – leurs yeux se posèrent sur moi, puis sur Ira Wolfman, avant de revenir sur moi avec des expressions d'*intérêt* intense – presque comme s'ils me reconnaissaient.

Sur le coup, je fus paralysée par la peur. Quand nous les dépassâmes, je les entendis murmurer entre eux dans leur langue inintelligible. *Ils parlent de nous – non ? Qu'est-ce qu'ils racontent ?*

Hébétée, je parvins à traverser la rue mais, une fois sur le trottoir, je m'arrêtai net. Telle une créature de laboratoire qui a été conditionnée par des stimuli visuels menaçants à « se figer sur place » – et qui n'arrive pas à comprendre pourquoi elle est frappée de paralysie –, je fermai les yeux et restai complètement immobile jusqu'à ce que Wolfman me pousse à avancer.

Il me demanda ce qui n'allait pas – et je le lui répondis d'une voix à peine audible : « C'étaient les fameux étudiants… juste là.

– Quels étudiants ?

– Les étudiants "étrangers". Ceux qui m'avaient repérée – je crois qu'ils m'ont reconnue – au réfectoire, la semaine dernière… »

Wolfman jeta un bref coup d'œil derrière nous. « Qui ? Où ça ? » Où étaient-ils passés ? Avaient-ils jamais existé ? J'étais incapable de me résoudre à regarder autour de moi.

« Comment saurais-tu qui ils sont ? Tu ne te souviens pas de leurs têtes, hein ? À Wainscotia, Wisconsin, tous les étudiants "étrangers" se ressemblent. »

Je longeai rapidement Quad Street. Manquant de rentrer en collision avec d'autres piétons. Glissant-dérapant sur le trottoir lisse, si bien que Wolfman dut me rattraper par le bras pour me stabiliser.

« Je les ai vus, Ira. C'est vrai. Et ils *nous* ont vus aussi. »

Wolfman rit d'un rire destiné à minimiser le problème, mais aussi à me réconforter.

« Ils sont peut-être inscrits en psycho. Des troisième cycle qui ont assisté au cours d'Axel en auditeurs libres. Peut-être que c'est *moi* qu'ils connaissent – et que ça n'a rien à voir avec toi. »

Nous avions quitté le quartier commercial de Moore Street, qui ne s'étendait guère que sur deux ou trois pâtés de maisons. Arrivés sur le campus, nous gravîmes la colline d'un pas régulier en direction de la bibliothèque principale. Nous étions entourés d'une étendue neigeuse qui étincelait dans la lumière de midi. Remarquant mon silence, Wolfman attrapa la partie nue de mon poignet entre la manche de ma veste et mon gant – un geste d'intimité inattendu dans ce lieu public.

« Adriane, je ne t'ai pas déjà dit – que tu n'as rien à craindre d'eux ? *Ils* n'existent pas. »

À ce moment-là, je pensais qu'Ira Wolfman m'aimait. Que d'une certaine façon, qui n'était peut-être pas sexuelle et qui n'impliquait pas la notion de possession, il m'aimait.

Un endroit magnifique. Et sûr, avais-je envie de penser.

L'arboretum de l'université, au nord du campus.

Aux EAN-23 qu'Ira Wolfman et moi connaissions tous les deux, il n'y avait plus de territoires « publics » – les espaces attrayants appartenant à la ville et à l'État, et quatre-vingt-dix pour cent des anciens parcs nationaux tels que Yellowstone, le Grand Canyon et Yosemite, avaient été vendus à des intérêts privés, à des fins d'exploitation minière ou forestière, de fracturation, ou transformés en lieux de villégiature réservés aux très fortunés. Pénétrer sur ces territoires était passible de la peine de mort. (Aux EAN, les crimes les plus flagrants étaient ceux qui appartenaient à la catégorie dite VDP [Violation des Droits de Propriété] tout de suite après la Trahison et la Remise en Question de l'Autorité.) Les magnifiques rivages privés le long des côtes pacifiques et atlantiques étaient protégés par des clôtures électrifiées de trois mètres de haut surveillées par des gardes. Les seuls « parcs » qui restaient dévolus à l'usage public étaient des terrains vagues remplis de décombres, de marécages et de détritus, ainsi que des zones non cultivées contaminées par les produits chimiques et les déchets. (Dans le New Jersey, le Burnt Fly Bog Superfund[1], situé à une quinzaine de kilomètres de Pennsboro, était censé permettre de pique-niquer et de pratiquer les sports nautiques « sans danger », mais il était rare d'y voir des visiteurs au-dessus de CT4.) C'est pourquoi j'avais été surprise et ravie de découvrir l'arboretum de Wainscotia.

Wolfman adorait cet endroit lui aussi. C'était celui qui l'avait aidé à « retrouver sa santé mentale » à ses débuts à Wainscotia, alors qu'il n'était encore qu'un jeune homme de vingt-deux ans hébété et déprimé, à l'époque de son arrestation et de sa *télétransportation*, brillant étudiant de premier cycle à EAN-Cambridge (anciennement Harvard) spécialisé en informatique, maths et psychologie cognitive.

Wolfman aimait également courir. Malheureusement, en Zone 9, au début des années 1950, les seuls individus qui « couraient » étaient les athlètes pendant l'entraînement. Et en fait de « chaussures de course », on ne disposait que de tennis ordinaires.

L'arboretum de Wainscotia jouxtait le Wainscotia Agricultural College, mais se prolongeait sur les centaines d'hectares de terres forestières attenantes à la baie de Wainscotia, qui donnait sur le vaste lac Michigan à l'est – lieu que je n'avais jamais vu à part en photo et sur une carte. (Les rives du lac sortaient du rayon

1. Burnt Fly Bog Superfund : site utilisé dans les années cinquante et soixante pour stocker des produits chimiques dangereux, à Monmouth County dans le New Jersey, et donc hautement contaminé.

de quinze kilomètres de mon confinement officiel et, à l'ouest, le lac Hallow, beaucoup plus petit, m'était aussi interdit.) En février 1960, je ne m'étais pas aventurée à plus de trois ou quatre kilomètres de l'épicentre de ma résidence en Zone 9, c'est-à-dire Acrady Cottage.

Wolfman parlait avec mépris de son propre « épicentre », Greene Hall, sur le campus de l'université.

« Si j'en ai envie, je partirai – peut-être. Je partirai à pied. Ou, mieux encore, à vélo. »

Lorsque Wolfman s'exprimait ainsi, j'étais à la fois ravie de son côté bravache et mal à l'aise. Il continua :

« Dans les laboratoires, on a observé que les animaux ont apparemment peur de quitter leurs cages, même quand on en laisse la porte ouverte. Même quand on en enlève les portes.

– Mais… ça ne nous concerne pas, si ? Je ne comprends pas. »

Wolfman faisait-il ce genre de remarque pour me *tester* ? Voulait-il déterminer mon degré d'imprudence, ou de méfiance ? Dans ma solitude désespérée, j'avais souvent fantasmé que je m'échappais de Wainscotia et que je violais les Instructions – mais je ne m'étais jamais enhardie à commettre un acte aussi dangereux.

Je ne doutais pas d'être surveillée en Zone 9. Ma silhouette était projetée sur un écran, quelque part. Si je quittais ce fameux rayon de quinze kilomètres, je serais sans doute « vaporisée » – sur-le-champ.

Car n'avais-je pas été témoin de la vaporisation du lycéen Z. par Frappe de Drone Domestique ? N'avais-je pas lu l'expression incrédule qui avait envahi les traits du jeune Z. juste avant que sa tête explose comme une nova ?

J'avais commencé à raconter à Wolfman que j'avais été témoin de cette exécution sur un écran de télévision au Département Disciplinaire de la Jeunesse de la Sécurité Intérieure, mais il m'avait interrompue : « Si c'était sur un écran de télé, ce que tu voyais était probablement une reconstitution. Tu n'as aucun moyen de savoir si cette exécution était authentique.

– Mais si ! C'était véridique, et horrible. On était quatre à être interrogés – tous des majors de notre promotion de terminale à qui avaient été attribuées des "Bourses Démocratiques Patriotes". On nous a enjoint de confesser nos crimes, parce que sinon l'un de nous serait "puni"…

– Un citoyen ordinaire n'a absolument aucun moyen de distinguer une mise en scène "virtuelle" d'un "véritable" événement. Surtout à la télévision. Crois-moi !

– Je le sais. »

Pourquoi Wolfman ne se montrait-il pas plus compatissant ? Je savais que ce garçon, dont le nom commençait par un Z, avait été exécuté – que ce n'était pas une reconstitution, mais une mort authentique, je le *savais*.

Frappe de Drone Domestique : il fallait moins de soixante secondes pour liquéfier le sujet au moyen d'un rayon laser émis par un objet volant pas plus gros qu'un rouge-gorge, qui implose quand il atteint sa cible et se vaporise lui-même.

Je tremblais d'indignation et d'anxiété. La mort de ce garçon était un spectacle que je n'oublierais jamais et, à la différence d'autres souvenirs plus récents, elle était imprimée dans mon cerveau avec acuité.

« Peut-être que tu n'as jamais vu une FDD, Ira. Mais moi, si. »

C'était bien triste et mesquin de se vanter de ce genre de chose. Bien qu'il ait paru sur le point de répondre, Wolfman se ravisa et continua simplement à avancer au pas de course devant moi.

Par cette lumineuse journée ensoleillée-neigeuse, nous randonnions dans l'arboretum. Nos haleines fumaient, car la température était très en dessous de zéro. Nous prenions soin de ne pas marcher trop près l'un de l'autre et nous ne nous tenions jamais les mains – naturellement. Wolfman marchait souvent devant moi, comme un randonneur expérimenté montre le chemin à un autre plus novice. En général, nous ne parlions pas beaucoup, parce que dans l'arboretum Wolfman préférait le silence. Il m'avait dit à mi-voix que quand il entendait d'autres promeneurs bavarder, il aurait adoré *vaporiser* ces gens grossiers qui gâchaient le silence et la beauté du lieu pour leurs congénères.

J'avais été choquée. Par la simple utilisation de ce terme – *vaporiser.*

Comment Ira Wolfman entre tous pouvait-il faire une déclaration pareille, même pour plaisanter ?

Lorsqu'il était seul, Wolfman marchait pendant des kilomètres. Ses jambes étaient noueuses. En revanche, quand nous étions tous les deux, nous ne couvrions d'ordinaire pas plus de trois kilomètres, le long d'un sentier qui serpentait à travers les collines enneigées. De nombreux arbres de l'arboretum étaient identifiés par de petites plaques, ce qui rendait toujours les randonnées là-bas instructives, comme une visite au musée d'Histoire naturelle ; même si, après une chute de neige, les plaques identifiant les arbres risquaient d'être dissimulées. Dans ces cas-là, il arrivait souvent que l'arboretum ne soit pas déneigé et pour y randonner, comme Wolfman insistait pour que nous le fassions, nous étions obligés de progresser chaussés de bottes montant jusqu'aux genoux le long des sentiers difficiles à suivre en raison de l'épaisse couche de neige. C'était mon angoisse (et Wolfman s'en moquait) que nous nous éloignions du parcours, violant ainsi sans en avoir l'intention les Instructions interdisant aux IE de s'éloigner de plus de quinze kilomètres de leurs épicentres ; il trouvait ridicule d'imaginer que nous puissions nous y aventurer involontairement et, même si c'était le cas, il doutait que nous en subissions les conséquences.

Wolfman avait la conviction que les milieux extérieurs étaient souvent « plus sûrs » que l'intérieur ; que les vastes étendues de l'arboretum étaient plus sûres que le campus de l'université ; bien qu'aucun endroit ne soit davantage exempt de toute surveillance que l'abri antiatomique sous le musée Van Buren, où il était certain que les EAN ne pouvaient pas nous espionner.

Au départ, je n'avais eu aucune raison de douter de ces dires. Lorsqu'il m'avait entraînée dans les profondeurs de l'abri, j'avais été si stupéfaite et si intimidée que je n'avais pas été capable de penser clairement. Dans les semaines qui avaient suivi, j'en étais malgré tout venue à me demander comment Wolfman savait ce qu'il prétendait savoir sur les systèmes de surveillance que les lointains EAN-23 envoyaient mystérieusement à Wainscotia, Wisconsin.

Amusé, il m'avait confié à mi-voix : « Leur sécurité n'est pas parfaite – aux EAN. Nous ne sommes pas continuellement sous leur radar. Ils veulent que les IE croient qu'ils savent tout sur eux, alors que c'est impossible. D'une part, et c'est un fait essentiel, Wainscotia n'est *raccordé* à rien. Il n'y a pas de cyberespace ici. Pas de réseau. Un peu comme "les atomes et le vide" – avant la création. Ils ont peut-être des agents ici, mais pas beaucoup. Chez nous, à notre époque, nous partons du principe que tout est "surveillé" – chaque téléphone portable ou transaction par ordinateur, tout ce qui est électronique. Nous partons du principe que nous sommes enregistrés – comme des animaux de laboratoire dans leurs cages, nés en captivité. Mais la Zone 9 est très différente. C'est pour ça qu'ils l'appellent le "Petit paradis". »

Sauf que – qui donc appelait la Zone 9 le Petit paradis ? Je ne comprenais pas.

« Sans compter que la connexion entre "futur" et "passé" est ténue. Ce n'est pas "Big Brother is watching you" – pas du tout. Selon ma théorie, l'ouverture pourrait être refermée – la connexion casserait comme un élastique – ils pourraient nous perdre et ne jamais nous revoir. »

Une théorie que je ne trouvais pas franchement réconfortante. Si tant est que je comprenne Wolfman correctement.

« Tu veux dire – que nous ne rentrerions jamais chez nous ? Que nous serions Exilés ici pour toujours ? »

Wolfman rit. « Oui, c'est assez suffocant ici – dans notre "haut lieu de la médiocrité". Mais il n'est pas évident que l'alternative soit préférable, si ? »

J'avais envie de protester – que mes parents me manquaient. Que j'aimais mes parents et que je souhaitais désespérément les revoir – je n'avais même pas eu le droit de leur faire mes adieux…

À l'évidence, Wolfman n'avait laissé derrière lui personne qu'il aimait autant. Ou si c'était le cas, son Exil avait duré si longtemps que ses sentiments s'étaient atrophiés.

« Il pourrait très facilement se passer quelque chose qui prive le Gouvernement des EAN de son pouvoir. Les citoyens ordinaires ne savent pas qu'il existe des querelles au sein des EAN – le Président possède sa propre faction à l'intérieur du Parti Patriote, mais il en existe aussi d'autres. Il y a des dissidents secrets, des rivaux. Des soulèvements militaires qui sont étouffés – ou peut-être pas. Dans ce cas, ce serait un soulèvement du "cyberespace" – quiconque contrôle les ordinateurs contrôle les EAN. Les prétendus dirigeants des EAN sont invisibles pour nous, mais pas les uns par rapport aux autres. Leur "pouvoir" dépend du courant électrique. C'est la source de pouvoir la plus élémentaire, qui alimente un vaste système informatique. Certes, il provient désormais entièrement de l'énergie éolienne, mais il n'est pas à toute épreuve, et un jour l'ensemble de la structure pourrait très bien "s'effondrer". »

La voix de Wolfman était empreinte d'un tel ravissement que je compris qu'il entretenait des fantasmes où il rentrait triomphalement aux EAN. Le brillant et impétueux Exilé-rebelle qui revient anéantir ses ennemis, leur prendre leur pouvoir et leur place.

Je me demandai quel rôle Wolfman avait joué là-bas. Avait-il été davantage impliqué dans l'action du gouvernement qu'il ne me l'avait dit ? Il appartenait sans aucun doute à une caste supérieure à celle de mes parents – malgré son intelligence, mon père n'avait pas la confiance en lui que possédait Ira Wolfman, même en Exil.

D'une voix presque suppliante, je plaidai : « Je préférerais que tu ne dises pas ce genre de choses, Ira. Je… j'ai envie de rentrer…

– Oui, c'est exactement comme ça qu'ils te contrôlent, Adriane. Tous les "Exilés" croient qu'ils veulent absolument rentrer chez eux – jusqu'à ce que ça arrive.

– C'est horrible de dire ça, Ira…

– Pourquoi ? Ce n'est pas vrai ?

– J'aime mes parents. Ils me m-manquent… »

Au bord des larmes. La gorge nouée.

Refusant de croire que c'était peut-être vrai, dans une certaine mesure. C'était douloureux de mesurer combien ce que disait Wolfman était vrai. Jusqu'à un certain point.

Souvent, durant mes années de lycée, j'avais été lunatique, triste, en colère, même abattue – tant je me sentais *piégée* dans le périmètre de ma vie et de celles de mes parents. J'avais de la peine pour eux et ils m'agaçaient (peut-être), comme un enfant est parfois agacé par ses parents, parce qu'il est incapable d'appréhender la complexité de leurs existences.

Revenir à une variante de cette vie-là en sachant ce que j'avais appris sur le pouvoir de l'État serait délicat.

Toutefois, je me sentais soudain pleine d'allégresse. Wolfman m'avait appelée « Adriane ».

Lorsqu'il m'appelait par ce prénom interdit, j'entendais de l'amour dans sa voix. J'entendais de la tendresse, du respect, de la considération, de la préoccupation – de l'amitié et un sentiment protecteur. Bien sûr, j'entendais aussi de l'amusement et de la condescendance.

De l'*intimité*. Le cadeau le plus précieux que pourrait recevoir une personne en Exil.

Depuis que je n'étais plus son étudiante de premier cycle, Wolfman me traitait un peu différemment, comme si j'étais plus adulte. Au cours du printemps 1960, j'étudiais cinq nouvelles matières, mais je n'avais pas enchaîné sur le niveau suivant du cours de Psychologie, pas encore.

Wolfman avait jugé lui aussi que c'était une bonne idée de ne pas prendre ce cours-là pendant ce trimestre. Si j'avais eu un autre chargé de TD, il aurait été exagérément curieux de mon travail avec cette personne, et de la façon dont elle me notait ; et si j'avais été affectée dans les TD de Wolfman pour la seconde fois, notre relation nous aurait pesé à tous les deux.

(J'admirais Wolfman pour avoir lu mon examen final « à l'aveugle » et m'avoir notée aussi honnêtement. J'avais été blessée – bien sûr – parce que tout le monde veut s'entendre dire qu'il est spécial ; mais il avait certainement fait le bon choix. Il n'avait pas compromis ses exigences académiques, même pour un autre IE. Et il ne m'avait pas forcée à me sentir redevable vis-à-vis de lui.)

Je lançai : « Tu m'appelles "Adriane" – tu connais mon véritable prénom. Mais toi, tu ne m'as jamais dit le tien.

– C'est vrai.

– Mais – pourquoi ?

– Mon nom est celui par lequel tu m'appelles, Adriane. Tu peux m'appeler n'importe comment – ce sera mon nom. Celui qu'on m'a donné à la naissance n'a pas d'importance.

– Mais – pourquoi je ne peux pas le connaître ? Tu connais bien le mien.

– J'ai fini par me retrouver dans "Ira Wolfman". Je crois que je préfère sans doute signer mes publications ainsi. Et en plus, il ressemble pas mal à mon nom d'origine.

– Qu'est-ce qui y ressemble le plus – "Ira" ? ou "Wolfman" ?

– Les deux.

– Est-ce que "Wolfman" est un nom juif ? »

Ma question le fit rire. M'expliquant que oui, c'en était un, mais que non, c'était plutôt l'« anglo-approximation » d'un nom juif russe au début du XXe siècle.

En dépit de l'épaisse couche de neige (qu'aucun autre randonneur n'avait encore entamée), Wolfman s'était mis à marcher de plus en plus vite. C'était l'une de ses habitudes – je n'avais pas envie de penser qu'il s'agissait d'un stratagème – marcher devant moi sur un sentier afin que j'utilise mon souffle pour réussir à le suivre et non pour lui parler.

Je trébuchai plusieurs fois dans la neige. Mes battements de cœur commençaient à être douloureux. J'avais de plus en plus chaud dans ma veste molletonnée élimée.

Wolfman, ne me laisse pas ! Wolfman, protège-moi, s'il te plaît.

Au-dessus de nos têtes, le ciel était d'un bleu vif de porcelaine, et quand nous passâmes sous les arbres des oiseaux aux ailes sombres voletèrent dans les plus hautes branches, nous appelant de leurs cris rauques, comme des corbeaux ou des étourneaux aux yeux jaunes indignés.

Parfois, nous nous retrouvions aussi au Lavomatic de Rampike Street.

Les odeurs chaudes-fermentées du Lavomatic. Le bruit mou des vêtements qui s'affaissent sur eux-mêmes en tournant dans les sèche-linge. Dans cette ère où les portables n'existaient pas, l'endroit était souvent calme même aux heures de relative affluence, dans la mesure où la clientèle était en grande partie constituée d'étudiants en doctorat, qui apportaient du travail. (La plupart des élèves de premier cycle avaient accès à des machines à laver et des sèche-linge au sous-sol de leur résidence. Acrady Cottage en disposait aussi dans son propre sous-sol humide, mais je préférais l'atmosphère plus impersonnelle de la laverie, où j'étais de surcroît éventuellement susceptible de croiser Ira Wolfman.)

Ce lieu avait des allures de refuge. L'atmosphère y était apaisante et onirique. Personne ne pourrait jamais être « vaporisé » au Lavomatic de Rampike Street, une telle idée était absurde.

La première fois, nous nous y étions rencontrés par hasard. Mais ensuite, je m'étais arrangée pour que nous nous retrouvions là-bas.

J'avais proposé à Wolfman de repasser ses chemises encore humides après leur passage à la laverie. Si les tissus qui sèchent rapidement existaient déjà, ils étaient considérés comme de mauvaise qualité, et c'était bien le cas. Le coton et le lin étaient des matières plus sophistiquées et agréables. Wolfman possédait une demi-douzaine de chemises habillées à manches longues en coton, qu'il portait pour enseigner. Lorsqu'il mettait une cravate, il la desserrait tout de suite après le cours, et dès qu'il avait franchi les limites du campus il l'enlevait en disant qu'il se sentait « étranglé » – « littéralement ».

C'était une nouveauté – le *repassage* ! J'avais vu des réclames à la télévision d'Acrady Cottage là-dessus. Des « femmes au foyer » repassant joyeusement les chemises de leur mari.

Dans le trois-pièces à l'ameublement spartiate de Wolfman sur Myrtle Street, il y avait, repliée à la verticale dans un placard, une planche à repasser au revêtement sévèrement roussi, et un fer rutilant, si lourd qu'il m'échappa presque des mains la première fois que je le soulevai. (La planche à repasser était fournie avec l'appartement meublé.) Des articles appartenant à une Amérique surannée et disparue dont je n'avais eu que fugitivement conscience puisque je n'avais jamais vu ma mère « repasser » – nous vivions dans une ère postérieure au coton, où les tissus séchaient vite et sans faire de plis.

Je me demandai ce que ma mère aurait pensé de sa fille maniant ce lourd fer à repasser comme une pionnière ! Et en même temps – j'aurais aimé lui assurer que cette tâche offrait un léger réconfort.

Du moment que vous aimez ça. Et que les chemises appartiennent à quelqu'un que vous aimez. Que vous n'êtes pas forcée de « repasser », mais que vous l'avez choisi.

En EAN-23, dans certains domiciles des quartiers des castes les plus élevées, on employait des domestiques. Parfois, ils étaient même toute une équipe. Ils appartenaient en général à la caste des SSC (Serviteurs Sous Contrat), recouvrant des individus désespérés sans ressources et très probablement endettés qui s'engageaient dans une relation contractuelle avec un employeur pour un nombre d'années déterminé ; beaucoup d'entre eux, et en tout cas la plupart des SSC, étaient CT5 ou plus : ils avaient la peau sombre. On ne pouvait pas les qualifier d'esclaves, car ce terme était injurieux, ni même parler de *Serviteurs Sous Contrat*, et on les appelait simplement des « domestiques ».

En me voyant m'affairer, Wolfman s'exclama – *Hé ! Je ne me suis pas lié d'amitié avec toi pour te transformer en domestique. Je ne veux pas te coloniser, Adriane.*

Cela ne l'empêchait pas d'apprécier ces chemises repassées. Autrement, il aurait été obligé de les emmener au pressing, une corvée coûteuse et pénible. (En dépit de toutes ses capacités en tant que psychologue expérimental, Wolfman était clairement inapte au repassage de ses propres chemises. Pourquoi donc ? S'agissait-il d'une déficience masculine ?) Et, oui, Wolfman appréciait aussi que je lave la vaisselle qu'il laissait tremper des jours durant dans l'évier de sa « kitchenette ». Et que je récure l'évier avant de tout ranger dans les placards et les tiroirs.

Coloniser. Un terme ambigu.

Car la personne *colonisée* pouvait être complice d'un tel arrangement. Dans les labyrinthes de Skinner, les rats apprenaient vite que des récompenses les attendaient quand ils se soumettaient correctement à l'épreuve. Et dans ce cas, pourquoi ne pas courir ? Pourquoi préférer rester enfermé dans une cage ?

Wolfman et moi préparions aussi des repas ensemble. Et nous les mangions ensemble.

J'attendais qu'il m'embrasse plus vigoureusement, qu'il me suce les lèvres jusqu'à m'en couper la respiration. J'attendais qu'il laisse ses mains courir sur mon corps pareil à une anguille et plein de désir, qui se serait enroulé autour de lui si Wolfman se décidait. J'attendais.

Au lieu de cela, nous restions allongés sur son lit, dans une semi-obscurité. En parlant tranquillement, ou sans parler.

Et je me disais *Jamais je ne pourrai être plus heureuse. J'ai envie que ça ne se termine jamais.*

Écoutant la musique préférée de Wolfman, sur ce qu'il appelait des *33-tours* : des symphonies de Mozart, de Beethoven, de Brahms, de Mahler. À l'époque où il grandissait dans le New York des États Nord-Américains Reconstitués, il n'avait eu quasiment aucun contact avec la musique classique, mais uniquement avec la musique électronique post-rap « heavy metal » de sa génération, aux sonorités génériques et anonymes.

Wolfman disait qu'il avait été surpris de découvrir par la suite une musique aussi labyrinthique que la pensée et qui donnait l'impression de communier. Qui n'avait pas besoin d'être assourdissante pour pénétrer l'âme.

(Wolfman, ce scientifique, avait-il réellement utilisé le terme « âme » ? Je crois que oui – inconsciemment. Parce qu'il s'exprimait souvent avec extravagance dès qu'il s'agissait de sentiments, et non plus de pensée.)

Il avait eu la gentillesse de me demander de parler de ma vie. En revanche, il évoquait moins facilement la sienne.

J'étais obligée de supposer qu'il y avait des secrets dans la vie de Wolfman. Il avait au moins une décennie de plus que moi – et bien sûr, davantage de secrets avaient eu le temps de s'accumuler.

Un soir, il me parla de ses parents. Sa voix tremblait d'émerveillement enfantin et d'une autre émotion moins facile à définir – une sorte d'exaltation tirant sur la terreur.

Il me raconta qu'en grandissant il avait assez peu vu ses « célèbres » parents. Mais il les avait admirés – beaucoup –, car c'étaient des chercheurs renommés à l'(ancien) Institut médical de l'université de Columbia, des épidémiologistes spécialisés dans les infections bactériennes tropicales. Malheureusement, à peu près au moment où Wolfman entrait au collège, les découvertes hautement médiatisées de ses parents avaient attiré l'attention du Département Stratégique de la Défense (DSD) ; et ils avaient sans tarder été enrôlés dans le PRM (Programme de Recherche Militaire) où leur mission (top secrète) consistait à cultiver des souches virulentes de bactéries destinées à être « transformées en armes ». Ils avaient travaillé plusieurs années sur une espèce de bactérie particulière qui ne pouvait survivre que dans un environnement très spécifique, et que les militaires pourraient utiliser en cas de déclaration de guerre avec l'un des nombreux ennemis des EAN. (« Comme tu le sais, depuis la guerre au Moyen-Orient, la “déclaration de guerre” a lieu a posteriori, expliqua sèchement Wolfman. C’est tellement plus sage de déclarer la guerre une fois qu’elle a commencé, et non avant. »)

Au départ, les parents de Wolfman, en particulier sa mère, avaient été perturbés par la nature de leur recherche ; et puis ils avaient été peu à peu gagnés par l’esprit de compétition et l’excitation au sein de l’équipe du PRM, qui employait les chercheurs les plus prestigieux du pays. « Mes parents bénéficiaient de toutes sortes d’avantages spéciaux, y compris l’occupation à titre gratuit d’un appartement surplombant l’Hudson, une voiture avec chauffeur, une nomination conjointe à l’Académie des Sciences, ainsi que l’octroi de fonds quasi illimités pour leurs recherches ; et pour moi, leur enfant unique, l’admission dans l’une des écoles préparatoires les plus élitistes alors que je n’avais jamais été un “bon citoyen” au cours de ma scolarité et que j’avais vraiment accumulé les mauvaises appréciations sur mon dossier. J’avais déjà fréquenté trois écoles privées avant de finir par réussir à décrocher mon bac. Je t’ai déjà dit, Adriane, que j’étais pirate informatique au collège. Je créais aussi des jeux vidéo, dont certains ont été achetés quand j’avais douze ans par Nightmare Works, Inc., qui sont devenus par la suite de modestes best-sellers, et dont certains autres, considérés comme dangereux politiquement et obscènes, ont été interdits. J’étais le Mystérieux Ado qui avait infiltré la sécurité du Congrès en décembre EAN-11 et envoyé une flottille de “drones”-jouets au milieu des législateurs alors qu’ils débattaient entre eux de la proposition de loi d’un lobbyiste – tu ne t’en souviens probablement pas, tu étais trop jeune alors. En tout cas, cette information était partout dans les médias. Un vrai scandale – si un ado était en mesure de s'infiltrer dans le système de sécurité du Congrès avec des drones-jouets domestiques, qu'en serait-il de nos ennemis avec leurs "armements sophistiqués" ? –, sur Internet et à la télévision. »

Wolfman s'esclaffa. Il buvait de la bière à même une boîte métallique posée sur un exemplaire d'un magazine appelé *Brain* sur sa table de chevet. En dépit de ma consternation quant à ses révélations sur ses parents, je ne fis aucun commentaire.

« Bien sûr, les législateurs ont paniqué – fuyant en masse et se piétinant les uns les autres dans leur désir désespéré de sortir. Les quelques femmes présentes dans la pièce, membres du Congrès comme assistantes, ont été piétinées et blessées ; par bonheur, il n'y a pas eu de morts. J'avais planifié à la perfection l'invasion des drones-jouets – mais je n'avais pas trop réfléchi à ce qui allait suivre. Les cerveaux des jeunes sont comme ça, c'est typique – brillants, mais immatures. Tout de suite après, j'ai arrêté de pirater quoi que ce soit pendant des mois de peur de me faire pincer. Mes parents ignoraient tout de mes "expériences" – ils étaient totalement innocents. Je n'aurais jamais été rattrapé par la SMLC – Sécurité Médico-Légale du Cyberespace – si un "ami" ne m'avait pas dénoncé. J'étais déjà en première année à EAN-Cambridge – l'ancien Harvard. Mes parents ont voulu intercéder en ma faveur, mais ils ont échoué. Contrairement à toi, j'ai été incarcéré dans un Établissement Pénitentiaire pour la Jeunesse – le Gouvernement espérait me coopter dans un de ses programmes "Sécurité Défense", mais j'ai refusé. » Wolfman avala péniblement sa salive et se tut.

Allongée à côté de lui, l'effleurant à peine avec le bord de mon torse et de mes jambes, je retins ma respiration en m'interrogeant sur ce qu'il n'avait pas raconté.

Je le questionnai sur ses parents : avait-il été proche d'eux ? S'étaient-ils confiés à lui ? Que leur avait-il dit la dernière fois qu'il les avait vus ? (Parce que dans mon cas, la dernière fois que j'avais vu mes parents, je n'avais aucune idée que c'était la dernière. J'étais malade de regret à l'idée d'avoir probablement été l'ado lunatique et autocentrée habituelle, et incapable de me souvenir de notre conversation. Oh, c'était terrible !) Savait-il s'ils avaient été arrêtés eux aussi à cause de ses actes ? Savait-il – plus ou moins – ce qui leur était arrivé après son arrestation ?

Wolfman ne répondit pas immédiatement. Il donnait l'impression de quelqu'un qui se creuse les méninges pour essayer de se souvenir de quelque chose, tel un homme muni d'un gros râteau qui passe au crible le sol avec.

« Je – je pense – qu'ils vont bien – a priori. »

Et puis : « Enfin – ma mère a eu un genre de dépression, et elle a dû être hospitalisée dans un établissement des EAN à Bethesda, dans le Maryland. C'était après mon arrestation. Pendant que j'étais incarcéré. »

Je demandai à Wolfman s'il avait vu sa mère depuis. Si elle était toujours hospitalisée.

« Je... je suis sûr que ma mère n'est plus à l'hôpital après tout ce temps. Je n'ai jamais su – on ne m'en a jamais informé – exactement ce qu'il est advenu d'elle, ni même si – si elle est encore en vie. »

Je voulus également savoir si les personnes qui l'avaient interrogé avaient tenté de lui faire avouer avoir été « influencé » par ses parents ? « C'est ce qu'ils ont voulu me pousser à dire.

– Non. »

Wolfman avait répondu trop vite. Je sentais la chaleur monter de sa peau alors qu'il restait allongé à côté de moi, à demi conscient de ma présence, le regard rivé sur le plafond.

« Mes – mes parents me manquent. Je suppose. À cet instant précis, j'ai réussi – presque – à les "voir" – comme je ne les ai pas vus depuis des années. » Wolfman s'était mis à trembler. Malgré mon choc, je le serrai très fort dans mes bras. Au cours de ma brève existence, je n'avais pas souvent eu l'occasion de réconforter les autres.

Je pensai *Je peux l'aimer plus qu'il ne le croit. Je suis suffisamment forte pour aimer pour deux.*

Wolfman reprit : « J'avais aussi été "recruté" – mais je me suis débrouillé pour en sortir progressivement. Pas au DSD, mais à la DSI – Division des Stratégies Informatiques –, un organe plus récent qui emploie des profils extrêmes. Tous cooptés, naturellement. Mais aucun d'entre eux n'est aussi vindicatif que les agents cooptés par l'ennemi. Parce que l'essentiel de leur énergie est alimentée par la *honte.* »

J'avais envie de savoir ce que Wolfman voulait dire par là. Cependant, je n'eus pas le cœur de le lui demander.

« Ce qui s'est passé, c'est que – j'ai commis une stupide erreur. J'avais envoyé un texto à un ami par inadvertance, en utilisant un code que nous avions élaboré et qui a éveillé les soupçons… »

Wolfman était attristé. Wolfman ne voulait pas continuer.

Il appuya son visage contre mon cou et nous restâmes allongés ensemble en silence à nous réconforter mutuellement dans notre sensation d'être à part et dans notre ignorance.

« Je t'aime. »

J'avais parlé doucement, d'une voix hésitante. Si bas que Wolfman pourrait prétendre ne pas avoir entendu.

SANE

Les voix étaient à la fois implorantes et pleines d'audace : « Venez nous rejoindre ! Marchez avec nous. »

Et : « Sauvez-vous la vie ! Et celles de ceux que vous aimez ! Sauvez celle de la Terre ! Marchez avec nous. »

Tous en chœur : « Venez nous rejoindre ! Marchez avec nous. Venez nous rejoindre ! Marchez avec nous. S-A-N-E – maintenant ! »

Toutefois, je restai en retrait. J'avais très peur.

Je me souvins – que mon père avait été arrêté lors d'une manifestation publique alors qu'il avait autour de vingt-cinq ans. Durant le restant de sa vie, il avait payé pour cet acte isolé, impulsif, de curiosité et de sympathie.

Quant à mon oncle Toby – le prix qu'il avait payé avait été sa vie.

Une imposante foule chahuteuse s'était massée devant la chapelle de l'université, débordant sur la pelouse enneigée du campus. S'agissait-il d'un rallye sportif spontané ? D'un défilé ? La foule ne paraissait pas d'humeur joyeuse ou festive mais plutôt en colère, goguenarde. Harcelait-elle les manifestants ? Mais pourquoi ? À Wainscotia, tout le monde était si *amical*.

De la neige terreuse s'amoncelait sur le bord des trottoirs et des allées. C'était un après-midi nuageux de mars 1960. En allant en cours, j'avais entendu des voix – des cris – un tapage moqueur, que son caractère inhabituel rendait perturbant. Il n'y avait que le samedi après-midi, au stade de football, en saison, que ce genre d'appels et de cris excités flottaient sur le campus, ou les samedis soir, sur la colline, quand les maisons des fraternités et des sororités étincelaient des lumières des fêtes.

Mon instinct me dictait de partir dans la direction opposée. Je pourrais emprunter un chemin détourné jusqu'à mon cours de littérature à Masson Hall et éviter l'agitation.

Contre toute attente, je me retrouvai en train d'avancer. Mue par la curiosité et par l'idée que, s'il se passait quelque chose sur le campus, j'aurais envie de savoir de quoi il s'agissait, afin de pouvoir en discuter avec Wolfman. Tous les jours, j'accumulais incidents, épisodes, paradoxes et énigmes pour les lui présenter, attendant sa réaction. Parce que je désirais le divertir et l'intriguer, tant je mourais d'envie de devenir essentielle dans la vie de cet homme.

Rentrez chez vous ! Rentrez chez vous en Russie, sales cocos !

Je vis que la foule mouvante et bagarreuse entourait un groupe de marcheurs partis de la chapelle vers le bâtiment de l'administration, de l'autre côté de la cour. Au moment où j'arrivai, les manifestants furent obligés de s'arrêter à mi-chemin. Ils étaient à peu près trente, entourés par deux cents individus au bas mot, dont la plupart étaient de toute évidence des étudiants mâles de premier cycle particulièrement bruyants. Les manifestants portaient des pancartes, sur lesquels on pouvait lire, écrit à l'encre rouge vif –

SANE

COMITÉ NATIONAL POUR UNE POLITIQUE NUCLÉAIRE SAINE

SANE

ESSAIS NUCLÉAIRES –
ARRÊTONS L'ESCALADE DE L'ARMEMENT

Des manifestants pacifistes ! Qui protestaient contre les essais nucléaires américains au Nevada et dans le Pacifique Sud – contre la guerre. J'avais entendu parler de cette organisation nationale nouvellement constituée, en fait Wolfman l'avait mentionnée avec une admiration réservée, mais je n'avais jamais rencontré aucun de ses membres. Et je n'avais jamais vu de « marche pour la paix » auparavant.

Les moqueries hostiles de la foule, ces poings levés et ces faciès en colère – je trouvais cela choquant. *Bande de cocos ! Bande de traîtres ! Rentrez donc en Russie si vous ne vous plaisez pas ici.*

Comme ces visages du Midwest d'habitude d'un blanc insipide étaient contorsionnés de haine, et leurs yeux luisants de rage ! – il était impossible de comprendre comment un si petit rassemblement de manifestants avec leurs pancartes artisanales pouvait déclencher une telle émotion.

Les agents de sécurité du campus retenaient les perturbateurs tout en poussant les manifestants de SANE à quitter le secteur. Des camionnettes de la sécurité étaient venues pour les emmener en lieu sûr. Pourtant, ils résistaient. Courageusement et obstinément, ils résistaient. Je ne les connaissais pas, même si le journal étudiant devait révéler par la suite que plusieurs d'entre eux appartenaient au corps professoral de Wainscotia ; et que plusieurs autres étaient en doctorat ; et que la plupart venaient de Milwaukee et de Chicago. Leurs âges allaient de vingt-cinq à soixante-cinq ans ou plus. Beaucoup avaient les cheveux blancs, et il y avait quelques barbes ici et là. Les plus vieux semblaient être les meneurs. Et, élément qui constitua une révélation pour moi, au moins un tiers des manifestants étaient de sexe féminin.

Je scrutai avidement leurs traits sans reconnaître personne – au début, j'avais cru qu'Ira Wolfman était peut-être parmi eux. (Mais non. J'en fus à la fois soulagée et déçue.)

La foule ne se dispersait pas et les manifestants restèrent là où ils étaient, empêchés de défiler dans la cour mais brandissant bien haut leurs pancartes. Les slogans répétés étaient noyés par les cris ambiants. Lorsqu'ils distribuèrent leurs tracts, on leur en arracha grossièrement des mains une grande partie pour les déchirer et les jeter.

Je pensai *Comment peuvent-ils prendre de tels risques ? Comment font-ils pour être aussi courageux ?*

En Zone 9, personne ne pouvait être abattu ni « vaporisé ». Mais il y avait sûrement des agents fédéraux et des informateurs du FBI à Wainscotia. Wolfman m'avait parlé de la Guerre Froide, de l'hystérie anticommuniste, de la campagne de diffamation, d'insinuations et de persécution orchestrée par le sénateur Joseph McCarthy. En 1960, être contre la guerre, contre la course aux armements et contre le nucléaire revenait à risquer d'être persécuté en tant que communiste, même si la *liberté d'expression* et la *liberté de réunion* existaient légalement aux États-Unis à cette époque.

Plus tard, quelque temps après les années troublées qui avaient suivi le 11-Septembre, ces libertés avaient été réduites, voire purement et simplement abolies. Papa m'avait raconté que c'était arrivé sans heurts – sur le moment, très peu de gens avaient protesté.

Parmi la foule qui interpellait les manifestants, nombreux étaient des garçons des fraternités. Accompagnés d'une poignée de filles agitées. Consternée, je reconnus ma camarade de chambre Hilda parmi elles. Ainsi que d'autres pensionnaires d'Acrady Cottage. Leurs expressions étaient déconcertées, sévères, indignées. Elles étaient « boursières » – comment pouvaient-elles percevoir les manifestants de SANE comme des menaces ? Plusieurs jeunes gens en uniformes d'officiers de réserve criaient en direction de ces derniers en se rapprochant d'eux, menaçants.

Je mourais d'envie d'aller soutenir les marcheurs. Je ressentais de la sympathie pour eux, ainsi que de la honte pour l'hostilité et l'ignorance des étudiants de Wainscotia. Je pensais que les manifestants devaient être nerveux ou inquiets dans cet endroit chaotique, et pourtant ils paraissaient calmes, et ils étaient sans nul doute courageux.

Une voix brailla dans un mégaphone : *Ici la sécurité de l'université ! Nous vous demandons d'évacuer la cour ! Évacuez immédiatement la cour ! Tout le monde – sans exception !*

À défaut de se disperser, la foule bruyante commençait à reculer.

Les manifestants souriaient, soulagés. Certains semblaient même ivres de soulagement. Plusieurs jeunes femmes m'avaient repérée et elles avaient dû lire la sympathie sur mon visage, car elles se mirent à scander : « Venez nous rejoindre ! Marchez avec nous !

Sauvez-vous la vie ! Marchez avec nous ! » – s'adressant à ceux d'entre nous qui ne leur avaient pas montré le poing ou tourné le dos d'un air dégoûté.

Néanmoins, je me retins. Je n'étais ni suffisamment courageuse ni suffisamment imprudente…

« Marchez avec *nous* ! Sauvez-vous la *vie* ! »

Tandis que les manifestants commençaient à s'éloigner en piétinant dans la neige sale, je leur emboîtai le pas. Je crois que personne ne m'entendait, mais je tentais de leur crier que je sympathisais avec leurs idées parce que la guerre était « mauvaise » ; leur disant qu'ils étaient très courageux et que je les respectais – « Là d'où je viens, les gens ne peuvent pas manifester comme vous. »

(Mais qu'est-ce que je racontais ? Heureusement, dans le tohu-bohu et la confusion ambiants, personne ne m'entendit.)

L'un des marcheurs s'approcha de moi. Était-ce quelqu'un que j'étais censée connaître, dans un de mes cours ? Un type costaud plutôt jeune, bâti comme un catcheur avec des cheveux drus et rebelles, une barbe hirsute et un regard pressant. C'était incontestablement un des dirigeants de SANE – je l'avais vu se faire prendre à partie par le chef de la sécurité du campus. Il m'adressa un sourire inattendu : « Hé ! Bonjour ! On se connaît, toi et moi, non ?

– Ah bon ?

– Comment tu t'appelles ?

– Je m'appelle » – j'hésitai, tant ce nom me semblait indéniablement factice – «“Mary Ellen Enright”.

– “Mary Ellen” – peu importe ton nom de famille. Viens avec nous ! Tiens, voilà une pancarte.

– Mais je ne peux pas. J'ai cours…

– Ton cours, on s'en fout, "Mary Ellen" ! Viens avec nous ! Sauve la Terre !

– Je... je ne crois pas qu'il y aura de guerre nucléaire... »

J'avais balbutié cette phrase d'un ton faiblard. Qu'est-ce qui m'avait pris !

Le jeune homme costaud me dévisagea, amusé.

« Tu ne crois pas qu'il y aura de guerre nucléaire – comment ça, tu *ne crois pas* qu'il y aura une guerre nucléaire, bon sang ? Comment peux-tu dire une chose pareille, bon sang ? Tu es prophète ? Tu peux lire dans l'avenir ? Les armes nucléaires ont déjà été utilisées – on a lâché des bombes atomiques sur Hiroshima et, pour aucune foutue raison valable, sur Nagasaki. Pourquoi ça ne recommencerait pas ? Et pourquoi pas plein de fois ? Le Président est un général de guerre américain, le Congrès des États-Unis est rempli d'anticommunistes enragés, certains vont pouvoir tirer un profit considérable de la Guerre Froide, alors pourquoi pas d'une guerre nucléaire ? Comment peux-tu faire une remarque aussi irresponsable, "Mary Ellen" ? »

J'étais mortifiée que ce jeune homme me regarde avec un tel dédain.

Je bafouillai des excuses. Ajoutant que, même s'il n'y avait pas de guerre, il était important d'éduquer les gens en les prévenant contre la guerre nucléaire. Que c'était important de soutenir SANE.

« Oui ! C'est ça ! Viens avec nous ! Marche avec nous ! » Le jeune homme m'attrapa la main et m'entraîna dans son sillage ; j'étais trop surprise pour résister, et de toute façon il était trop fort. Il me donna une pancarte que je brandis comme les autres. À ce stade, j'étais surexcitée, débordante d'émotion. *Ce sont mes amis. Ma famille.*

Je lui demandai comment il s'appelait et il me répondit quelque chose qui ressemblait à *James, Jamie*.

Il y eut un soudain regain d'hostilité. Venant d'une autre direction, un essaim hurlant de garçons des fraternités envahissant la cour. *Sales traîtres de communistes ! Salauds ! Fichez le camp de Wainscotia !* On m'arracha ma pancarte des mains. Quelqu'un me heurta violemment. Je me retrouvai par terre, dans la neige. Je ne voyais que des jambes et des pieds – je n'entendais que des cris et des hurlements. Et puis je vis que les manifestants de SANE avaient été regroupés et que les agents de sécurité les escortaient hors du campus. L'un des meneurs à cheveux blancs saignait d'une coupure au front. Le jeune type costaud qui m'avait donné la pancarte courait comme un joueur de football peut courir, avançant son épaule droite vers – quoi que ce fût, je ne le voyais pas.

La foule se dispersait de nouveau. Les sirènes étaient assourdissantes. Des véhicules d'urgence pénétrèrent dans la cour. Les garçons perturbateurs furent repoussés. Les manifestants, qui n'opposaient désormais plus aucune résistance, furent escortés jusqu'à des camionnettes. Des pancartes abandonnées gisaient dans la neige, cassées pour la plupart. Les tracts étaient éparpillés et déchirés. La manifestation de SANE du 11 mars 1960 à Wainscotia State University, Wisconsin, premier rassemblement universitaire de ce genre de l'histoire, s'était terminée par une sorte de match nul au bout de quarante tumultueuses minutes.

À Acrady Cottage, les filles me dévisagèrent, surprises, en me voyant rentrer en boitant.

« Mary Ellen ! – Qu'est-ce qui s'est passé, bon Dieu ? Ce sont ces affreux manifestants de SANE qui t'ont renversée ? »

Regrettant de ne pas pouvoir parler de la manifestation à mes parents – de cette « marche pour la paix ».

Personne n'a été arrêté.

Personne n'a été battu ni (trop) ensanglanté.

La marche avait-elle été un échec, ou un succès (mitigé) ?

Je trouvais formidable le simple fait qu'il y ait eu une manifestation pour la paix.

Mon épaule me faisait souffrir à l'endroit où quelqu'un m'était rentré dedans pour me faire tomber, de la même manière que les garçons se renversent les uns les autres au football. Mon genou droit me faisait souffrir – j'étais tombée dessus. Et j'avais des égratignures aux deux mains. Mais j'étais exaltée, et angoissée, comme si j'avais franchi un point de non-retour.

J'avais quitté la scène clopin-clopant, pour arriver en cours avec une demi-heure de retard. J'y étais allée quand même, toute à ma détermination à ne pas être absente une seule fois et à rester une excellente élève dans ce Petit paradis, la Zone 9.

Durant le reste de la journée, je passai mon temps à lever la tête en plissant les paupières. Me préparant à l'apparition fulgurante de *Drones Domestiques* en route pour nous vaporiser tous – bien qu'on soit en 1960, dans le cadre idyllique de Wainscotia, Wisconsin.

MANIFESTANTS ANTINUCLÉAIRES EXPULSÉS DU CAMPUS, titrait le journal étudiant le lendemain. Des photos de garçons des fraternités à l'expression outragée repoussant les marcheurs. (Le jeune homme costaud bâti comme un catcheur était peut-être apparu sur une des photos, vu de dos : je vérifiai.)

Dans le journal local, le *Wainscotia Falls Journal-American*, le titre était moins bienveillant :

PIQUETEURS COCOS EXPULSÉS DU CAMPUS DE WSU
Des « agitateurs extérieurs » mis en cause

Ce soir-là, Wolfman me téléphona.

C'était la première fois qu'il m'appelait à Acrady Cottage. La fille qui avait décroché le combiné dans le salon avait-elle compris quel événement extraordinaire c'était que Mary Ellen Enright reçoive un coup de fil ?

N'importe quel coup de fil. De n'importe qui.

Plus étonnant encore, un coup de fil de son enseignant en psychologie.

Je vins répondre, tout engourdie. N'ayant aucune idée de la personne qui pourrait m'appeler, je pensai juste qu'on allait m'annoncer une nouvelle désagréable.

Il y avait longtemps que j'avais abandonné le fantasme idiot d'un appel de mes parents.

La voix de Papa – *Salut, ma grande. Comment ça va ?*

Maman qui dirait – *Oh, Adriane. Oh*... Avant d'éclater en sanglots.

«"Mary Ellen" ? Bonjour. »

Ira Wolfman n'avait pas besoin de se présenter. Évidemment.

« Ira...

– Qu'est-ce que tu as fait cet après-midi ? Qu'est-ce que tu as fait, bon sang ?

– Tu veux parler de... la manif SANE...

– Comment as-tu pu être aussi imprudente ? Participer à une émeute ? Attirer l'attention sur toi-même en commettant un acte de "désobéissance civile" ? Les gens de SANE n'avaient pas la permission de défiler sur le campus – ils défiaient les ordres. Leur autorisation avait été refusée. Ils ont eu beaucoup de chance de ne pas être arrêtés et embarqués dans des véhicules de police. Et qu'on ne leur ait pas cassé la tête. » Wolfman marqua une pause en respirant bruyamment. Je savais qu'il ne fallait pas l'interrompre. Un peu radouci, il ajouta : « C'est bien de leur part d'être venus ici. C'est téméraire, mais – noble. Je les admire, et d'un autre côté – écoute, tu ne peux t'en mêler sous aucun prétexte. Je ne peux pas m'en mêler non plus. Il n'y aura pas d'holocauste nucléaire – pas tel qu'ils l'imaginent. Pas de conflagration provoquée par les Russes. Alors, c'est comme ça. Ils n'ont pas besoin de nous. » Wolfman s'interrompit de nouveau.

Et puis : « Tu sais qu'il y a des espions ici. Tu sais que "Mary Ellen Enright" est sous surveillance. Les noms de tous ceux qui ont participé à cette manifestation seront consignés dans les dossiers du FBI. Et probablement aussi dans ceux de l'université.

– Mais, Ira – ce n'est pas contraire à la l-loi ici…

– Ce n'est pas contraire à la loi – en théorie. Mais depuis quand le FBI ou le Gouvernement Fédéral se soucient-ils de ce qui est "légal" ? Avoir l'air de prendre parti pour les communistes est perçu comme une trahison.

– Ces gens ne sont pas des "communistes" – ils protestent contre les armes nucléaires…

– Je sais contre quoi ils "protestent" – nom de Dieu. Et je sais aussi que *tu ne dois pas te comporter comme Adriane Strohl ici si tu veux survivre.* »

Wolfman semblait dégoûté par mon comportement. Je n'arrivais pas à croire que sa voix puisse être aussi dure.

Je lui répondis en balbutiant que je n'avais pas pensé à tout ça – que je n'en avais pas eu le temps. Qu'un des manifestants m'avait simplement tendu une pancarte. Et que, d'ailleurs, je m'étais attendue à le retrouver parmi les protestataires…

Wolfman devint véhément.

« Tu es folle ? Me joindre aux manifestants ? Bien sûr que non ! Mon cas va être réexaminé dans deux ans, je ne risquerais jamais une nouvelle peine.

– Mais c'était la bonne décision, non ?

– La "bonne décision", c'est de survivre, Mary Ellen. Tu le sais.

– Je… je ne regrette rien, Ira. Les gens de SANE sont très sympa. Ils m'ont beaucoup plu. Ils sont courageux, et tout ce qu'ils disent à propos de l'"arsenal nucléaire" – de la "Guerre Froide" – de la "tragique leçon d'Hiroshima" – est sensé.

– Je te l'ai déjà dit : il n'y a pas eu d'holocauste nucléaire. Tu le sais, alors arrête ton cirque. Il faut juste – que tu arrêtes, merde. »

Cette fois-ci, Wolfman m'avait choquée pour de bon. Et il avait raccroché.

La fille seule, I

Ira, pardonne-moi ! Ne coupe pas les ponts, s'il te plaît.

Tu sais à quel point je t'aime. Je ne supporterai pas de vivre ici sans toi…

Ces mots, je les écrivis au stylo-bille bleu sur une page de mon carnet de notes.

L'implorant sans aucune dignité. Les mots débordant tel du sang qui coule d'un poignet tailladé.

Cher Ira, je suis désolée de m'être comportée « imprudemment » – comme tu m'en as accusée.

S'il te plaît, pardonne-moi d'avoir agi aussi bêtement. Tu as raison, j'aurais dû envisager plus sérieusement les conséquences… enfin, les conséquences qui auraient pu en découler.

(J'avais commencé à m'inquiéter : quelles pourraient être ces conséquences ? *Y aurait-il* des conséquences pour « Mary Ellen Enright » – à un moment ou un autre dans l'avenir ?)

Je ne trouve pas que ce soit équitable de mettre fin à notre amitié à cause de cette histoire… Je ne me comporterai plus jamais aussi stupidement.

S'il te plaît, ne me punis pas ! Je crois avoir été déjà suffisamment « punie »…

Même si je ne pense réellement pas avoir fait autre chose que prendre la bonne décision en exprimant ma sympathie aux marcheurs – j'espère que tu me pardonneras.

J'écrivis ceci dans les jours qui suivirent la manifestation SANE. Essayant de composer une lettre pour Wolfman – une véritable lettre adressée à *I. Wolfman*, 433, Myrtle Street, Wainscotia Falls, Wainscotia.

Impossible ! Je ne pouvais pas.

Ne pouvais pas envoyer ces supplications si enfantines que Wolfman en serait dégoûté. Qu'il se moquerait de moi.

Avais-je perdu mon seul ami à Wainscotia ? Comme une somnambule, je continuai à vivre ma « vie » – à me rendre en cours, à rédiger des devoirs et à passer des examens – à travailler quinze heures par semaine au musée d'Histoire naturelle. Répugnant à confier à quiconque à quel point les paroles dures de Wolfman m'avaient blessée, si toutefois j'avais eu quelqu'un à qui me confier.

Un soir, Miss Steadman m'invita à dîner dans son salon avec une autre fille – une autre fille sans amis. Que pensions-nous des manifestants de SANE ? avait demandé Miss Steadman ; l'autre invitée avait beaucoup à dire sur la question (« Mon père en connaît un rayon sur les communistes – c'est un vétéran de la guerre de Corée »), mais Mary Ellen Enright s'était contentée d'écouter poliment.

Me sentant si seule que je dînai plusieurs fois au réfectoire avec mes colocataires. Depuis que Betsy avait (mystérieusement) quitté l'école, nous avions une nouvelle camarade nommée Millicent, qui occupait une chambre individuelle à Acrady depuis le début du premier trimestre, mais qui avait fini par détester la solitude ; si bien que Miss Steadman l'avait autorisée à déménager à l'étage dans notre chambre.

Malgré ces changements, Millie se sentait encore seule. En plus d'être boudeuse et facilement vexée. Millie était une fille ordinaire et sombre à la physionomie sévère qui venait d'une ferme laitière du Wisconsin, boursière comme le reste d'entre nous ; elle espérait se spécialiser dans une matière appelée éducation agricole mais n'avait obtenu qu'une majorité de C au premier trimestre, ce qui compromettait sa bourse. Souvent, quand je rentrais dans notre chambre, je trouvais Millie assise à son bureau, fixant un manuel d'un œil vide. Parfois, il arrivait aussi qu'elle soit assise au bout de son lit, le dos rond, les yeux remplis de larmes.

Millie était inscrite au cours de Psychologie Niveau 2, dont elle se plaignait qu'il était trop difficile et ennuyeux. Son chargé de TD était le Dr. Wolfman : « Il ne m'aime pas. Son regard me passe au travers. Il est avare de bonnes notes – Je le trouve injuste. Il est *sarcastique*. Il est *méchant*. »

Comme je ne répondais pas, Millie siffla : « Les gens racontent – que c'est un *Juif*. De New York. »

Voyant que je ne répondais toujours pas à l'exception d'un mm-mmm compatissant, Millie ajouta avec un petit rire dur : « Ce que Papa appelle Jew York. Cette ville-là. »

Jamais je ne poserais la moindre question à Millie sur le « Dr. Wolfman », de peur de trahir mon intérêt pour lui, et je n'avais pas non plus envie d'encourager cette fille à me parler.

Oui, c'était cruel de ma part. Oui, j'en suis désolée.

Car j'aurais pu être celle qui expliquerait à notre nouvelle colocataire si malheureuse la sombre sagesse que j'avais acquise à Wainscotia/en Zone 9 : *On peut vivre une vie même si ce n'est pas celle qu'on aurait choisie. On peut vivre, une minute après l'autre. On peut vivre.*

La fille seule, II

Je retournai à la Film Society. Non pas que j'espérais y voir Ira Wolfman, mais parce que dans ma solitude il fallait bien que j'aille *quelque part*.

Cette fois-ci, un « classique » d'Alfred Hitchcock, *Fenêtre sur cour*.

Et cette fois-ci encore, alors que le film était présenté comme à suspense, l'action fut d'une lenteur atroce. Il était tellement évident que les comédiens jouaient la *comédie*. Tellement évident que ce film n'était qu'un *film*. Grace Kelly avait beau être très belle avec sa blondeur sereine, et pas aussi outrageusement maquillée que les actrices du western de John Wayne, et James Stewart, sympathique et conquérant, il était impossible de les prendre sérieusement pour autre chose que des stars de cinéma glamour qui se prêtaient à une intrigue improbable, encore une fois soulignée par une musique d'ambiance lourde qui m'énerva tellement que je dus me plaquer les mains sur les oreilles.

Au milieu de *Fenêtre sur cour*, je fus obligée de m'éclipser. J'avais été prise d'un mal de tête tant ma sensation – d'*exil* – était forte.

Comment était-il possible que les autres spectateurs soient totalement absorbés par ce film ! Je devais concéder qu'il était meilleur que le western, et que ses couleurs n'étaient pas aussi criardes, mais chaque scène s'étirait sur une durée prévisible, toujours trop longue – et je devinais à l'avance les dialogues, ce qui me rendait agitée et pleine de ressentiment d'avoir à attendre que les acteurs finissent de prononcer leurs répliques. Je trouvais déconcertante la manière dont, dans la lumière vacillante de l'écran, les visages des autres spectateurs étaient aussi captivés que des visages d'enfants… Je me sentais aussi piégée que dans un univers puéril de dessin animé. Comme les rares fois où j'avais bravement tenté de regarder la télévision à Acrady Cottage, sans m'asseoir sur le canapé avec les autres filles, mais en restant debout non loin de là, hésitante ; désireuse de rentrer dans ces sketches au comique poussif et dans ces scènes mélodramatiques, sans y parvenir.

Wolfman avait trouvé un nom pour ce phénomène – *insulte à l'intelligence*. Néanmoins, il avait jugé le western avec John Wayne distrayant et aurait sûrement encore apprécié davantage le Hitchcock à suspense, dans la mesure où l'intrigue était plus élaborée.

Il y a de la terreur dans ce genre de révélations. *Impossible de se leurrer. De « mettre en pause votre incrédulité ». Vous êtes piégée dans votre propre cerveau.*

Plus tard au cours de la même semaine, je me rendis à un récital de poésie donné par le distingué poète de Wainscotia Hiram Brody à l'occasion de son soixante-dixième anniversaire et de la publication de *The Collected Poems of H. R. Brody*. Au début, parce que la poésie est un art plus subtil que les films de Hollywood, je fus intriguée par les mots du poète et par la cadence musicale de ses poèmes, rimant comme ceux de Robert Frost, que j'avais étudiés dans mon cours de littérature américaine ; on y retrouvait aussi des similitudes avec

Archibald McLeish, autre poète américain de renom inscrit au programme. Devant ce public nombreux, H. R. Brody fournit une prestation brillante dont on aurait pu croire que c'était une première, même si, en réalité, il avait appris par cœur une grande partie de son œuvre, qu'il récitait quasiment sans regarder sa feuille. Pour son âge, il était juvénile, avec sa chevelure blanche, soyeuse, et sa barbe blanche qui donnait l'impression d'avoir été brossée et peignée avec amour ; il adoptait une attitude timide, effacée et délicate. L'auditoire adora ses poèmes et applaudit après chacun d'entre eux, tout comme moi, même si je commençais à m'apercevoir, au bout d'une quinzaine de minutes, qu'ils étaient tous essentiellement une variante du même, traitant de sujets « ruraux » familiers présentés avec une sorte de coercition moralisatrice, et rimant invariablement – comme une boîte à musique qui répète toujours les mêmes notes. Vous pouviez deviner quand Brody allait conclure chacun d'entre eux à son expression et à sa façon de baisser la voix.

Ces vers rappelaient ceux de Robert Frost, et je pensai que d'autres l'avaient forcément remarqué – quoique peut-être pas – car les applaudissements se prolongèrent avec une ardeur dénuée de critique, tel un narcotique qui devait émousser les sens de l'auteur.

Au-dessus de nos têtes les branches enneigées balaient les cieux
Aux promesses que nous devons tenir, adieu.

Et :

La nature jamais ne trahit
Un cœur chérissant chaque jour enfui.

Au terme de ce récital d'une heure, les yeux du poète brillaient de larmes. H. R. Brody s'inclina bien bas plusieurs fois, écartant d'une main sa chevelure blanche et soyeuse qui lui tombait sur la figure. Un tonnerre d'applaudissements retentit dans la chapelle bondée de l'université. Le public se leva d'un coup, battant des mains avec frénésie.

Je me sentais si triste ! J'avais essayé de me laisser gagner par l'émotion des autres spectateurs, sans succès.

Applaudissant jusqu'à en avoir mal aux paumes – *Si on me surveille, ils verront à quel point je suis chez moi ici.*

Peu après, j'assistai à une conférence donnée par un historien de la science de Michigan State University, présentée par le professeur Myron Coughland ; la thèse de la conférence était apparemment que l'*homo sapiens* comprend différentes races génétiquement déterminées à tout point de vue, QI compris. Selon les « données historiques », certaines races (caucasiennes, asiatiques) sont supérieures aux autres (africaines, aborigènes d'Australie).

Je tentai d'écouter sans me laisser distraire par les commentaires d'Ira Wolfman qui me bourdonnaient dans les oreilles – *Rien de ce qu'ils font n'aura la moindre valeur pour personne. Ici, personne n'est « original » – personne n'est « important ».*

Wolfman n'assistait pas à la conférence. Wolfman aurait peut-être méprisé le conférencier.

Je m'efforçai bravement de prendre des notes. Tous les étudiants sérieux prennent des notes. Parce qu'il me semblait que c'était un geste important, *pour apprendre au moins quelque chose – n'importe quoi.*

Me languissant tellement de Wolfman !

Sans même la désapprobation et le mépris de Wolfman.

Dans mon désarroi, déambulant dans le bâtiment des beaux-arts en jetant un coup d'œil aux ateliers hauts de plafond dont les portes donnant sur l'entrée étaient toutes grandes ouvertes – ateliers de peinture, de dessin de modèles vivants, de sculpture. Il y flottait une forte odeur de peinture et de térébenthine. Une atmosphère de prise de risque et de bravoure imprégnait le bâtiment.

J'enviais les étudiants en arts plastiques, qui n'avaient pas à se soucier d'« idées » ou de « données » – et dont les travaux ne pouvaient pas être qualifiés d'« erronés ». Je pris la résolution que, si l'an prochain j'étais toujours en Exil et toujours à Wainscotia, je m'inscrirais dans un de ces cours.

Et pourtant, les tableaux sur lesquels travaillaient les étudiants et les toiles exposées aux murs n'étaient guère prometteurs. La plupart étaient censés être « réalistes » – tentatives maladroites de représentation de paysages, de couchers de soleil, de vieilles granges, de ponts couverts ; tentatives maladroites d'esquisses de silhouettes ou de visages humains. Les artistes n'étaient clairement pas conscients que ces thèmes avaient déjà été traités dans le passé – à de nombreuses reprises. Quelques-uns des tableaux les plus ambitieux étaient « abstraits » – d'audacieux tourbillons et traits de couleurs vives dans le style des Expressionnistes européens du début du XXe siècle, ou de grandes toiles éclaboussées de peinture de feu Jackson Pollock, dont le travail radicalement expérimental avait donné lieu à un article dans *Life Magazine*.

Apparemment, Wolfman avait dit vrai : il n'y avait pas d'idées nouvelles, ici, à Wainscotia. Aucune originalité – aucun élément de surprise. Tout ce qu'ils entreprenaient avait déjà été fait, et mieux exécuté par d'autres. Ou alors leur travail était simplement mal conçu.

Pourtant, tout le monde travaillait avec énergie, avec enthousiasme. Tout le monde était convaincu que l'objet de son labeur était important ; si vous aviez interrogé ces gens, ils auraient sûrement répondu avec une forfanterie teintée de modestie : *Mon œuvre me survivra...*

Le dernier atelier du bâtiment des beaux-arts où je passai la tête était dédié à la sculpture. Dix ou douze élèves concentrés y étaient occupés à modeler de l'argile et à essayer de faire ressembler leur sculpture au modèle, un mannequin femelle grandeur nature censé rappeler une statue grecque drapée d'un drap blanc. Le mannequin avait un visage parfait et symétrique aux yeux aveugles, des bras coupés aux coudes, et était dépourvu de jambes. Un rapide examen du contenu du studio m'apprit que les étudiants, en grande partie de sexe masculin, n'étaient pas doués pour la sculpture ; leurs « statues grecques » naines étaient subtilement difformes, chacune affligée d'un défaut quelque part même s'il aurait été difficile de l'identifier précisément. Malgré tout, leur professeur semblait intensément absorbé par leur travail et s'adressait à eux avec passion – sans se dispenser de les critiquer, mais pas méchamment – car on voyait bien que son sujet lui *tenait à cœur*.

« Bon travail, Mark ! Bon travail, Jonny ! Très impressionnant. »

Je restai debout dans l'embrasure de la porte, hésitante, espérant ne pas être vue. Mais personne ne s'intéressa à moi, tant l'atmosphère de l'atelier était électrique ; l'enseignant parlait vite, d'un air compétent, corrigeant à l'occasion les figurines d'argile de ses élèves. Je me demandai ce que cet homme trouvait encore à dire sur les efforts assidus de ces amateurs année après année – sa voix était à la fois critique et réconfortante. Parce que cela comptait vraiment pour lui. Il n'était pas nécessaire d'avoir beaucoup de talent pour se sentir le bienvenu *ici*.

Le verdict de Wolfman résonna de nouveau cruellement à mon oreille, en sourdine – *Haut lieu de la médiocrité !*

Et c'est alors que je découvris avec stupéfaction que le professeur n'était autre que l'homme plutôt jeune, aux épaules larges, qui avait fait partie des meneurs de SANE et m'avait fourré la pancarte dans la main. Je l'avais perdu de vue au cours de l'attaque en règle des garçons des fraternités.

Ainsi, le manifestant de SANE était donc membre du corps professoral du département des beaux-arts de Wainscotia ! Il était évident que l'administration ne l'avait pas licencié. (Peut-être les enseignants en matières artistiques étaient-ils traités différemment des autres ?) En tout cas, c'était touchant de voir à quel point les étudiants paraissaient respecter leur prof.

Effectivement, James ou Jamie était un personnage séduisant, quoique un peu ridicule (comme aurait pu le penser Wolfman) avec sa salopette maculée d'argile, son tee-shirt élimé et ses grossières sandales portées sur des chaussettes de laine grise ; ses cheveux drus et emmêlés lui tombaient en désordre sur les épaules, et sa barbe était hirsute, pas le moins du monde « taillée » comme celle de H. R. Brody.

Je détournai très vite le regard avant qu'il ne puisse m'apercevoir en se retournant.

Avril

« Bonjour, Adriane. »

Adriane ! Alors qu'à quelques mètres à peine, Miss Hurly parlait au téléphone dans le bureau voisin.

Wolfman était revenu, imprévisiblement. Au bout de trois semaines de silence, il était arrivé au musée d'Histoire naturelle à l'heure de la fermeture.

J'avais si souvent imaginé lever les yeux pour le découvrir, que lorsqu'il apparut ce fut avec l'autorité troublante d'une vision ou d'une hallucination.

Il me souriait. Il tendit une main pour prendre la mienne.

« Ira ! Bonjour. »

Dehors, c'était le mois d'avril : fouetté par la pluie et aussi glacé que l'hiver.

Wolfman ne me reparlerait jamais plus de SANE, et moi non plus. J'avais fini par me dire qu'il s'était senti gêné de ne pas avoir rejoint les manifestants, et que c'était pour cette raison qu'il s'était mis dans une colère disproportionnée contre moi.

Je pensai *Peut-être qu'un jour, nous y trouverons notre place, et que nous marcherons tous les deux pour la paix.*

« Fin de contrat »

Désormais, je n'étais pas sûre de pouvoir faire confiance à Wolfman.

Mais j'aimais Wolfman plus que jamais.

Quelque chose avait mal tourné dans sa vie. Ou peut-être dans sa carrière, car Ira Wolfman ne semblait guère avoir de vie.

Il était préoccupé, lunatique. Il fronçait souvent les sourcils, de sorte que les rides de son front ne s'effaçaient plus. Quant à son rire, il était soudain, bruyant et inapproprié. Comme l'avait dit Millie, il était *sarcastique*.

Il allumait compulsivement une cigarette avant d'en tirer très vite quelques bouffées et de la laisser se consumer dans l'un des cendriers éparpillés à travers son appartement.

J'agitais les bras pour chasser la fumée. Je faisais mon possible pour ne pas tousser. Je pensais *A-t-il oublié tout ce que nous savons sur le tabac et le cancer ? A-t-il oublié qui il est ?*

Lorsque je me trouvais dans la cuisine, occupée à préparer un repas ou à nettoyer après coup, il n'était pas rare que j'entende Wolfman parler à mi-voix au téléphone dans sa chambre. Et si le téléphone sonnait, il me priait d'attendre dans la pièce à côté pendant qu'il répondait.

Cette femme, Cornelia. « Nelia ».

J'en étais venue à penser qu'elle était aussi désespérément obsédée par Wolfman que moi. Et qu'elle en savait beaucoup moins que moi sur son compte.

De plus en plus fréquemment, c'était maintenant moi qui prenais Wolfman dans mes bras. Alors qu'il était allongé sur le dos sur son lit, occupé à fumer et à contempler le plafond, perdu dans des pensées qui paraissaient agiter son corps telles de puissantes vagues crénelées.

Enclin à annoncer imprudemment qu'il pourrait très bien tout bonnement *partir*.

(De Wainscotia ? Mais *où* irait-il ?)

Enclin à dire qu'il avait de nouvelles idées radicales d'expériences, que A. J. Axel n'approuverait pas.

La majeure partie du temps, A. J. Axel constituait une présence (invisible) dans la vie de Wolfman. Dans son appartement à l'ameublement spartiate, il y avait trois chaises autour de la table, dont l'une était occupée (de façon invisible) par le professeur à la chevelure blanche.

Comme s'il plaidait sa cause, Wolfman m'annonça : « Je ne romps pas avec le behaviorisme. Je veux simplement étendre le concept. Je veux faire le postulat d'un "esprit". Je veux manipuler et révéler cet "esprit". Tu sais, Adriane, nous vivons dans une ère post-Holocauste, même s'il y a peu de probabilités que quiconque à Wainscotia en parle – les camps de la mort nazis, la "Solution Finale" vis-à-vis des Juifs, l'expérimentation sur les êtres humains, Eichmann – cet homme en apparence ordinaire qui ne faisait qu'"obéir aux ordres". On n'enseigne rien de tout ça ici, au département d'Histoire, et on en parle encore moins. L'Amérique est fondée sur l'amnésie – le déni. La conscience ne peut pas se mesurer aux actes. Je veux investiguer l'esprit de l'homme – et de la femmc – "de la rue". Je vais élaborer une série d'expériences qui reproduisent en miniature l'expérience nazie – car le nazisme était une expérience sociale unique dans l'histoire. Skinner a ouvert la voie et maintenant, d'autres vont continuer. Il y a une révolution "cognitive" – et "morale" qui est prête à éclater. J'envisage des expériences qui, pour les non-initiés, soient comparables à des événements théâtraux. Les expérimentateurs porteraient des uniformes, comme les nazis. Mais plus intelligemment que les nazis, ceux que nous porterions seraient blancs, ce qui suggérerait une autorité médicale ou clinique – professionnelle. Nous confronterions nos sujets d'expérience à des décisions d'ordre moral. Ce ne serait pas l'équivalent des rats qui courent dans leurs labyrinthes, ou des pigeons qui picorent leurs semences, mais d'un "bon Allemand" qui se plie aux exigences nazies. Dans l'expérience, il y aura un "capitaine" et un "soldat". Le représentant de l'autorité, qui sera le professeur en psychologie, expliquera au "capitaine" la nécessité de punir le "soldat" qui apprend trop lentement et n'obéit pas assez vite aux ordres. Le "capitaine" administrera au "soldat" une série de punitions graduées, comme le représentant de l'autorité le lui demande. Le représentant de l'autorité annoncera qu'il en endossera "toutes les responsabilités". Ces expériences auront pour but de déterminer jusqu'où peut aller un être humain en apparence ordinaire et "doté de sens moral" quand un représentant de l'autorité lui dicte ses actes. J'envisage des punitions qui vont crescendo et se terminent par la "mort"... Évidemment, ce n'est qu'une expérience : personne n'est puni, personne ne meurt. Mais le sujet sera irrévocablement révélé à lui-même. Une fois mes résultats publiés, la psychologie américaine changera pour toujours. »

Wolfman s'était exprimé avec une animation que je lui avais rarement connue.

L'expérience qu'il proposait était si compliquée ! J'étais obligée de me demander, mal à l'aise, si elle n'était pas en réalité un vestige de son passé dont il se souvenait ; une expérience, ou une série d'expériences élaborées par un autre psychologue ; et si le mécanisme destiné à filtrer les pensées dans le cerveau de Wolfman n'avait pas échoué à bloquer ce savoir interdit…

Les Instructions défendaient à chaque IE de se « souvenir » de tout ce qui ne s'était pas (encore) passé dans les lieux de son Exil. Wolfman se mettait en danger avec des idées de cet ordre.

En tout état de cause, son expérience n'était par essence pas très différente de celle que je lui avais suggérée après la soirée à la Film Society. En effet, ce comportement était sous-tendu par la poursuite de l'insaisissable « conscience » à la base du comportement, dont les behavioristes fuyaient la notion même.

Je ne savais pas quoi répondre à Wolfman. Depuis l'épisode avec SANE, il était devenu nerveux et impatient ; ressentant visiblement le besoin de se justifier et de se défendre comme jamais auparavant. C'était presque comme si je voyais un autre Wolfman émerger, peu sûr de lui, chicaneur.

D'une voix hésitante, je lui répondis que ces expériences avaient l'air « très excitantes » – « importantes » – mais qu'elles seraient controversées. Il y avait la « question morale » – par exemple.

« Quelle "question morale" ? Bon Dieu ! » Wolfman se moqua de mon objection d'un petit rire.

Je m'empressai de continuer : était-ce bien, était-ce éthique, de tromper ainsi le sujet – le « capitaine » ? Une fois l'expérience terminée, cette personne se sentirait très mal vis-à-vis d'elle-même, et amère d'avoir été ainsi utilisée…

« Et aussi, d'après ce que je sais de la psychologie comportementale, qui représente certes une petite fraction de ce que tu sais, toi, Ira – il est à peu près sûr que le professeur Axel n'approuvera pas. »

Voilà. Je l'avais dit. C'était évident : le mentor de Wolfman n'approuverait pas.

« Mais je mesurerai les comportements, Adriane, se défendit Wolfman, irrité. C'est – exactement – précisément – ce que je ferai. Tu ne comprends pas ?

– Mais…

– Tu ne *comprends* pas ? À quel point ce travail sera important ? Dans l'histoire de la psychologie ? "L'obéissance à l'autorité" – un patriarche en uniforme. S'il te plaît, aide-moi, Adriane. Ne me décourage pas. Tu pourrais être mon assistante au labo, en plus d'être mon amie et ma compagne. *Celle dont je serais le plus proche.* Je pourrais t'apprendre tout ce que je sais, nous pourrions travailler ensemble, mener une série d'expériences psychologiques… Comme John Watson et son étudiante de doctorat, qu'il a fini par épouser. »

Je restai un instant sans voix. Une chaleur exaltée montait de la peau de Wolfman. Son visage était luisant de sueur. Tout ce que j'entendais, c'étaient ces mots – *fini par épouser*.

« Mais, Ira – ce ne sont pas des travaux expérimentaux qui ont déjà été conduits, et dont tu te souviens ? Les Instructions nous interdisent de…

– Non. Ce ne sont pas des travaux qui ont "déjà été conduits". Ce sont, et ce seront, des *travaux originaux*. »

Wolfman était catégorique. Impossible de le contredire.

« Où effectuerions-nous ce travail ? Ici, à Wainscotia ?

– Non. Pas ici. Ne sois pas obtuse. Il faudrait que nous soyons des chercheurs indépendants. On pourrait aller en Californie, ou dans l'Oregon. J'ai des contacts là-bas. En tant qu'"Ira Wolfman", je veux dire. De mon *alter ego*, personne ne sait rien à part toi. Il faudrait que nous partions d'ici. Quoi qu'il en soit, j'ai fait mon temps. Au département.

– Mais nous ne pouvons pas partir. Nous sommes des Exilés. Nous avons tous les deux des peines à purger, et nous ne pouvons pas nous éloigner de plus de quinze kilomètres de… »

Wolfman haussa les épaules avec impatience. Il écarta brutalement ma main, avec laquelle je caressais son bras agité de tressautements nerveux.

« On s'en fiche de l'"Exil" ! On s'en fiche des "EAN" ! Ce qui m'intéresse, c'est ici. Toute cette – fantasmagorie » – Wolfman agita le bras avec dédain – « on s'en fiche. Je pense que tout ça s'est évaporé – que ça s'est *écroulé*. Le fait est qu'Axel n'est plus content de moi. Il sait d'avance que je suis le fils qui va le trahir. Il est perspicace – on ne peut pas faire courir des rats dans des labyrinthes toute sa vie sans savoir comment ils finiront par courir dans l'avenir. Et de quelle manière les pigeons vont picorer exactement. Du coup, Axel m'a "saqué" – comme il l'a fait avec d'autres protégés – ma titularisation a été refusée. La réunion du département a eu lieu la semaine dernière. Ils n'enverront même pas mon nom au président du comité. Axel m'a invité à dîner chez lui pour me l'annoncer. Et c'était la dernière fois qu'il m'invitait, j'en suis sûr : "Ils ont commis une erreur tragique, Ira. J'ai voulu intercéder en votre faveur, mais j'étais en minorité". »

Je m'efforçai de digérer cette information. Wolfman, le professeur assistant le plus prometteur du département, le jeune homme qui avait été sélectionné par A. J. Axel pour le remplacer dans ses cours en amphi et travailler en étroite collaboration avec lui dans son laboratoire, venait de se faire licencier du département de psychologie de Wainscotia ?

« *Pas licencié, mais ils vont mettre fin à mon contrat*. Apparemment, il y a une différence. Je ne suis pas promu et ils ne me titularisent pas, parce que je suis perçu comme rebelle, ce qui est par ailleurs vrai. Axel s'est tout de même arrangé pour que je reste encore deux ans. (Comme par hasard, ça coïncide avec les termes de ma prétendue peine.) Mais on peut partir avant, Adriane. À la fin du trimestre. »

Toutes ces nouvelles me stupéfiaient. J'avais beau comprendre les paroles dures et mordantes de Wolfman, je ne saisissais pas complètement leur signification.

Essayant de lui expliquer que je ne pensais pas qu'il nous soit possible de quitter Wainscotia. Il savait forcément que nous avions interdiction de nous éloigner de l'« épicentre » – « Ce doit être la même peine, pour toi et pour moi. »

Wolfman écarta mon bras d'une secousse et se redressa. Il n'avait plus envie que je l'étreigne. Il ne voulait pas de réconfort ni de sollicitude féminine.

Il balança ses jambes hors du lit. Nous n'étions pas – encore – devenus amants, et je comprenais désormais que nous ne le serions jamais. Pas dans cet endroit, en tout cas. Pas dans l'appartement de Wolfman sur Myrtle Street.

« Si nous violons les Instructions… »

Wolfman eut un rire dur. Il était en train d'allumer une cigarette, sa quatrième ou sa cinquième de la soirée.

Il jeta l'allumette en direction d'un cendrier, et elle tomba par terre.

« Tu as cru à ces âneries ? L'"Exil" ? La "télétransportation" ? La "Zone 9" ? Rien de tout ça n'est réel, Adriane. Ce sont des histoires.

– "Des histoires" ? Comment ça ? »

J'étais assise au bord du lit de Wolfman, toute faible, tandis qu'il faisait les cent pas dans la pièce, aspirant la fumée, toussant. La pluie continuait à fouetter les fenêtres, si abondante que le lampadaire de l'autre côté de la rue était quasiment invisible à l'exception du halo de lumière pareil à une nova à son sommet.

« Comme je te l'ai déjà dit, je ne crois pas que les EAN surveillent autant les IE que par le passé. Peut-être parce que le Gouvernement est attaqué – il se peut très bien qu'il y ait un nouveau Président – une nouvelle administration. Ou une nouvelle guerre. Il y a au moins huit mois que tu n'as plus de contacts avec eux. » Wolfman s'esclaffa. « Peut-être que les EAN ont perdu une guerre ? Peut-être que les ennemis "terroristes" ont conquis l'Amérique du Nord ? Peut-être qu'il y a eu un "renversement" réformiste, et que l'ancien régime a disparu ? Nous ne le saurions pas – nous ne le saurons peut-être jamais. Et qu'est-ce que ça a à voir avec *nous* ? »

Devant mon air confus, Wolfman ajouta avec extravagance : « Écoute, il est possible que tout cela soit "virtuel" – la Zone 9. Le "Petit paradis". Je suis ton ami, Ira, mais je suis aussi chercheur à la DSI – aux Stratégies Informatiques. »

Wolfman s'était mis à parler plus calmement, d'un ton neutre.

Il aurait fort bien pu être en train d'expliquer à ses étudiants quelque chose qui était à la fois une révélation stupéfiante (pour les naïfs) et qui relevait du bon sens le plus trivial (pour quelqu'un comme lui.)

« Tu l'as cru ! C'est le cas de tous les Exilés. Cette crédulité repose sur votre – notre – sentiment de culpabilité et d'insuffisance. La Zone 9 est "virtuelle" – pas réelle. En tant que chercheur à la DSI, j'ai travaillé sur les EVV – les "Environnements Virtuels Viscéraux" – et mon projet le plus ingénieux était une réplique de l'université d'une petite ville du Wisconsin, de 1959 à 1960 – Wainscotia U. Elle n'existe sur aucune carte en dehors de celle de la DSI. Je trouve que c'est carrément impressionnant – je l'ai construite à l'échelle dans l'espace et le temps. Tu as découvert des erreurs ? Des anachronismes ? Tu n'as rien remarqué – parce que la personne qui a créé la Zone 9 est un génie dans son domaine hautement compétitif (tu aurais dû voir les compétences des gamins qui arrivaient, pas plus de treize ans – des requins !) et parce que tu ne t'attendais pas à en voir. En réalité, Adriane, tu es toujours détenue par la Discipline de la Jeunesse. Tu n'as jamais quitté l'État du New Jersey. Tu es restée là-bas – enfin, ici – pendant environ huit mois, dans un état comateux/hypnotique. Ils te nourrissent via des tubes, te vident grâce à des cathéters, et non, on ne l'a jamais notifié à tes parents. Ce sont *eux* qui se sentent coupables, croyant qu'on leur a enlevé leur enfant à cause d'un de leurs actes. »

Je fixais Wolfman. Sans voix.

Pas seulement frappée de mutisme, mais vidée de ma substance. L'esprit vide.

Wolfman, qui me souriait d'un air rusé. Avec défi. Se disant peut-être qu'il était allé trop loin ? – mais non, Wolfman n'allait jamais trop loin.

« Hé ! Écoute. Je suis employé à la DJ à temps partiel. On m'a détaché de la DSI. Le défi était de créer une réalité virtuelle appropriée pour les IE dans laquelle on pourrait vous incarcérer via la puce. La puce est *réelle*. Mais c'est tout. Tu as rêvé que tu étais "télétransportée" dans une époque passée, de façon absurde – comment une époque passée pourrait-elle *exister* ? Le voyage dans le temps est une notion ridicule, ma chère enfant. Comment as-tu pu, toi qui es aussi sceptique vis-à-vis de Skinner, ne pas comprendre ce simple concept ? Il n'y a pas de *passé*. Il n'y a pas de *là-bas*. Par exemple – si nous devions "retourner" en arrière de trente secondes, comment serait-ce possible ? Reviendrions-nous en arrière via nos propres corps ? Et que rencontrerions-nous alors ? Nos propres corps, plus jeunes ? Si nous revenions en arrière d'une heure, de onze heures, d'un mois, d'un an – nos propres corps ? Verrions-nous ces corps, les habiterions-nous ? Lequel des deux serait "nous" ? Tu t'es laissé berner par toute cette fantasmagorie parce que nos créations virtuelles sont si exquises. On m'a particulièrement complimenté – mon nom de code est "The Wolf". Je suis spécialement satisfait du musée Van Buren d'histoire naturelle et de l'"abri antiatomique" au-dessous. C'est une sacrée réalisation commune ! Et ces professeurs pompeux de Wainscotia – Axel, Morris, Coughland, Harrick, Stein. Je les connais intimement, parce que ce sont mes créations. Tu n'as pas encore eu l'occasion de les rencontrer tous. Il m'a fallu un moment pour créer la Zone 9. Mais je suis patient, et habile dans mon domaine. C'est pour cette raison que j'ai été affecté aux "forces spéciales" au sein de la DSI. » Wolfman me sourit, très content de lui. « Et, si absurde que ça puisse paraître, je me sens étrangement protecteur à ton égard, "Mary Ellen" – à certains moments, j'ai presque l'impression de t'avoir créée, *toi*. »

J'étais abasourdie par les confidences de Wolfman. Incapable de trouver une réponse appropriée.

Je me sentais pareille à une petite chose douce et ailée, un papillon qu'on a chassé d'un revers de main. Pas suffisamment fort pour lui casser les ailes, mais assez pour le faire tomber par terre, hébété, battant des ailes au ralenti, blessé et muet d'étonnement.

Wolfman s'exclama d'un ton taquin : « Tu ne sauras jamais, "Mary Ellen", pas vrai ?

– Je… je ne comprends pas…

– Mais je te l'ai dit : la Zone 9 est une construction virtuelle. Ici, rien à part toi et moi n'est *réel*.

– Tu es sérieux, Ira ? »

Wolfman écarta les doigts comme un magicien résolu à montrer qu'il n'a pas de trucs cachés.

« Tu penses que je suis "sérieux" ? Ou bien – quel est le contraire de "sérieux" ? »

Je dévisageai Wolfman, qui me souriait avec une insouciance horripilante. Comme pour m'encourager, il ajouta : « De même qu'une personne qui rêve ne sait pas qu'elle rêve, tu ne peux pas connaître ta situation.

– Mais… toi, tu sais, non ? S'il te plaît. »

Wolfman me posa une main sur l'épaule pour me réconforter. Son expression reflétait un mélange de gentillesse et d'exaspération.

« Oui, Adriane, je plaisante. Bien sûr. J'étais juste en train de courir dans un labyrinthe – c'est-à-dire d'explorer une possibilité. Si j'étais un employé en cybertechnologies à la DSI et non un IE télétransporté, ce que je t'ai raconté pourrait être plausible. Ou au moins plausible à un certain niveau. Mais la pénible réalité, c'est que je ne parviens pas à contrôler ma vie en Zone 9, exactement comme toi. » Wolfman rit, découvrant ses dents en une grimace. « Peut-être que j'ai créé la Zone 9 et que mon superviseur s'est approprié le programme et m'a coincé dedans ! Comme mes parents, qui ont inventé une arme biologique et qui ont pu être infectés avec en effectuant leurs recherches… Peut-être de la main de leur propre superviseur, qui aurait voulu se débarrasser d'eux une fois qu'ils seraient devenus inutiles. Nous sommes piégés dans nos propres expériences. Ne prends pas cet air désemparé, Adriane – je dis la vérité, là. La vérité toute nue, sans fard, irrémédiable. Si la Zone 9 était mon invention, je me serais arrangé pour y être libre – et que tu le sois aussi maintenant. Sauf que je suis coincé ici, à l'épicentre – exactement comme toi. »

Wolfman me tendit les bras pour me réconforter. Je me pressai contre lui en sanglotant.

Je ne pouvais pas lui faire confiance. Ses paroles avaient eu un effet dévastateur sur moi, même celles que je ne parvenais pas tout à fait à comprendre.

Néanmoins, je n'avais personne d'autre.

Fugue amoureuse

Wolfman insista pour que nous quittions Wainscotia à la fin du trimestre.

« Personne ne peut nous en empêcher. Et d'ailleurs, personne ne s'en apercevra. Nous allons faire une "fugue amoureuse" – et commencer une nouvelle vie. »

Fugue amoureuse. Il y avait si longtemps que j'attendais que Wolfman m'aime pour de vrai. Ou au moins qu'il me dise qu'il m'aimait.

Il n'avait pas encore prononcé ce mot. En revanche, s'il voulait que je quitte Wainscotia avec lui pour commencer une « nouvelle vie » à ses côtés, il était forcément entendu qu'il devait m'aimer, autant que Wolfman était capable d'aimer quelqu'un d'autre.

Ses plans étaient vagues, mais excitants. Nous vivrions ensemble sous des noms d'emprunt, quelque part à l'Ouest. En avril 1960, les États-Unis n'étaient pas encore les États d'Amérique du Nord (Reconstitués) où tous les citoyens étaient continuellement sous surveillance. La plupart des États de l'Ouest étaient sous-peuplés et quasi inexplorés. Ils n'étaient pas encore *câblés*. Il n'y avait pas de *réseau*.

« Nos ennemis ont jugé bon de nous Exiler dans cet endroit "préhistorique", commenta Wolfman, alors qu'en fait l'absence de technologie sera notre planche de salut. Il existe de vastes zones vides où la conscience humaine ne fait pas intrusion. Quand nous aurons besoin d'argent, nous trouverons un travail quelconque. Je peux me servir de mes mains aussi bien que de mon esprit. J'ai des amis à Berkeley qui nous accueilleront. Nous pouvons préparer de nouveaux documents – certificats de naissance, papiers d'identité. Personne ne saura qui nous sommes, ou qui nous avons été. »

Wolfman s'exprimait avec une telle conviction que je ne pouvais pas douter de lui. C'était la fin du trimestre de printemps. « Mary Ellen Enright » avait terminé sa première année à Wainscotia avec un GPA presque parfait.

Miss Steadman m'avait impulsivement prise dans ses bras quand elle avait reçu la nouvelle du bureau du doyen. « Tout le monde à Acrady Cottage est tellement fier de vous, Mary Ellen ! »

J'étais embarrassée par le compliment de Miss Steadman. Et je ressentais une vague honte, dans la mesure où mes notes élevées étaient la conséquence de mon désespoir et de ma solitude, et que peu d'autres étudiants auraient pu être aussi motivés. C'était mon malheur même qui m'avait injustement avantagée.

Du jour au lendemain, Acrady Cottage s'était vidé. Mes camarades étaient parties après maintes étreintes, embrassades et promesses de se revoir à l'automne – même s'il n'était pas question que nous partagions de nouveau une chambre.

Durant le trimestre suivant, je continuerais à vivre sur le campus, mais dans une autre résidence. Je travaillerais cinq jours par semaine à la bibliothèque de l'université. Pendant la session universitaire d'été, une période scolaire accélérée concentrée sur six semaines commençant à la fin juin, je suivrais un cours de mathématiques, matière où j'avais des lacunes. (C'était Wolfman qui me l'avait conseillé plusieurs mois auparavant.) Une existence routinière s'étendait devant moi comme un agenda vide. Un vide qui me procurait du réconfort – pas d'émotion, pas d'anxiété. Si Wolfman quittait Wainscotia comme il avait menacé de le faire.

Sans lui, je vivrais ma vie au jour le jour jusqu'à la fin de ma peine. Pourrais-je supporter cette vie-là ?

Désespérée, je lui demandai : « Comment pourrais-je venir avec toi alors que c'est interdit ? »

Et que tu ne m'as jamais dit que tu m'aimais.

« Je te l'ai déjà expliqué, Adriane. Personne ne nous surveille.

– Mais… comment peux-tu en être sûr ?

– Fais-moi confiance. »

Je mourais d'envie de faire confiance à Wolfman. La façon qu'il avait eue de se moquer de moi en prétendant que la Zone 9 était une construction virtuelle dans laquelle j'aurais été placée à mon insu avait eu un effet certain sur moi – parfois, je me réveillais la nuit, terrifiée à l'idée que Wolfman ait dit vrai et qu'il soit un agent des EAN ; et parfois, j'étais sûre qu'il plaisantait.

Je lui demandai : « Qu'est-ce que nos vies signifient ? Est-ce que la psychologie nous l'explique ? » Et Wolfman répondit : « La psychologie est le miroir dans lequel nous regardons pour y voir notre reflet. Aucune science ne peut nous dire *pourquoi*. »

Même si Wolfman avait parlé en termes peu flatteurs du département de psychologie de Wainscotia, je comprenais qu'il avait été profondément blessé par son incapacité à y être titularisé et promu. Et je comprenais aussi que la raison de cet échec était probablement celle qu'il avait avancée – ses théories étaient inacceptables pour les membres plus âgés du corps professoral, en particulier A. J. Axel.

Wolfman avait eu l'idée d'emballer une sélection de nos affaires pour les envoyer poste restante à Berkeley, Californie. Une demi-douzaine de cartons remplis de vêtements, de livres, d'effets personnels, bien scotchés et affranchis au tarif lent.

« Mais… comment allons-nous partir ?

– Discrètement. Nous ferons une excursion dans l'arboretum – et nous ne reviendrons jamais. »

Wolfman finit donc par me convaincre. Il se montrait de plus en plus affectueux avec moi et m'émouvait comme il l'avait rarement fait dans le passé. Il semblait avoir totalement oublié le dégoût que je lui avais inspiré après l'épisode SANE.

Il se trouva donc que j'apportai mes affaires – une petite sélection de ces affaires que je n'avais pour la plupart pas choisies – à l'appartement de Wolfman, où nous les empaquetâmes dans des cartons comme prévu. Perfectionniste, Wolfman les ferma soigneusement avec du ruban adhésif pour s'assurer qu'ils soient bien étanches et protégés. Après quoi, nous les emportâmes à la poste afin de les envoyer à Berkeley, Californie.

Avais-je réellement cru, alors que nous transportions ces cartons jusqu'à la poste, que je les ouvrirais un jour ? Pour en sortir mes vêtements pliés, mes livres ?

Avais-je réellement cru qu'Ira Wolfman et moi voyagerions ensemble jusqu'en Californie, pour y commencer une *nouvelle vie* ?

Les jours qui précédèrent la date prévue pour notre départ, j'étais très excitée – effrayée, exaltée. Je me sentais à la fois téméraire et résignée.

Et Wolfman paraissait à la fois téméraire et résigné lui aussi.

Car, chaque fois que j'exprimais des doutes sur nos projets, il me coupait la parole : « Adriane ! Fais-moi confiance. »

J'avais très peur à l'idée de violer les Instructions. Mais je craignais encore plus de perdre Wolfman et de me retrouver seule en Exil.

Je pensai *J'ai perdu mes parents, mais maintenant, j'ai Wolfman.*

Ses plans se précisaient de plus en plus. Aux dernières nouvelles, nous disposerions bien d'un travail dans un institut de recherche de l'université de Californie à Berkeley, où Wolfman avait des amis. Ces derniers nous fourniraient également des papiers en règle.

« Ils trouvent ça romantique, cette "fugue amoureuse" », s'amusa Wolfman. « Et ils n'ont aucune idée de notre véritable identité – bien sûr. »

Le 19 mai à 8 heures, Wolfman m'attendait tout près de l'entrée de l'arboretum. Nous portions des vêtements et des chaussures de randonnée. Wolfman était coiffé d'une casquette de base-ball. « Il est important que nous ayons la même apparence que tout le monde, précisa-t-il. Plus nous serons ordinaires, mieux ce sera. »

Nous avions tous les deux des sacs à dos. Wolfman avait précisé que nous devions emporter plusieurs bouteilles d'eau chacun ainsi que de la nourriture pour plusieurs repas, des vêtements de rechange et des chaussettes chaudes. Il apporterait aussi un couteau suisse.

Wolfman avait tracé notre itinéraire sur une carte. Nous partîmes sur notre sentier habituel, mais au lieu de décrire la boucle qui nous ramènerait sur le campus au bout de trois kilomètres, nous empruntâmes un autre embranchement qui nous conduisit plus loin, dans un secteur planté de pins sur des kilomètres jusqu'à sa limite nord, une autoroute de la commune adjacente de St. Cloud.

Wolfman avait calculé : nous prendrions le bus Greyhound de St. Cloud jusqu'à Minneapolis ; de Minneapolis, nous prendrions un autre bus Greyhound jusqu'à Denver, Colorado ; puis jusqu'à San Francisco, Californie, et Berkeley. Wolfman connaissait les horaires de départ de ces bus, et il avait de l'argent pour les billets.

Il progressait au pas de course dans l'arboretum. J'étais obligée de courir à moitié pour ne pas me laisser distancer.

Il était suffisamment tôt dans la matinée pour qu'il n'y ait personne aux alentours.

C'était une journée de printemps en partie nuageuse, pas chaude, mais claire et calme. Mon cœur battait à ce rythme rapide et erratique auquel il avait appris à battre quand les officiers chargés de mon arrestation étaient venus chercher *Strohl, Adriane* et que Mr Mackay m'avait si volontiers remise entre leurs mains.

Ce n'était pas un bon souvenir. J'agrippai aveuglément la manche de Wolfman. « Est-ce que je reverrai mes parents un jour, Ira ? Comment vais-je faire pour rentrer voir mes parents ?

– Ne pleure pas, s'il te plaît. »

Je ne m'étais pas aperçue que je pleurais.

Pourquoi pleurer, alors que j'étais si heureuse ?

La chauve-souris

Nous regardions résolument devant nous. Sans nous retourner.

Bientôt, nous fûmes hors de vue du campus et le son de la cloche de la chapelle se fit de plus en plus lointain, tel un bruit sous-marin.

Le sentier montait. Le sol avait beau être tapissé d'aiguilles de pin, il y avait des affleurements rocheux imitant des marches et nous devions prendre garde à ne pas nous tordre la cheville en grimpant.

Plutôt pentu, ce sentier l'aurait été encore davantage, presque vertical, s'il n'avait pas décrit autant de zigzags, qui nous donnaient l'impression de revenir au point de départ. Nos progrès étaient lents, car le chemin ressemblait à un long serpent au corps onduleux. Si Wolfman accélérait, les zigzags me donnaient la sensation qu'il n'était pas très loin de moi, m'approchant puis me dépassant tandis que je le suivais en essayant de ne pas trébucher sous le poids de mon sac à dos.

Wolfman avait expliqué – *Un sac à dos peut faire la différence entre mourir et survivre. Un sac à dos peut te sauver la vie.*

Loin au-dessus de nos têtes, dans les arbres, des oiseaux querelleurs.

Le sentier devint moins visible. Le sentier se perdait dans la forêt de pins.

Pourtant, Wolfman continuait d'avancer. Et je le suivais.

Des kilomètres de forêt. Gravissant ce qui devait être le flanc d'une montagne. Avant d'amorcer une descente raide aussi difficile que l'ascension.

Nos pieds déclenchaient de petites avalanches.

Nous haletions à cause de la montée. Nous nous méfiions de la descente, parce que les descentes sont toujours dangereuses.

Le soleil s'était déplacé dans le ciel. Le soleil avait été si aveuglant que nos yeux s'étaient remplis de larmes.

Nous étions très heureux ! Bientôt, nous serions libérés de Wainscotia.

Mais au bout de six heures de randonnée, Wolfman poussa un cri de surprise et de déception – « Mon Dieu ! »

Au début, je ne compris pas.

Et puis, je vis ce qui se passait.

Bien que nous ayons marché pendant six heures en suivant le sentier que Wolfman avait choisi avec soin pour nous conduire à St. Cloud, on aurait dit qu'il avait fait une boucle pour nous ramener à l'entrée de l'arboretum, non loin du campus de l'université. Le tintement que nous avions entendu était bien celui des cloches de la chapelle.

Wolfman s'écria : « C'est impossible… »

Je n'arrivais pas à croire que nous soyons revenus sur le campus, même si cela paraissait bien être le cas – le sentier nous avait trompés en nous obligeant à effectuer un grand cercle. Nous avions grimpé à flanc de montagne pour redescendre la même montagne. Nous avions cru nous trouver à des kilomètres de Wainscotia alors qu'en fin de compte – nous avions couvert moins de quatre cents mètres.

Comme par enchantement, ce chemin aux nombreux zigzags tortueux nous avait ramenés au point de départ, alors que sur les cartes il menait indéniablement hors de l'arboretum.

Wolfman scrutait le plan en tentant de comprendre où il s'était trompé. Mais je voyais bien qu'il ne s'était pas trompé, si ce n'était dans sa conviction que nous allions quitter Wainscotia.

« Nous sommes piégés, Ira. Nous ne pouvons pas partir. Je le savais.

– Alors, retournes-y. Mais retournes-y seule. Pas question que je t'accompagne. »

La voix de Wolfman tremblait de fureur.

Il repoussa ma main. Il avait tourné les talons et courait à moitié, haletant, pour reprendre le sentier.

Un rugissement m'emplit les oreilles. J'avais envie de le suivre, de l'arrêter. Mais j'étais incapable d'aller plus loin tant j'étais terrassée par la fatigue.

Il y avait plus de six heures que je marchais dans cet endroit maudit. Plus de six heures, et le sentier nous avait ramenés au point de départ.

J'appelai Wolfman, qui m'ignora. Wolfman, mon amour !

Au-dessus de nos têtes, des oiseaux s'agitaient dans les arbres. Était-ce le crépuscule, déjà ? Un piaillement nerveux d'oiseaux qui s'envolaient à tire-d'aile.

Dans les branches de pin au-dessus de moi, un petit oiseau, une chauve-souris, peut-être, décrivait des cercles étranges, comme enragé. Et puis, sous mon regard médusé, la chose – noire, rapide, infaillible – piqua droit sur Wolfman, le frappa sur le côté du crâne avant d'y pénétrer et d'y mettre subitement le feu, l'enveloppant de flammes et le changeant en vapeur en une ou deux secondes, à quelques mètres de moi à peine.

Un bref cri suraigu d'horreur et de chagrin avait juste eu le temps de s'élever – je crois qu'il venait de moi.

Parce qu'en un instant Wolfman était tombé, Wolfman était mort, et Wolfman s'était volatilisé de la Zone 9.

III

Wainscotia Falls

RANDONNEUSE FRAPPÉE PAR LA FOUDRE
DANS L'ARBORETUM DE WAINSCOTIA
UNE ÉTUDIANTE DE WAINSCOTIA
ÂGÉE DE DIX-HUIT ANS HOSPITALISÉE
Trouvée inconsciente sur un sentier
par un randonneur et son chien.

Wainscotia Falls Journal-American, 20 mai 1960

Sauvée

Un museau doux et chaud sur mon visage raidi par le froid.

Car à cause du choc, le sang s'était retiré de mon cerveau.

Ma respiration avait cessé. Telle une créature vivante qui a été cruellement pliée en deux et dont on a éteint la vie comme on mouche une bougie.

Là où je m'étais lourdement écroulée sur le sentier. Le contact rude des affleurements de schiste sur mon visage stupéfait, saignant d'abrasions que je ne voyais pas et que je sentais à peine.

Incapable de bouger ne serait-ce que pour regarder en direction de l'endroit où Wolfman était mort.

De ce qui avait été Wolfman, dorénavant détruit.

Un choc pareil à de l'eau glacée dans laquelle on m'aurait plongée. Le choc d'un cœur qui s'arrête de battre. Les yeux aveuglés par la lumière.

Et puis cette chaleur soudaine contre ma peau. Cette respiration haletante et chaude, la langue vive, humide et étonnamment douce d'un chien.

Suivie d'un cri – Rufus ! Où es-tu ?

Un randonneur sur le sentier. Arrivant en courant derrière nous à l'endroit où j'étais tombée.

Et puis – Bonjour ? Vous êtes blessée ? Qu'est-ce qui s'est passé…

À travers un brouillard empli de douleur, un chien était venu me lécher la figure pour me ranimer. Consciencieusement, avec inquiétude. Émettant des cris aigus de détresse si proches de ceux des humains que je pleurai de les entendre à l'idée que j'étais sauvée.

Le miracle

Ensuite, je fus longtemps malade.

Peut-être des semaines. Des mois.

Parce que j'avais des intervalles « éveillés » – suivis de périodes d'« amnésie ».

Parce qu'on ne pouvait pas dire que je *récupérais régulièrement*. Que je faisais des *progrès réguliers*.

Ils évoquaient plutôt un sentier en zigzags. Vous avancez avec une lenteur pénible – pour vous apercevoir finalement que vous êtes revenue en arrière, exactement face à votre point de départ.

Ainsi, le temps s'enroule sur lui-même. Vous croyez progresser, mais c'est une illusion.

Même si, d'une certaine manière, vous avez *progressé*.

Au début, je n'étais pas sûre de savoir où je me trouvais. Ces pièces (austères, aux murs blancs) où l'on m'avait amenée (en civière, en fauteuil roulant) étaient des lieux différents dotés de fonctions différentes, de buts différents. Peuplés de soignants différents, dont les uniformes variaient. Souvent, j'ouvrais les yeux – mes yeux douloureux à la vision brouillée – pour me retrouver dans un nouveau lieu.

Il était possible que ce soit un hôpital. Ou une clinique de rééducation.

Un endroit comportant des degrés d'« hospitalisation » liés au degré de blessure physique ou de déficit psychique.

Savez-vous comment vous vous appelez ?

Savez-vous où vous êtes ?

Connaissez-vous la date d'aujourd'hui ?

Savez-vous qui est le président des États-Unis ?

Tel un petit enfant qui brûle de parler mais qui n'en a pas encore la capacité, j'avais envie de fournir les bonnes réponses à ces questions, mais je n'étais pas sûre de les connaître. Je comprenais qu'il était plus sage de ne pas répondre plutôt que de donner une réponse incorrecte qui pourrait être retenue contre moi.

Parce que je me souvenais d'un examen compliqué que j'avais jadis passé – quand j'étais étudiante (je pensais que c'était récent, puisqu'on m'avait dit que j'étudiais à Wainscotia State University, à Wainscotia Falls, Wisconsin) – dans lequel il n'était pas suffisant de connaître les réponses correctes aux questions, mais où il fallait savoir quelle réponse « correcte » était le choix le « plus correct » entre tous.

Vous vous appelez « Mary Ellen Enright » – vous vous souvenez de votre nom ?

Et savez-vous où vous êtes, Mary Ellen ?

Savez-vous pourquoi ?

Parfois, je me réveillais, et la (ou les) voix continuai(en)t.

Comme s'il n'y avait pas eu d'interruption, la (ou les) voix continuai(en)t.

Savez-vous ce qui vous est arrivé, Mary Ellen ?

Les médecins pensent que vous avez été FRAPPÉE PAR LA FOUDRE.

Et vous avez survécu !

C'est vraiment stupéfiant, Mary Ellen ! C'est considéré comme un « miracle ».

Votre photo est parue dans les journaux, Mary Ellen ! Ou au moins dans les journaux locaux du Wisconsin et sur la chaîne de télévision régionale.

Vous entrerez en deuxième année à Wainscotia State cet automne. Vous vous souvenez de votre première année ?

Vous vous souvenez – que vous êtes une excellente élève ? Que vous bénéficiez d'une bourse de l'université ?

Vous êtes en train de vous remettre, Mary Ellen. Le Dr. Fenner – votre neurologue – dit que le pronostic est BON.

On vous a trouvée sur un sentier de l'arboretum – un randonneur vous a trouvée – en fait, c'est son chien qui vous a trouvée.

Vous étiez inconsciente. Vous ne sembliez pas avoir de pouls ni respirer.

C'est le chien du randonneur qui l'a conduit jusqu'à vous. Le randonneur vous a sauvé la vie par sa présence d'esprit.

Vous êtes une jeune femme très chanceuse, Mary Ellen.

Vous étiez en état de choc sévère mais – vous récupérez.

Votre tension était en chute libre. Vous aviez le tympan gauche perforé.

Vous récupérez progressivement – vous êtes EN VIE.

UN MIRACLE *– c'est ce que les gens ont dit.*

FRAPPÉE PAR LA FOUDRE *à l'arboretum où on aurait pu ne pas vous retrouver pendant des heures alors qu'on pense que vous étiez déjà inconsciente depuis une heure et demie.*

Randonnant seule dans l'arboretum. Dans ses parties les plus reculées, c'est potentiellement dangereux.

Il est toujours recommandé de ne pas randonner seul. Même un randonneur expérimenté ne devrait pas randonner seul.

Heureusement, on vous a découverte. À temps.

Vos lèvres étaient bleues. Vous sembliez avoir cessé de respirer. Vous sembliez ne plus avoir de pouls.

Heureusement, le randonneur connaissait la réanimation cardio-respiratoire.

Le bouche-à-bouche. Il avait appris à prodiguer les premiers secours quand il était scout.

Avoir survécu après avoir été FRAPPÉE PAR LA FOUDRE – c'est très rare.

C'est une « première » pour Wainscotia Falls ! Nous sommes fiers de vous.

Si vous aviez de la famille, Mary Ellen – ils seraient tellement heureux que vous soyez EN VIE.

Mary Ellen – pourquoi pleurez-vous ?

Est-ce que vous avez mal, Mary Ellen ? Où avez-vous mal ?

Vous pouvez le montrer du doigt, si c'est plus facile, Mary Ellen.

Votre cœur ? C'est votre cœur qui vous fait mal ?

Ou est-ce que vous voulez dire – que vous avez le cœur brisé ?

Chagrin

Pouvez-vous expliquer mais j'en étais incapable.

Pourquoi vous pleurez comme si vous aviez le cœur brisé.

Il y avait tant de choses dont je devais me réjouir ! Je le savais.

Car je récupérais peu à peu l'usage de mes jambes. Et la coordination des muscles que l'on tient pour acquise chez les gens normaux.

Si par exemple vous décidez de vous mettre debout, vos jambes ne vont pas se dérober doucement et vous projeter par terre.

Si vous décidez de lever un verre avec votre main, vos doigts ne vont pas le laisser échapper pour qu'il aille se fracasser sur le sol.

Si vous ouvrez la bouche pour parler, vous n'allez pas vous mettre à frissonner, à trembler et à pleurer inconsolablement à la place.

Pleurer comme si vous aviez perdu quelque chose – ou quelqu'un – et que vous ne parveniez pas à vous souvenir de quoi, ou de qui.

Et je ne me rappelais pas non plus qui avait été cette personne – *Mary Ellen Enright* – (le nom sur le bracelet d'hôpital à mon poignet gauche) – même si je scrutais ce visage inconnu dans le miroir en prononçant silencieusement ce nom inconnu de mes lèvres engourdies.

Mary Ellen Enright. Peu importe le temps que j'y consacrais, je ne parvenais pas à résoudre cette énigme.

Parce que je savais (mais comment pouvais-je le *savoir* ?) que c'était un faux nom.

Tout comme je savais (mais comment pouvais-je le *savoir* ?) que je n'étais pas seule sur le sentier lorsque la foudre s'était abattue.

Comme si on m'avait jetée de très haut sur ce sentier jonché d'aiguilles de pin, et que j'en avais eu la respiration coupée. Et quand j'avais fermé les yeux, un mystérieux objet de la taille d'une chauve-souris s'était approché de moi à toute allure – paniquée, je l'avais évité avec un cri de terreur, je m'étais couvert la tête avec mes bras et j'avais essayé de hurler sans succès.

Non non non non non.

Ils croyaient : que la patiente revivait l'épisode de la foudre. La puissante décharge électrique qui l'avait projetée par terre et l'assourdissant coup de tonnerre qui avait suivi, lui perforant le tympan.

Ils croyaient : que la patiente était orpheline, qu'elle avait été orpheline depuis sa petite enfance, et qu'elle avait aussi perdu ses parents adoptifs dans un accident de voiture. Et que c'étaient ces pertes traumatiques que la patiente pleurait dans son état affaibli et semi-délirant.

Souvent, j'étais très heureuse ! À chaque amélioration de ma condition – je m'efforçais de réjouir d'avoir *autant de chance*.

Malgré tout, au beau milieu de, par exemple, une séance de kiné (qui incluait la natation), les terribles larmes revenaient sans vouloir s'arrêter.

Ce chagrin était pareil à une convulsion du corps.

Pareil à un grand serpent ondulant en moi, impossible à contenir et à contrôler, et qui n'a d'autre moyen d'expression que les larmes.

Pourquoi pleurais-je ainsi sans pouvoir m'en empêcher et si amèrement – je l'ignorais.

(Ce n'était pas à cause de la douleur. Ou pas uniquement à cause de la douleur. Les nombreuses douleurs que j'avais aux jambes, à la colonne vertébrale et au cou, à la tête, aux yeux – je les supportais sans pleurer, parce que ce n'étaient que des *symptômes physiques*.)

Lentement, ma capacité à *penser* revenait. Ma capacité à me *concentrer* et à *me souvenir*.

Le neurologue m'avait expliqué que ma mémoire à « court terme » avait été affectée par le traumatisme du foudroiement. Il y avait eu, selon lui, certains dommages cérébraux (temporaires) si l'on en jugeait par mes symptômes.

Les souvenirs stockés (temporairement) dans l'hippocampe avant d'être stockés (définitivement) dans le cortex cérébral avaient été perdus et resteraient irrécupérables.

C'était une réaction normale à un traumatisme cérébral, avait poursuivi le Dr. Fenner. Je n'avais pas perdu ma maîtrise du langage – comment parler, lire et écrire – ni certaines facultés – comme marcher, monter les escaliers, nager –, mais il était évident que j'avais oublié des pans entiers de ma vie récente.

On aurait dit que quelqu'un avait vigoureusement lavé, frotté et effacé le contenu d'une partie de mon cerveau.

Je demandai au Dr. Fenner si on m'avait fait un scanner ? Ou – quel était le terme déjà – une « IRM » ?

Le Dr. Fenner m'avait lancé un sourire interrogateur en mettant la main en cornet sur son oreille.

« Qu'est-ce que vous avez dit, mon petit ? Quelque chose à propos d'un – salaire ?

– Un scanner. Ou une IRM.

– Mais… qu'est-ce que vous dites, mon petit ? "IBM" ? »

Le Dr. Fenner était un monsieur d'un certain âge, qui se montrait bienveillant et plein de sollicitude vis-à-vis de ses patients, mais qui ne disposait que d'une patience très limitée pour les questions idiotes ; j'avais remarqué que les infirmières étaient sur leurs gardes en sa présence et qu'elles se comportaient plus comme des domestiques que comme des membres qualifiés de l'équipe médicale. Il portait une chemise blanche lourdement amidonnée et une cravate, et son petit ventre faisait une bosse en relief sous la blouse qu'il enfilait par-dessus. J'avais un mouvement de recul involontaire quand il me touchait, ou quand les infirmières me touchaient de leurs mains nues là où je me serais attendue à trouver de fins gants en caoutchouc, au moment où j'avais commencé à reprendre conscience de mon environnement ; mais à ce stade, au bout de plusieurs semaines d'hôpital et depuis qu'on m'avait déplacée dans l'aile adjacente dédiée à la rééducation, je m'étais accoutumée au fait que le personnel travaille ainsi. Je me disais pour me rassurer *Mais ils se lavent sans doute très souvent les mains. Dès qu'ils sortent de la chambre d'un patient.*

La cravate du Dr. Fenner me fascinait aussi. Parce que les taches qu'elle portait étaient tout juste perceptibles (des taches de nourriture ?) et que, quand il se penchait vers moi, elle se balançait sous mon nez.

« IBM – ça signifie International Business Machines, n'est-ce pas ? Pourquoi parlez-vous de ça, Mary Ellen ? » – le Dr. Fenner était totalement perplexe.

Je tentai rapidement de réfléchir. Néanmoins, mes pensées étaient aussi lentes et hésitantes que ma démarche – empreintes selon le cas d'une énergie subite ou d'une vague de faiblesse.

« Je – je ne sais pas. Je suppose que je ne sais pas ce que j'ai voulu dire, Dr. Fenner. »

C'était vrai : je n'en avais aucune idée. Je trouvais aussi ces termes « scanner » et « IRM » déconcertants, comme ces mots latins obscurs que j'avais tapés dans ce bâtiment faiblement éclairé de l'université dont je ne parvenais pas tout à fait à me rappeler le nom – un musée d'Histoire naturelle que j'associais à un sentiment à la fois vague et exaltant, pareil à un rêve tumultueux qui s'est effacé en ne laissant derrière lui qu'une émotion résiduelle.

« Eh bien ! Vous avez eu un traumatisme cérébral, mon petit. Mais vous vous en remettrez – j'ai déjà vu des guérisons miraculeuses dans le passé. »

On prononçait si souvent à voix haute le mot *miracle* en ma présence que je commençais à y croire – *miracle !*

(Malgré tout, je me demandai quel pourcentage des patients du neurologue recouvrait ses capacités. Et quel pourcentage résistait au traitement.)

Une fois encore, après le départ du Dr. Fenner, j'éclatai en sanglots.

Une terrible tristesse venue de nulle part m'envahit, et je me mis à pleurer sans pouvoir m'arrêter comme un nourrisson abandonné.

Une des infirmières me demanda ce qui n'allait pas, enfin ? – Le Dr. Fenner s'était montré si *positif*.

Visiteurs

J'avais peu de visiteurs. Et chacun représentait une surprise, comme s'il surgissait d'une zone de mon cerveau où il faisait nuit noire.

La première se présenta comme *Ardis Steadman*, la conseillère d'Acrady Cottage, ma résidence universitaire de première année.

Me souvenais-je de Miss Steadman ? Me souvenais-je de mes camarades de chambre ? Me souvenais-je d'Acrady Cottage ? – « Les filles de première année formaient un groupe si vivant ! Et vous, Mary Ellen, vous avez porté notre GPA “au sommet”. Nous étions toutes très reconnaissantes que *vous* soyez parmi nous. »

Je répondis à Miss Steadman que oui, je me souvenais d'elle – bien sûr. J'avais l'impression que nous avions assisté à un récital de musique ensemble. Ou – que nous avions regardé la télévision ensemble dans le salon de la résidence.

Tandis que Miss Steadman se remémorait tout haut des événements que je ne me rappelais pas et dont le souvenir ne m'intéressait guère, une terrible sensation de perte me submergea peu à peu, et je me mis à pleurer.

« Oh, Mary Ellen ! Qu'est-ce qui ne va pas ? J'ai fait une gaffe… ? »

Je cherchai à comprendre *pourquoi*.

« C'est comme… si j'avais perdu quelque chose. Sans savoir ce que c'est.

– Mais quand l'avez-vous perdu, Mary Ellen ?

– Je… je ne sais pas… Peut-être dans l'arboretum.

– D'après ce que j'ai lu et entendu, vous n'avez rien laissé sur le sentier, c'est évident. Vous randonniez seule, et vous portiez un sac à dos – c'est tout.

– Je me souviens de l'arboretum – d'avant. J'y étais déjà allée avant. Mais la dernière fois… » Une vive douleur venue de l'intérieur me transperça les yeux. Ma vision, qui s'était améliorée, redevint si brumeuse que je distinguais à peine le visage inquiet de Miss Steadman. « … La dernière fois, je ne m'en souviens pas. »

Miss Steadman me prit la main. « C'est peut-être une bénédiction, mon petit. Personne n'aurait envie de se souvenir d'avoir été frappé par la foudre ! »

Miss Hurly vint également, un peu gênée – elle avait été stupéfaite de lire mon histoire dans les journaux, de l'entendre à la radio, et de comprendre que la *fille-frappée-par-la-foudre* n'était autre que Mary Ellen Enright.

« Quel choc on a eu ! Le Dr. Harrick vous salue et vous souhaite un très bon rétablissement. Il a dit – quand je lui ai raconté ce qui vous est arrivé et que je lui ai montré les articles – qu'un jour, il a failli se faire frapper par la foudre lui aussi, en faisant du bateau sur le lac Michigan alors qu'il était adolescent – et qu'un orage soudain avait éclaté. Son récit était vraiment plein de suspense, et d'émotion – il avait échappé de si terriblement peu à la mort, à un si jeune âge ; et rien que de penser que tout ce travail formidable effectué pour la science aurait été perdu… Il se souvenait très bien de vous, Mary Ellen, même s'il a commencé par vous confondre avec notre autre employée, Dolores, qui travaillait les lundis et les mercredis. »

Une femme que je ne connaissais pas et que je n'avais jamais vue était aussi venue ; elle s'était présentée comme *Cornelia Graeber* – « Veuillez m'excuser, Miss Enright, mais j'ai vu votre photo dans le journal et – j'ai eu la bizarre impression de vous connaître – et je me demande si vous ne me connaissez pas ? D'une manière ou d'une autre ? On m'appelle parfois "Nelia". »

Cette personne était nerveuse, sur le qui-vive ; en me parlant, elle se triturait les ongles et se touchait machinalement les cheveux ; ma présence semblait la rendre anxieuse et la déconcerter – elle ignorait tout de la raison qui l'avait poussée à me rendre visite, mais cette idée l'obsédait tant qu'elle avait fini par venir. Elle avait environ trente ans. Elle me faisait penser à moi-même – bizarrement. Son regard avait une intensité troublante, rivé sur moi d'une façon qui suggérait que oui, elle me connaissait ; mais qu'elle n'était pas sûre de savoir pourquoi. Elle m'expliqua qu'elle préparait un doctorat en psychologie et qu'elle travaillait avec A. J. Axel. Par curiosité, elle s'était renseignée sur les matières que j'avais étudiées, pour découvrir que j'avais suivi le très populaire cours de Psychologie Niveau 1 à l'automne précédent, avec un enseignant nommé Ira Wolfman comme chargé de TD – « Vous vous souvenez de lui ? "Ira Wolfman" ? Il a quitté Wainscotia brusquement à la fin du trimestre. Il n'a dit au revoir à aucun d'entre nous. Pas même à A. J. Axel. C'était très – perturbant. Évidemment, Ira avait peut-être ses raisons – des raisons professionnelles. Mais partir sans dire au revoir à aucun de ses amis et collègues – ce n'était pas son genre… »

La vive douleur-éclair qui était apparue derrière mes paupières me fit ciller plusieurs fois. Mes yeux se remplirent de larmes. Je n'entendais pas distinctement les paroles de la visiteuse à cause du grondement, comme celui d'un train de marchandises, qui avait envahi mes oreilles. Je mourais d'envie de demander à la femme de partir – je ne la connaissais pas, je ne savais pas de quoi elle parlait, les noms de la plupart de mes professeurs s'étaient évanouis de ma mémoire et je ne pouvais les en extraire qu'au prix de grandes difficultés. Et pourquoi cette étrangère était-elle venue *me* trouver ? Ce n'était pas clair.

Attirée par le bruit de mes sanglots, une des infirmières intervint. La femme s'excusa immédiatement et partit.

Ma crise de larmes convulsive était si extrême que je ne parvins pas à reprendre mon souffle et que je me mis à faire de l'hyperventilation. On dut m'emmener à la hâte aux urgences pour m'administrer de l'oxygène et m'injecter un médicament par intraveineuse afin de stabiliser mon rythme cardiaque, brutalement monté jusqu'à deux cent soixante battements par minute.

Ensuite, ce fut Jamie Stiles qui me rendit visite.

« Bonjour ? Mary Ellen ?… »

Au départ, je ne me souvins pas de lui. Avec sa salopette tachée peu seyante portée sans chemise en dessous, ses favoris sombres et broussailleux et ses grands pieds noueux chaussés de sandales, il offrait un spectacle effrayant et intimidant.

M'annonçant avec un humour gauche que « Rufus » voulait me voir aussi, mais qu'on ne l'avait pas laissé entrer dans l'hôpital – sa laisse était attachée à un porte-vélos dehors.

Car c'était Rufus, le chien de Jamie Stiles, qui m'avait découverte sur le sentier et s'était précipité vers moi en aboyant.

C'était Jamie Stiles qui randonnait sur le sentier (pas celui sur lequel je me trouvais, mais un autre, non loin de là) et qui m'avait fait du bouche-à-bouche pour que je recommence à respirer.

Jamie Stiles, l'un des manifestants de SANE. Professeur de sculpture à temps partiel au département des beaux-arts de Wainscotia State.

Jamie m'expliqua qu'il se souvenait de moi. En voyant ma photo dans le journal, il s'était souvenu de moi, le jour de la manifestation de SANE.

Au fur et à mesure qu'il parlait, il s'était avancé dans la pièce ; pour quelqu'un de sa corpulence, il était timide. Les infirmières lui jetaient des regards curieux en passant dans le couloir. Une rougeur lui était montée aux joues. Je m'aperçus qu'il serrait dans sa main droite un bouquet de fleurs donnant l'impression d'avoir été cueilli à la hâte dans un champ.

On s'occupa de trouver un vase pour les fleurs. Quand je les portai à mon visage pour les respirer, je trouvai l'odeur qui émanait de leurs pétales à la fois très discrète et très sucrée. Je pensai confusément *Est-ce qu'on est il y a longtemps, ou maintenant ? À moins que ça ne se soit pas encore produit* ?

Craignant de fermer les yeux. Parce qu'il existait une possibilité pour que, si je les fermais, quelque chose de petit et sombre fonce sur moi et m'oblige à crier, et que, quand j'oserais les rouvrir, je sois seule ; ou pire encore, qu'une des infirmières soit penchée sur mon corps.

Pendant que Jamie Stiles continuait à parler d'une voix hésitante, je songeai que oui, je me serais souvenue de cet homme – que je voulais me souvenir de lui. Car son visage était familier comme peut l'être un de ceux que vous avez vus toute votre vie.

Jamie Stiles était large de poitrine, avec un cou épais, des bras et des épaules musclés et des mâchoires couvertes de favoris sombres qui paraissaient rêches au toucher ; en revanche, ses yeux étaient pleins de gentillesse, préoccupés et perplexes. Parce qu'il disait qu'apparemment il me connaissait. Quand il m'avait vue sur le campus le jour de la manifestation, il l'avait ressenti avec intensité – « Sans raison, je suppose. C'est ce qu'on appelle le *déjà-vu**[1]. »

(*Déjà-vu**. Ce terme m'était familier. Même si dans le manuel de psychologie où je l'avais rencontré, le phénomène qu'il désignait était minimisé et présenté comme souvent erroné et illusoire.)

Bien que Jamie Stiles se soit adressé à moi d'une voix douce, assis à côté de mon lit d'hôpital, je me rappelais d'après son comportement à la manifestation que c'était un homme aux sentiments forts, impulsif, courageux.

Je me rappelais qu'il m'avait chapitrée avec mépris. Oh ! mais pourquoi ?

Cela dit, il m'avait aussi parlé tendrement. Il m'avait pardonné mon ignorance.

En dépit de la taille de ses paumes et de ses doigts épais tachés d'argile, il y avait de la douceur dans la façon que Jamie avait de me prendre les mains. Et dans sa voix, de la sympathie et de l'espoir.

Je sentais que les larmes menaçaient de couler. J'eus beau essayer de les retenir de toutes mes forces, elles se mirent à dégouliner sur mes joues comme de l'acide chaud, et je me mis à pleurer sous le regard désemparé de Jamie.

À la différence du personnel de l'hôpital, Jamie Stiles ne me demanda pas pourquoi. Il ne souligna pas non plus que j'avais *beaucoup de chance* d'être en vie.

Durant cette visite et les suivantes, il en dit très peu. En effet, Jamie Stiles n'est pas quelqu'un de verbal.

1. En français dans le texte.

Il n'avait pas dit *Qu'est-ce que tu as perdu, de quoi portes-tu le deuil ? Pourquoi, alors que tu devrais être reconnaissante d'être en vie !*

Il n'avait pas dit *Dans une autre version de l'histoire, tu aurais été électrocutée jusqu'à la moelle. Tu ne serais plus rien d'autre qu'une trace informe et un trou puant dans la neige.*

Si bien que je sus, et que je tirai un grand réconfort de cette certitude – *C'est lui qui sera le bon.*

« Oncle »

Il s'appelait Cosgrove, David R. Il se présenta comme un *médecin de famille à l'ancienne.*

Il ne connaissait pas le Dr. Fenner, ni aucun praticien de l'hôpital. Son cabinet ne se trouvait pas à Wainscotia, mais à St. Cloud, à une trentaine de kilomètres. « Intrigué » par ma photo dans le journal, il était simplement venu me rendre visite pour me saluer et me poser une ou deux questions.

« Comme Benjamin Franklin, je m'intéresse depuis toujours à l'électricité. C'est un hobby. L'histoire de la "réanimation", par exemple. »

La réanimation ? Je tentai de réfléchir à ce que cela pouvait signifier.

Le Dr. Cosgrove était un homme sec et nerveux d'un âge indéfinissable – la cinquantaine ? la soixantaine ? Légèrement mal à l'aise, malgré ses airs de jeune homme et son attitude amicale ; il n'avait presque plus de cheveux couleur chardon sur la tête, et la peau de ses paupières était bistre, plissée. L'os de son long nez fin était surmonté d'une petite bosse et il me souriait intensément comme s'il voulait imprimer une signification secondaire à ses paroles, qui m'échappait pourtant complètement. Sa joue gauche était secouée d'un tic ou d'un tressautement assez perturbant. Il transportait une sacoche en cuir marron boucanée par des années d'usage.

« À moins que vous préfériez ne pas en parler ? De ce "coup de foudre" ? »

Je secouai vaguement la tête en signe de dénégation. Ce qui voulait dire – oui.

Ce qui voulait dire – que oui, je pouvais en parler. Bien que je ne me souvienne de rien qui puisse être utile.

Le Dr. Cosgrove continuait à me sourire curieusement. Une étrange sensation s'empara de moi *Je connais cet homme ! J'ai déjà vu cet homme quelque part.*

Le Dr. Cosgrove bavarda à propos de la foudre, du courant électrique, de ces cas où des individus avaient été « frappés » et avaient tout de même survécu, jusqu'à ce qu'une des infirmières restée dans la pièce s'en aille ; à partir de là, il s'arrêta de parler tout net.

Il s'approcha de la porte, qu'il referma soigneusement.

Les portes des chambres d'hôpital sont rarement fermées, et encore moins aussi soigneusement, au point que la serrure émette un clic.

« C'est formidable de vous voir, "Mary Ellen", mon petit ! On m'a dit qu'on vous laisserait sortir d'ici quelques jours, tant votre convalescence a été miraculeuse. »

Le Dr. Cosgrove continua à sourire tout en sortant un objet de sa sacoche marron. Une sorte de baguette, ou de petit téléphone – un petit téléphone plat ? – à la forme familière, susceptible de tenir dans une paume de main humaine, mais que je n'aurais pas été capable d'identifier.

Ah ! un téléphone portable ! Je n'avais pas vu de téléphone portable depuis – combien de mois ? D'années ?

Mais non, finalement, l'objet n'était pas un téléphone portable.

Sourcils froncés, le Dr. Cosgrove tournait un cadran entre son pouce et son index, réveillant ainsi le petit objet qui se mit à émettre le même bourdonnement bas qu'un nid de guêpes.

Conscient de mon expression perplexe, il ajouta très vite : « Juste un petit "déflecteur" – de mon invention.

– Un "déflecteur" ?

– Une sorte de "bruit blanc" au cas où quelqu'un nous écouterait. Volontairement, ou non… »

Le Dr. Cosgrove ajusta le niveau de bourdonnement de l'objet qu'il avait dans la main. Désormais, on aurait dit qu'il s'agissait d'abeilles situées non loin de nous, un bruit amical. Malgré tout, je trouvai cela profondément énigmatique.

Je me demandai – pourquoi quiconque serait intéressé par notre conversation ? Je n'arrivais pas à imaginer qui pourraient être ces gens – personne de l'hôpital, en tout cas.

Satisfait de voir que le petit objet plat fonctionnait comme il le souhaitait, le Dr. Cosgrove tira une chaise tout près de la mienne (car je m'étais levée pour lire à côté de mon lit ; je finissais par me lasser d'être allongée sans pouvoir rien faire) et me sourit d'un air complice.

Un individu excentrique, pensai-je – mais un gentleman.

Le Dr. Cosgrove me demanda si je me souvenais de quoi que ce soit à propos du moment où j'avais été frappée par la foudre ; et quand je secouai négativement la tête, il répondit avec un nouveau froncement de sourcils : « Mais réfléchissez encore, "Mary Ellen". Essayez de vous rappeler. »

J'avais essayé à de nombreuses reprises. On m'y avait fréquemment encouragée. La dernière fois, c'était un journaliste du *Wainscotia Falls Journal-American* qui devait pondre un article au titre sensationnel, LA FILLE QUI EST REVENUE DE L'AU-DELÀ. Dépité, il avait été obligé d'interviewer plusieurs médecins, infirmières et un professeur de physique de l'université étant donné le peu d'informations que j'avais été en mesure de lui fournir.

« Avez-vous eu l'impression d'être "transportée" depuis – quelque part ? Enfin, quand vous vous êtes réveillée.

– Je… je ne sais pas. Que voulez-vous dire par "transportée" ?

– Le terme le plus approprié serait "télétransportée". »

Télétransportée. Qu'est-ce que ça signifiait !

(J'aurais aimé que mon nouvel ami Jamie Stiles soit là. J'avais pris l'habitude de raconter à Jamie presque tout ce qui se passait pendant mes journées de rééducation, et Jamie me racontait ses propres journées lorsqu'il venait me voir le soir ; mais cet échange avec le Dr. Cosgrove était si étrange, semblable à une scène issue d'un rêve, que j'avais peu d'espoir de pouvoir le restituer avec succès.)

D'un ton encore plus prudent, le Dr. Cosgrove me demanda si le nom d'« Eric Strohl » me disait quelque chose.

Eric Strohl. Je n'en étais pas sûre.

« "Eric Strohl." "Madeleine Strohl." » Il parlait lentement et d'une voix douce, juste assez fort pour que je puisse l'entendre par-dessus le bourdonnement émis par le petit objet plat qu'il tenait dans sa main tout en mettant celle-ci devant sa bouche comme pour se protéger les lèvres.

Eric Strohl. Madeleine Strohl. Je me mis à trembler. Sans savoir le moins du monde pourquoi.

« Est-ce que le nom d'"Adriane Strohl" vous dit quelque chose ? »

Mon cœur battait la chamade. J'avais peur de recommencer à hyperventiler. La douleur derrière mes yeux palpitait.

Le Dr. Cosgrove tendit la main pour m'attraper le poignet. Il appuya doucement ses doigts dessus pour prendre mon pouls.

« Calmez-vous, maintenant. Restez calme.

– Je… je ne…

– Du calme, mon petit ! Inspirez normalement, c'est tout. Ça vous aidera peut-être aussi de compter vos respirations. »

Je les comptai jusqu'à dix. Au bout de dix, je n'étais plus aussi agitée. Le Dr. Cosgrove me lâcha le poignet.

« "Adriane Strohl". Je suis simplement curieux de savoir si vous avez déjà entendu ce nom.

– Je… je crois… – » Je faisais de gros efforts pour tenter de me rappeler. J'avais l'impression que j'étais sur le point de trébucher contre un trottoir, comme dans un rêve. « Je ne sais *vraiment* pas. Comment avez-vous dit déjà – "Adrian"…

– "Adriane". »

Le Dr. Cosgrove avait prononcé ce prénom de manière très délibérée. Ça ne me disait rien – si ?

Le Dr. Cosgrove et moi nous dévisageâmes comme si nous nous tenions chacun de part et d'autre d'un gouffre. Un gouffre pas très large, mais très profond. Je sentis une faiblesse familière m'envahir, qui me donna l'impression que mes os étaient en train de se liquéfier.

Je me souvins que quelqu'un m'avait dit il y avait très longtemps, ou d'avoir lu ces mots – *L'un des faits les plus marquants en matière de connaissance de soi, c'est que l'on peut en manquer*.

Lorsque je m'étais réveillée de mon état comateux à l'hôpital de Wainscotia, j'avais ressenti cette faiblesse dans tout mon corps – indescriptible, à part qu'elle était terrifiante, épouvantable.

Cette sensation que le corps est une entité précaire constituée d'innombrables atomes susceptibles de se désintégrer d'une minute à l'autre.

Et au-delà de ce corps, le monde lui-même – l'Univers lui-même – au bord de l'explosion.

Se penchant tout près, le Dr. Cosgrove me murmura à l'oreille : « Il est fort possible, mon petit, que j'aie connu – vos parents… En fait, j'ai des raisons de croire que je suis apparenté à votre père. Et donc à vous. »

C'était stupéfiant ! L'espace d'un long moment, je fixai ce médecin chauve au regard sérieux, totalement incapable de formuler une réponse. « Je n'avais pas l'intention de vous surprendre ou de vous choquer, mon petit. Je suis conscient – qu'on vous a raconté que vous étiez "adoptée".

– Je… j'ai bien peur de ne pas tout à fait me souvenir de mes parents. Les parents qui m'ont adoptée et ceux qui… »

Le Dr. Cosgrove me contempla pensivement. Il tendit la main pour prendre la mienne, la presser entre ses deux paumes. Je songeai *Il me connaît.* Une pensée absurde me vint *Peut-être que c'est le médecin qui m'a mise au monde.*

« Votre père Eric était – est – mon frère aîné. J'ai toutes les raisons de le croire. Parce que vous lui ressemblez beaucoup – on ne peut pas s'y tromper. J'ai été frappé par cette ressemblance sur la photo du journal – j'en ai eu la certitude. » Il marqua une pause en s'essuyant les yeux. « Mais nous avons été séparés, mon frère et moi. Nous ne nous sommes pas vus depuis près de vingt ans. »

Pas vus ? Cet homme parlait comme si mon père était encore en vie.

J'étais particulièrement perplexe. Des élancements me vrillaient le crâne, exacerbés par les médicaments qui coulaient dans mes veines et se distillaient dans mon sang.

« Vous êtes mon oncle ? Mais – où est-ce que vous – où est-ce que mes parents – vivent ? Comment est-ce possible ? »

À présent, j'avais l'impression que le Dr. Cosgrove m'était familier. Le troublant éclat sombre de ses yeux, la petite bosse sur son nez…

« Je crois que c'est possible, "Adriane". Vous ne vous en souviendrez pas – probablement – parce que la dernière fois que je vous ai vue, vous étiez très jeune. Vous aviez environ deux ans, je pense.

– Oh… où était-ce ?

– Dans une autre partie du pays.

– Mais… dans quel État ?

– Le New Jersey, je crois. »

Sauf que je ne suis jamais allée dans le New Jersey – pas vrai ?

« Vous avez déjà entendu parler de Pennsboro ? Dans le New Jersey ?

– N-non… je ne crois pas. » Je n'arrivais absolument pas à réfléchir.

« Peut-être – ou-i… »

Je tremblais comme une feuille. Essuyant mes yeux pleins de larmes. Le Dr. Cosgrove s'excusa de m'avoir bouleversée.

Il garda ma main glacée serrée dans la sienne et la caressa un petit moment.

« Les adultes ne vous ont pas bien traitée, ma chère enfant. Je n'ai pas envie d'exacerber votre confusion et votre chagrin. Mais laissez-moi seulement vous demander – le nom de "Tobias" vous dit-il quelque chose ? – "Toby" ? – "oncle Toby" ? »

Je ne savais pas quoi répondre. Si cet homme était mon oncle, j'avais envie de dire *oui*.

« Je… je ne suis pas sûre. "Oncle Toby".

– Autrefois, c'était mon nom – "Tobias". Avant d'être envoyé passer mon diplôme en médecine à U Wisconsin-Madison ; ensuite, je me suis installé au nord de Wainscotia Falls, et je n'ai pas quitté St. Cloud. Je suis marié – depuis longtemps. J'ai épousé une belle fille charmante et gentille d'ici – en Zone 9. J'ai des enfants – ce qui veut dire que vous avez des cousins… Mais je pense que nous ne pourrons pas nous revoir. C'est trop risqué pour nous deux. » Le Dr. Cosgrove cligna des paupières pour chasser ses larmes qui contredisaient son sourire. « J'avais mes doutes quant à cette visite – je n'étais pas sûr que ce soit une bonne idée. Mais bien sûr que je voulais *vous* voir – ma chère nièce Adriane. Pour vous interroger sur votre père – votre famille. Comment ils vont, comment vont les choses dans cette autre – dimension. Sauf que vous ne pouvez pas me répondre, je crois. Vous ne vous en "souvenez" pas.

– Je… je réussis presque – à me rappeler quelque chose… »

Tandis que le Dr. Cosgrove m'étudiait de ses yeux brillants marron foncé et me souriait de ce sourire si bienveillant, je me souvins en effet quasiment de… quelque chose. Qui s'évapora malgré tout immédiatement comme un rêve à la vive lumière du jour.

« Vous avez l'air d'aller bien, "Adriane" – enfin, "Mary Ellen". Au moins physiquement, maintenant que vous commencez à récupérer. Les jeunes gens sont tellement plus résistants que leurs aînés – et vous êtes encore jeune, malgré le fait que vous ayez traversé les décennies.

– Mais – et *vous*, quel âge avez-vous ? Quand étiez-vous mon oncle ?

– Ah, mon petit – ce n'est pas encore arrivé ! Et quand ça arrivera, et que je serai un jeune homme d'une vingtaine d'années et vous, un nouveau-né, dans très longtemps – nous ne nous souviendrons plus de rien. L'amnésie est tout ce qui nous sauve de l'abîme. »

Devant mon air confus, le Dr. Cosgrove se hâta d'ajouter : « Tout ce que nous pouvons faire, c'est persévérer dans notre propre époque. Personne ne doit gérer plus d'un jour à la fois. C'est la bénédiction de notre univers temporel – le temps s'étend horizontalement, si l'on peut dire ; tout ne se passe pas d'un seul coup, comme lors du "Big Bang". Certains d'entre nous sont des créatures politiques, et d'autres, non. Néanmoins, aucun d'entre nous – en 1960, aux États-Unis – ou ailleurs, à une autre ère – ne peut aller complètement *bien*. »

Je ne comprenais pas cette déclaration. Je n'y connaissais rien en politique (même si je savais désormais qui était le président des États-Unis : Dwight D. Eisenhower, une personne en chair et en os, ancien général, et non un émoticône souriant et sympathique.) Je savais que les États-Unis avaient récemment été en guerre avec un lointain pays étranger appelé la Corée, et que la Seconde Guerre mondiale représentait un « souvenir encore frais » pour beaucoup de citoyens.

« La prochaine décennie va nous apporter de véritables "nouveautés" – et même une révolution. Mais une révolution mêlée de tragédie, et non une farce. Ou pire encore ! » Le Dr. Cosgrove eut un petit rire accompagné d'un frisson. « Cependant, nous devons nous tourner vers l'avenir, vous savez. C'est la leçon essentielle que nous apprenons, nous autres les Exilés. Nous devons chercher les moyens de nous sauver nous-mêmes. »

Je dis au Dr. Cosgrove que je voulais en savoir davantage sur mes parents – s'il vous plaît ! Et comment il était possible – mystérieusement – qu'il m'ait connue petite ; et qu'il se soit appelé autrement alors : oncle Toby…

Une sensation proche du délire m'envahit. Ce serait si important pour moi, une telle joie, d'avoir un *oncle Toby* dans ma vie !

« Non. Nous devons vivre *ici*, Adriane. Je l'ai appris à mes dépens après avoir commis des erreurs douloureuses. Le "futur" n'existe que comme existe l'autre côté de la Terre, que nous puissions le voir ou non. Ou, continua-t-il en pointant du doigt le ciel à travers la fenêtre de ma chambre au troisième étage, ces nuages là-haut, à l'est, à l'aspect si parfaitement sculpté – ils existent dans notre futur immédiat parce que le vent les pousse dans cette direction depuis le lac Michigan. Dans quelque temps – peut-être une heure, ou plusieurs – ils seront au-dessus de nos têtes, et obscurciront le soleil. Mais maintenant nous les voyons approcher, nous voyons au loin et, en un sens, nous voyons le futur. Pourtant, la plupart des choses sont trop lointaines pour être vues, et nous devons renoncer à faire cet effort. "À chaque jour suffit sa peine" – comme votre père le disait avec sagesse ; même si, à l'époque, j'étais trop jeune pour l'écouter. »

D'un coup sec, le Dr. Cosgrove éteignit le petit objet plat et bourdonnant avant de le glisser dans sa poche de poitrine.

« Au revoir – ma chère Adriane ! Peut-être nous reverrons-nous, si vous voulez – vous connaissez mon nom, et vous savez que j'habite St. Cloud, juste de l'autre côté de la montagne. »

Avec un sourire, il me pressa tendrement la main au moment de partir. Et, alors que je mourais d'envie de dire *Au revoir, oncle Toby !* – les mots ne vinrent pas.

Heron Creek Farm

« C'est l'heure de notre promenade, Rufus. »

Rufus est un chien de race mixte âgé de six ans, mélange de boxer, de retriever et de colley. Son pelage couleur sable est rugueux. Il pèse environ seize kilos – impatient, maladroit, l'haleine chaude et haletante. Il a les oreilles aux aguets et les yeux qui pétillent de joie quand on appelle son nom. S'il se précipite vers vous en agitant la queue, il est suffisamment lourd pour vous faire trébucher.

Il vous barbouille la figure de sa langue humide, douce et enthousiaste.

Mieux vaut ne pas penser à ce que cette langue a pu toucher. Mieux vaut ne pas penser aux multiples amours d'un chien tout aussi en manque d'affection que n'importe quel animal, mais bien déterminé à le cacher, et dont vous n'êtes que l'un des objets de désir.

Rufus et moi, nous marchons ensemble dans les champs derrière la ferme. J'ai envie de me dire qu'un lien nous unit : parce que c'est cette créature qui m'a sauvé la vie.

Les behavioristes nous enseignent qu'un animal est une sorte de machine. Pourtant, Rufus en est bien loin. L'âme de ce chien brille dans son regard dès qu'il se trouve en présence d'une personne qu'il aime.

Sa plus grande joie est de courir chercher un bâton. Surtout quand il est tombé dans l'étang que Jamie a rempli de truites il y a quelques années, où réside aussi une colonie de grenouilles bruyantes.

Lorsque je prends Rufus dans mes bras et qu'il me lèche la figure, je sens les larmes me piquer les yeux pour la bonne raison que – *Je suis si heureuse*.

Il se peut qu'un jour je parte en excursion de l'autre côté de la montagne pour retrouver le Dr. Cosgrove dans cet endroit au nom magnifique – St. Cloud. Cependant, je ne l'ai pas encore fait – ma nouvelle vie est trop accaparante.

Jamie Stiles n'a pas eu besoin de me poser la question. Il semblait avoir été décidé d'un commun accord qu'à ma sortie de la clinique j'irais vivre avec lui dans la ferme de Heron Creek Road.

Tu sais – que tu trouveras un foyer chez moi.

Tu sais – que je t'aime.

La première fois que j'ai vu la maison de Jamie, j'en suis tombée amoureuse – une immense ferme en bardeaux que quelqu'un a peinte d'une surprenante couleur jaune paille, dotée de volets bleu foncé. Alors que les autres fermes éparpillées le long de la route campagnarde de Heron Creek Road sont toutes d'un blanc délavé par les intempéries.

Elle est bâtie un peu en retrait de la route. L'allée (en terre, défoncée) qui y mène doit s'étendre sur à peu près quatre cents mètres. À l'avant, dans la cour, il y a un pick-up Ford 1949 au pare-brise cassé et dépourvu de roues, les restes d'un vieux tracteur International Harvester, une décapotable Buick éviscérée datant de 1947, une luge d'enfant aux patins sévèrement rouillés : ce ne sont pas les restes d'objets jadis fonctionnels dont personne ne veut plus, mais une structure à la construction élaborée à base de ferraille que Jamie Stiles a baptisée *Les aléas des voyages dans le temps*.

Sur la véranda, en plus d'un canapé et de fauteuils en rotin, et d'un vélo Schwinn appuyé au mur, un assortiment… d'édredons ? Sauf que ce ne sont pas des édredons ordinaires, car ils ont été confectionnés avec du Plexiglas, du brocart épais et de l'aluminium dans des teintes métalliques sombres – *Quilt*[1] *Legend Diorama 1958.*

Derrière la maison, une vaste grange à foin repeinte en rouge brique. Au sommet du toit, une girouette prenant la forme héraldique d'un cerf. La façon de la grange est ornée d'un large visage cuivré en forme de soleil pareil à celui d'une ancienne divinité (bienveillante) grecque. Le bâtiment est flanqué d'un silo en pierre qui tombe en ruine, des annexes externes plus petites s'élèvent non loin de là.

Et derrière l'ensemble, l'étang que Jamie a rempli de truites.

Le studio de sculpture de Jamie Stiles se trouve dans la grange rouge. Les journaux du Wisconsin ont consacré plusieurs articles de fond à son travail, ainsi que des interviewes dans des émissions de télévision sur l'art, et tous mentionnent le studio, qui ressemble à première vue au croisement d'une morgue et d'une casse – la myriade de matériaux très *physiques* nécessaires au métier de sculpteur. Les autres bâtiments extérieurs, de taille plus modeste, accueillent les amis artistes de Jamie, dont certains bénéficient gratuitement d'un studio depuis des années, alors que d'autres sont « simplement en visite ».

1. Quilt : édredon.

Tout comme il a hérité de gens ou les a accumulés au fil des années dans sa relativement jeune vie (Jamie Stiles a trente et un ans), Jamie a hérité de certains animaux de la ferme et en a accumulé d'autres. Ils comprennent une jument marron-rouge nommée Hedy, retraitée de la course d'attelage sur la piste infernale de Traverse City, Michigan ; Leila et Lee, deux chèvres qui broutent en compagnie de Hedy, une douzaine de moutons à la toison terne (car les moutons n'ont rien de commun avec leur version des livres d'images, comme je l'ai découvert : ils ne sont pas naturellement *blancs*) ; une demi-douzaine de chats de tailles, d'âges et de couleurs diverses dont certains sont des animaux domestiques affectueux et d'autres, plus sauvages, vivent dans les granges ; sans compter Rufus, notre chien de garde à la vigilance légendaire. Et aussi une multitude de poules – poules à plumes blanches, poules rouges de Rhode Island, poules barrées de Plymouth Rock – qui doivent fournir des œufs pour l'imposante maisonnée. (Le soin des poules et le ramassage des œufs sont des tâches qui m'ont rapidement été dévolues, même si mes jeunes neveux par alliance, Chloe et Tyler, me donnent un coup de main.) Sur l'étang derrière la grange, on trouve également des oies du Canada, souvent enclines à pousser des cris perçants et belliqueux, des oies domestiques (blanches), ainsi qu'une troupe de canards sauvages toujours en mouvement.

Parfois, deux cygnes viennent de Heron Creek, non loin de là, pour se poser sur l'étang. Ces volatiles, d'un blanc frappant et généralement silencieux au milieu du gibier d'eau, sont aussi beaux que des personnages oniriques qui semblent représenter une chose pour laquelle il n'existe pas de mots.

L'aile la plus ancienne de la ferme a été construite en 1881 par un parent de Jamie Stiles ; ses grands-parents se sont retrouvés en sa possession et la lui ont laissée il y a une douzaine d'années, ainsi qu'une quinzaine d'hectares de terre en grande partie non cultivée. Située le long d'une route de campagne tortueuse, la maison se trouve à environ huit kilomètres du vaste campus de Wainscotia où Jamie Stiles enseigne, ou a enseigné, la sculpture au département des beaux-arts ces neuf dernières années, et où j'étudie à la faculté de Sciences Humaines – préparant un diplôme aux deux majeures jumelles, biologie et art.

Je suis toujours boursière. En revanche, je ne travaille plus à temps partiel sur le campus, puisque je n'habite plus sur place en résidence universitaire.

Les agents du recensement seraient frustrés s'ils essayaient de déterminer qui vit dans la ferme jaune paille sur Heron Creek Road, commune de Wainscotia. Parce que cet endroit est toujours ouvert aux amis de Jamie, à ses connaissances, à des camarades artistes ou pacifistes/militants antinucléaires ; des étrangers y font fréquemment halte en route pour quelque part, des gens que Jamie connaît ou qui lui ont été recommandés par des relations aux opinions similaires. Il est aussi probable d'y trouver des membres de la famille Stiles, de manière temporaire ou permanente ; un cousin de Jamie qui a abandonné l'école d'agriculture de WSU quelques années auparavant ; un demi-frère morose plus âgé employé par la carrière de pierres locale, pesant cent trente-cinq kilos ; un oncle ravagé, stoïque et gros buveur qui a passé vingt ans dans les marines et été gravement blessé durant l'ultime semaine de la Seconde Guerre mondiale en Allemagne.

Et, à ma grande surprise, deux petits de cinq et huit ans, pas ceux de Jamie, mais les enfants que l'une de ses sœurs aînées a abandonnés il y a plusieurs années en ne laissant rien derrière elle à part eux, leurs vêtements et leurs jouets – « Ils ont le cœur un peu lourd, mais ce sont de gentils gamins, Mary Ellen. Tu vas les adorer. »

C'est vrai, je vais finir par adorer Chloe et Tyler – avec le temps. J'en suis sûre.

Je crois qu'on peut dire que la caractéristique la plus importante de ces petits est leur couleur de peau : un riche brun chocolat.

Dans toute la commune (rurale) de Wainscotia, il n'y a probablement personne d'autre qui ait la peau brun chocolat en dehors de mes petits neveux par alliance Chloe et Tyler.

Jamie et moi, nous aurons bientôt nos propres enfants. C'est ce que nous espérons.

La plupart des terres de la propriété ne sont pas cultivables, mais quelques hectares sont suffisamment fertiles pour être loués aux fermiers voisins, ce qui fournit à notre foyer une source de revenu indispensable, et dans le lopin derrière la maison nous avons la possibilité d'effectuer quelques plantations – tomates, haricots verts, maïs, carottes, concombres, melons…

Avec le temps, l'entretien de cet ambitieux potager m'incombera aussi, je crois. (De même qu'il m'incombera de m'occuper de Chloe et de Tyler.) Quand Jamie m'a amenée à la ferme à la fin de l'été, tout avait déjà été planté et les mauvaises herbes étouffaient les plus petites pousses ; le maïs et les melons avaient été ravagés par les cerfs et les ratons laveurs ; ce qui résistait le mieux, c'était un parterre de basilic, d'herbe-aux-chats et de menthe, proliférant à tort et à travers, ainsi qu'une petite jungle de roses trémières et d'églantines.

J'avais hâte de désherber et d'arracher les ronces. Mais Jamie s'est moqué de moi.

« Quelquefois, on arrive trop tard dans un jardin, de même qu'on peut arriver trop tard dans la vie de quelqu'un. Il vaut mieux prendre les choses comme elles sont. "À chaque jour suffit sa peine". »

Quand je marche dans le jardin envahi de végétation avec Rufus sur mes talons qui renifle et bondit dans le maïs sec-bruissant, je me sens envahie de joie. Je me dis *Tout ça m'attendait. Et je ne le savais pas.*

Je ne crois pas que dans mon ancienne vie (dont je ne me souviens que vaguement, comme quelque chose qu'on distingue à travers du verre dépoli) j'habitais dans une ferme, que je travaillais la terre, ou que je faisais des cultures. Et pourtant, j'ai confiance en ma capacité à apprendre.

Les odeurs d'un jardin dans la lumière du soleil de fin d'après-midi ou après une averse éclair – c'est si beau que j'en suis toute remuée.

Jamie et ses amis sont constamment en train de réparer la maison – le toit en bardeaux, les volets, la véranda pourrissante, les marches. Jamie a un ami plombier, un qui possède une pelleteuse, un autre qui creuse des citernes et des puits. Il a des amis qui peignent (des bâtiments) et d'autres qui peignent (des œuvres d'art). Son meilleur ami sculpteur est aussi soudeur. Jamie lui-même est très bricoleur et très costaud ; on est obligé de l'empêcher de soulever des objets qui pourraient lui bloquer le dos ou le lui casser purement et simplement. Pour quelqu'un de réservé, il paraît s'épanouir dans ce tourbillon d'activités communautaires. Les réunions de la branche locale de SANE ont le plus souvent lieu à Heron Creek Farm. Même si Jamie se rend parfois en voiture à Madison, ou plus loin encore, à Chicago. (Chicago ! Cette ville me semble si loin. Depuis que j'ai été frappée par la foudre, je me dis que pour moi, les voyages, c'est terminé.) Les collègues artistes de Jamie travaillent dans leurs studios et la plupart du temps, ils dînent avec nous.

Et leurs femmes, leurs petites amies et leurs enfants aussi. Les parents des uns ou des autres débarquent et restent dormir une nuit, ou plusieurs. Les grands-parents âgés sont également les bienvenus. (Mais ne mourez pas sur place, s'il vous plaît ! Jamie plaisante sur ce genre de sujets, que le reste d'entre nous ne trouvons pas drôles.) Naturellement, il y a aussi des soirées poésie – beaucoup (d'entre nous) sont des poètes. (H. R. Brody est un ami de Jamie.) Il y a des soirées musique – Jamie joue de la batterie. Même les camarades d'école de Chloe et de Tyler sont souvent invités à la maison, conduits par leurs parents qui restent eux aussi ensuite pour le repas. Comme WSU exploite depuis un moment les enseignants et les membres du personnel, Jamie a entrepris de créer un syndicat sans avoir conscience du temps que cela va lui prendre, et à quel point les gens peuvent se montrer querelleurs quand on essaie de les aider. Un soir, à la table du dîner, qui avait débordé hors de la maison sur la véranda et sur l'herbe, j'ai compté vingt-six adultes et enfants avant de renoncer.

Songeant *Pas le temps d'être triste ici. J'ai trop à faire !*

Jamie se présente comme un sculpteur « multimédia ». Son modèle principal est Rodin. Il a façonné d'étranges œuvres d'art à partir de ferraille issue d'épaves de voitures et de tracteurs ; il utilise le fer (qu'il laisse rouiller, suivre sa « progression naturelle »), l'acier inoxydable, l'aluminium, le cuivre, le bois, l'argile, la fibre de verre et d'autres matériaux encore, même le papier mâché ; et à la fois, c'est aussi un sculpteur traditionnel, dont la commande la plus réussie a été un monument en mémoire de la guerre de Corée pour la commune de Wainscotia.

À l'université, Jamie Stiles est tenu en haute estime en tant qu'artiste original et important ; évidemment, son engagement politique vis-à-vis de SANE et ses propos pacifistes/antiguerre en général ont rendu difficile sa promotion par son chef de département et a fortiori sa titularisation à WSU à un poste permanent.

Cela dit, Jamie est maintenu – « maintenu ». Trimestre après trimestre, année après année.

« Le département m'apprécie plutôt – enfin, la plupart des gars du corps professoral sont mes amis. Je les connais depuis des années. Je les ai aidés dans leur travail. Mais le doyen de la faculté, et le président – ils ont peur de ma "notoriété". Ils ont entendu dire qu'il y a un "coco enragé" au département des beaux-arts. L'un des membres du conseil d'administration pensait que j'avais été arrêté au cours d'une "sorte d'émeute après une manifestation". Alors, le mieux que je puisse espérer, c'est un temps partiel. »

Jamie avait parlé d'un ton à la fois mélancolique et un peu fanfaron. J'avais été obligée de me précipiter vers lui pour l'embrasser.

Peu après ma sortie de la clinique de réhabilitation et mon installation à Heron Creek Farm, Jamie m'a emmenée voir le mémorial de la guerre de Corée érigé devant le tribunal du comté de Wainscotia Falls. Bien que réalisés en acier inoxydable, les personnages représentant les onze soldats membres des forces terrestres en patrouille étaient d'un réalisme déroutant ; on était à deux doigts de se dire qu'ils respiraient et que leur épiderme en acier était une véritable peau. Ils dominaient le spectateur, légèrement plus grands que nature à près de deux mètres dix chacun. Leurs traits étaient à la fois jeunes et sans âge. Et leurs mains – leurs doigts – étaient particulièrement bien rendus. Les noms des morts de la commune de Wainscotia ont été gravés dans la pierre du parapet autour de la sculpture, et Jamie y a également apporté beaucoup de soin, écartant plusieurs polices de caractère avant de trouver la bonne.

Ground Patrol : Korea, 1950-1955 a reçu beaucoup d'échos positifs dans les journaux locaux. Les parents de soldats morts à la guerre ont été profondément émus par le monument de Jamie Stiles et lui ont écrit des lettres, auxquelles il a répondu individuellement. (Heureusement, Jamie n'était pas encore impliqué dans les manifestations antiguerre !) Le modèle dont il s'était inspiré pour le monument n'était pas Rodin, mais un sculpteur célèbre du début du XXe siècle nommé Harry Hansen, présenté à une époque comme le Rodin du Midwest, auteur de plus de deux cents monuments de mémoire durant ses cinquante ans de carrière. Bien que je l'aie qualifiée d'émouvante, tragique et belle, Jamie paraissait embarrassé par sa sculpture ; il a répondu humblement : « Ce n'était pas mon idée de faire un monument "réaliste", mais c'est ce qu'ils voulaient. J'ai tenté d'expliquer au conseil municipal qu'ils recherchaient un type de sculpture démodé apprécié dans le passé, avant la photographie ; le rendu de visages humains et de personnages si proches de l'humain qu'ils en paraissent presque vivants. Aujourd'hui, la sculpture a plus de chances d'être abstraite que réaliste. J'ai essayé de le leur dire, mais… » En tout état de cause, s'il choisissait d'accepter la commande, il savait qu'il devrait créer le genre de monument que souhaitaient les citoyens de Wainscotia, et c'est ce qu'il avait fait.

« Mais c'est très puissant, Jamie. Vraiment. »

C'était très émouvant de voir les silhouettes de ces onze soldats transformés par la Mort. J'en étais restée sans voix pendant quelques minutes tandis que Jamie tournait autour du monument en l'examinant. Un artiste est quelqu'un qui ne croit jamais ce que les autres disent de son travail – c'était peut-être ça. Jamie ne voyait pas la même chose que moi et ne pouvait pas avoir la même opinion que moi à propos de sa sculpture.

Les têtes et les épaules des soldats étaient constellées de fientes d'oiseaux d'un blanc crayeux. Ce que nous avons choisi de ne pas relever.

Même si j'ai fini par mouiller des mouchoirs en papier dans une flaque voisine pour essayer d'enlever ces déjections, avec un succès mitigé.

Une fois rentrés à la maison, Jamie m'a montré le cadre contenant le prix qu'il avait reçu du Conseil du Wisconsin des Arts de la Sculpture en 1957. Il semblait à la fois gêné et fier de cette récompense.

« Félicitations, Jamie ! »

Il y avait seulement trois ans de cela, mais Jamie avait l'air plus jeune alors. Il était plus mince, les traits plus fins, les mâchoires rasées de près.

Jamie Stiles sans barbe ! Le jeune homme sur la photo ne m'aurait sans doute pas approchée sur le campus de l'université.

La vue de son visage juvénile m'a fait monter les larmes aux yeux. Parce qu'au moment où cette photo avait été prise je ne connaissais pas Jamie Stiles. Il ne me connaissait pas non plus. Et il était très probable que nous ne nous rencontrerions jamais.

D'ailleurs, comment avions-nous pu nous rencontrer ? Ou même juste nous apercevoir ? C'était impossible. Et pourtant, c'est arrivé.

Les larmes avaient dégouliné sur mes joues. J'étais submergée d'une joie difficile à distinguer du chagrin. Dans ces moments-là, Jamie s'approche de moi et m'entoure de ses bras en silence.

Les bras robustes de Jamie. Le corps lourd de Jamie, telle une forteresse.

Le réconfort qu'il m'apporte est immédiat et inconditionnel.

Je te tiens, je te protégerai. Je t'aime.

Dans le studio de Jamie, à l'intérieur de la vieille grange rouge. Nous avons aménagé un petit coin à moi dans le grenier à foin, accessible grâce à une échelle. C'est un endroit privé qui donne sur une prairie au-dehors et sur l'espace de travail de Jamie Stiles à l'intérieur. Je peux l'observer en bas, mais il est peu probable qu'il m'observe, moi.

Mes œuvres, si l'on peut les appeler ainsi, sont à une échelle beaucoup plus modeste que les siennes. Les travaux héroïques et monumentaux ne m'intéressent pas. Je me contente parfaitement de me promener à l'extérieur en faisant des croquis pendant des heures, au crayon, au fusain, ou au pastel, avant de rentrer travailler dessus. J'ai essayé les portraits – ma petite nièce et mon petit neveu par alliance, des habitants de la ferme et des visiteurs, et l'oncle de Jamie, un ex-marine, qui s'est rebaptisé lui-même, avec une dose d'ironie dont je suis incapable d'évaluer le degré, « Capitaine Shalom ».

Dans le grenier, je dispose d'un établi d'environ deux mètres de long que Jamie m'a fabriqué. Il y a étendu des toiles et m'a encouragée à me lancer dans la peinture.

Souvent, je contemple Jamie Stiles par-dessus le rebord du plancher du grenier. C'est un personnage agité, compact, musclé, et par ailleurs, comme un athlète, il a le pied agile, il est alerte et curieux. La porte coulissante de la grange qui donne sur son studio reste généralement ouverte sauf par temps froid. À l'occasion, il se sert du feu dans son travail. De bombes de peinture. Il a façonné des sculptures à partir de lampadaires cassés, de landaus abandonnés, de panneaux STOP criblés de balles ; de ferraille, de fibre de verre, de vitres, de tringles en aluminium et en cuivre. Je trouve que ses sculptures ne sont pas seulement étrangement belles à leur manière, mais « profondes » – « importantes ». Je ne crois pas qu'il soit naïf de la part de Jamie Stiles de penser à l'échelle de Rodin, et non de Harry Hansen de Whitefish Bay.

Jamie a la capacité de se perdre à corps perdu dans son travail. Même s'il est extrêmement préoccupé, par le poids financier de l'entretien de Heron Creek Farm, ou par la folie des tests nucléaires américains dans le Sud-Ouest, ou encore par l'éventualité de décrocher ou non un contrat d'enseignant à WSU à l'automne, par exemple, sa concentration est aussi absolue que celle d'un petit enfant absorbé dans son jeu. Quand son travail se passe mal, ce qui est assez fréquent, il se montre impitoyable envers lui-même ; il est têtu, facilement découragé ; cela m'attriste de le voir soupirer et se passer les mains dans les cheveux dans un geste d'exaspération ou d'abattement ; et s'arracher la barbe, cette barbe drue de la même teinte que l'acajou et plus bouclée que sa chevelure, que je trouve magnifique.

Oui, il y a tant de choses chez Jamie Stiles que je trouve magnifiques ! Je pourrais contempler cet homme encore et encore, même quand il porte ses salopettes tachées sans tee-shirt et ses sandales éculées.

Quand Jamie me fait l'amour, il est gauche, tendre, hésitant – il craint de me faire mal ou de m'écraser. Et il est vrai que le poids considérable de Jamie me coupe le souffle au point que je crains parfois d'avoir une côte cassée. Ses coups de boutoir sauvages me font frissonner de douleur, ce que Jamie interprète autrement. Je ne laisse jamais transparaître le plus léger inconfort parce que je pense uniquement à Jamie. Et à mon besoin d'aimer, et d'être aimée.

Je n'ai jamais aimé aucun homme au cours de ma vie avant lui – j'en suis sûre – mais je sais d'instinct que je ne dois pas blesser Jamie. Que je ne dois pas m'autoriser la moindre nuance de reproche ou de critique vis-à-vis de son travail – jamais. Jamais je ne saperais la confiance que Jamie Stiles a en lui-même en tant qu'homme, en tant qu'artiste ou en matière sexuelle.

Ces vérités que je révèle à Jamie Stiles sont les mêmes « vérités » qui vont nourrir l'amour que Jamie ressent pour moi. Car seul l'amour que Jamie Stiles ressent pour moi peut valider celui que je ressens pour lui, si puissant que j'en reste toute faible, le souffle court.

C'est sans doute… *parce que j'ai frôlé la mort. Désormais, rien d'autre n'a d'importance en dehors de cette vie.*

Certains soirs, nous regardons la télévision.

Assis sur le canapé en nous tenant par la main. Nous vivons notre affection l'un pour l'autre ouvertement (Jamie se comporte ainsi pour exprimer son affection de manière générale) et pas le moins du monde gênés de paraître sentimentaux, même quand le « Capitaine Shalom » pousse des grognements ironiques dans notre direction en traversant à pas lourds le salon pour rejoindre ses quartiers, à l'arrière de la maison.

Nous sommes rarement seuls devant la télévision. Les heures de pointe sont 20 heures et 21 heures. Jamie rit aussi fort que les enfants des blagues idiotes de Milton Berle, Lucille Ball et Desi Arnaz ; Ozzie et Harriett sont les préférés de la maisonnée, de même qu'Arthur Godfrey, Lawrence Welk et Phil Silvers. Jack Benny, Sid Caesar et Imogene Coca requièrent davantage de réflexion, ainsi que Jack Paar, *Truth or Consequences* or *What's my Line?*[1]. Parfois, Jamie s'endort devant le

1. *Truth or Consequences* : jeu télévisé très populaire initialement présenté par Ralph Edwards qui dura de 1940 à 1988. *What's*

poste, épuisé par sa journée de labeur, et je ne le réveille pas, tout en continuant à serrer sa main bien fort. Les images télévisées nous submergent. Nos pensées les plus tortueuses sont oblitérées par la lumière bleuâtre vacillante de l'écran.

Dans le lit en cuivre et au matelas bosselé de la chambre que Jamie occupe depuis si longtemps au premier étage, nous restons allongés dans les bras l'un de l'autre, enlacés. Là, nous parlons, et nous nous embrassons ; nous nous embrassons, et nous faisons l'amour ; et parfois, une sensation m'envahit, celle d'être dans les bras de quelqu'un d'autre, et non de Jamie Stiles – quelqu'un dont j'ai oublié le nom. Je frissonne, effrayée, mais je ne crie pas, et je m'arrange pour ne pas pleurer.

Parce que la vie, c'est *maintenant*. La vie, ce n'est pas penser, ni réfléchir ou regarder en arrière ; la vie est un plongeon vers l'avant ; la vie, c'est l'instant présent, de même qu'à la télévision où on est toujours *maintenant*.

Et je me dis *Je suis au bon endroit, au bon moment.*

Pour célébrer notre mariage à la fin octobre, Hiram Brody, un ami poète de Jamie, a donné une grande réception festive en notre honneur dans sa maison victorienne du quartier de Faculty Hills à Wainscotia Falls, et écrit un « sonnet amoureux au rythme bondissant[1] » pour l'occasion. En plus des nombreux amis de Jamie, un mélange éblouissant d'écrivains, d'artistes, de sculpteurs, de musiciens ainsi que de professeurs d'université accompagnés de leurs épouses étaient invités à la fête ;

---

my Line? : autre jeu télévisé de première partie de soirée, le plus diffusé de l'histoire de la télévision américaine.

1. *Sprung rythm* : rythme poétique non iambique fondé sur l'accentuation, utilisé par le poète Gerald Manley Hopkins.

il y avait parmi eux de grands noms de Wainscotia tels qu'Amos Stein, Myron Coughland, Morris Harrick, mon ancien employeur, Carson Lockett II et A. J. Axel – tous amis de H. R. Brody et, j'avais envie de le croire, admirateurs de la sculpture de Jamie Stiles. (Le plus distingué de tous ces professeurs, si l'on en jugeait par la déférence qu'on lui témoignait, était le professeur Axel, spécialisé en psychologie, qui n'a fait qu'une brève apparition à la réception et s'est éclipsé après le premier toast au champagne. Mr Brody a fièrement annoncé que son ami A. J. Axel venait à peine de recevoir la « plus importante bourse de recherche gouvernementale jamais octroyée à un scientifique de l'État du Wisconsin » afin d'aider au lancement du Centre d'Ingénierie Sociale de Wainscotia, dont le professeur Axel est à la fois directeur et fondateur ; le centre jouera un rôle de pionnier dans le conditionnement behavioriste des personnalités antisociales, psychopathes et transgressives). Lors de la fête, le poète aux cheveux blancs a lu son « sonnet au rythme bondissant » d'une voix forte et théâtrale ; poème qui faisait écho, disait-il, à un sonnet de Shakespeare – *Ne faisons pas barrage à l'attachement du véritable amour mais célébrons l'étoile fixe de l'Amour*[1]… – tout le monde a applaudi bruyamment ; et Jamie a essuyé ses yeux pleins de larmes. Déclarant que, la plupart du temps, il ne comprenait pas la poésie, mais que cela ne l'empêchait pas de pleurer en l'entendant.

J'ai trouvé le poème de Mr Brody étrange et beau. Sans tout à fait le comprendre non plus, mais il m'a également fait monter les larmes aux yeux.

1. Référence au sonnet 116 de Shakespeare : « Let me not to the marriage of true minds / admit impediments… » : « Je ne veux à l'union de deux âmes fidèles / admettre empêchement ».

Un juge de paix nous avait mariés le matin même au tribunal de Wainscotia Falls, Jamie et moi, en la seule présence de quelques témoins de Heron Creek Farm. Ce juge aux allures paternelles avait exprimé un certain degré de surprise et de préoccupation en constatant que la mariée n'avait apparemment aucune famille, ou en tout cas qu'aucun membre de sa famille n'était présent, mais j'ai souri en lui assurant que Jamie Stiles était la seule famille dont j'avais besoin.

(L'une des nombreuses gentilles attentions qu'Ardis Steadman avait eues pour moi, en plus de mettre en cartons mes affaires restées à Acrady Cottage, avait été de me fournir le certificat de naissance contenu dans mon dossier universitaire, dont j'avais besoin pour me marier. Ce certificat, orné du sceau doré de l'État du New Jersey, n'était pas un document que je me rappelais avoir déjà vu ; il indiquait que *Mary Ellen Enright* était née à Pennsboro, New Jersey, le 11 septembre 1942, et que ses parents étaient *Constance Anne Enright* et *Harvey Sterns Enright*. S'agissait-il de mes parents naturels ? Où étaient-ce simplement des noms d'emprunt fournis par quelqu'un pour établir un certificat de naissance ? Ces noms ne signifiaient rien pour moi – et ne déclenchaient aucune émotion. Toutefois, je me souvenais que le Dr. Cosgrove avait mentionné le *New Jersey*.)

À l'encre noire et au stylo-plume, H. R. Brody a recopié « Épithalame[1] du Wisconsin » dédicacé à Mary Ellen et Jamie, avant de le dater et de le signer de sa signature fluide de poète sur une épaisse feuille parcheminée que Jamie a fait encadrer depuis pour l'accrocher dans notre chambre. « C'est comme posséder un poème manuscrit de Robert Frost ou de T. S. Eliot », s'est-il

1. Poème lyrique composé en l'honneur de nouveaux époux.

émerveillé. Il est profondément ému par ce sonnet, tout comme moi. Parfois, l'un d'entre nous le lit à l'autre à voix haute pendant que nous nous préparons pour la nuit.

Je me suis dit *J'ai toujours aimé cet homme. J'ai toujours connu cet homme. Avant de naître, je l'aimais déjà.*

Peu après, survient un événement étrange et perturbant.

Je ne suis pas sûre de la manière dont je peux le raconter. Il y a tant de choses dans ma vie qui flottent en marge du langage, tel un nuage élevé filant à toute allure, si loin qu'on ne peut pas l'identifier, que j'ai perdu confiance en ma capacité à comprendre beaucoup d'événements, et a fortiori à les expliquer.

Je n'ai pas cherché à éviter le « Capitaine Shalom » parce que je ne veux pas lui faire de peine, et à Jamie non plus ; mais il y a quelque chose de déconcertant chez l'oncle de Jamie, cet ex-marine, quelque chose qui ne tient pas seulement au faciès ravagé de ce pauvre homme, à son crâne chauve et cabossé, et à ses yeux fixes et chassieux ; ni à l'odeur quelque peu métallique de son haleine, qui évoque celle des pièces serrées dans la paume chaude d'une main transpirante. Dans notre maison, où tant d'individus vont et viennent, dans la cuisine, les escaliers, le salon et les couloirs, sans parler des incessantes allées et venues dans les salles de bains – nous n'en avons que deux pour nous tous, une par étage ; mais il y a des toilettes extérieures entre la maison et la grange à foin, dont Jamie dit qu'on les utilisait encore dans son enfance, il n'y a pas si longtemps –, on rencontre toujours les mêmes personnes en allant d'un endroit à un autre, les dépassant à la hâte en murmurant *Excusez-moi !* – ou rien du tout. L'intimité qui découle d'une proximité aussi intense est un phénomène curieux – il y a quelque chose d'un peu risible là-dedans.

L'oncle de Jamie, un ex-soldat d'âge mûr, se sert parfois de béquilles, quoique pas toujours ; il parvient souvent à monter à l'étage en s'accrochant à la rampe une main après l'autre, et sa méthode pour descendre relève du plongeon en chute libre. La seule chose qu'il faut à tout prix éviter, c'est lui proposer votre aide : erreur que j'ai commise peu après mon installation à Heron Creek Farm.

L'homme m'avait dévisagée froidement. Son regard était féroce et glacial. Une cicatrice aux allures de fermeture Éclair zébrait le côté gauche de son visage, et il lui manquait un morceau de lèvre supérieure. Ses dents étaient grisâtres, comme celles d'un enfant mal nourri. Son haleine chaude avait des relents de cuivre. Cet ancien marine qui se faisait appeler Capitaine Shalom avait réussi à me désarçonner en restant de marbre tandis que je bafouillais des excuses.

Il avait tout de même fini par lâcher d'un ton ironique et graveleux : « Quand j'aurai besoin de votre aide, "Mary Ellen", je vous la demanderai. Et je vous remercierai à l'avance. »

La façon dont le Capitaine Shalom avait prononcé *Mary Ellen* m'avait laissé entendre qu'il ne faisait pas grand cas de ce prénom, ou du subterfuge que ce prénom pouvait valider.

Jamie s'inquiète de la « santé mentale » de son oncle, mais – que peut-il y faire ? Le Capitaine Shalom refuse de voir tout médecin, même ceux des environs ; il se met en rage dès que quelqu'un suggère de le conduire à Milwaukee consulter un docteur pour vétérans (c'est-à-dire un psychiatre). Jamie dit que, à moins de le maîtriser par la force et de l'attacher pour le fourrer dans le pick-up, il est peu probable qu'on puisse l'aider d'une quelconque manière.

« Est-ce qu'il possède une arme ? Des armes ? » – c'était une question innocente.

« Les armes à feu ne sont pas autorisées sur cette propriété. Cela va de soi. »

En quoi cette réponse était-elle satisfaisante ? Jamie était furieux que j'ose suggérer une chose pareille.

Je pense qu'il est probable que le Capitaine Shalom garde une arme, ou plusieurs, dans sa chambre. (Jamie m'a raconté que c'est lui qui a choisi cette pièce en s'installant, bien qu'elle soit difficile d'accès pour un handicapé.) Mais je pense aussi que, probablement, si le Capitaine Shalom a impulsivement envie de tirer avec l'une de ses armes, il ne tuera aucun d'entre nous – par mépris, ou par indifférence – mais qu'il se contentera de se tuer lui-même.

Car le Capitaine Shalom est quelqu'un d'héroïque, à sa façon torturée.

J'ai essayé de le « dessiner » – bien que de mémoire seulement. J'aimerais prendre des photos de son visage à son insu – mais cela ne risque guère de se produire.

Le Capitaine Shalom est tour à tour enjoué et abattu ; ses sautes d'humeur ne sont pas très différentes de celles de Jamie, mais plus fréquentes et imprévisibles. Il a des chances d'être modérément soûl dès le milieu d'après-midi, ce qui lui confère un air joueur teinté d'ironie amère ; étant donné que cet homme est une épave, un objet de pitié, il n'est pas enclin à l'hypocrisie, et si par exemple quelqu'un lui dit, comme le font invariablement les visiteurs pleins de bonnes intentions, qu'il *a l'air en forme*, il répond sèchement : « Ah oui ? Aux yeux de qui ? Les vôtres, ou les miens ? »

À moins qu'il ne se taise, se bornant à pousser des grognements empreints de dégoût, d'amusement, ou de mépris ; et à passer devant eux en titubant avec la grossièreté réjouie des invalides pour qui la gentillesse condescendante des *valides* est particulièrement insultante.

Entre le « Capitaine Shalom » et « Mary Ellen Enright » règne une sorte de trêve embarrassée, je crois. Son oncle pense qu'il me doit le respect, en tant qu'épouse de Jamie Stiles ; il dépend de Jamie, qui lui offre le gîte et le couvert, parce que son propre mariage a pris fin peu après sa sortie de l'hôpital des vétérans de guerre de Milwaukee, au moment où il est retourné vivre avec sa femme et ses enfants à Racine, affligé de problèmes à la fois physiques et psychiatriques. Cependant, dans la mesure où je suis une jeune personne de seulement dix-neuf ans, étudiante en premier cycle à WSU et que je suis venue vivre à Heron Creek Farm comme l'amie de cœur de Jamie, une fille plutôt séduisante au sourire facile, éclatant et amical, il est très possible que le Capitaine Shalom m'en veuille comme les hommes en veulent souvent aux femmes qui leur sont inaccessibles. Il arrive que, quand le Capitaine Shalom et moi nous retrouvons seuls dans une pièce ou un couloir, nous nous croisions en détournant le regard et en retenant notre respiration. Il se montre excessivement poli avec moi au cours des repas et se porte souvent volontaire pour m'aider à nettoyer la cuisine, corvée que Jamie évite dès qu'il peut sous prétexte de retourner dans son studio de sculpture travailler une petite heure avant de déclarer forfait pour la journée ; dans ces moments-là, je suis contente que d'autres membres du foyer m'aident aussi, car il m'est pénible de me retrouver seule avec cet ex-marine ravagé et amer, dont la présence me met très mal à l'aise.

Voilà un homme qui t'a percée à jour. Ta joie de vivre, ton éternel sourire, même ton « amour ».

Par ailleurs, le Capitaine Shalom est un lecteur obsessionnel, qui s'est constitué une bibliothèque de livres d'occasion dans sa chambre ; à la différence du reste d'entre nous, il regarde rarement la télévision, et jamais sans pousser des grognements de dérision et de répugnance. (Il méprise particulièrement tous les programmes qui ont trait aux soldats, aux forces armées, aux vétérans, à la « guerre » ; mais aussi aux pacifistes, aux manifestants antiguerre, et à SANE – à la grande déception de Jamie.) Souvent, par beau temps, je vois le Capitaine Shalom sortir en boitant avec un livre de sa bibliothèque ; il a trouvé un endroit pour lire qui surplombe l'étang, et y a suspendu un hamac dédié à son usage personnel. (Le Capitaine Shalom m'a invitée à m'allonger dedans chaque fois que j'en ai envie, offre que je n'accepterai jamais, tant elle semble chargée d'une menace voilée.) Par un chaud après-midi où le Capitaine Shalom est sorti lire près de l'étang, je me suis dépêchée de monter dans sa chambre pour examiner ses livres ; même si je savais qu'il s'agissait surtout d'ouvrages historiques sur la guerre, comme me l'avait rapporté Jamie. (J'avais bien pensé à fouiller pour trouver ses armes, sans pouvoir me résoudre à violer l'intimité de son oncle. D'ailleurs, je n'ai pas réussi à inspecter les tiroirs de sa commode ni l'espace entre le matelas et le sommier de son lit.)

L'ameublement de la chambre du Capitaine Shalom était spartiate, sans tapis sur le plancher ; il y avait une table, une seule chaise, un lampadaire visiblement rescapé de la décharge. Chose étonnante, la pièce était plutôt en ordre, parce que le Capitaine Shalom avait fait son lit comme à la caserne – couvertures tirées au cordeau, coins rentrés, unique oreiller parfaitement positionné. (J'ai souri en pensant qu'il ne viendrait jamais à l'idée de Jamie de refaire le lit dans lequel il a dormi. Il envoie balader les couvertures, laissant les draps tout froissés et entortillés.) La pièce ne comportait qu'une seule véritable bibliothèque, d'à peu près un mètre cinquante de haut ; mais il y avait des livres partout, parmi lesquels d'épais ouvrages d'art ou de photo, par terre et sur la table, ou même sur un appui de fenêtre. Avec hésitation, j'ai sorti un volume de la bibliothèque, notant mentalement son emplacement pour pouvoir la remettre sans que le Capitaine Shalom ne se doute de quoi que ce soit, mais lorsque j'ai ouvert le lourd pavé à couverture cartonnée, j'ai découvert avec stupéfaction qu'il n'y avait *aucun mot sur la page* – aucun mot imprimé.

J'ai tourné les pages, et elles étaient toutes pareilles : vierges.

Sur le dos du livre, il n'y avait rien non plus. Ni sur la couverture.

Ébranlée, je l'ai remis pour en ouvrir un autre au hasard. Et celui-là avait bien des pages imprimées, sauf que les caractères étaient flous et incompréhensibles comme s'ils avaient fondu ; alors j'en ai ouvert un troisième, assez effrayée à présent, et celui-là aussi avait des pages qui m'étaient incompréhensibles, pas comme les mots d'une langue étrangère, mais plutôt comme si elles contenaient des hiéroglyphes et non des lettres familières. Et cette pensée m'est venue, glaçante et bizarrement calme à la fois *C'est parce que tu rêves. Dans un rêve, on ne peut jamais lire quoi que ce soit d'imprimé.*

Très vite, j'ai remis en place les livres et je me suis dépêchée de battre en retraite au rez-de-chaussée de la ferme. Je ne suis pas retournée dans la chambre du Capitaine Shalom depuis.

Mes blessures ne disparaîtront jamais complètement. On m'a expliqué que ce sont des « déficits neurologiques ».

Je serai toujours susceptible de souffrir de migraines. Je suis incapable de « jouer au ballon » comme d'autres membres de notre maisonnée – quand j'y joue avec mes petits neveux par alliance, par exemple, c'est gênant, parce que j'ai si souvent du mal à rattraper la balle. Par temps froid et humide, mes genoux me font souffrir tous les deux. Ma vue commence à faiblir au coucher du soleil. Mes yeux fragiles se remplissent facilement de larmes. La moindre agitation me donne des palpitations cardiaques, même quand je suis sereine par ailleurs.

De plus, je pleure encore sans raison apparente.

Et dans ces moments-là, Jamie me réconforte sans me demander ce qui ne va pas. Et Rufus aussi, s'il m'entend.

Cet après-midi, nous avons des visiteurs qui arrivent. Je crois que ce sont des amis de Madison de Jamie – des activistes antinucléaires, également artistes par ailleurs. Je n'ai aucune idée du nombre de convives qui vont manger là ces prochains jours, mais je vais avoir de l'aide pour la préparation des repas et le nettoyage de la cuisine. Il règne une sorte de calme étrange au beau milieu de tout ce monde et de cette agitation – et ensuite, je peux me retirer dans mon grenier dans la grange à foin dès que j'en ai envie, ou presque.

Il y a toujours de la place pour une personne de plus à Heron Creek Farm – telle est la devise de Jamie Stiles.

Chaque fois que vous serez à proximité de Heron Creek Farm ou dans les environs de Wainscotia Falls, Wisconsin, vous aussi, n'hésitez pas à passer nous voir avec tous les autres – bien sûr.

S'il vous plaît, venez ! J'aimerais tellement vous rencontrer. Restez chez nous aussi longtemps que vous le souhaitez.

Remerciements

Je remercie tout particulièrement Greg Johnson, qui a lu ce manuscrit avec son attention, son sérieux et sa bienveillance habituels, et mon mari Charlie Gross, pour son indéfectible soutien.

DU MÊME AUTEUR

Corps
Stock, 1973

Le Pays des merveilles
Stock, 1975

Le Jardin des délices
Stock, 1976

Démons/L'Agresseur/Désirs exaucés
Aubier-Flammarion, 1976

Haute Enfance
Stock, 1979
et « Le Livre de poche », n° 3266

Mariages et Infidélités
Stock, 1980

Eux
Stock, 1980, 2007
et « Points Signatures », n° P2023

Bellefleur
Stock, 1981, 2010
et « Le Livre de poche », n° 32437

Amours profanes
Stock, 1982

Une éducation sentimentale
Stock, 1983

La Légende de Bloodsmoor
Stock, 1985, 2011
et « Le Livre de poche », n° 32787

L'homme que les femmes adoraient
Stock, 1986

Les Mystères de Winterthurn

Stock, 1987, 2012
et « Le Livre de poche », n° 32825

De la boxe

Stock, 1988
Tristram, 2012

Marya

Stock, 1988
repris sous le titre
Marya, une vie
Stock, 2012
et « Le Livre de poche », n° 33494

Aile de corbeau

Stock, 1989

L'Amour en double

(sous le pseudonyme de Rosamond Smith)
Stock, 1989
et « Archipoche », 2012

Souvenez-vous de ces années-là

Stock, 1990

Solstice

Stock, 1991
et « Le Livre de poche », n° 3350

Cette saveur amère de l'amour

Stock, 1992

Le Département de musique

(sous le pseudonyme de Rosamond Smith)
Jean-Claude Lattès, 1992
et « Archipoche », 2013

Un amour noir

Éditions du Félin, 1993
et « Folio », n° 3212

Reflets en eau trouble
Écriture, 1993
et Actes Sud, « Babel », n° 472

Le Rendez-vous
Stock, 1993

Œil-de-Serpent
(sous le pseudonyme de Rosamond Smith)
L'Archipel, 1993
et « Archipoche », n° 157

Au commencement était la vie
Éditions du Félin, 1994
et « Folio », n° 3211

Le Goût de l'Amérique
Stock, 1994

Le Sourire de l'ange
(sous le pseudonyme de Rosamond Smith)
L'Archipel, 1994
et « Archipoche », n° 121

Confessions d'un gang de filles
Stock, 1995, 2008, 2013
et « Le Livre de poche », n° 33321

Corky
Stock, 1996, 2013
et « Le Livre de poche », n° 33639

En cas de meurtre
Actes Sud-Papiers, 1996

Zombi
Stock, 1997, 2011
et « Le Livre de poche », n° 33570

Nous étions les Mulvaney
Stock, 1998, 2009
et « Le Livre de poche », n° 32103

Premier Amour

Actes Sud, 1998
Philippe Rey, 2015

Man Crazy

Stock, 1999
et « Le Livre de poche », n° 3395

Blonde

Stock, 2000, 2010
et « Le Livre de poche », n° 15285

Mon Cœur mis à nu

Stock, 2001
et « Le Livre de poche », n° 15536

Je me tiens devant toi nue
suivi de Miss Golden Dream

théâtre
Éditions du Laquet, 2001

Johnny blues

Stock, 2002
et « Le Livre de poche », n° 30102

Nulle et Grande Gueule

Gallimard Jeunesse, 2002
et « Folio », n° 4059
et, « Folio, Pôle fiction n° 19 »

Délicieuses Pourritures

Philippe Rey, 2003
et « J'ai lu », n° 7746

Infidèle
Histoires de transgression

Stock, 2003
et « Le Livre de poche », n° 30424

Le Ravin

L'Archipel, 2003
et « J'ai lu », n° 7853

Hudson River
Stock, 2004
et « Points », n° P4374

Je vous emmène
Stock, 2004
et « Points », n° P4607

La Foi d'un écrivain
Philippe Rey, 2004
et « Fugues », 2017

Zarbie les yeux verts
Gallimard Jeunesse, 2005
et « Folio », n° 5392

Hantises
Histoires grotesques
Stock, 2005
et « Le Livre de poche », n° 30742

Les Chutes
prix Femina étranger 2005
Philippe Rey, 2005
« Fugues », 2014
et « Points », n° P1519

La Fille tatouée
Stock, 2006
et « Points », n° P4897

Vous ne me connaissez pas
Philippe Rey, 2006
et « Points », n° P2194

Sexy
Gallimard Jeunesse, 2007
« Folio », n° 4908
et « Pôle fiction », n° 138

Mère disparue
Philippe Rey, 2007
et « Points », n° P2024

Les Femelles
Philippe Rey, 2007
et « Points », n° P2313

Viol, une histoire d'amour
Philippe Rey, 2006, 2018
et « Points », n° P1780

La Fille du fossoyeur
Philippe Rey, 2008
et « Points Signatures », n° P2487

Dis-moi que tu me pardonnes
Éditions Des Femmes, 2009

Journal
1973-1982
Philippe Rey, 2009
et « Points », n° P3022

Vallée de la mort
Philippe Rey, 2009
et « Points », n° P2488

Fille noire, fille blanche
Philippe Rey, 2009, 2019
et « Points », n° P2587

Le Triomphe du singe-araignée
Les Allusifs, 2010
et « Points », n° P2779

Petite sœur, mon amour :
l'histoire intime de Skyler Rampike
Philippe Rey, 2010
et « Points », n° P2714

Un endroit où se cacher
Albin Michel Jeunesse, 2010, 2014

J'ai réussi à rester en vie
Philippe Rey, 2011
et « Points », n° P2911

Folles Nuits
Philippe Rey, 2011
et « Points », n° P2912

Le Musée du Dr Moses
Philippe Rey, 2012
et « Points », n° P3023

Petit Oiseau du ciel
Philippe Rey, 2012
et « Points », n° P3138

Étouffements
Philippe Rey, 2012
et « Points », n° P4066

Le Mystérieux Mr Kidder
Philippe Rey, 2013
et « Points », n° P3249

Cher époux
Philippe Rey, 2013
et « Points », n° P4162

Mudwoman
Philippe Rey, 2013
et « Points », n° P3352

Ce que j'ai oublié de te dire
Albin Michel Jeunesse, 2014
et « Le Livre de poche », n° 34601

Maudits
Philippe Rey, 2014
et « Points », n° P4325

Fleur vénéneuse
(sous le pseudonyme de Rosamond Smith)
« Archipoche », 2015

Carthage
Philippe Rey, 2015
et « Points », n° P4426

Terres amères

Philippe Rey, 2015
et « Points », n° P4458

Mère disparue

Philippe Rey, 2016
et « Points », n° P2024

Daddy Love

Philippe Rey, 2016
et « Points », n° P4565

Sacrifice

Philippe Rey, 2016
et « Points », n° P4663

Dahlia noir & Rose blanche

Philippe Rey, 2016
et « Points », n° P4694

Valet de pique

Philippe Rey, 2017
et « Points », n° P4751

Paysage perdu

Philippe Rey, 2017
et « Points », n° P4984

La princesse-maïs et autres cauchemars

Philippe Rey, 2017
et « Points », n° P4911

Amours mortelles

Philippe Rey, 2018
et « Points », n° P4985

L'homme sans ombre

Philippe Rey, 2018
et « Points », n° P5077

Trahison

Philippe Rey, 2018
et « Points », n° P5146

Un livre de martyrs américains
Philippe Rey, 2019

Le maître des poupées
Philippe Rey, 2019

Démembrer
Philippe Rey, 2020

RÉALISATION : NORD COMPO À VILLENEUVE-D'ASCQ
IMPRESSION : CPI FRANCE
DÉPÔT LÉGAL : MARS 2020. N° 143932 (3037452)
IMPRIMÉ EN FRANCE